Michael Wilcke
Hexentage

atb aufbau taschenbuch

MICHAEL WILCKE, Jahrgang 1970, lebt in der Nähe von Osnabrück und hat sich lange mit dem Hexenprozeß um die Apothekerin Anna Ameldung beschäftigt. Er arbeitet als Mediengestalter bei einer Zeitung.

Bei Aufbau Taschenbuch liegen ebenfalls seine Romane »Der Glasmaler und die Hure«, »Die Falken Gottes«, »Der Bund der Hexenkinder» und »Die Frau des Täuferkönigs« vor.

Mehr zum Autor unter www.michael-wilcke.com

Mit seinem Brautvater reist Jakob Theis aus Minden nach Osnabrück, um den Hexenprozess gegen die Apothekerin Anna Ameldung zu verfolgen. In der Stadt scheint ein Hexenwahn ausgebrochen zu sein. Innerhalb weniger Wochen wurden mehrere Frauen als Hexen hingerichtet. Jakob will den Prozess als Beobachter verfolgen, um sich so auf seine Laufbahn als Jurist vorzubereiten. Er zweifelt nicht daran, dass es Hexen gibt. Manchmal wird er selbst von Visionen gepeinigt und sieht die grausamen Dinge, die irgendwann in der Vergangenheit geschehen sein müssen.

Bei der Hinrichtung einer Hexe begegnet er Sara, der Tochter eines Goldschmieds. Die junge Frau ist eine Außenseiterin, nicht nur weil sie von einem schwedischen Soldaten schwanger wurde, sondern auch weil sie nicht dem Hexenwahn verfallen ist. Sie versucht Jakob die Augen zu öffnen: Es gibt einen Menschen, der hinter all diesen Anklagen gegen unbescholtene Frauen steckt – der Bürgermeister der Stadt.

Michael Wilcke

Hexentage

Historischer Roman

atb aufbau taschenbuch

Mit 1 Karte

FSC
www.fsc.org
MIX
Papier aus verantwortungsvollen Quellen
FSC® C083411

ISBN 978-3-7466-3032-8

Aufbau Taschenbuch ist eine Marke der
Aufbau Verlag GmbH & Co. KG

1. Auflage 2014

Die Originalausgabe erschien 2003 bei Aufbau Taschenbuch
Kartenillustration Jessica Krienke
Umschlaggestaltung Mediabureau Di Stefano, Berlin
unter Verwendung eines Motivs von Shaiith/iStockphoto
und einer Karte von Osnabrück/www.historic-maps.de
Satz LVD GmbH, Berlin
Druck und Binden CPI – Clausen & Bosse, Leck
Printed in Germany

www.aufbau-verlag.de

Kapitel 1

Der hübsche blonde Junge mit den verweinten Augen mochte nicht älter als drei oder vier Jahre sein. Seine Mutter hatte ihn in die Apotheke gebracht, weil er seit Stunden ununterbrochen geweint und über stechende Schmerzen in seinem Bauch geklagt hatte. Anna, die Frau des Apothekers, tastete vorsichtig seinen Leib ab. Stets, wenn ihre Finger in die Nähe seines Magens drückten, verzerrte das Kind sein Gesicht und stieß wimmernde Klagelaute aus, die an das Jaulen einer Katze erinnerten.

Anna strich dem Jungen tröstend über das Haar und wandte sich zu seiner Mutter um. Wenngleich diese vor allem um ihren Sohn besorgt war, wanderten ihre Blicke dennoch neugierig über das Inventar der Offizin, der Werkstatt dieser Apotheke, die auch als Laboratorium genutzt wurde. Vor allem die zahlreichen mit farbigen Wappen und Etiketten geschmückten Gefäße aus Ton, Glas oder Metall, die säuberlich in den Regalen und Schränken aufgereiht waren, zogen ihre Aufmerksamkeit auf sich. In diesen Töpfen befanden sich Arzneien und Heilmittel, die aus pulverisierten Früchten, Rinden und Wurzeln gewonnen wurden. Auch Minerale wie Arsenik, Schwefel und Quecksilber fanden hier ihren Platz.

Die Nasenflügel der Mutter bewegten sich unmerklich und erschnupperten wohl die ungewohnten Gerüche von Süßholz, Kampfer, Baldrian und all dem Unbekannten mit heilbringender Wirkung. Der mannshohe Bronzemörser mit seiner Stoß- und Stampfeinrichtung sowie die beiden brodelnden und zischenden

Destillationsapparaturen trugen zusammen mit den eigenwilligen Düften dazu bei, dieser Umgebung eine geheimnisvolle Atmosphäre zu verleihen.

»So sprecht doch, was ist mit ihm?« flehte die Mutter, die ihre Aufmerksamkeit nun wieder ganz auf ihren Sohn lenkte.

Anna bat mit einem Fingerzeig um Geduld, klappte einen abgewetzten Ledereinband auf und blätterte die Seiten durch, bis sie auf die Abbildung stieß, nach der sie gesucht hatte. Sie drehte die Zeichnung der Pflanze in Richtung des Jungen, so daß er sie sehen konnte.

»Kennst du diese Pflanze?« fragte Anna.

Der Junge starrte einen Moment lang grübelnd auf die Zeichnung und nickte verhalten.

»Hast du davon gegessen?«

Wieder ein Nicken.

Annas Vermutung wurde bestätigt. Wie sie es geahnt hatte, wurde das Kind von einer Vergiftung geplagt. Gewiß unangenehm für den Jungen, aber es gab weitaus schlimmere Krankheiten, die ähnliche Symptome aufwiesen. Oft genug kam es vor, daß Anna bei Menschen, die über schier unerträgliche Schmerzen an der rechten Seite klagten, eine Verhärtung ertastete, die darauf hinwies, daß sich an dieser Stelle das Gedärm entzündet hatte. In einem solchen Fall blieb ihr nichts weiter übrig, als diese Männer und Frauen an einen Chirurgen weiterzuempfehlen, wohlwissend, daß ein Patient diese Krankheit nur selten überlebte.

»Was fehlt ihm?« verlangte die verzweifelte Mutter zu wissen.

»Euer Sohn hat vom Ackersenf gegessen. Dieses Kraut schwächt den Körper eines Menschen und verursacht Schmerzen in seinem Magen.«

»Wird er sterben?«

Anna schüttelte den Kopf. »Nein, ich glaube nicht. Es war richtig, daß Ihr Euch sofort an mich gewandt habt.« Sie musterte den Jungen und sorgte sich trotz ihrer aufmunternden Worte um ihn. Einen gesunden und kräftigen Menschen konnte der Ackersenf kaum schädigen, doch dieses Kind war mager und geschwächt, seine Arme und Beine waren nicht viel dicker als die Äste eines jungen Baumes. Sie erinnerte sich daran, daß der Name der Mutter Mareke Wessels war und daß sie zu den ärmsten Bürgern der Stadt zählte. Ihr Ehemann, der Scherenschleifer Rudolf, war vor einem halben Jahr auf dem Weg in die benachbarte Ortschaft Bramsche von Wegelagerern überfallen und erschlagen worden. Mareke Wessels und ihr Sohn lebten seither in einer armseligen Behausung und ernährten sich von den Erzeugnissen ihres kargen Gartens sowie den Almosen, die sie erbetteln konnten. Wahrscheinlich gab es an vielen Tagen nicht einmal ein Stück Brot für sie, um ihren Hunger zu stillen. Wen mochte es da verwundern, daß dieses Kind über die Äcker streifte und sich von Unkraut ernährte?

»Ich werde eine Medizin aus Balsamkraut zubereiten, die Eurem Sohn das Gift aus dem Körper treibt und ihn kräftigt.«

Anna wollte sich dem Arzneischrank zuwenden, doch Mareke Wessels hielt sie zurück, indem sie eine Hand auf ihren Arm legte. »Bitte wartet, Frau Ameldung.« Ihr ausgezehrtes Gesicht, das die vielleicht dreißigjährige Frau älter aussehen ließ als Anna, die bereits die vierzig überschritten hatte, war von Resignation gezeichnet. »Ihr wißt, daß ich Eure Dienste nicht bezahlen kann.«

Anna starrte sie verwundert an. Traute diese Frau ihr tatsächlich zu, daß sie ihrem Kind die Medizin, die nur wenige Groschen wert war, verweigern würde? Im nächsten Moment mußte sie sich eingestehen, daß diese Reaktion keineswegs ungewöhnlich war. Es gab viele, zu viele Ärzte und Kurpfuscher in der Stadt, denen das Honorar heiliger war als das Wohl der Patienten.

»Laßt das Eure geringste Sorge sein«, raunte Anna und machte sich daran, die Arznei herzustellen. Sie zerstieß Balsam, Raute und Betonienkraut in einem kleinen Mörser, drückte den Saft aus und vermischte ihn mit der doppelten Menge eines Abführmittels. Diese Medizin füllte sie in ein Glasfläschchen, verkorkte es und drückte es der Mutter in die Hand.

»Sorgt dafür, daß Euer Sohn dies an einem warmen Ort trinkt. Entweder wird er dann das Gift erbrechen, oder es wird ihm durch das Hinterteil hindurchgehen.« Anna zögerte, dann griff sie in die Tasche ihrer Schürze und förderte eine schimmernde Kupfermünze zutage. Für sie war es kein großes Opfer, doch dieser Frau und ihrem Sohn konnte ihre Mildtätigkeit für einige Tage das Leben erleichtern. »Nehmt es«, sagte sie und schob Mareke Wessels die Münze zu. »Kauft Eurem Sohn davon gute Milch und vielleicht auch Brot und Käse, damit er etwas Nahrhaftes zu Essen bekommt und schnell wieder Kraft schöpft.«

Mareke Wessels preßte das Fläschchen und die Münze an ihren Busen und schenkte Anna ein dankbares Lächeln.

»Ihr seid ein guter Mensch, Frau Ameldung. Das werde ich Euch nie vergessen. Wenn Ihr es wünscht, mache ich mich in Eurem Haushalt nützlich. Ich könnte Holz für Euch sammeln, Euch bei der Wäsche behilflich sein oder Euren Garten pflegen.«

»Pflegt zunächst Euer Kind«, erwiderte Anna. »Es braucht Eure Hilfe dringender als ich.«

»Ich stehe tief in Eurer Schuld. Ihr seid fürwahr ein barmherziger Engel. Den bösen Gerüchten, die über Euch verbreitet werden, habe ich ohnehin niemals Glauben geschenkt.«

Anna quittierte diese letzte Bemerkung mit einem wohlwollenden Nicken. Natürlich wußte sie um diese Gerüchte. Manchmal wunderte es sie, daß überhaupt noch so viele Menschen zu ihr kamen, um ihre Hilfe zu erbitten.

»Da ist noch etwas, was ich Eurem Sohn mit auf den Weg geben möchte«, sagte Anna und lief rasch in den Hinterhof, wo sie neben dem Kräutergarten auch ein Blumenbeet angelegt hatte. Sie pflückte die Blüte einer weißen Lilie und reichte sie dem Jungen, der die Blume zweifelnd betrachtete.

»Es wird sicher noch ein paar Tage in deinem Bauch kneifen, aber diese Blüte wird die Schmerzen in sich aufnehmen«, erklärte ihm Anna. »Du kannst es beobachten. Sie welkt im gleichen Maße dahin, wie du erblühen wirst.«

Es war ein durchschaubarer Trick, da die Blüte ohnehin vertrocknen würde, aber der Junge nahm die Lilie, betrachtete sie interessiert, und Anna war überzeugt, daß diese kleine Geschichte ihre Wirkung zeigen würde – so wie sie schon viele andere Kinder in seinem Alter über den Schmerz hinweggetröstet hatte.

Mareke Wessels hob ihren Sohn auf dem Arm. Er klammerte sich um ihren Hals und weinte sich weiter an ihrer Schulter aus. Anna begleitete sie aus der Offizin in den der Straße zugewandten Verkaufsraum, der von dem breiten Rezepturtisch dominiert wurde, an dessen kunstgeschmiedeten Aufsätzen die kleinen Handwaagen hingen, die der Apotheker zur Rezeptur benutzte. Ihr Ehemann Heinrich Ameldung stand gebeugt über einem Lesepult, blätterte im Antidotarium und warf über die Augengläser hinweg seiner Frau wenig freundliche Blicke zu.

»Gott möge Euch schützen«, sagte Mareke Wessels und drückte zum Abschied Annas Hand.

»Euch ebenso«, erwiderte Anna und schaute Mutter und Sohn nach, wie sie ihren Heimweg über den nur wenig belebten Marktplatz der Stadt Osnabrück antraten, der von der in der Blütezeit des gotischen Stils erbauten Marienkirche sowie dem prächtigen Rathaus eingerahmt wurde. Vor wenigen Jahren noch hatten sich zahlreiche Händler und Gewerbetreibende auf diesem Platz getummelt, doch nachdem der Krieg eine große Anzahl unberechenbarer Söldner in die Stadt gebracht hatte, hatte sich das Handwerk in die sicheren heimischen Werkstätten zurückgezogen und von dort aus den Verkauf betrieben. Selbst an diesem sonnigen ersten Augusttag des Jahres 1636 wagte sich kein einziger Händler auf den weitläufigen Platz.

Anna erkannte auf der Rathaustreppe eine hochaufgeschossene Gestalt. Es handelte sich um den Ratsherren Jobst Voß, der offensichtlich nach jemandem Ausschau hielt. Er stierte in Richtung der Straße, die zum Dom führte, dann zuckte sein Gesicht plötzlich zur Seite, und er fixierte Anna mit tiefliegenden, arglistigen Augen.

Für einen Moment glaubte Anna den Anflug eines hämischen Grinsens auf seinem Gesicht zu erkennen, doch im nächsten Augenblick drehte Voß sich auch schon wieder ab und stapfte in das Rathaus. Von Jobst Voß konnte Anna nichts Gutes erwarten; er war ein enger Vertrauter des Bürgermeisters, der wiederum die unheilvollen Gerüchte, die man über sie verbreitete, so begierig aufnahm wie ein Kind die Muttermilch.

Nachdenklich kehrte Anna in die Apotheke zurück, wo sie ihr erzürnter Ehemann empfing.

»Diese Frau machte auf mich nicht den Eindruck, als wäre sie in der Lage gewesen, deine Dienste zu bezahlen«, rief er.

»Diese Frau«, entgegnete Anna, »ist kaum in der Lage, sich und ihren Sohn zu ernähren.«

»Also hast du kein Geld von ihr genommen.«

»Natürlich nicht.« *Herrje,* dachte Anna. *Wie würde er reagieren, wenn er wüßte, daß ich ihr sogar etwas von seinem Geld zugesteckt habe?*

Heinrich Ameldung fuhr sich mit den Händen durch sein schütteres Haar »Anna, dies hier ist eine Apotheke und kein Kloster, das Almosen an Bettler und Herumtreiber verteilt.«

»Aber wir sind Christen, und darum ist es unsere Pflicht, den Bedürftigen zu helfen. Oder willst du das etwa abstreiten?«

Er wußte im Grunde, daß sie Recht hatte, und zuckte deshalb resignierend mit den Schultern. »Du hast einfach ein zu großes Herz. Wenn es sich herumsprechen sollte, daß du Arzneien ohne Bezahlung herausgibst, wird das eines Tages noch uns und die gesamte Osnabrücker Ärzteschaft in den Ruin treiben.«

Anna lachte und schloß ihn in die Arme. Auch wenn er sich äußerlich bärbeißig und kühl gab, wußte sie doch um seinen guten Charakter. Er beschwerte sich oft darüber, daß sie Arzneien an die Armen verschenkte, aber er verbot es ihr auch nicht.

Ein Pochen an der Tür ließ Anna zusammenfahren. Es klang energisch, nicht wie das zumeist zögerliche Klopfen der Kranken, die ihr Haus aufsuchten. Heinrich Ameldung löste sich von ihr und öffnete die Tür.

Abrupt verschafften sich zwei mit Degen bewaffnete Büttel und ein untersetzter Amtmann Eintritt in die Apotheke. Alle drei blickten recht finster in Annas Richtung. Hatte der Ratsherr Voß nach diesen Männern Ausschau gehalten? Anna spürte, daß ihre Knie weich wie Teig wurden, doch sie zwang sich, keine Schwäche zu zeigen.

»Was verschafft mir die Ehre Eures Besuches?« fragte Heinrich Ameldung, der bewundernswert ruhig blieb. Weitaus nervöser wirkte der Amtmann, doch man merkte ihm an, wie bemüht er darum war, Entschlossenheit an den Tag zu legen, und so verkündete er mit lauter, aber schwankender Stimme: »Meister Ameldung, Eure Frau steht unter dem Verdacht, die Schwarze Taufe empfangen und Zauberei angewandt zu haben. Es ist daher der Beschluß des ehrbaren Osnabrücker Rates, daß Frau Anna Ameldung, geborene von der Heiden, zum Armenhof geladen werde, um sich einer Befragung zur Ermittlung ihrer Schuld zu unterziehen.«

Ameldung trat einen Schritt auf den Amtmann zu und funkelte ihn aus zornigen Augen an. »Wollt Ihr behaupten, mein Weib sei eine Hexe?«

»Dem Rat liegen Beweise vor, nach denen …«

»Der Rat«, fiel ihm Ameldung höhnisch ins Wort, »stellt nichts weiter dar als eine Ansammlung abergläubischer Dummköpfe, die in Panik gerät, wenn des Nachts eine Katze heult.«

Der Amtmann hob warnend einen Finger. »Mäßigt Eure Zunge, Meister Ameldung. Euch droht eine Geldstrafe, wenn Ihr den Rat beleidigt.«

Anna Ameldung begriff, daß sie sich zu sicher gefühlt hatte. Das Gerücht, sie stehe mit dem Teufel im Bunde, machte bereits seit zwei Jahren die Runde in der Stadt, doch erst seit Anfang dieses Jahres, als in Osnabrück zum ersten Mal seit fast einem halben Jahrhundert Frauen unter dem Verdacht der Hexerei festgenommen und hingerichtet worden waren, hatte Anna erkannt, welche Gefahr dieses bösartige Gerede, das einem dummen Scherz entsprungen war, für sie bedeuten konnte. Trotz allem hatte sie im Grunde nie wirklich erwartet, daß es der Rat wagen würde, die Frau eines der ehrbarsten Osnabrücker Kaufmänner der Hexerei zu bezichtigen.

Allem Anschein nach hatte sie sich geirrt.

»Meine Frau ist keine Hexe. Sie wurde übel verleumdet«, sagte Ameldung.

»Sie wurde von mehreren verläßlichen Quellen beschuldigt. Ihr werdet einsehen, daß der Rat diese Angelegenheit nicht auf sich beruhen lassen kann.«

»Und wenn ich mich weigere, sie gehen zu lassen?«

»Dann werden wir sie mit Gewalt aus diesem Haus schaffen«, meinte der Amtmann mit einem Seitenblick auf die beiden kräftigen Büttel, die ihn flankierten.

Ameldung ballte die Hand zur Faust und streckte sie den ungebetenen Besuchern drohend entgegen. »Bei Gott, dann werdet ihr mich niederschlagen müssen.«

»Hört auf!« fuhr Anna dazwischen. Trotzig verschränkte sie die Arme vor der Brust. »Ich werde Eurer Aufforderung Folge leisten, denn ich habe nichts zu befürchten. Gott weiß, daß ich mich keines der Verbrechen schuldig gemacht habe, derer Ihr mich bezichtigt.«

»Das wird sich herausstellen«, sagte der Amtmann.

Heinrich starrte sie verzweifelt an, doch ihre Entscheidung war unumstößlich, auch wenn es bedeutete, daß sie ihn vielleicht für immer verlassen mußte.

»Gebt mir einige Minuten, um mich umzuziehen.«

Der Amtmann nickte, gab dann aber, als Anna Anstalten machte, die Treppe in den ersten Stock hinaufzusteigen, einem der Büttel ein Zeichen, woraufhin der Mann ihr nach oben folgte.

»Keine Sorge, ich werde schon nicht durch das Fenster davonfliegen«, sagte sie, während sie mit zitternden Fingern die Bänder ihrer Haube unter dem Kinn zusammenknotete. Der grobschlächtige Büttel, der sie nicht aus dem Auge ließ, grunzte nur. Anscheinend hatte er ihren Scherz nicht verstanden.

Himmel, dieser Mann ist wirklich davon überzeugt, daß ich eine Hexe bin, stellte sie erschüttert fest.

Aus einer Kleidertruhe suchte sie einen dunkelgrauen, mit Goldfäden verzierten Umhang aus grobem Stoff, der für diese Jahreszeit eigentlich zu warm war. Da Anna befürchtete, daß sie mehrere Nächte auf einem harten Lager verbringen mußte, würde er sich aber wohl als nützlich erweisen.

Mit einer simplen Befragung würde sich diese Angelegenheit nicht regeln lassen. Anna wußte, daß man sie in den Bucksturm sperren würde, einen alten Wehrturm, der als Hexengefängnis diente. Man würden sie in Ketten legen und womöglich sogar foltern, um das Geständnis einer nicht vorhandenen Schuld zu erpressen. Ihr wurde übel bei dem Gedanken daran, daß man sie ihrer Würde beraubte und sie von den Menschen und der Umgebung trennte, die sie liebte.

Wer soll den Kindern helfen, wenn man mir das Leben nimmt? dachte Anna traurig.

Als sie wieder in die Apotheke trat, ging sie zu Heinrich und berührte zärtlich seine Wange. Sein Zorn war dahin, er wirkte nun, da sie mit Umhang und Haube vor ihm stand, einfach nur erschüttert. Sein Gesicht war so blaß, als hätte man das Haupt mit Mehl bestäubt, und in seinen Augen schimmerten Tränen. Sie hatte ihn in all den Jahren niemals weinen gesehen. Auf diese Art zu erfahren, wie viel sie ihm bedeutete, machte es ihr nur noch schwerer, zu gehen und ihn hier zurückzulassen.

»Gib mich nicht auf«, flüsterte sie mit tränenerstickter Stimme.

»Niemals, so lange ich lebe«, erwiderte er leise.

Von den beiden Bütteln eskortiert wurde sie auf die Straße geführt, wo ein Pferdekarren für sie bereit stand. Die Sonne ließ sie unter dem schweren Umhang schwitzen. Anna blieben nicht die neugierigen Blicke der Umstehenden verborgen, die tuschelnd verfolgten, wie sie auf den Karren stieg.

Der Karren setzte sich in Bewegung und fuhr ruckelnd am Rathaus vorbei. Sie krallte ihre Finger um das Holz des Wagenaufbaus und brachte nicht mehr den Mut auf, sich zur Apotheke umzudrehen. Würde sie das Haus und ihre Familie jemals wiedersehen? Es war qualvoll darüber nachzudenken, und darum mußte sie versuchen, diese betrüblichen Gedanken aus ihrem Kopf zu verbannen.

Aus den Augenwinkeln nahm sie an den Fenstern des Rathauses Bewegungen wahr. Anna berührte das kleine silberne Kruzifix, das an einer Kette um ihren Hals baumelte. Ihr Stolz und das Vertrauen auf Gott war alles, was ihr nun noch blieb.

Kapitel 2

Ist es ein Dämon, der dort vor ihm in der Ecke der Küche liegt und so gierig an einem Suppenknochen kaut, daß ihm der Speichel aus dem Mundwinkel trieft? Das kurze schwarze Fell glänzt wie Pech in der Sonne, der Geruch, der von dieser Kreatur ausgeht, erinnert an das strenge Aroma getrockneten Schweißes, und die funkelnden Augen lassen eine abgründige Bösartigkeit erkennen.

Doch es ist nur ein Hund, dem er sich mit langsamen Schritten nähert – ein großer magerer Streuner, der jede Bewegung der Person vor sich mit einem grollenden Knurren quittiert.

Wohlwissend, daß es gefährlich ist, das unberechenbare Tier zu berühren, wollen seine Füße nicht der warnenden Stimme seines

Verstandes gehorchen, die in seinem Kopf regelrecht aufkreischt, um ihn von diesem Hund fernzuhalten.

Er streckt eine Hand nach dem Fell aus, aber es sind nicht seine eigenen Finger, sondern die eines Kindes, das nicht ahnt, welches Unglück dieser Tag über es bringen wird.

Der Kopf des Hundes zuckt zur Seite, er läßt vom Knochen ab, und die Lefzen schieben sich über das spitze Gebiß.

Überrascht ziehen sich die Finger zurück, aber es ist bereits zu spät. Die Zähne des Tieres stülpen sich über die Hand und zerquetschen die Finger mit einem kräftigen Biß.

Ein schriller Schrei entringt sich seiner Kehle, als der Schmerz den Körper durchflutet. Dann ist der Hund über ihm, drückt ihn zu Boden und gräbt das messerscharfe Gebiß in sein Gesicht. Ein Schwall Blut schießt ihm in Augen und Mund. Sein Körper windet sich verzweifelt unter der Last des wie besessen zuschnappenden Tieres, und die Welt versinkt in einem dunklen Meer unvorstellbarer Qualen.

Jakob Theis riß entsetzt die Augen auf und starrte in sein eigenes Gesicht, das sich auf der Oberfläche einer mit Wasser gefüllten Messingschale widerspiegelte – das Antlitz eines Achtzehnjährigen mit schulterlangen Haaren und einem Kinnbart, der noch nicht recht wachsen wollte.

Einen Moment lang war er wie gelähmt. Selbst hier in der realen Welt ließ die schreckliche Pein des Todeskampfes seine Glieder verkrampfen. Dann befreite er sich aus der Gewalt seiner Vision und schleuderte mit einer wütenden Handbewegung die Messingschale von der Anrichte. Scheppernd fiel sie auf den Fußboden. Die Flüssigkeit verschwand so schnell in die Ritzen der Bodenbretter, als ergriffe sie panisch die Flucht vor seinem Zorn.

Nur das verfluchte Wasser ist schuld, schoß es ihm durch den Kopf. Plötzlich bekam er keine Luft mehr und fiel auf die Knie. Seine Kehle war wie zugeschnürt. Jakob rang einige Augenblicke vergeblich nach Atem, dann endlich löste sich die Enge in seinem Hals. Schwindel überfiel ihn, und er mußte sich an der Wand festhalten, um nicht hinzufallen.

»Weicht von mir, Dämonen!« stöhnte Jakob und bekreuzigte sich. Erst als das Schwindelgefühl in seinem Kopf nachgelassen hatte, war es ihm wieder möglich, sich zu orientieren. Er befand sich in Minden, im Haus seines Mentors und Brautvaters Johann Albrecht Laurentz. Sein Blick streifte durch die spärlich eingerichtete Kammer und blieb an dem Lesepult hängen, auf dem sich ein gutes Dutzend Bücher stapelte.

Man hätte es ein Übel nennen können, daß er als angehender Student der Rechtswissenschaften in Laurentz' Haus auf eine Bibliothek gestoßen war, die ihm neben den Grundlagen juristischer Standardliteratur auch zahlreiche Werke und Traktate über das Wesen der Hexerei und der Teufelsbuhlschaften offerierte. Ein Fachbereich, der seit einiger Zeit Jakobs besondere Aufmerksamkeit auf sich zog. Als Folge legte er sich nicht mehr zur gewohnten Zeit am frühen Abend schlafen, sondern brachte Stunde um Stunde an seinem Lesepult zu und studierte im matten Licht einer Talgkerze Werke wie den *Tractatus de Confessionibus Maleficorum et Sagarum* des ehemaligen Trierer Weihbischofs Peter Binsfeld, Nicolas Rémys *Daemonolatreiae libri tres* oder die Abhandlungen des spanischen Jesuiten Martin Delrio, dessen *Disquisitionum magicarum* in Jakobs Augen ein ungemein detailliertes juristisches Lehrbuch über das Hexentreiben darstellte.

Vielleicht, so überlegte er, lag es an dem Mangel an Schlaf, daß die Vision ihn überrascht hatte. Die unheilvollen Gesichter hatten ihn nicht oft in den letzten Jahren überfallen, aber doch häufig genug, um Jakob begreiflich zu machen, auf welch bizarre Art der Teufel selbst frommen und rechtschaffenen Menschen nahe kam.

Wer anders als der Satan oder einer seiner Dämonen konnte die Macht besitzen, das Leiden und den Schmerz anderer Menschen in seinem Kopf zum Leben zu erwecken? Ereignisse, die Wochen oder auch Monate zurücklagen, fanden so in ihm ein schreckliches Echo.

Jakob fuhr sich mit den Händen über das Gesicht. Wenn er die Augen schloß, sah er noch immer das Bild des geifernden Hundes vor sich, spürte wie die Zähne die Haut von seinem Gesicht rissen.

Aber warum? Warum nur war er verdammt dazu, diese Qualen zu erfahren und die Erinnerung daran für immer in sich zu tragen?

Wenn es überhaupt eines Grundes bedurft hätte, den Teufel zu hassen, dann hatte er ihn hierin gefunden.

Es klopfte an der Tür. Jakob atmete mehrere Male tief ein und aus und versuchte sich zu beruhigen. Erst dann öffnete er.

»Ich habe ein Geräusch gehört. Also nahm ich an, daß Ihr wach seid«, wurde er von Catharina begrüßt, einer Magd aus dem Gesinde des Laurentzschen Haushalts, die mit einem Becher Milchmehlsuppe und Rasierzeug eintrat.

»Die Schüssel … ich war wohl ein wenig ungeschickt«, sagte Jakob und hoffte, daß Catharina ihm nicht anmerkte, wie durcheinander er war.

»Ihr schwitzt, gnädiger Herr.« Catharina tupfte mit der Spitze ihrer Schürze seine Stirn ab. »Verfolgen Euch böse Träume?«

»Träume?« Jakob hielt inne. *Warum nicht?* Das war immerhin eine gute Erklärung. »Ja, Träume. Du hast ganz Recht.«

Während er die Milchmehlsuppe aß, wischte Catharina den Boden trocken und stellte die Schale zurück an ihren Platz. Argwöhnisch betrachtete sie die Bücher, die sich neben dem Lesepult stapelten. Sie nahm eines davon – es handelte sich um das Werk von Delrio – in die Hand und blätterte darin.

»All diese vielen winzigen Buchstaben«, stöhnte sie. »Wie anstrengend muß es sein, sie zu lesen und den Sinn dahinter zu verstehen.«

»Hast du dir niemals gewünscht, lesen zu lernen, Catharina?«

Catharina grinste schief. »Wozu? Ihr habt mir einmal erzählt, daß Ihr Euch mit Büchern über das Erkennen und die Bestrafung von Teufelswerk beschäftigt. Ich sage Euch, sollte mir ein Teufel gegenübertreten, dann würde ich ihm ganz einfach einen kräftigen Tritt in den Hintern verpassen. Dazu brauche ich keine Bücher.«

An manchen Tagen beneidete Jakob sie um ihre Schlichtheit. Er selbst war eher ein Grübler, der sich jedes Problem zu Herzen nahm, während es Catharina gelang, trotz ihres kargen Lebens als Bedienstete stets ihren Frohsinn zu bewahren.

Er schmunzelte. »So kann man das Problem wohl auch lösen.«

Catharina lag noch etwas anderes auf dem Herzen. »Erlaubt Ihr mir, Euch zu rasieren?« Jakob wunderte es, daß sie überhaupt um seine Erlaubnis fragte. Er lebte seit nunmehr sieben Wochen im Haus von Johann Albrecht Laurentz, und bislang war kaum ein Morgen vergangen, an dem Catharina nicht darum gebeten hätte, sich um seine Bartpflege zu kümmern.

Dieser Dienst kam ihm nicht ungelegen, denn es gab einen besonderen Grund, warum er es vorzog, sich von Catharina rasieren zu lassen: seine linke Hand. Als Kind hatte er wie selbstverständlich die linke Hand bevorzugt. Er begann mit links die Schreibfeder zu führen, hielt den Löffel in der linken Hand und wischte sich auch den Hintern mit der Linken. Sein Vater, dem dieses Verhalten nicht verborgen geblieben war, hatte ihn bald darauf zur Seite genommen und ihm erklärt, daß die linke Seite des Körpers dem Teufel zugetan sei. Fortan übte er Jakob darin, die rechtschaffene rechte Hand zu benutzen. Zunächst legte er dabei noch Milde und Verständnis an den Tag, später jedoch wurde Jakob im elterlichen Haus die linke Hand auf den Rücken gebunden oder mit Schlägen traktiert, bis er lernte, auf ihren Gebrauch zu verzichten. Es dauerte Jahre, bis er darin geübt war, alltägliche Arbeiten mit der Rechten zu erledigen. Vor allem das Rasieren fiel ihm noch immer schwer. Oftmals ritzte die Klinge bei seinen ungelenken Bewegungen in die Haut, doch lieber nahm er diese kleinen Blessuren in Kauf, als daß er dem Teufel einen Gefallen tat.

»Ich glaube, du würdest es mir sehr übelnehmen, wenn ich dir deine Bitte verweigerte.« Jakobs Worte gingen in den lautstarken Gesängen einiger Söldner unter, deren lärmende Stimmen durch das offene Fenster hereindrangen.

»Betrunkenes Pack!« schimpfte Catharina und klappte das Fenster zu. »Das wollen Soldaten sein? Die Kerle können mit einem Krug Branntwein sicher besser umgehen als mit ihren Musketen oder Degen.«

Jakob lächelte unwillkürlich angesichts der Verachtung, die Catharina den fremden Söldnern gegenüber an den Tag legte. Hier im Haus war oft darüber getuschelt worden, daß die Magd stattlichen Soldaten, die ihr schöne Augen machten, nicht unbedingt abgeneigt sei.

Die Anwesenheit einer Besatzungstruppe war für Minden zu einer unbequemen Normalität geworden, seit Herzog Georg von Braunschweig-Lüneburg vor annähernd zwei Jahren in schwedischem Auftrag die Stadt belagert und erobert hatte. Jakob erinnerte sich sehr gut an die Zeit, als Minden unter den Beschuß der Kanonen genommen worden war. Als die Munition zur Verteidigung ausging, hatte man aus den Bleidächern der Kirchen St. Marien und St. Simeon Kugeln für die Geschütze gegossen. Trotz dieser verzweifelten Maßnahmen hatte der Hunger schließlich zur Kapitulation geführt.

Jakob setzte sich auf einen Stuhl und machte sich bereit für die Rasur.

Catharina befeuchtete sein Gesicht, doch bevor sie das Messer an seine Wange legte, hielt sie einen Moment inne und faßte seine rechte Hand.

»Ihr zittert.«

»Es ist kalt. Ich friere«, sagte Jakob. Er zwang sich zur Ruhe, bemüht, das nervöse Zittern seiner Finger zu unterbinden.

Die Magd schien sich damit zufriedenzugeben. »Vielleicht

fürchtet Ihr Euch vor meinem Messer«, scherzte sie und setzte die scharfe Klinge an seinen Hals. Das kühle Eisen kitzelte auf der Haut, als sie das Messer geschickt über seine Bartstoppeln kratzen ließ.

Jakob senkte seinen Blick und lugte verstohlen in Catharinas Dekolleté. Obwohl sie noch keine dreißig Jahre alt war, hatte sie bereits fünf Kinder geboren, von denen drei im Säuglingsalter gestorben waren. Ihr fülliger Körper strahlte eine angenehme mütterliche Wärme aus. Vor allem ihre üppigen Brüste, die ein verlockendes Eigenleben entwickelten, wenn Catharina heftig lachte oder die Arme hob, um ein hohes Regal zu erreichen, erregten Jakobs Aufmerksamkeit. Während der morgendlichen Rasuren hatte er sich oft gefragt, ob Catharina die obersten Schnürbänder ihres Kleides absichtlich lockerte. Gefiel es ihr vielleicht sogar, wenn sie seine Blicke auf sich zog? Jakob wagte es nicht, eingehender über diese Vermutung nachzudenken, schließlich hatte er bereits ein Eheversprechen geleistet. Zudem war es eine Sünde vor Gott, sich in Gedanken der Fleischeslust hinzugeben.

Trotzdem gewann des Nachts oft die Phantasie Macht über ihn, und lüstern malte er sich in diesen Momenten aus, wie es sein würde, diese herrlichen Brüste, die fünf Kinder genährt hatten, zu liebkosen und zu küssen.

»Catharina, ich frage mich, warum du so viel Wert darauf legst, mich rasieren zu dürfen. Du scheinst regelrecht versessen darauf zu sein«, sagte er, um sich von seinen lustvollen Gedanken abzulenken.

»Könnt Ihr Euch nicht denken warum? Wann bekommt eine Magd wie ich schon einmal die Gelegenheit, einem Herrn von Eurem Stande ungestraft ein Messer an die Kehle zu setzen.«

Einen Augenblick lang stutzte er, dann kicherte er so plötzlich, daß Catharina ihn beinahe geschnitten hätte.

Auch Catharina lachte, und ihre Brüste hüpften erneut munter auf und ab.

»Ich hoffe, Ihr nehmt mir diese Worte nicht übel, mein Herr«, meinte sie.

Jakob schüttelte den Kopf. »Wer sollte sich um die Pflege meines Bartes kümmern, wenn ich dich abweisen würde.«

»Wie recht Ihr habt.« Sie schenkte ihm ein Lächeln und fuhr mit ihrer Arbeit fort. Nachdem sie die Rasur beendet hatte, wischte sie mit einem nassen Tuch über sein Gesicht und säuberte das Messer. Anschließend kämmte sie sein Haar.

»Ihr solltet Euch ankleiden, sonst erkältet Ihr euch noch.«

Jakob nickte und forderte Catharina zum Verlassen der Kammer auf, indem er den Nachttopf hervorzog und ihn der Magd in die Hände drückte. Es war eine alltägliche Arbeit für Catharina, die Ausscheidungen der Familie Laurentz und ihrer Gäste auf den Dunghaufen im Hinterhof zu schütten.

Die Magd wandte sich zum Gehen, doch dann sagte sie: »Bevor ich es vergesse, das Fräulein Agnes trug mir auf, Euch zu ihr zu schicken, wenn Ihr aufgewacht seid.«

»Ich werde sie aufsuchen, sobald ich meine Kleider angelegt habe.«

»Sie scheint ein wenig verstimmt zu sein.«

Jakob verzog schuldbewußt das Gesicht. Er ahnte bereits, warum Agnes nicht gut auf ihn zu sprechen war.

»Danke, Catharina«, meinte er. »Geh jetzt.«

Catharina verließ die Kammer. Jakob klappte eine Truhe auf, aus der er seine Beinkleider, ein Wams sowie eine ärmellose Weste nahm.

Er fand Agnes im Salon, dem einzigen Zimmer des Hauses, das mit verschwenderischer Pracht ausgestattet worden war. Nicht allein die kostbaren Kunstschränke und edlen Gobelins an Wänden und Decke zogen das Augenmerk des Betrachters auf sich, sondern vor allem die beiden großen Fenster, in die vor kurzem teure Scheiben aus kristallenem Glas eingesetzt worden waren, die im Unterschied zu den üblichen braunen Butzenscheiben ein herrlich strahlendes Licht in den Raum fallen ließen.

Nur wenige Häuser in Minden konnten die Mittel für eine solch kostspielige Extravaganz aufbringen. Johann Albrecht Laurentz war einer dieser wohlhabenden Männer. Er gehörte seit mehr als sieben Jahren dem Mindener Rat an und galt als anerkannter Rechtsgelehrter. Jakob schätzte sich überaus glücklich, daß seine Eltern ihm den Anschluß an die Familie Laurentz ermöglicht hatten. Sein Vater, selbst ein gut gestellter Beamter, hatte vor sechs Monaten das Eheversprechen mit Laurentz' jüngster Tochter Agnes arrangiert und Jakob zudem in der Entscheidung bestärkt, ein Studium der Rechtswissenschaften an der Universität von Rinteln aufzunehmen. In wenigen Jahren, wenn er seinen Abschluß erworben hatte, würde er schließlich die erforderliche Stellung besitzen, Agnes zu heiraten und eine Familie zu gründen.

Als man ihm Agnes vorgestellt hatte, war er von ihr weder angetan noch enttäuscht gewesen. Gewiß besaß er das Recht, ein solches Ehearrangement abzulehnen, doch die Vorteile, die eine Verbindung mit der Familie Laurentz für ihn mit sich brachten, waren zu offensichtlich, um auf den Vorschlag seiner Eltern nicht einzugehen.

Agnes war eine hochaufgeschossene, schlanke, fast schon dürr zu nennende Frau. Sie besaß ein ernstes Wesen, lachte selten und wenn doch, gewann Jakob den Eindruck, als wäre es ihr stets ein wenig peinlich. Im Haushalt war sie pflichtbewußt und tüchtig und zudem von tiefer Gottesfürchtigkeit geprägt. Alles in allem eine Frau, für die Jakob keine flammende Liebe empfinden konnte, der er aber doch genug Respekt und Sympathie entgegenbrachte, um sie als sein künftiges Eheweib zu akzeptieren. Er nahm an, daß Agnes ähnlich über ihn urteilte.

Da seine Studienzeit erst im Januar des nächsten Jahres beginnen würde, hatte Johann Albrecht Laurentz seinem zukünftigen Schwiegersohn angeboten, einige Monate in seinem Haus zu wohnen, um ihm bei seiner juristischen Tätigkeit über die Schulter zu schauen und auch um seine Braut besser kennenzulernen. Jakobs Familie nahm dieses Angebot gerne an, denn er war das älteste von sieben Kindern, und der Platz in ihrem Haus war schon immer knapp bemessen gewesen.

»Hier bist du«, sagte er, als er das Salonzimmer betrat. Agnes hatte vor dem Fenster Platz genommen und war so konzentriert in die Heilige Schrift vertieft, daß man hätte annehmen können, sie wäre zu Stein erstarrt.

Ohne ihm Beachtung zu schenken, saß sie kerzengerade und völlig reglos da, nur ihre Augäpfel bewegten sich, wenn sie den Worten der Psalmen folgten. Jakob zog einen Stuhl heran und setzte sich neben sie. Er konnte erkennen, daß sie das Zweite Buch Mose aufgeschlagen hatte.

Er sprach sie bei ihrem Namen an, doch sie reagierte nicht darauf. Agnes schien wirklich verstimmt zu sein. Eine gewisse Sturheit hatte Jakob in den letzten Wochen zur Genüge an ihr kennengelernt. Im Grunde war ihr Verhalten anstrengend, doch auf eine seltsame Weise reizte es ihn auch. Viele Männer bevorzugten Frauen schlichteren Gemütes, die sich ihnen bereitwillig hingaben und ihnen nach dem Mund redeten. War es nicht eine ungleich größere Herausforderung, einer strengen Frau ein Lächeln oder ein nettes Wort zu entlocken?

»Bist du verstimmt?« fragte Jakob vorsichtig.

Ihre Augen wandten sich nicht von der Bibel ab.

»Ich nehme an, du mißbilligst es, daß ich deinen Vater nach Osnabrück begleiten werde.«

Agnes wandte den Kopf, so daß sie ihn mit einem herablassenden Blick aus kühlen, hellblauen Augen strafen konnte, der keinen Zweifel daran ließ, daß sie sich aufs Tiefste gekränkt fühlte.

Herrje, das Eheleben mit dieser Frau wird zu keinem Vergnügen werden, überlegte er ernüchtert.

Vielleicht ärgerte es sie aber auch nur, daß er nicht mit ihr über diese Angelegenheit gesprochen hatte. Jakob fragte sich, warum er es eigentlich nicht übers Herz gebracht hatte, Agnes sein Vorhaben mitzuteilen. Wahrscheinlich lag es an ihrer ausgeprägten Abneigung gegen alles, was nur den leisesten Verdacht der Hexerei mit sich führte. Ihr Vater war von dem Osnabrücker Bürgermeister Wilhelm Peltzer geladen worden, um ein Gutachten über einen nicht alltäglichen Hexenprozeß zu erstellen, und er hatte Jakob das Angebot unterbreitet, sich ihm auf dieser Reise anzuschließen. Jakob hatte, ohne zu zögern, zugesagt, aber gleichzeitig davor gescheut, mit Agnes über die Reise zu sprechen. Er wußte, daß schon die geringste Andeutung von Hexenwerk ihre Laune für mehrere Tage verderben konnte.

»Natürlich ist es nicht ungefährlich, eine solche Reise zu unternehmen«, redete er weiter auf sie ein. »Aber man spricht davon, daß die Wälder seit dem Rückzug der kaiserlichen Truppen sicherer geworden sind.«

Agnes ließ die Heilige Schrift mit einem lauten Knall zusammenklappen. »Red nicht so einen Unsinn! Es ist nicht die Wegstrecke, die mir Sorgen macht. Vater hat mir erzählt, daß Osnabrück von der Zauberei befallen ist. Dieser Fluch schwebt wie die Pest über der Stadt. Und Vater und du – ihr könntet davon berührt werden.«

Jakob umfaßte ihre Hand. Sie war kalt. »Sorge dich nicht.«

»Wie willst du dich dagegen wehren, wenn man dir durch einen Zauber Schaden zufügt?«

»Agnes, du weißt, daß es mein Ziel ist, Rechtswissenschaften zu studieren. Ich will mein Leben dem Kampf gegen eben diese Geißel der Menschheit widmen. In Osnabrück bietet sich mir zum ersten Mal die Gelegenheit, an einem Hexenprozeß teilzunehmen.« Er seufzte und hoffte, daß sie Verständnis für ihn aufbrachte. »Um die Dämonen zu vernichten, muß ich ihnen zunächst ins Auge blicken.«

Vielleicht sollte ich bei mir selbst beginnen, flüsterte ihm eine Stimme voller Häme zu.

»Ich halte es trotzdem für keine gute Idee.« Agnes entzog ihm rüde ihre Hand. Wie so oft gewann er den Eindruck, als mißfielen ihr seine vorsichtigen Berührungen. »Doch eines verspreche ich dir: Solltest du je in den Bann einer dieser Hexen geraten, werde ich um deine Seele kämpfen.«

»Ich weiß«, sagte er.

Agnes schlug die Bibel wieder auf und las weiter. »Laß mich jetzt allein«, forderte sie ihn unmißverständlich auf. Jakob blieb noch einen Moment lang still neben ihr sitzen und betrachtete ihre Lippen, die stumm die heiligen Worte formten, dann stand er auf und schaute im Vorbeigehen aus dem Fenster. Er konnte von hier aus den Hinterhof einsehen und bemerkte ein Kind, das sich mit einem Weidenkorb auf dem Rücken zu einem in der Nähe aufgeschichteten Stapel Brennholz aufmachte.

Er verließ den Salon und begab sich in den Hinterhof zu Maria, der Tochter der Köchin, die ihren Korb vor dem Holz abgestellt hatte und Blätter von einem Kirschenbaum pflückte. Direkt neben den Holzscheiten befand sich ein Kaninchenstall; wahrscheinlich hatte das Mädchen beschlossen, daß es dringlicher sei, den Tieren etwas Gutes zu tun, als den Korb mit Holz zu füllen.

Wie alt mochte sie sein? Marias letzter Geburtstag lag erst einen Monat zurück. Vielleicht war es ihr achter oder neunter gewesen, aber ganz sicher nicht der glücklichste in ihrem kurzen Leben.

»Maria«, rief Jakob. Sie wandte sich langsam um, und obwohl er an ihren Anblick gewöhnt war, ließ ihn ihr Äußeres bei jeder Begegnung schaudern. Marias Kopf war von tiefen Narben entstellt, das rechte Auge nicht mehr vorhanden, statt dessen prangte eine häßliche verschorfte Höhle in ihrem Gesicht. Ihre rechte Hand war in Stoff gewickelt – ein nutzloser Stumpf, denn außer dem Daumen fehlten an ihr alle anderen Finger.

Er erinnerte sich daran, in welch erbärmlichen Zustand sie sich befunden hatte, als er vor sieben Wochen in das Haus der Laurentz' gezogen war. Das Unglück, das Maria ereilt hatte,

hatte damals erst fünf Wochen zurückgelegen. Zu der Zeit hatte sie noch einen engen Kopfverband getragen, der ihr gerade genug Platz zum Atmen gelassen hatte.

In manchen Nächten hatte Jakob sich gefragt, welche Qualen dieses liebe Kind erfahren hatte. Heute nacht nun, in seiner Vision hatte er auf diese Frage eine grausame Antwort erhalten.

»Laß mich dir helfen«, bot er sich an. »Sollst du Holz holen, damit deine Mutter den Herd anfeuern kann?«

Maria nickte. Jakob hatte das Mädchen selten sprechen gehört. Er wußte, daß es ihr schwer fiel, denn der Hund hatte ihr auch einen Teil der Oberlippe abgerissen. Wenn sie etwas sagte, entstand dabei häufig ein Zischen, durch das ihre Worte unverständlich klangen.

Jakob packte die Scheite in den Korb, während Maria sich nach den Blättern streckte und sie den Kaninchen zu fressen gab.

»So, fertig«, sagte er und reichte ihr den Korb. Wie leid ihm dieses Kind tat. Wegen ihrer verkrüppelten Hand würde sie niemals eine vollwertige Arbeit leisten können, und da ihr Gesicht auf das ärgste entstellt war, konnte sie zudem kaum auf eine Ehebindung, selbst mit einem Mann aus den niedersten Ständen, hoffen.

Sie nahm den Korb wortlos entgegen und wollte schon ins Haus gehen, als auf der Straße ein lautes Hundegebell ertönte. Maria stieß ein erschrockenes Wimmern aus, und auch Jakob fuhr zusammen und zitterte am ganzen Körper, obwohl beiden klar war, daß dies nicht der schwarze Streuner sein konnte, denn das boshafte Tier war nach seinem Angriff auf Maria von den Knechten erschlagen worden.

Jakob beruhigte sich wieder, doch er bemerkte, daß Maria ihn zweifelnd anstarrte. Konnte sie ihm sein Wissen ansehen? Erahnte sie, daß er um die Schmerzen wußte, die sie ertragen hatte?

War es Angst, die Maria veranlaßte, sich von ihm abzuwenden

und ohne ein Wort des Dankes ins Haus zu laufen? Und dabei verspürte doch er selbst die größte Angst. Angst vor dem schlimmen Spiel, das die teuflischen Mächte mit ihm trieben.

Kapitel 3

Der Ritt durch die Grafschaft Ravensberg bis in das Bistum Osnabrück führte Jakob Theis und Johann Albrecht Laurentz zwei Tage lang über schmale, steinige Pfade, die durch die Regenfälle der vergangenen Tage in einen beschwerlichen morastigen Untergrund verwandelt worden waren, der es ihnen unmöglich machte, in zügigem Galopp voranzukommen.

Sie trabten gemächlich dahin und sprachen nur gelegentlich miteinander, obschon Laurentz im Grunde ein mitteilsamer Mensch war, der im Gegensatz zu Frau und Tochter einen scharfzüngigen Humor entwickeln konnte und sich nur selten um eine derbe Bemerkung verlegen zeigte. Jakob hatte ihn zudem als Freund ausgedehnter Mahlzeiten und kräftigen Weines kennengelernt, was sich in der nicht unerheblichen Leibesfülle seines Brautvaters allzu deutlich widerspiegelte.

Laurentz' Laune war getrübt. Während des Rittes klagte er über Magenschmerzen. Jakob, der zumeist einige Meter voraus ritt, konnte oft nicht ausmachen, ob die lauten furzenden Geräusche hinter ihm von Laurentz oder von dessen Pferd stammten.

Gelegentlich passierten sie zerstörte Bauernhäuser und niedergebrannte Dörfer, in deren Ruinen verwahrloste Gestalten vor ihren Blicken davonschlichen. Der Krieg hatte das Land arm gemacht. Tausende von Soldaten, zuerst die Dänen, dann die Truppen der katholischen Liga und nur wenige Jahre darauf die Schweden, waren durch Norddeutschland gezogen und hatten eine Spur der Verheerung hinterlassen, die einer biblischen Plage gleichkam.

Nachdem sie die Hälfte der Strecke hinter sich gebracht hatten, legten Jakob und Laurentz am Abend in einem schäbigen Dorfgasthaus eine Rast ein. Sie bekamen für teures Geld ein karges Zimmer zugewiesen und eine Stutensuppe serviert, die aus zerbröseltem Zwieback in einer Fleischbrühe bestand.

»Schmeckt, als hätte mein Pferd drauf gepißt«, knurrte Laurentz und schob naserümpfend den Holzlöffel in seinen Mund. Jakob konnte ihm nur zustimmen und amüsierte sich über Laurentz' treffenden Vergleich.

»Dieser Wilhelm Peltzer – was ist das für ein Mann?« fragte Jakob während des Essens.

»Peltzer? Oh, er ist ein wahrer Streiter seines lutherischen Glaubens. Kein Mann, der anderen nach dem Mund redet, nein, er tritt vehement für seine Überzeugungen ein und scheut keinen Streit.«

»Und seid Ihr gut mit ihm bekannt?«

»Es sind wohl an die drei Jahre vergangen, seit ich Peltzer zuletzt begegnet bin. Bischof Franz Wilhelm hatte ihn im Zuge der Gegenreformation 1628 aus Osnabrück ausgewiesen. Peltzer stellte sich daraufhin in den Dienst des Herzogs von Lauenburg, an dessen Hof auch ich mich zur selben Zeit aufhielt. Peltzer und ich fanden schnell heraus, daß unsere Ansichten sehr ähnlich waren, und verbrachten unzählige Abende damit, über Politik, den Krieg und Kirchenangelegenheiten zu diskutieren. Schon damals wurde Peltzer nur von dem einen Ziel getrieben, in seine Heimatstadt zurückzukehren und für die Religionsfreiheit zu streiten. Als Osnabrück dann vor drei Jahren von den Schweden besetzt wurde, suchte Peltzer mich in Minden auf und teilte mir mit, daß Bischof Franz Wilhelm geflohen sei und er nach Osnabrück heimzukehren gedenke. Seitdem habe ich ihn nicht mehr gesprochen, aber ich verfolgte stets mit Interesse die Berichte über seinen Aufstieg in immer höhere Ämter. Im Januar dieses Jahres wurde er schließlich zum Ersten Bürgermeister gewählt. Auf diese Position hatte er seit Jahren sein

Augenmerk gerichtet, und, ehrlich gesagt, hätte es mich sehr verwundert, wenn Peltzer sein Ziel nicht erreicht hätte.«

Jakob lauschte fasziniert Laurentz' Ausführungen über den Bürgermeister Peltzer, in dessen Haus sie die nächsten Tage leben würden. Er war gespannt auf diesen Mann, der sich den mächtigen Bischof zum Feind gemacht hatte und gleichzeitig einen tapferen Kampf gegen die schwedische Besatzung führte.

Nach dem Essen zogen sie sich früh in ihre Kammer zurück, um am nächsten Morgen ausgeschlafen zu sein.

Es war beruhigend für Jakob und Laurentz, in der Nacht ein Dach über dem Kopf zu wissen. Auch wenn sich momentan keine Söldner in der Gegend aufhielten, konnte man niemals wirklich sicher sein, ob sich des Nachts marodierende Banden oder anderes Gesindel in den Wäldern herumtrieb. Selbst hier im Gasthof legte Jakob seinen Degen griffbereit neben die knarrende Bettstatt, die unter seiner und vor allem unter der Last des Johann Albrecht Laurentz' gefährlich schaukelte.

Am nächsten Morgen brachen sie zeitig auf und ritten viele Stunden ohne Rast. Es war bereits später Nachmittag, als Jakob in der Ferne Osnabrück ausmachen konnte. Die stattliche Bischofsstadt, aus deren Silhouette vier Kirchtürme herausragten, erstreckte sich in einer Talmulde am Ufer eines verzweigten Flusses. Zahlreiche Wehrtürme schmückten die Stadtmauer, doch weder diese Festungsbauten noch die mächtige, vor wenigen Jahren von Bischof Franz Wilhelm an der Südseite errichtete Zitadelle hatten die Stadt vor der Besetzung durch schwedische Truppen geschützt. Die Verteidigung Osnabrücks besaß einen entscheidenden Schwachpunkt, denn in unmittelbarer Nähe wurde die Stadt von zwei Anhöhen überragt, die es den Belagerern ermöglichten, dort Stellung zu beziehen und ihre Kanonen auf die Stadt zu richten.

Jakob und Laurentz passierten die mit dichtem Dornengestrüpp bepflanzten Wälle der Landwehr, die von den Bürgern aufgeschüttet worden waren, um unmittelbaren Überfällen vorzubeugen. Sie hielten an einem Schlagbaum, den sie eigenhändig aufrichten mußten, da der Wachturm an diesem Durchgang verlassen worden war. Allem Anschein nach fühlte sich die zahlenmäßig recht starke schwedische Besatzung in der Stadt so sicher, daß sie es nicht für nötig erachtete, die Dienste der Landwehr in Anspruch zu nehmen.

Bald darauf erreichten sie das Stadttor an der Ostseite, dem eine Bastion vorgelagert worden war, auf deren Rondell Jakob zwei gelangweilt wirkende, mit Musketen bewaffnete Männer erkennen konnte. Ein Torwärter warf ihnen einen nichtssagenden Blick zu, ließ sie aber ungehindert passieren.

Acht Jahre waren vergangen, seit Jakob sich in Osnabrück aufgehalten hatte. Damals hatte er seinen Vater begleitet, dessen Schwester in Osnabrück gelebt hatte. Der Bau der Zitadelle war kurz zuvor begonnen worden, und in der Stadt hatten sich Hunderte Söldner aus der Armee des katholischen Feldherrn Tilly Quartier verschafft. Jakob erinnerte sich gut daran, wie sehr seine Tante Fredeke, eine beherzte Lutheranerin, über Bischof Franz Wilhelm geklagt hatte, der die auf Betreiben Tillys errichtete Zwingfeste zu seinem eigenen Nutzen und zur Maßregelung und Rekatholisierung der Bürgerschaft einsetzte. Auch die beiden evangelischen Kirchen Osnabrücks waren im Zuge dieser Gegenreformation geschlossen und ihre Priester vertrieben worden.

Fredeke starb im Frühjahr darauf, und so war es ihr nicht vergönnt, zu erleben, daß die Bemühungen des Bischofs ein jähes Ende fanden, als im Jahr 1633 ein evangelisches Heer unter Herzog Georg von Braunschweig-Lüneburg und dem schwedischen Heerführer Dodo von Knyphausen die Stadt besetzte und die in die Zitadelle geflüchteten katholischen Truppen aushungern ließ. Bischof Franz Wilhelm hatte die Stadt bereits einige Tage zuvor fluchtartig verlassen.

Nach den zwei Tagen in freier Natur fühlte Jakob sich in der engen Stadt mit ihren winkligen Gassen regelrecht bedrückt.

Zwei- bis dreistöckige Häuser rahmten die zumeist ungepflasterten Straßen ein, die von Dung- und Abfallhaufen gesäumt wurden, in denen streunende Hunde und freilaufende Schweine wühlten. Aus den zur Straße hin offenen Werkstätten erklang das Hobeln und Hämmern, Klopfen und Schaben der Handwerker.

Alles in allem unterschieden sich Osnabrück und Minden nicht sehr voneinander, doch Jakob sah es den trägen Gesichtern dieser Leute an, wie sehr viel schwerer sie unter den auferlegten Kontributionen zu leiden hatten. Die Schweden hatten ihre 600 Mann starke Besatzung in den Bürgerhäusern untergebracht, und die Bürger waren es, die sämtliche Mittel für Pflege und Verköstigung dieser Söldner aufbringen mußten. Zudem leisteten der Rat und das Domkapitel immense Abgaben für den Schutz der Stadt. Auch diese Gelder mußten zum größten Teil von der Bevölkerung aufgebracht werden. Es war ein hoher Preis, den die Stadt für die zurückerlangte Religionsfreiheit entrichtete.

Jakob und Laurentz ritten zunächst zum spätromanischen Dom, dem Mittelpunkt der Stadt, die einst von Karl dem Großen begründet worden war. Jakob betrachtete ehrfurchtsvoll das machtvolle Monument aus Stein, das als eine der ältesten christlichen Kirchen Westfalens galt.

Während Jakob noch die gewaltigen Formen des Doms auf sich wirken ließ, winkte Laurentz einen ärmlich gekleideten Knaben herbei, der barfüßig auf dem Pflaster herumlief und nach einem Huhn trat, das ihm hektisch flatternd entwischte. Er versprach dem Knaben einige Groschen, wenn er sie in die Hakenstraße zum Haus des Bürgermeisters führte. Der Bursche nahm das Angebot gerne an und forderte die beiden Reiter auf, ihm zu folgen.

Er geleitete sie in eine Straße, in der sich prächtige Patrizierhäuser aneinanderreihten, die der eigentlichen Enge der Stadt zu spotten schienen. Der Knabe wies auf das Haus des Bürgermeisters, das am Ende der Straße lag, und nahm dann die Münzen von Laurentz entgegen, die er rasch in seiner Hose verstaute.

Sie saßen von ihren Pferden ab. Jakob strich seinem Hengst Melchior dankbar über den Hals, während Laurentz sich stöhnend die Hände ins Kreuz drückte.

»Himmel, Herrgott!« keuchte er. »Mir tun sämtliche Knochen weh. Vielleicht hätten wir doch eine Kutsche benutzen sollen.«

Jakob lächelte mitfühlend. Er war müde, aber ansonsten hatte ihn der Ritt nicht allzu sehr angestrengt. Im Grunde hatte er es genossen, zwei Tage außerhalb einer Stadt zu verbringen. Der Krieg hatte die umliegenden Ländereien unsicher gemacht. Recht und Ordnung wurden hinter die steinernen Mauern der Städte zurückgedrängt, und auch hier konnten sie nur mühsam aufrechterhalten werden. Für Jakob gab es nicht viele Gelegenheiten, Minden zu verlassen, und zu manchen Zeiten fühlte er sich dort eingeschlossen wie in einem Gefängnis.

Ein Knecht trat herbei, führte die Pferde in den Stall und rief nach einer Magd, die die beiden Besucher in das Haus des Wilhelm Peltzer führte. Sie durchquerten eine geräumige Waschküche, in der ein ziemlicher Tumult herrschte. Ein gutes Dutzend Männer und Frauen scharte sich um ein gewaltiges Faß, in dem die große Wäsche vorbereitet wurde. Die Frauen trugen kochendes Wasser und die Wäsche herbei, während die Männer auf die einzelnen Schichten Holzasche schütteten, in der die Stoffe eingeweicht wurden. Am Waschtag selbst würde man die Wäsche wiederholt mit kochendem Wasser übergießen, sie von den Mägden mit Füßen treten lassen und schließlich mit der Hand nachwaschen.

Die Waschküche war von feuchten Dampfschwaden eingehüllt, die wie dichter, warmer Nebel im Raum hingen. Jakob und Laurentz tasteten sich zwischen den Rufen des Gesindes am Faß entlang und folgten der Magd, die sie in ein angrenzendes Zimmer führte, wo sie die Besucher bat, einen Moment zu warten.

»Herr Laurentz, dem Herrn sei Dank, daß Ihr Osnabrück wohlbehalten erreicht habt«, wurden sie kurz darauf von der Frau des Bürgermeisters Peltzer begrüßt, einer zierlichen Person mit tiefen Ringen unter den Augen, die sie kränklich und müde wirken ließen. Ihre leise und kraftlose Stimme verstärkte diesen Eindruck noch.

»Abgesehen davon, daß ich kurz vor dem Verdursten bin«, entgegnete Laurentz. Seiner Klage wurde rasch Abhilfe geschaffen, indem ihnen zwei Krüge mit Bier gereicht wurden. Jakob störte sich nicht daran, daß das Osnabrücker Bier es geschmacklich bei weitem nicht mit dem Gerstensaft aus Minden aufnehmen konnte. Nachdem sie auf ihrer Reise fast ausschließlich Wasser getrunken hatten, war es ein herrlicher Genuß, das Bier hinunterzustürzen.

Laurentz stellte seinen Begleiter vor und erkundigte sich nach Wilhelm Peltzer, der jedoch noch mit dringenden Ratsangelegenheiten beschäftigt war. Frau Peltzer bot ihren Gästen an, sich von der anstrengenden Reise auszuruhen, und führte sie in den ersten Stock, wo bereits zwei Kammern für sie hergerichtet worden waren. Die Zimmer lagen sich gegenüber, und am Ende des Korridors befand sich eine weitere Tür, die Jakobs besondere Aufmerksamkeit auf sich zog, da sie äußerst gründlich mit einem schweren Eisenriegel und einem großen Schloß gesichert worden war. Welches Mysterium sollte dort vor allzu neugierigen Augen verborgen werden?

»Ich werde einen Boten schicken und meinen Mann von Eurer Ankunft unterrichten«, sagte Frau Peltzer, als sie die Türen der Kammern aufschloß.

»Laßt Euren Mann nur in Ruhe seine Geschäfte zu Ende bringen.« Laurentz gähnte herzhaft. »Eine oder zwei Stunden Schlaf werden uns sicher guttun.«

Der Raum, den Jakob im Haus bezog, war klein, aber sauber und mit allem Nötigen ausgestattet. An der Wand ein Bettkasten, daneben eine Holztruhe und ein Tisch, auf dem eine Schale und ein Krug Wasser zur Erfrischung bereit standen. Sogar eine Standuhr gab es in der Kammer. Jakob schloß die Tür, legte Mantel und Degen ab und zog seinen breitkrempigen Hut vom Kopf. An seinem Kopfschmuck waren drei auffällige rote Federn befestigt, die er sorgfältig glatt strich, bevor er den Hut zur Seite legte.

Er öffnete seine lederne Reisetasche, nahm die Kleidungsstücke heraus und deponierte sie in der Truhe. Da die Luft hier im Zimmer ein wenig stickig war, öffnete er die Fenster und setzte sich auf die breite Fensterbank. Sein Blick glitt über die umliegenden Dächer Osnabrücks, einer Stadt von etwa sechstausend Einwohnern, die einen friedlichen und beschaulichen Eindruck machte. Jakob waren aber die Probleme und Konflikte der Stadt nicht unbekannt. Im Jahr 1171 hatte die Stadt von Kaiser Friedrich I. das *privilegium de non evocando* erhalten, das ihr eine unabhängige Rechtssprechung garantierte. Kein Bürger durfte somit vor ein auswärtiges Gericht geladen werden, wenn er nicht zuvor die Gelegenheit gehabt hatte, seinen Fall vor dem Gericht der Stadt zu verfolgen.

Diese recht unabhängige Stellung Osnabrücks begünstigte später auch die Einführung der Reformation. Der Superintendent von Lübeck, Hermann Bonnus, einst Schüler Luthers und Melanchtons, wurde nach Osnabrück geladen und gab mit seinen Predigten den entscheidenden Anstoß zum Religionswechsel, der zwei der vier Stadtkirchen evangelisch werden ließ.

Pest, Krieg und Gegenreformation hatten Osnabrück in den letzten Jahren arg gebeutelt, doch nun wurde der Stadt eine weitere Bewährungsprobe abverlangt: Der Satan hatte seine Hände nach ihr ausgestreckt. Jakob hatte sich von Laurentz die Sachlage erklären lassen und erfahren, daß in diesem Jahr bereits mehr als dreißig Hexen Geständnisse ihrer Schuld abgelegt hatten. Niemand konnte abschätzen, wie viele Personen noch dem Teufel anheimgefallen waren oder in absehbarer Zeit seinen Versuchungen erliegen würden. Agnes hatte Recht, das Böse breitete sich wie eine Pest aus, und die Not, die der Krieg mit sich gebracht hatte, diente dem Satan bei seiner abgründigen Saat als fruchtbarster Ackerboden.

Allein und entspannt am Fenster sitzend, überfiel Jakob eine bleierne Erschöpfung. Er betrachtete den Wasserkrug und hätte sich gerne frisch gemacht, doch er verzichtete darauf, da ihm der Vorfall, der sich vor ein paar Tagen im Haus von Johann Albrecht Laurentz ereignet hatte, noch allzu deutlich vor Augen stand.

Er hatte sich nur das Gesicht waschen wollen, doch dann waren seine Augen an den kleinen Wellen, die sich auf dem Wasser ausbreitet hatten, hängengeblieben, und er war in den Bann der Vision geraten, die ihn das Leiden der armen Maria erleben ließ.

Es war nicht seine erste Vision gewesen, und er befürchtete, daß es auch nicht die letzte sein würde. Oft schon hatte Jakob sich gefragt, ob ihm dieses Übel in die Wiege gelegt worden war oder ob der Teufel erst in späteren Jahren Macht über ihn gewonnen hatte.

Als Kind hatte Jakob nicht geahnt, welcher Fluch ihm anhing. Er erinnerte sich aber, daß die Bewegung des Wassers schon immer eine ganz besondere Faszination auf ihn ausgeübt hatte. Einst hatte er oft vor Pfützen gesessen, Regentropfen betrachtend, die auf die Oberfläche plätscherten, oder er hatte mit seinen Fingern Wellenbewegungen entstehen lassen, die ihn auf eine seltsame Art und Weise entrückten. Er fühlte sich in diesen Momenten verträumt, so als schwebe er – als wäre er dem Himmel ein Stückchen näher. Kurz nach seinem dreizehnten Geburtstag geschah es dann zum ersten Mal, daß sich eines der beunruhigenden Gesichter in seinem Kopf bildete. An eben diesem Tag hielt er sich mit anderen Kindern an einem tiefen Fluß auf, in dem Monate zuvor zwei Jungen in ihrem Alter ertrunken waren. Das Wissen um die Gefährlichkeit des Gewässers zog die Kinder magisch an, und schon bald galt es als Mutprobe, dem Fluß zu trotzen und ans andere Ufer zu schwimmen.

Auch Jakob legte sein Hemd ab, bereit in das Wasser zu springen, als der Blick auf die Strömung seinen Geist gefangennahm und ihn kurz der Wirklichkeit entriß. Einen Augenblick lang kämpfte er unter Wasser mit dem Tod. Er bekam keine Luft mehr. Seine Lungen schmerzten und drohten zu zerplatzen, während er unaufhaltsam in die dunkle Tiefe sank. Vor seinen ins Leere rudernden Händen erhaschte er im trüben Wasser die Bewegung einer zweiten Gestalt, die wie er verzweifelt strampelte, um der tödlichen Falle zu entkommen.

Die Vision entschwand ebenso schnell, wie sie aufgetreten war. Anschließend verzichtete er darauf, ans andere Ufer zu schwimmen. Niemals mehr war er seitdem in einen Fluß gesprungen, auch wenn er sich mit diesem ängstlichen Verhalten zahlreiche hämische Bemerkungen eingehandelt hatte. Jakob vermutete, daß das Bild in seinem Kopf ihn in den Körper eines der ertrunkenen Jungen versetzt hatte. Nicht die Qualen des Ertrinkens, die er in diesem Moment verspürt hatte, waren ausschlaggebend dafür, daß er sich fortan von Flüssen fernhielt, sondern die Erfahrung, das Erlöschen des Lebensfunkens zu spüren. Das Gefühl, vom Leben zum Tod überzuwechseln, hatte Jakob seitdem Höllenqualen bereitet. Viele Nächte lang war er schweißgebadet aus Alpträumen wachgeschreckt, in der Befürchtung, dem Tode nahe zu sein.

In den darauf folgenden fünf Jahren war es annähernd ein Dutzend Mal vorgekommen, daß er, wenn er sich unachtsamer Weise von der Bewegung des Wassers gefangennehmen ließ, sich in die Körper von Menschen versetzt sah, denen an dem Ort, an dem er sich zum Zeitpunkt des Gesichtes aufhielt, ein schweres Unglück geschehen war.

Jakob sprach mit niemandem über diese Vorgänge, denn eines stand ihm bereits nach seiner ersten Vision klar vor Augen: Der Teufel hatte sich seiner bemächtigt. Er hätte es wissen müssen, schon deshalb, weil er bereits als Kind wie selbstverständlich seine linke, die dem Teufel zugetane Hand bevorzugt hatte.

Auf den Gebrauch der linken Hand konnte Jakob mit ein wenig Anstrengung verzichten, doch nun war der Antichrist in seinen Geist eingedrungen. Wie, so fragte Jakob sich, sollte es ihm jemals gelingen, den Satan aus seinem Kopf zu vertreiben?

Er seufzte, setzte sich auf das harte Bett und packte aus seiner Tasche die Bibel aus, die ihm Agnes vor seiner Abreise anvertraut hatte. Jakob nahm das Buch und drückte es wie einen schützenden Schild vor seine Stirn. Vielleicht, so schöpfte er Mut, würde es gelingen, mit Agnes' Gebeten und der Kraft der Heiligen Schrift die Dämonen von ihm fernzuhalten.

Kapitel 4

Jakob schlief auf seinem Bett ein, wurde aber schon bald von Laurentz geweckt, der ihm mitteilte, daß sie zur Abendtafel gerufen worden seien. Jakob ließ sich dies nicht zweimal sagen, denn seit dem kargen Frühstück in der Herberge hatte er an diesem Tag noch nichts gegessen.

Frau Peltzer ließ für ihre Gäste Lammbraten mit gekochten Bohnen in Rüböl, dazu reichlich Schwarzbrot und Obst auftragen. Es schmeckte hervorragend. Jakob und Laurentz zögerten darum nicht, ihre Teller mehrmals zu füllen.

»Ein Lob an Eure Köchin, aber eigentlich hatte ich gehofft, der Herr des Hauses würde uns Gesellschaft leisten«, erklärte Laurentz, während er mit den Fingern fettiges Fleisch von einem Knochen abstreifte.

Frau Peltzer, die nur Brot und Obst zu sich nahm, schaute verdrießlich drein und erwiderte: »Es tut mir leid, ich fürchte, mein Mann wird von seinen Aufgaben sehr in Anspruch genommen.« Sie verzog den Mund, eine kurze Pause entstand, dann fügte sie ernüchtert an: »Das Leben in dieser Stadt ist in den letzten Monaten nicht einfacher geworden.«

Laurentz legte kurz seine Hand auf ihren Arm und bedachte sie mit einem mitfühlenden Blick. Dann schenkte er seine Aufmerksamkeit wieder dem Essen und lud sich eine weitere Portion Ölbohnen auf.

Die Kirchturmuhr schlug bereits acht, als Wilhelm Peltzer eintraf. Jakob vernahm hinter der Tür eine energische Stimme, die dem Gesinde harsche Anweisungen zurief. Laurentz schien diese Stimme nicht fremd zu sein, denn er lächelte, wischte sich die Hände ab und erhob sich. Jakob stand ebenfalls auf.

Als der Bürgermeister eintrat, war Jakob fast ein wenig enttäuscht. Von Laurentz' Berichten ausgehend, hatte er sich ihren Gastgeber als einen hochaufgeschossenen, kräftigen Mann vorgestellt, doch Peltzer kam eher untersetzt daher, er war etwas kleiner als Jakob und wirkte alles in allem recht unscheinbar. Unter seinem Mantel trug er die nüchterne dunkle Kleidung eines Lutheraners, deren einfacher Schnitt einzig durch einen aus Batist gefertigten Kragen und silberne Manschetten verziert wurde. Der Bürgermeister bot von seinem asketischen Erscheinungsbild her einen krassen Gegensatz zu ihm selbst. Jakobs mit langen, roten Federn geschmückter Hut, die goldbesetzte Schärpe und die bunten Bänder an seinen Beinkleidern ließen ihn wie einen eitlen Pfau neben einer Drossel erscheinen.

Peltzer trat auf seinen alten Freund Laurentz zu und streckte die Hände aus. »Seid willkommen«, sagte er und klopfte Laurentz auf die Schulter.

»Es muß an die drei Jahre her sein, daß wir uns gegenüber standen«, erwiderte Laurentz.

»Zu lange, viel zu lange.« Peltzer wandte sich Jakob zu. »Und wen haben wir hier?« Er musterte ihn mit seinen wasserblauen, stechenden Augen. Jakob schluckte und bemerkte, daß Peltzers Blick einen Moment lang mißbilligend auf seiner Kopfbedeckung ruhte. Er schien kein Freund eines solchen Federschmucks zu sein. Jakob wußte nicht recht, wie er reagieren sollte. Peltzer verunsicherte ihn, und er begriff, daß ihn sein erster Eindruck getäuscht hatte. Der Bürgermeister strahlte eine kühle, willensstarke Autorität aus – ein Mann, den man sich nicht zum Gegner wünschte.

Jakob räusperte sich, doch bevor er antworten konnte, meldete sich Laurentz zu Wort.

»Dieser Bursche dort schickt sich an, in meine Familie einzuheiraten.« Er klopfte Jakob wie zur Bestätigung auf die Schulter. »Darf ich vorstellen: Jakob Theis, der Mann, der meiner Tochter Agnes das Eheversprechen gegeben hat.«

Peltzer bedachte Jakob mit einem anerkennenden Schmunzeln. »Meinen Glückwunsch, Jakob. Ihr werdet bald einer der angesehensten Familien Mindens angehören.«

»Ganz so weit ist es noch nicht«, erklärte Jakob. »Bevor ich eine Familie gründen kann, werde ich die Rechtswissenschaften an der Universität Rinteln studieren.«

»Ein Jurist wollt Ihr also werden.« Peltzer musterte ihn nun noch eingehender, und Jakob gewann den Eindruck, als zweifle der Bürgermeister insgeheim an seiner Befähigung, eine solche Aufgabe zu meistern. »Nun, dann befindet Ihr Euch hier in bester Gesellschaft.«

»Er wird seinen Weg schon machen, da bin ich mir ganz sicher«, erhielt Jakob Unterstützung von Laurentz.

Sie setzten sich an die Tafel. Peltzer ließ sich Fleisch und Bohnen auftragen. Er aß bedächtig und unterhielt sich mit Laurentz angeregt über ihre Familien und die Geschehnisse in Minden. Als Laurentz dem Bürgermeister von der entbehrungsreichen Zeit der Belagerung Mindens durch Herzog Georg berichtet hatte, nickte er und klagte: »Dieser Krieg hat seinen Sinn verloren. Etwas Böses, Finsteres ist mit ihm entfesselt worden. Es dreht sich wie ein schweres Rad schneller und schneller und rollt über die deutschen Lande hinweg.«

Jakob konnte Peltzers Enttäuschung verstehen. Sechs Jahre zuvor, als die katholische Armee die Dänen vernichtend geschlagen und der deutsche Kaiser Ferdinand den Krieg bereits als siegreich betrachtet hatte, weitete sich der Konflikt durch die überraschende Intervention Schwedens stärker über das Land aus, als man es je für möglich gehalten hatte.

Gustav Adolf, König von Schweden, hatte seine Armee im Jahr 1630 an einem pommerschen Ostseestrand auf deutschen Boden geführt. Um seine Person rankten sich zahlreiche Legenden und Weissagungen. Er wurde der Löwe aus dem Mitternachtsland genannt, denn die deutschen Protestanten träumten seit langer Zeit von einem Retter, der den Unterdrückten zu Hilfe kommen, das römische Babylon zerschlagen und ein neues, goldenes Zeitalter einleiten sollte.

Für kurze Zeit hatte es den Anschein, als könne der *Löwe aus Mitternacht* der Legende, die ihm vorauseilte, tatsächlich gerecht werden. Gustav Adolfs Truppen eroberten ohne Mühe Stettin, das von großer strategischer Bedeutung war, da es wie ein Riegel an der Ostseemündung der Oder lag und die Kontrolle über die Handelsströme vom Meer her gewährleistete.

Im September 1631 trafen das schwedisch-sächsische und das kaiserliche Heer nördlich von Leipzig zur ersten offenen Feldschlacht aufeinander. Das Ergebnis war eine Sensation, denn die unbesiegte kaiserliche Armee wurde geschlagen und flüchtete in versprengten Scharen nach Süden. Gustav Adolf hatte sein Ziel erreicht und die katholische Bedrohung Schwedens aus dem Weg geräumt, doch statt einen Kompromißfrieden zu schließen, wuchsen mit diesem Erfolg die Ambitionen des Königs ins Unermeßliche, und er machte sich mit seinem Heer, dem sich Deutsche, Finnen, Franzosen, Holländer, Polen und Böhmen angeschlossen hatten, auf den Marsch nach Südosten und brach in das katholische Bayern ein.

Bei Nürnberg entwickelte sich während der heißen Sommermonate ein verheerender Abnutzungskrieg, denn ein alter Feind hatte den Schauplatz des Krieges erneut betreten: Wallenstein, der einst in Ungnade gefallene Feldherr, dem vom angeschlagenen Kaiser erneut die Verteidigung des Reichs anvertraut worden war.

Wallensteins neu aufgestellte Armee wandte sich nach Sachsen und forderte den schwedischen König in einer Feldschlacht bei Lützen heraus. Der verworrene Kampf fand keinen Sieger; zwar behaupteten die Schweden das Feld und eroberten die schweren Geschütze der Kaiserlichen, doch ihr großer Führer Gustav Adolf fand den Tod, als er sich mit einer Reitertruppe, getäuscht durch den Nebel und seine Augenschwäche, in die Reihen feindlicher Kürassiere verirrte und von mehreren Musketenschüssen niedergestreckt wurde. Die protestantische Seite verlor damit einen Feldherrn, den ein mythischer Status begleitet hatte. Seine hohe Autorität hatten die protestantischen Fürsten im Krieg gegen den Kaiser zusammengehalten, auch wenn dieser *Löwe aus Mitternacht* nicht mehr vorrangig für seinen Glauben, sondern für machtpolitische Interessen gekämpft hatte. An seine Stelle trat nun der Reichskanzler Axel Oxenstierna, ein ernster, willenstarker Mann mit verblüffendem Organisationstalent, dem es unter größten Anstrengungen gelang, die nötigen Finanzmittel für eine Fortführung des Krieges aufzubringen, in den inzwischen auch das katholische Frankreich an die Seite Schwedens getreten war. Frankreich, das sich von den mächtigen Habsburgern bedroht fühlte, erklärte Spanien den Krieg und hauchte damit dem zerstörerischen, seit nunmehr fast zwei Jahrzehnten schwelenden Konflikt neues Leben ein. Der religiöse Anstrich des Krieges verblaßte endgültig. Klare Blöcke existierten nicht länger. Das katholische Frankreich, dessen politische Geschicke von dem ehrgeizigen Kardinal Richelieu gelenkt wurden, kämpfte für die Sache des protestantischen Schwedens gegen die Macht des habsburgischen Kaisers, und ein Ende des Krieges rückte somit in weite Ferne.

All diese Dinge gingen Jakob durch den Kopf, während er Wilhelm Peltzer betrachtete und aus dessen Gesicht abzulesen versuchte, ob der Bürgermeister den vergangenen Zeiten nachtrauerte, als der *Löwe aus Mitternacht* die deutschen Protestanten zusammengeführt hatte.

Der Bürgermeister machte ein mürrisches Gesicht und meinte: »Was soll das für ein Krieg sein? Man denke nur an diesen Wallenstein, dessen katholisches Heer fast ausschließlich aus Protestanten bestand.«

Laurentz rümpfte die Nase. »Sogar der Papst hatte sich vom Kaiser und der Liga abgewandt und offen den schwedischen König unterstützt.«

»Magdeburg hingegen wäre niemals von Tilly erobert worden, hätten nicht die protestantischen Kaufleute Hamburgs dem katholischen Heer die Munition geliefert«, fügte Peltzer an. Er schob den Teller von sich, obwohl er nur wenig gegessen hatte.

»Habt Ihr über dieses Ungemach den Appetit verloren?« feixte Laurentz, der kurz zuvor wohl die dreifache Menge verspeist hatte.

Peltzer hob die Schultern. »Nicht nur deshalb. Ich habe ein schwieriges Amt in dieser Stadt übernommen, Laurentz. Die schwedische Besatzung verlangt von Osnabrück schier unerfüllbare Kontributionen; das Domkapitel intrigiert beständig gegen mich, und über allem schwebt der drohende Schatten des Bischofs Franz Wilhelm, dem es nur allzu recht wäre, wenn über Osnabrück ein Strafgericht wie über Magdeburg hereinbrechen würde.« Er schnaubte verächtlich. »Das Vorhaben des Bischofs, die Stadt erneut unter seine Gewalt zu bringen, schlug zu unser aller Glück deutlich fehl. Die letztjährigen schwedischen Siege Banérs und Torstensons bei Dömitz und Kyritz hatten ihn zur Eile getrieben und nervös gemacht. Man sagt, er habe öffentlich die Drohung ausgesprochen, die Bürger Osnabrücks ob ihrer Rebellion gegen den Kaiser vierteilen, henken und köpfen zu lassen, sollte es ihm gelingen, die Stadt mit Gewalt einzunehmen. Drei Monate lag Franz Wilhelm mit seinem Heer vor den Toren Osnabrücks, er befahl den Bauern des Landes, die Zufahrtswege zur Stadt zu zerstören, und legte dem Stift eine unangemessen hohe Kontribution auf. Er muß geahnt haben, daß er die Stadt entweder in den nächsten Wochen oder niemals einnehmen würde. Nun, Gott gab uns die Kraft, diesen Kampf zu bestehen, und nach drei Monaten Belagerung blieb Franz Wilhelm nichts anderes übrig, als sein Heer abzuziehen, wollte er es nicht riskieren, von den schwedischen Truppen abgeschnitten zu werden. Ich bin mir sicher, er wird von wütenden Krämpfen in seinem Bauch geplagt worden sein, als er sich auf seinem Pferd entfernte.«

Peltzer wirkte nachdenklich. »Trotzdem habe ich Angst um die Stadt«, fügte er leise hinzu.

Eine kurze Pause entstand, dann sagte Laurentz: »Aber Ihr habt mich gewiß nicht zu Euch bestellt, um mit Euch gegen Bischof Franz Wilhelm oder die Schweden zu kämpfen.«

»In gewisser Weise schon.« Peltzer erhob sich und holte einen Krug Wein herbei, aus dem er zuerst seinen Gästen und dann sich selbst einschenkte. Er nippte an seinem Becher und schaute Jakob und Laurentz entschlossen an. »Ich habe Euch in meinem Brief mitgeteilt, daß Osnabrück von der Hexerei heimgesucht wird. Innerhalb eines halben Jahres konnte der Rat von mehr als dreißig Zauberinnen umfassende Schuldgeständnisse erlangen. Alle diese Frauen waren niederen Standes, und niemand hat an der Schuld der Verurteilten gezweifelt, doch nun …« Peltzers Augen funkelten verbittert. »Nun, da der Rat es gewagt hat, zwei Weiber aus angesehenen Familien anzuklagen, für deren Abfall von Gott handfeste Beweise vorliegen, erhebt sich unter den Angehörigen eine laute Stimme des Protestes, die vor allem mir persönlich entgegen schlägt. Aber ich werde auf meinem Standpunkt beharren. Man sagt mir Sturheit nach, und ich betrachte dies als Kompliment.« Peltzer hob mahnend einen Finger. »Vor dem Angesicht Gottes macht sich ein Fürst ebenso schuldig wie ein Bettler, wenn er den Namen des Herrn verspottet. Ich strebe nach Gerechtigkeit, und von diesem Weg werde ich mich durch nichts abbringen lassen.«

»In welcher Form wurde dieser Protest eingelegt, von dem Ihr sprecht?« fragte Laurentz.

»Meine Gegner haben die landesfürstlichen Räte eingeschaltet und beantragt, den Prozeß vor dem Spruchkollegium einer Universität zu entscheiden. Durch den Protest des Osnabrücker Rates konnte dieser Einwand glücklicherweise abgewendet werden. Heinrich Ameldung, der Ehemann einer der beschuldigten Hexen, ließ sich in Minden sogar ein Leumundszeugnis über seine Frau ausstellen.«

»Anna Ameldung hat lange Zeit in Minden gelebt«, wandte Laurentz ein. »Ich habe nur selten ein Wort mit ihr gewechselt, aber alles in allem schien sie mir eine unbescholtene Frau zu sein.«

»Das mag sie auch gewesen sein«, sagte Peltzer, »doch hier in Osnabrück hat sie sich vom Bösen verführen lassen und ist vom christlichen Glauben abgefallen.«

»Welche Beweise liegen für ihre Schuld vor?« fragte Jakob.

»Zum einen wurde sie von zahlreichen überführten Zauberinnen belastet, die mit ihr den Hexentanz besucht haben. Weitaus schwerer wiegt jedoch die Anschuldigung, die von einem nahen Verwandten ihres Ehemannes ausgesprochen wurde. Dieser Mann gelangte in den Besitz einer Konfektbüchse, welche die Initialen des Apothekers Heinrich Ameldung trug und von seiner Frau zum Hexentanz mitgeführt wurde. Die Büchse war offensichtlich verhext, denn das Konfekt, das sich in ihr befand, verwandelte sich wie durch Zauberhand in übelriechenden Unrat. Urteilt selbst: Würde ein Mann seine Verwandte derart belasten, wenn diese Geschichte der Phantasie entsprungen wäre?«

Alle drei schwiegen nachdenklich. Dann sagte Laurentz: »Ihr habt mich also zu Euch gerufen, um ein Gutachten über diese Angelegenheiten zu erstellen.«

Peltzer nickte. »Ich bitte Euch als unbefangenen Sachkundigen darum, Euch ein Urteil zu bilden und es niederzuschreiben. Eure Worte könnten ein immenses Gewicht besitzen.«

»Das will ich gerne für Euch tun«, erwiderte Laurentz. Er leerte seinen Becher und ließ sich neuen Wein nachschenken. »Es ist mir zu Ohren gekommen, daß ich nicht der erste rechtskundige Mann aus Minden bin, der in dieser Angelegenheit um einen solchen Dienst gebeten wurde.«

Peltzer nickte. »Ihr habt recht. Meine Gegner Ameldung und Modemann haben sich bereits an den Bürgermeister und den Syndicus Mindens gewandt. Beide Gutachten fielen in deren Sinne aus, mit dem Zweck, die schwedische Kanzlei zu einer Verfügung zu bewegen, die den Rat zwingen soll, die Zauberinnen gegen Entrichtung einer Kaution auf freien Fuß zu setzen. Die Entscheidung der Kanzlei steht noch aus, aber der Rat wird sich davon nicht beeinflussen lassen, selbst wenn man uns drohen sollte. Diese Frauen sind Hexen, und sie werden als solche verurteilt werden, wenn sich durch das Urteil Gottes ihre Schuld erweist.«

Jakob verlangte es danach, mehr über die Zauberinnen zu erfahren. »Stimmt es, daß die Hexen einen Vertrag mit ihrem eigenen Blut unterzeichnen, um den Pakt mit dem Satan zu besiegeln?« fragte er.

Peltzer wandte sich ihm zu und antwortete: »So etwas ist nicht erwiesen. In den Prozessen, die der Rat geführt hat, gaben die Hexen zu Protokoll, daß sie dem Teufel einen mündlichen Schwur, mit dem sie sich von Gott lossagten, geleistet haben. Erst danach zeigte sich ihnen der Satan in der Gestalt eines prächtig gekleideten Mannes. Seine Hände sollen jedoch Tierpfoten geähnelt haben, und einer seiner Füße hatte die Form einer Bärenklaue. Der Satan selbst leitet die düstere Zeremonie des Umtaufens, in deren Verlauf er seinen Opfern aus einem Kuhhorn schwarzes Wasser über den Kopf gießt und ihnen neue Vornamen gibt, um die in der christlichen Taufe empfangenen Namen auszulöschen. Die Person, die diese schwarze Taufe empfängt, verpflichtet sich, den Willen des Teufels in die Welt zu tragen und an den ketzerischen Versammlungen teilzunehmen.«

»Dem Hexentanz«, raunte Jakob. Er erinnerte sich an die unheimlichen Geschichten, die über die Zusammenkünfte der Hexen verbreitet wurden. In seiner Phantasie hatte er sich des öfteren furchtsam ausgemalt, wie Hexen und Zauberer in Gegenwart des Teufels ekstatisch um ein Feuer tanzten, Gott verspotteten und Unzucht trieben.

Peltzer leerte seinen halbvollen Becher gierig in einem Zug, als müsse er seinen Ärger ertränken. »Was der Satan mit uns treibt, erscheint mir wie ein hämischer Scherz. Der Krieg bringt Elend und Not über die Stadt, ihre einstmals ehrbaren Bürger lassen sich vom Teufel verführen, der ihnen Wohlstand verspricht, doch im Gegenzug verlangt er von seinen Gefolgsleuten, anderen Menschen Schaden zuzufügen, auf daß diese zu neuen willigen Opfern werden.«

Laurentz bekreuzigte sich und flüsterte ängstlich: »Das Maleficium!«

»Der Schadenszauber, ganz recht«, bestätigte Peltzer. »Die Gefahr ist allgegenwärtig. Sogar in meinem eigenen Haus. Eine der ersten überführten Hexen war eine Frau aus meinem Gesinde.«

Diese Vorstellung ließ Jakob erschaudern. Er dachte daran, daß jeder noch so harmlos erscheinende Mensch sich dem Teufel verpflichtet haben könnte, ohne den Anschein zu erwecken, dieser unseligen Gemeinschaft des Bösen anzugehören.

»Es muß sehr schmerzhaft sein, von Menschen, die man zu kennen glaubt, derart enttäuscht zu werden«, meinte er.

Peltzer rieb sein Kinn, überlegte einen Moment und sprach dann mit gelöster Stimme: »In dem Moment, wo sich ein Mensch dem Teufel verpflichtet, ist er für diese Welt verloren und muß schnellstens von ihr getilgt werden. Wüßte ich, daß meine liebe Frau sich der Hexerei schuldig gemacht hätte, würde ich nicht zögern, sie durch das Schwert richten zu lassen.«

Jakob schluckte bei dieser harten Konsequenz, die der Bürgermeister anklingen ließ.

»Ich erkenne Eure Skrupel, junger Freund. Und Euren jugendlichen Hang zu Mode und Affektion.« Peltzer betrachtete Jakobs Hut und die Schärpe.

Der junge Mann dachte daran, was Peltzer über die prächtige

Kleidung des Teufels erzählt hatte, und kam sich plötzlich lächerlich vor.

»Noch seid Ihr jung und eitel, doch eines Tages werdet Ihr von diesem Zierat Abschied nehmen und Euch auf Eure Aufgaben als Jurist konzentrieren müssen. Wir, die Rechtsgelehrten, sind die Wächter von Gottes Werk auf Erden. Wir sind seine Augen und Ohren, und wir vertreten sein Gesetz, auf daß wir die unsterblichen Seelen seiner Kinder schützen.«

»Ich verstehe, was Ihr meint«, versicherte ihm Jakob.

»Die Tage, die Ihr in Osnabrück verbringt, werden sehr nützlich für Euch sein. Habt Ihr schon einmal einer leibhaftigen Hexe Auge in Auge gegenübergestanden?«

Jakob schüttelte den Kopf.

»Morgen werdet Ihr Gelegenheit dazu haben. Ihr werdet erleben, wie eine Hexe durch das Schwert gerichtet wird, und danach werde ich Euch in den Bucksturm zu den Dienerinnen des Satans führen, auf daß Ihr Euch von dem Bösen, das ihnen innewohnt, überzeugen könnt.«

Peltzers Augen funkelten bei diesen Worten. Er faßte Jakobs Hand und formte sie zur Faust. Auf Jakob machte der Bürgermeister den Eindruck, als würde er am morgigen Tage liebend gerne eigenhändig das Schwert des Scharfrichters führen.

Kapitel 5

Nach Einbruch der Dunkelheit wünschte Wilhelm Peltzer seinen Gästen eine geruhsame Nacht und zog sich zurück. Auch Jakob und Laurentz legten sich gesättigt und vom Wein angenehm berauscht in ihren Kammern schlafen.

Das Gespräch über Hexen und Teufelswerk hatte in Jakob einen starken Nachklang hinterlassen. Diese Stadt stellte zweifelsohne eine Manifestation des Bösen dar. Gewiß war Osnabrück nicht der einzige Ort, der von Hexen und Zauberern heimgesucht wurde, aber der Einfluß des Teufels schien sich hier besonders schnell auszubreiten. Die Zustände hätten ihm Angst bereiten müssen, doch das bewundernswert unerschrokkene Engagement des Bürgermeisters schenkte Jakob eine beruhigende Sicherheit.

Mehr als eine Stunde lang lag er wach, starrte in die Dunkelheit und dachte über Wilhelm Peltzer nach. Welche Meinung mochte sich der Bürgermeister letztlich über ihn, Jakob, gebildet haben? Er schien äußerst streng in seiner Beurteilung über unerfahrene, am Beginn ihrer Karriere stehende Juristen zu sein. Jakobs eitle Aufmachung hatte Peltzers Unmut erregt, und so nahm er sich vor, alles zu tun, um dessen Urteil in den nächsten Tagen zu revidieren.

Mit dem Gedanken an dieses Vorhaben schlief er schließlich ein und wurde von unangenehmen Träumen geplagt, die ihn in der dunklen Kammer aufschrecken ließen. Aufrecht saß er im Bett, befühlte den Schweiß auf seiner Stirn und ließ noch einmal den verblassenden Alptraum, der ihn aus dem Schlaf gerissen hatte, im Geiste an sich vorüberziehen.

In diesem Traum war er auf einem vom Vollmond in unheilvolles Licht getauchten Hexensabbat zum Adepten des Satans geworden. Inmitten eines Feuerkreises hatten ihn zwei nackte, hämisch grinsende Weiber an den Armen festgehalten, während ein häßlicher Teufel in goldbesetzten Kleidern mit seinen Klauen schwarzes, dickflüssiges Wasser über seinen Kopf gegossen und beschwörende Formeln in einer kehligen Sprache aufgesagt hatte.

Jakob atmete tief ein und aus, und nur langsam beruhigte sich sein aufgeregt pochender Herzschlag. In den Schlaf fand er jedoch nicht wieder.

Wie spät mochte es sein? Von draußen her drang noch kein Lichtschein durch die Fensterläden. Im Erdgeschoß des Hauses war es still. Das Gesinde schlief also noch, folglich mußte er mitten in der Nacht aufgewacht sein.

Plötzlich vernahm er Schritte. Eine Person trat bis an die Tür am Ende des Korridors. Jakob lauschte gespannt und hörte, wie das Schloß und der Riegel gelöst wurden. Daß jemand mitten in der Nacht dieses so gründlich verschlossene Zimmer aufsuchte, machte Jakob neugierig. Er rang einige Momente mit sich, ob er aufstehen oder liegen bleiben sollte, entschied sich dann aber dafür, diesem Geheimnis auf den Grund zu gehen.

Vorsichtig stieg er aus dem Bett, zog seine Hose an und tapste im Dunkeln über den Korridor. Unter der Tür, die sein Interesse erregt hatte, machte er einen matten, flackernden Lichtschein aus. Jakob lauschte und glaubte, das leise Rascheln von Papier zu hören. Er legte eine Hand auf die Klinke, drückte sie nieder und öffnete die Tür einen Spalt breit. Die Bewegung verursachte ein quietschendes Geräusch, das seine Anwesenheit verriet. Durch den Spalt konnte er an einem Pult sitzend Wilhelm Peltzer erkennen. Der Bürgermeister drehte sich bei dem Geräusch ruckartig und mit ernster Miene zur Tür um. Da es für Jakob nun ohnehin zu spät war, seine Neugier geheimzuhalten, schob er die Tür ganz auf und trat zögernd einen Schritt näher. Peltzer starrte ihn einen Moment lang abschätzend an und bedeutete ihm dann mit einer Handbewegung, die Tür hinter sich zu schließen.

»Kommt nur herein, Jakob«, sagte Peltzer.

Langsam ging Jakob auf den Bürgermeister zu. Es war ihm unangenehm, hier wie ein dummer, einfältiger Knabe vor dem einflußreichen Mann zu stehen, der ihm milde entgegen lächelte.

In der Stube herrschte eine eigentümliche Atmosphäre. Der Raum bot nicht allzu viel Platz. Zwei der Wände waren mit Regalen zugestellt, die vom Boden bis zur Decke reichten. In ihnen befanden sich zahlreiche Bücher und Dokumente, die den Eindruck entstehen ließen, als ob diese Wände nicht aus Stein, sondern aus Papier und Wissen errichtet worden wären. Es gab nur ein winziges, vergittertes Fenster, neben dem ein großes Holzkreuz mit einer kunstvoll geschnitzten Jesusfigur angebracht worden war. Unter den Augen des Heilands befand sich das Lesepult, an dem Wilhelm Peltzer seine Studien betrieb. Außerdem fiel Jakob noch eine schwere metallbeschlagene Truhe ins Auge.

Peltzer klappte das Buch vor sich zu. »Mir scheint, Ihr leidet unter unruhigem Schlaf.«

»Ich hörte Schritte und befürchtete, ein Dieb wäre in das Haus eingedrungen«, versuchte Jakob sich zu rechtfertigen.

»Der Dieb bin wohl ich.« Peltzer lächelte schief. »Gewiß wundert Ihr Euch, warum ich des Nachts in dieser Kammer hocke und im trüben Licht einer Laterne in meinen Büchern lese.«

»Nicht unbedingt. Seit ich im Haus meines Brautvaters lebe und dessen Bibliothek entdeckt habe, hat sich mein Bedürfnis nach Schlaf ebenfalls auf ein Minimum reduziert.« Jakob sprach leise und senkte verhalten den Blick. Es fiel ihm schwer, abzuschätzen, ob der Bürgermeister sich von ihm gestört fühlte.

»Die Nacht bietet selige Ruhe«, sagte Peltzer. »Zu welcher Zeit könnte man sich besser den Worten und Gedanken der Gelehrten widmen? Abgesehen davon lassen meine Pflichten am Tage eine solche Beschäftigung gar nicht erst zu.«

Jakob beäugte die Folianten in den Regalen. Einige schienen sehr alt zu sein, andere hingegen waren eindeutig neueren Datums. Kaum eines der Bücher war mit einer auffälligen Staubschicht bedeckt, was darauf hinwies, daß es sich bei Wilhelm Peltzer entweder um einen sehr reinlichen Menschen oder um einen äußerst fleißigen Leser handeln mußte.

Umfangreiche gebundene Werke wechselten sich mit lose zusammengebundenen Blättern ab. Die lateinischen, griechischen oder deutschen Titel wiesen zumeist auf religiöse und juristische Schriften hin. Jakob erhaschte Namen von Autoren wie Nikolaus Jacquerius, Bernard Basin, Raimundus Terrega oder Hieronymus Vicecomes. Auf einige dieser Bücher war er auch schon in der Bibliothek des Johann Albrecht Laurentz gestoßen, doch die meisten waren ihm völlig unbekannt.

»Sagt, Jakob, welcherart sind die Schriften, mit denen Ihr Eure Nächte verbringt?« verlangte Peltzer zu wissen.

»Sie sind den Euren sehr ähnlich«, antwortete Jakob. »Vor allem Literatur über Hexerei und Dämonologie ist es, die mich die Nächte durchwachen läßt. Begonnen bei Thomas von Aquin über Delrio und Binsfeld und natürlich die Heilige Schrift.«

Bedächtig nickend schien Peltzer dieser Auswahl durchaus Respekt zu zollen. Er schaute Jakob einen Moment lang abschätzend an, dann erhob er sich von seinem Stuhl und zog unter seinem Gürtel einen Schlüssel hervor.

»Wenn Ihr etwas über das Werk des Teufels lernen wollt, wird dies hier sicherlich auf Euer Interesse stoßen.« Peltzer entfernte das Schloß von der Truhe und entnahm ihr ein dickleibiges Buch, dessen vergilbtes Papier und der abgegriffene Ledereinband keinen Zweifel daran ließen, daß es sehr alt sein mußte.

Er legte das Buch auf das Pult. Jakob trat zögernd näher und schaute sich den Einband an. Sein Atem stockte kurz, als er den Titel las.

»Der *Malleus maleficarum*«, hauchte er.

»Geht bitte vorsichtig damit um, es handelt sich um einen der ältesten Drucke dieses Werkes. 1496 ging das Buch in den Besitz des Nürnberger Klosters St. Egidien über. Ihr könnt an den Rändern noch die Notizen der Mönche erkennen. Vor vielen Jahren bin ich in Frankreich auf dieses Exemplar gestoßen. Es war weiß Gott nicht billig, aber ich glaube, Ihr werdet mir darin zustimmen, daß sich eine solche Anschaffung in jedem Fall lohnt.«

Ehrfürchtig schlug Jakob das Buch auf, ließ seinen Blick über die lateinischen Wörter wandern und bewunderte die mit feinen Miniaturen geschmückten Initialen, jede für sich ein eigenes kleines Kunstwerk. Nun war ihm auch klar, warum Peltzer dieses Zimmer so sorgfältig unter Verschluß hielt. Das Buch war 140 Jahre alt und von unschätzbarem Wert. Jakob hatte sich schon lange gewünscht, das berühmte Werk der Inquisitoren Heinrich Institoris und Jakob Sprenger in Händen zu halten. In

Laurentz' Bücherbestand war er zu seinem Verdruß nicht fündig geworden, und er hatte schon geglaubt, warten zu müssen, bis er Zutritt zur Bibliothek der Universität Rinteln bekam.

»Es quälen Euch viele Fragen, nicht wahr?« vermutete Peltzer. »Gestern abend wart Ihr zunächst so still, daß ich schon annahm, Ihr würdet Eure Zunge nur benutzen, um Euch nach dem Mahl das Fett von den Lippen zu lecken. Doch als wir auf Hexen und Zauberei zu sprechen kamen, wurden Eure Augen und Eure Zunge überraschend lebendig.«

Jakob nickte eifrig. »Ihr habt Recht. Momentan ist mein gesamtes Denken auf das Ziel ausgerichtet, gegen die Mächte des Teufels zu kämpfen. Und natürlich habe ich dazu viele Fragen.«

»Dann nutzt die Zeit hier in Osnabrück und studiert dieses Buch. In ihm werdet Ihr die Antworten finden, nach denen es Euch verlangt, denn es stellt die Summe aller Erfahrungen zu diesem Thema dar.«

Jakob strich ehrfürchtig mit den Fingern über das Papier. Er betrachtete diese Offerte Peltzers als besondere Ehre und Auszeichnung.

»Eine Frage möchte ich Euch jetzt dennoch stellen, wenn Ihr gestattet«, sagte Jakob. »Fürchtet Ihr Euch nicht davor, von der Zauberei betroffen zu werden? Als Streiter gegen die Kräfte des Bösen wäret Ihr das erklärte Ziel für einen Schadenszauber.«

Peltzer warf einen Blick auf das Holzkruzifix. »Warum sollte ich mich sorgen, wenn ich weiß, daß die schützende Hand einer höheren Macht über mich wacht? Mein Werk ist rein.« Der Bürgermeister legte Jakob eine Hand auf die Schulter und beugte sich näher an sein Ohr. Er sprach im Flüsterton weiter, als befürchte er, ein unsichtbarer Dämon könne sie belauschen.

»Jakob, ich bin überzeugt davon, daß gewisse Menschen eine Bestimmung von Gott erhalten. Ohne ihr Werk wäre diese Welt dem Bösen schutzlos ausgeliefert. Ich bin mir allerdings auch bewußt, daß wir den Teufel niemals endgültig vernichten können. Er wird ewig existieren, so wie Gott für alle Zeit mit uns ist. Doch wir Juristen haben von Gott die Aufgabe erhalten, seine abgefallenen Kinder dazu zu bewegen, ihre Sünden vor ihm zu bekennen und zu bereuen, auf daß ihre Seelen vor der ewigen Verdammnis errettet werden können.«

Für Jakob bestand keine Zweifel daran, daß Peltzer sich selbst mit einbezog, wenn er über die von Gott erwählten Menschen sprach. Doch ebenso gab es andere, die von einem Fluch belastet wurden, den der Teufel auf sie gelegt hatte, ohne, daß sie sich etwas zu Schulden hatten kommen lassen. Jakob mußte an den Schatten auf seiner eigenen Seele denken. Würde er eines Tages seine ganz persönliche Beichte ablegen müssen? War Peltzer der richtige Mann dafür?

»Ihr macht auf mich den Eindruck, als bedrücke Euch etwas«, meinte der Bürgermeister.

»Es ist nichts«, wiegelte Jakob ab. Nein, er war noch nicht bereit für eine Beichte. »Ich mußte nur an die armen Seelen denken, die nicht ahnen, was sie durch die Verlockungen des Satans aufs Spiel setzen.«

Peltzers Augen verengten sich, und Jakob war sich nicht sicher, ob er seine kleine Notlüge durchschaut hatte.

»Versucht noch ein wenig Schlaf zu finden, Jakob. Morgen werdet Ihr einen äußerst interessanten Tag erleben.«

Es bekümmerte Jakob, daß er sich nicht bereits in dieser Nacht mit dem *Malleus maleficarum* befassen konnte, aber er würde ja noch einige Tage Zeit haben, und Peltzer hatte zudem Recht: Morgen würde er der Hinrichtung einer Hexe beiwohnen und zum ersten Mal in seinem Leben leibhaftigen Zauberern gegenüberstehen. Später dann würde er sich ausgiebig Peltzers außergewöhnlichem Studierzimmer widmen.

Jakob wünschte dem Bürgermeister eine gute Nacht und zog sich zurück. Als er wieder in seinem Bett lag und in die Dunkelheit starrte, war er so aufgeregt, daß er immer noch nicht schlafen konnte, aber zumindest beruhigte ihn die Gewißheit, daß er auf die Gunst Wilhelm Peltzers zählen durfte.

Kapitel 6

Wie alle schweren und todeswürdigen Straftaten wurde auch das Verbrechen der Hexerei in Osnabrück vor dem bischöflichen Gogericht – dem alten sächsischen Volksgericht – entschieden. Dieses Gericht, das auf der Treppe des Altstädter Rathauses tagte, wurde vom Gografen und zwei Mitgliedern des Rates einberufen, die als Schöffen fungierten.

Jakob Theis und Johann Albrecht Laurentz fanden sich gegen zehn Uhr am Rathaus ein, um der Verurteilung und Hinrichtung der Hexe Grete Wahrhaus beizuwohnen. Daran, daß dieser Gerichtstag mit der Vollstreckung der Todesstrafe beschlossen würde, bestand nicht der geringste Zweifel. Unweit der Rathaustreppe war am Marktplatz bereits ein hölzernes Podest errichtet worden, das der Scharfrichter unter dem Raunen vieler hundert Schaulustiger betrat.

Der Scharfrichter, ein etwa sechzigjähriger untersetzter Mann, dessen hellblaue Augen wachsam aus einem wettergegerbten Gesicht hervorstachen, richtete seinen Blick mit stoischer Miene zum Rathaus und stützte sich auf ein mächtiges Zweihandschwert, das annähernd die Länge seines eigenen Körpermaßes erreichte. Neben dem Podest hatten sich die Vögte der dem Gogericht zugehörigen vierzehn Kirchspiele versammelt, die prächtig herausgeputzt und mit in der Sonne blinkenden Degen diesem Gerichtstag beiwohnten.

Glockengeläut aus dem Turm der Marienkirche setzte ein und übertönte das Gemurmel der dichtgedrängten Masse. Annähernd die halbe Stadt mochte hier erschienen sein. Auch in den Fenstern der umliegenden Häuser zwängten sich die Schaulustigen, um den Ablauf des Gerichtstages mitzuverfolgen. Jakob ließ seinen Blick über die Menge wandern, in der er ebenso viele Frauen wie Männer ausmachte, Pastoren beider Konfessionen, wohlhabende Kaufleute und abgerissene Bettler, die sich allesamt aufgeregt schwatzend aneinander drückten. Kinder tollten lärmend herum und neckten den Scharfrichter mit hämischen Grimassen, doch der ließ sich nicht aus der Ruhe bringen. Erst als ein besonders übermütiger Knabe seine Hose öffnete und an das Podest urinieren wollte, machte der Scharfrichter einen energischen Schritt nach vorn und verscheuchte das vorwitzige Kind mit harschen Worten.

Jakob erblickte Wilhelm Peltzer, der aus der Rathaustür trat, die Treppe hinabstieg und sie zu sich winkte. Mühsam bahnten sie sich den Weg durch die Reihen. Hier, vom Fuß der Treppe aus, konnten sie das Geschehen hervorragend überblicken.

»Ich grüße Euch. Ah, Jakob, wie ich sehe, habt Ihr Euch meine Worte durch den Kopf gehen lassen.« Peltzer schaute zufrieden auf Jakobs Hut. Bevor er das Haus des Bürgermeisters verlassen hatte, hatte Jakob die roten Federn von seiner Kopfbedekkung entfernt und auch auf die goldbesetzte Schärpe verzichtet.

Auf der Rathaustreppe hatten nun auch der Gograf und die beiden Schöffen ihre Plätze eingenommen. Der Graf war in feierlichem Aufzug erschienen, trug sein Kriegsgewand, Harnisch und Schwert und hielt in der rechten Hand den weißen Gerichtsstab. So würdevoll der Gograf hier auch auftreten mochte, stellte er doch nichts weiter als ein Sprachrohr für die Verkündigung des Urteils dar, das bereits Tage zuvor in einer geheimen Sitzung abgefaßt worden war. Jakob wußte, daß die wahre Macht des Gogerichts in den Händen des Rates lag, der aus seinen Reihen die Schöffen abstellte, denen der Gograf seinen Diensteid zu leisten hatte. Der Rat leitete die Verhaftung einer beschuldigten Person ein und führte auch die Verhöre durch.

Plötzlich war eine nervöse Unruhe in der Menge auszumachen, die sich noch verstärkte, als sich eine Gasse zwischen den dichtgedrängten Leibern bildete und einem Pferdekarren Platz gemacht wurde. Das Plappern ging in wüste Schmährufe über, während man der Hexe den Weg bahnte.

Jakob konnte die Hexe erst erkennen, als der Karren einige Meter vor ihm entfernt zum Stehen kam. Grete Wahrhaus, eine füllige Frau von vielleicht fünfzig Jahren, stierte regungslos auf ihre Füße und ließ die Rufe, die sie als Hexe und Satansweib beschimpften, scheinbar unbeachtet.

»Tötet die Hexe! Bringt sie um!« keifte eine Frau neben Jakob. Sie kreischte so schrill, daß er ein Stück von ihr abrückte.

Grete Wahrhaus wurde von einem Büttel rüde vom Wagen gedrängt. Da ihre Hände auf dem Rücken zusammengebunden waren, kam sie ins Straucheln und fiel auf die Knie. Ein Stadtdiener packte sie am Arm und führte sie die Treppe hinauf, wobei er dem alten Brauch entsprechend ein gezogenes Schwert vor sich hertrug. Jakob musterte die Frau nun aus der Nähe. Die Hexe machte auf ihn einen teilnahmslosen Eindruck, als wäre sie sich nicht klar darüber, was hier eigentlich mit ihr geschah, und doch verzerrte sie bei jeder Bewegung das Gesicht. Unter dem zerrissenen Ärmel ihres schmutzigen Hemdes aus grober Wolle konnte Jakob erkennen, daß ihre Gelenke geschwollen und von blauen Flecken bedeckt waren. Ihre geschorenen Haare standen zerzaust vom Kopf ab. Grete Wahrhaus begann heftig zu husten, als sie vor ihrem Richter stand.

Das feiste Gesicht des Gografen verriet wenig Interesse an dieser Angelegenheit. Jakob vermißte in seinen verquollenen Augen den flammenden Eifer, mit dem ihn Wilhelm Peltzer am gestrigen Abend mühelos in den Bann gezogen hatte.

Als der Gograf sich an die Menge wandte, strengte er seine Stimme nicht allzu sehr an. Jakob vermutete, daß nur die ersten Reihen der Schaulustigen verstehen konnten, daß er dieses Halsgericht für eröffnet erklärt hatte.

»Wen hast du als deinen Prokurator bestimmt, Weib?« wollte der Gograf von der Angeklagten erfahren. Die Frau antwortete nicht darauf und vermied jeden Augenkontakt mit dem Gografen.

»*Ich* werde die Rechte der Angeklagten vertreten«, meldete sich ein hagerer, hochaufgeschossener Mann zu Wort, der soeben die Treppe hinaufgestiegen war.

Der Richter nahm dies zufrieden zur Kenntnis und nickte dem Stadtdiener auffordernd zu, der inzwischen neben den Schöffen Platz genommen hatte. Der Stadtdiener, der in diesem Prozeß als Ankläger fungierte, erhob sich und forderte: »Laßt die Vergicht der Angeklagten verlesen.«

Ein weiterer Mann trat herbei, brach ein versiegeltes Dokument auf und trug mit kräftiger Stimme das Schuldbekenntnis vor, das die vermeintliche Hexe vor den Peinkommissaren abgelegt hatte.

»Ich, Grete Wahrhaus, Witwe des Drechslers Alfred Wahrhaus, wohnhaft zu Osnabrück, bekenne vor Gott, den heiligen Sakramenten abgeschworen und mein Leben dem Teufel mit Leib und Seele überlassen zu haben. Ich empfing die satanische Taufe und wurde in die bösen Künste eingeweiht. Ich stellte Salben her, durch deren zauberische Wirkung es mir möglich war, auf einer Mistgabel durch die Luft zu fahren, um zu den Versammlungen und Tänzen der Hexen in den Wäldern um Münster zu gelangen. Aus boshafter Niedertracht stellte ich verhextes Kraut her, daß ich meinen Verwandten und Nachbarn ins Essen mischte, um ihre Körper bis zum Tode auszehren zu lassen. Ich vollzog die sodomitische Sünde mit Hunden und Ziegenböcken und verhexte zudem das Wetter, auf daß Reif und Kälte das Getreide auf den Feldern verdarb. Ferner unterwies ich fünf weitere Frauen in der Kunst der Hexerei, damit sie das Werk des Satans in die Welt tragen und der Christenheit Schaden zufügen sollten. Beurkundet und ratifiziert am 2. September im Jahr des Herrn 1636 zu Osnabrück.«

Der Vorleser klappte sein Papier zusammen und zog sich in den Hintergrund zurück. Die Auflistung dieser Untaten ließ die Menge einige Momente lang in betretenes Schweigen verfallen. Dann erhob sich noch einmal der Stadtdiener und bedachte die Bürger mit einem trotzigen Blick, der ihnen wohl sagen sollte, daß es nun an ihm war, Gerechtigkeit für diese Verbrechen einzufordern.

»Wir alle haben das Geständnis der Angeklagten vernommen«, wandte sich der Ankläger an den Richter. »An der schweren Schuld dieser Frau besteht kein Zweifel. Sie hat sich der schändlichsten Verbrechen gegen Gott strafbar gemacht und seinen Namen entweiht. Ihre vom Satan verliehene Zauberkraft verwandte die Hexe dazu, die Bürger dieser Stadt an Körper und Geist zu schädigen. Nach Gottes heiligem Wort und unter Berufung auf den Artikel 109 der peinlichen Gerichtsordnung Kaiser Karls V. beantrage ich, diese Frau mit dem Tode abzustrafen und ihre Seele im Feuer reinzuwaschen.«

Vereinzelte zustimmende Rufe aus der Menge begleiteten den Strafantrag. Der Gograf ließ mit einer Handbewegung Ruhe einkehren und deutete mit seinem Gerichtsstab auf den Prokurator.

»Möchtet Ihr einen Einwand dagegen vorbringen, Herr Defensor?«

Demütig senkte der Prokurator den Kopf und trat vor. »Ehrenwertes Gericht, es steht mir nicht zu, die Schuld dieser Frau anzuzweifeln. Allerdings weise ich darauf hin, daß die Angeklagte ein umfassendes Geständnis abgelegt hat und sich geläutert zeigt. Ich bitte Euch darum, diesen Umstand zu berücksichtigen und in Eurem Urteil angemessene Milde walten zu lassen.«

Der Richter nahm die Bitte des Verteidigers mit einem sachlichen Nicken zur Kenntnis, musterte die Angeklagte einen Augenblick lang und erhob sich dann, um das Urteil zu verkünden.

»Demnach die Angeklagte sich bußfertig zeigt und vor den Herren Kommissaren ihre Sünden bekannt hat, ist es das Urteil dieses Gerichtes, daß die Angeklagte zum Tode durch das Schwert zu begnadigen sei.«

Die Menge bekundete lautstark ihre Zustimmung und streckte der Hexe drohend ihre Fäuste entgegen. Grete Wahrhaus rührte sich kaum, doch Jakob bemerkte, daß sie mit müden Augen verstohlene furchtsame Blicke in die haßerfüllte Meute warf, die ihren Tod forderte.

Das Urteil war keine Überraschung. Schließlich war der Scharfrichter mit seinem Schwert bereits vor dem Richter auf dem Marktplatz erschienen. Niemand hatte sich die Mühe gemacht, einen Reisighaufen für eine öffentliche Verbrennung zusammenzutragen. Ein Feuertod bei lebendigem Leib galt als unangemessen qualvoll und wurde nur bei Sündern angewandt, die dem Teufel auch nach Ablegung ihres Geständnisses nicht entsagten.

Während die Hexe zum Scharfrichter geführt wurde, ließ Jakob seinen Blick über die umstehenden Zuschauer wandern. Seltsamerweise waren es vor allem die ärmeren Bürger, die dieser Frau aus ihrem Stande die wüstesten Verwünschungen und Flüche entgegen schleuderten. Jakob spürte ein Unbehagen in diesem Meer der Emotionen, das Welle um Welle durch die Reihen der Schaulustigen schwappte. Es war wohl das eigene Elend dieser Leute, das den unbändigen Zorn hervorrief – das Wissen, daß diese Frau sich einer teuflischen Macht verschrieben hatte, die sich von der Not der Menschen nährte.

Und doch fiel ihm inmitten dieser nach Blut dürstenden Menge plötzlich das Gesicht einer jungen Frau auf, die der Hinrichtung überhaupt kein Interesse zu schenken schien.

Statt dessen schaute sie ihm direkt in die Augen.

Sie befand sich auf der gegenüberliegenden Seite des Platzes, wohl einhundert Schritte von ihm entfernt. Unter dem straff gespannten Stoff ihres Kleides war unübersehbar eine vorangeschrittene Schwangerschaft zu erkennen. Jakob erwiderte einen Moment lang ihren Blick. Die Umstehenden nahmen wenig Rücksicht auf die Schwangerschaft dieser Frau und rempelten sie rüde an, so daß sie nach links und rechts gedrängt wurde. Sie störte sich allerdings nicht daran, sondern starrte weiter in Jakobs Gesicht, als gäbe es dort etwas Außergewöhnliches zu entdecken. Ihre Blicke machte ihn verlegen. Er löste den Augenkontakt und verfolgte nun wieder das Geschehen auf dem Richtplatz.

Grete Wahrhaus hatte sich in die Mitte des Podestes gekniet, die Hände gefaltet und begonnen, laut das Vaterunser zu sprechen. Gewohnheitsmäßig sprach Jakob das Gebet leise mit, allerdings nicht auf deutsch, sondern auf Latein, wie es ihm geläufiger war.

»Pater noster, qui es in caelis, sanctificetur nomen tuum. Adveniat regnum tuum …«

Die plötzliche Hinwendung der Angeklagten zu Gott brachte die Zuschauer nur noch mehr in Rage. Immer mehr Kehlen forderten den Scharfrichter auf, dem Leben der Hexe ein Ende zu setzen. Ein Priester trat an die Frau heran, schlug mit der Hand das Kreuz über sie und ließ sie ein Kruzifix küssen, während er ihre Seele dem Herrn empfahl. Danach gab der Gograf dem Scharfrichter ein Zeichen, das Urteil zu vollstrecken.

Der kräftige Henker hob das schwere Schwert so behende an, als wäre es aus Holz und nicht aus Stahl gefertigt, machte einen Schritt auf die Hexe zu und holte in weitem Bogen aus. Die Menge verstummte abrupt. Einzig das Pfeifen des Schwertes, als es durch die Luft fuhr, und das Durchtrennen des Halses, ein Geräusch, das Jakob an das Reißen von Leinenstoff erinnerte, waren zu hören. Der Scharfrichter schlug das Haupt in einem kräftigen, schnellen Schlag vom Rumpf der Frau. Der Kopf fiel auf das Holz und rollte über den Rand auf das Pflaster bis vor die Füße der Schaulustigen. Zuckend sackte der Körper in sich zusammen. Das Blut, das aus dem Hals pulsierte, spritzte bis in die ersten Reihen der Umstehenden, die aufkreischten und so eilig zurückwichen, als fürchteten sie, vom Teufel selbst besudelt zu werden. Der Rest der Menge jubelte und lachte. Einige Kinder rannten auf den Kopf zu, berührten kichernd das Haar oder das Gesicht und machten sich rasch wieder davon.

Der Tod fasziniert uns mehr als das Leben, überlegte Jakob und bemerkte im selben Moment, daß die Frau, die ihm die auffälligen Blicke zugeworfen hatte, verschwunden war.

Kaum war die Hinrichtung vorüber, brachen die Menschen in alle Richtungen auf und kehrten an ihre Arbeit zurück.

Wilhelm Peltzer bedeutete Jakob und Laurentz, ihm zu folgen.

»Eine Hexe weniger auf Erden«, meinte er zufrieden. »Nun wollen wir uns um die nächsten verlorenen Seelen kümmern.«

»Was geschieht mit der Leiche?« fragte Jakob, während er hinter Peltzer herlief und den Männern und Frauen auswich, die sich ihm entgegen drängten.

»Da diese Frau kein Anrecht auf ein christliches Begräbnis besitzt, wird Meister Matthias die Überreste vor die Stadt karren und sie verbrennen.«

Jakob mußte an das Gebet denken, das die Frau vor der Hinrichtung gesprochen hatte und daran, daß sie auf ihn keineswegs den Eindruck einer gottlosen Person gemacht hatte.

Plötzlich entdeckte er die schwangere Frau wieder. Sie kam ihnen direkt entgegen, schenkte Jakob jedoch keine Aufmerksamkeit, geriet dann aber, als sie sich unmittelbar vor ihm befand, ins Stolpern und fiel geradewegs in seine Arme. Verdutzt fing er sie auf. Sie klammerte sich an ihn und zog sich hoch. Ihr vorgestreckter Bauch drückte sich gegen seinen Leib, so daß er peinlich berührt zurückwich.

»Ich danke Euch«, sagte sie leise.

Jakob blieb einen Moment lang stumm, dann erwiderte er. »Ihr solltet in Eurem Zustand vorsichtiger sein.«

»Ja, das werde ich.« Sie schenkte ihm ein warmherziges Lächeln und schaute ihn einen Moment lang an, dann löste sie sich von Jakob und ging weiter.

»Welch ein ungeschicktes Huhn«, zischte Peltzer, als die Frau sich einige Schritte entfernt hatte.

»Ihr habt Eindruck auf dieses Mädchen gemacht, Jakob.« Laurentz hingegen lachte. »Sie hat Euch mit ihrem Blick ja regelrecht aufgefressen. Aber Ihr scheint nicht der erste zu sein, der ihr gefällt.«

Jakob lächelte verlegen, ohne etwas zu erwidern. Auf dem Weg zum Bucksturm schien es ihm, als würde die junge Frau mit ihren wunderschönen braunen Augen ihn weiter verfolgen – und der Gedanke war ihm nicht unangenehm.

Kapitel 7

Der Eingang zum Hexengefängnis konnte nur über die Stadtmauer erreicht werden. Peltzer, Laurentz und Jakob betraten den Treppenaufgang am Westtor, um auf den Festungswall zu gelangen, und schritten zügig auf den Bucksturm zu, der sich in einer stolzen Höhe von mehr als zwanzig Metern vor ihnen erhob.

Von der Mauer aus bot sich ein weiter Blick ins Land hinein. Vor den Toren der Stadt war es ruhig. Nur vereinzelt führten Bürger ihre Kühe, Ziegen oder Schweine auf die Weiden, und soweit Jakob es überblicken konnte, machte er keine einzige Hütte oder Siedlung außerhalb der Stadt aus. Die Zeiten waren mittlerweile zu unsicher geworden, als daß man auf die Sicherheit der Stadtmauern verzichtet hätte.

Nicht weit von der Stadt entfernt beobachtete Jakob den Scharfrichter, der mit seinem Knecht einen Holzkarren zog, auf den sie den Torso der Hexe geladen hatten. Der Karren holperte langsam eine unebene Straße hinunter. Ein Arm der Toten hing an der Seite herab und vollführte ein groteskes Winken, das wie eine Einladung wirkte, der Hexe auf diesem letzten Weg zu folgen. Die beiden Männer erreichten einen aufgeschichteten Holzstoß und luden den kopflosen Leichnam vom Karren auf die zusammengetragenen Scheite. Den Kopf packte der Scharfrichter an den Haaren und legte ihn der Toten auf den Bauch, während sein Knecht Öl über den Scheiterhaufen schüttete.

Voller Unbehagen wandte Jakob sich ab. Inzwischen waren sie am Turmeingang angekommen. Der Bürgermeister klopfte an die schwere Tür. Kurz darauf wurde sie einen Spalt geöffnet, und ein von Pockennarben entstelltes Gesicht zeigte sich.

»Herr Bürgermeister, seid gegrüßt«, rief der Mann überrascht. Anscheinend kam es nicht sehr oft vor, daß Wilhelm Peltzer dem Hexengefängnis einen Besuch abstattete.

Peltzer erwiderte den Gruß und deutete auf seine Begleiter. »Dies sind Johann Albrecht Laurentz, ein Rechtsgelehrter aus

Minden und sein Adlatus Jakob Theis. Ich möchte sie zu den Gefangenen führen.«

»Aber gewiß«, erwiderte der Mann hastig und bat die drei herein. Sie betraten die Wachstube, in der drei Männer der Stadtwache ihren Dienst versahen. Die Männer hockten auf Heusäcken und ließen eine Flasche Branntwein kreisen.

Sie folgten der Wache über eine enge Steintreppe in das nächste Stockwerk, das wohl fast zur Hälfte von einem mächtigen Kasten aus schwerem Eichenholz ausgefüllt wurde. Jakob war aus Erzählungen die Geschichte des Grafen Johann von Hoya bekannt, der im Jahr 1444 eine Fehde gegen Osnabrück geführt hatte. Der Graf war von seinen Feinden gefangengenommen und sechs lange Jahre in diesen Kasten gesperrt worden. Das Gefängnis innerhalb des Bucksturmes besaß keine Fenster; einzig eine kleine Luke an der Vorderseite ließ sich öffnen, um den Gefangenen mit Nahrung zu versorgen.

Jakob strich mit der Hand über das Holz und fragte sich, ob er selbst eine solche Tortur überstanden hätte. In diesem Kasten hatte der Graf nicht einmal aufrecht stehen können. Der Frost in den Winternächten und die undurchdringliche Dunkelheit mußten schier unglaublich an seinen Kräften gezehrt haben. Wie konnte ein Mensch über Jahre solche Entbehrungen ertragen, ohne dem Wahnsinn anheimzufallen?

»Entsprechen die Geschichten über den Grafen von Hoya der Wahrheit?« fragte Laurentz seinen Gastgeber.

»Ihr seht den Beweis vor Euch«, entgegnete Peltzer. »Man sagt uns Osnabrückern nach, wir wären stur und konsequent. Nicht zu Unrecht, wie ich meine.«

Sie stiegen eine weitere Treppe hinauf und gelangten in das eigentliche Hexengefängnis. Ein widerwärtiger Geruch schlug Jakob entgegen. Da in diesem Raum nur drei winzige Scharten eingelassen waren, konnte der Gestank auch kaum entweichen. Zwei Pechfackeln spendeten ein flackerndes Licht, das unheilvolle Schatten an die Wände warf. Das trübe Licht reichte gerade aus, um Jakob zwei klägliche Gestalten, einen Mann und eine Frau, erkennen zu lassen. Die beiden Gefangenen lagen nur mit schmutzigen Hemden aus Sackleinen bekleidet auf dem Boden. Ihre Füße waren mit Ketten an gußeisernen Ringen befestigt, die man in die Wand eingelassen hatte.

Als die Männer sich näherten, zuckten die Köpfe der Gefangenen herum. Jakob starrte in zwei von Verzweiflung und Entbehrung gezeichnete Augenpaare, die aus den aschgrauen, ausgezehrten Gesichtern hervorstachen.

»Diese beiden interessieren uns nicht.« Peltzer winkte seine Begleiter zum nächsten Treppenaufgang an der gegenüberliegenden Seite. »Laßt uns ein Stockwerk höher gehen. Dort wurden die Frauen untergebracht, die fälschlich darauf vertraut haben, daß ihr geschätzter Familienname und ihr edler Stand sie vor den Konsequenzen ihrer Untaten schützen.«

Der nächste Raum glich dem ersten Verlies. Zwei angekettete Frauen kauerten auf einer dünnen Lage Stroh, durch das ein halbes Dutzend Mäuse und anderes Ungeziefer hastig davonhuschte. Auch hier lag der beißende Gestank von Kot und Urin so schwer und drückend in der Luft, daß Jakob eilig ein Tuch hervorzog, um es vor Mund und Nase zu pressen.

Die beiden Frauen setzten sich stöhnend auf, soweit ihnen das unter der Last ihrer Ketten möglich war. Die rechte mochte um die vierzig sein, ihre Augen verrieten Furcht und Unsicherheit. Anders die Frau links neben ihr. Obwohl sie sich bereits im Greisenalter befand, wirkte sie weitaus kräftiger als ihre Leidensgenossin.

»Schau an, der Bürgermeister Peltzer«, höhnte die Alte. »Jetzt erkenne ich Euch. Im ersten Moment nahm ich an, der Antichrist persönlich käme in meine Gemächer. Aber wenn ich es mir recht überlege, macht das ja keinen großen Unterschied.«

Die Miene des Bürgermeisters verfinsterte sich. »Haltet Eure böse Zunge im Zaum, Frau Modemann.«

Die Alte ließ sich nicht verunsichern. »Ihr seid des Teufels,

Peltzer. Manchmal wünschte ich mir, ich wäre wirklich eine Hexe, denn dann würde ich keinen Atemzug zögern, Euch die Pest in den Leib zu zaubern und Euch verfaulen zu lassen.« Um ihre Drohung eindrucksvoll zu unterstreichen, fuchtelte die Modemann mit den Händen beschwörend in der Luft, spuckte vor Peltzer aus und lachte gackernd.

»Das Wasser der Hase wird Euch schnell zum Schweigen bringen, Weib«, entgegnete der Bürgermeister. »Nachdem Ihr geschwommen seid, werdet Ihr bußfertig vor den Füßen der Peinkommissare kriechen und den Tag verfluchen, an dem Ihr Eure Seele dem Teufel verschrieben habt.«

»Pah!« Die Alte gab sich unbeeindruckt.

Peltzer wandte sich an Laurentz. »Es ist erschreckend, wie tief der Teufel den Haß in diese Frau gepflanzt hat. Vor wenigen Wochen noch war sie eine ehrbare Bürgerin aus angesehenem Hause, zudem die Mutter meines Amtsvorgängers Modemann. Selten zeigt sich die Fratze des Satans so deutlich wie in dieser Person.«

»Hört auf, einen solchen Unsinn von Euch zu geben!« schimpfte Frau Modemann. Sie klaubte eine Handvoll Stroh zusammen und hielt es Peltzer entgegen. »Sonst stopfe ich Euch damit das Maul.«

»Schweigt! Ihr macht alles nur noch schlimmer«, mischte sich die andere Frau ein. Jakob vermutete, daß sie Anna Ameldung sein mußte. Die Apothekersfrau hockte auf einem grauen Mantelstoff, dessen Borte mit goldenen Stickereien versehen worden war – eine elegante Verzierung, die in dieser bedrückenden Umgebung völlig fehl am Platz wirkte. Jakob stellte sich vor, wie ihr Gesicht wirken mußte, wenn sie nicht schon viele Tage in einem Kerker gehockt, sondern in ihrer Apotheke gestanden hätte. Ihre Gesichtszüge waren scharf geschnitten, aber dennoch voller Anmut, umrahmt von langem braunen Haar, das jedoch strähnig und verfilzt an ihrem Kopf klebte. Vor ihrer Verhaftung mußte sie eine attraktive Frau gewesen sein.

»Ihr solltet auf die Ameldung hören«, meinte Peltzer in Richtung der streitbaren Alten.

»Und wenn schon, schlimmer kann es doch gar nicht mehr werden.« Frau Modemann verschränkte trotzig die Arme vor der Brust.

Jakob mußte daran denken, daß diese dem Satan anheimgefallenen Seelen schon bald in den Flammen der Hölle brennen würden. Aber konnte solch eine Verdammnis schrecklicher sein als das wochenlange Dahinvegetieren in diesem stinkenden Kerker?

Ihm fiel auf, daß Anna Ameldung ihn beobachtete, ja, es schien ihm sogar, als könne sie seine mitleidsvollen Gedanken erraten.

»Betet für uns, junger Herr«, sagte sie leise zu ihm.

Jakob nickte verlegen. Er bemerkte, daß die Kette am Fuß der Frau eine offene Wunde hinterlassen hatte. Die Wunde hatte sich übel entzündet und eiterte.

»Ihr habt Fieber«, sagte Jakob, als er den Schweiß auf ihrer Stirn registrierte. Er wandte sich zu Peltzer um und fragte: »Müßte der Fuß dieser Frau nicht von einem Arzt behandelt werden?«

»Sie wird nicht an dieser unbedeutenden Wunde, sondern durch das Schwert des Scharfrichters sterben«, entgegnete Peltzer kühl. Anna Ameldung wandte bei seinen Worten den Kopf zur Seite und weinte leise.

Jakob trat zurück und schwieg betroffen.

»Mehr Hexen und Zauberer werdet Ihr heute nicht zu sehen bekommen, Jakob«, sagte Peltzer.

Laurentz deutete zu einer weiteren Treppe und fragte: »Wohin führen diese Stufen?«

»In das oberste Stockwerk, wo das peinliche Verhör durchgeführt wird. Im Moment gibt es dort aber nichts zu sehen.«

»Laßt uns bitte den Turm verlassen«, bat Jakob. »Ich bekomme kaum noch Luft.«

»Das ist der Gestank des Teufels, Junge.« Peltzer lachte und klopfte Jakob aufmunternd auf den Rücken.

Sie stiegen die Treppe hinunter bis in das Stockwerk, in dem sich die Wachmannschaft aufhielt. Froh, dem düsteren Kerker entkommen zu sein, tupfte Jakob sich mit seinem Tuch das Gesicht ab.

»Ihr schaut bleich aus. Hier, nehmt einen Schluck Branntwein!« Eine der Wachen hielt Jakob die Flasche hin.

Jakob lächelte verlegen und lehnte ab. Er war nie ein Freund von Branntwein gewesen.

Die Tür öffnete sich, und die vierschrötige Gestalt des Scharfrichters trat ein. Er stellte sein blutbeflecktes Schwert an der Wand ab und bedachte die Gäste mit einem mürrischen Blick.

»Diesen Mann hier haben Sie ja schon bei seiner Arbeit beobachten können. Meister Matthias Klare, unser Scharfrichter«, stellte Peltzer den Henker vor.

Meister Matthias schenkte den Anwesenden kaum Aufmerksamkeit, brummte nur einen verhaltenen Gruß und machte sich mit einem Lappen daran, die Klinge seines Schwertes zu säubern.

Schon immer hatten Scharfrichter für Jakob etwas Mysteriöses, Unheimliches verkörpert. Man fühlte sich niemals wohl in der Nähe dieser Männer, die in den meisten Städten nicht allein vom Tod und Schmerz anderer Menschen ihren Lebensunterhalt bestritten, sondern vor allem von der Abdeckerei, der Beseitigung störender Tierkadaver.

Die wenigen Scharfrichter, denen Jakob begegnet war, hatten allesamt ein verschlagenes, undurchschaubares Wesen an den Tag gelegt, und dieser Matthias Klare schien sich nicht davon auszunehmen. Ohne die anderen Männer in dieser Wachstube eines Blickes zu würdigen, saß er dort in der Ecke auf einem Hocker und reinigte gewissenhaft sein Breitschwert.

Jakob trat rasch aus der Tür und sog begierig die Luft ein. Peltzer und Laurentz folgten ihm.

Der Bürgermeister stellte sich an seine Seite, betrachtete ihn einen Moment lang und sagte dann: »Jakob, ich habe mir etwas für Euch überlegt. Wie ich meinen eifrigen Freund Laurentz kenne, wird er sein Gutachten bereits in ein oder zwei Tagen verfaßt haben. Euer Interesse an diesem strafrechtlichen Prozeß wäre damit aber wohl keinesfalls zufriedengestellt. Warum laßt Ihr Euren Brautvater nicht allein nach Minden zurückkehren und bleibt bis zum Urteilsspruch in Osnabrück? Ich würde Euch die Gelegenheit geben, dem Prozeß aus nächster Nähe beizuwohnen. Außerdem könntet ihr die Zeit nutzen und Euch mit meiner privaten Bibliothek beschäftigen.«

Die Bibliothek. Der *Malleus maleficarum*. Nichts hätte Jakob mehr reizen können, in Osnabrück zu bleiben.

Er wandte sich zu Laurentz um. »Wäre das möglich?«

Sein Brautvater lächelte. »Ich reise zwar lieber in Gesellschaft, aber wenn Ihr den Wunsch habt, noch ein paar Wochen zu bleiben, habe ich nichts dagegen. Es wäre jedoch wohl ratsam, meiner Tochter Agnes einen besänftigenden Brief zukommen zu lassen.«

»Das will ich gerne tun.«

»Eurer Braut gegenüber solltet Ihr dann besser nicht erwähnen, welchen Eindruck Ihr auf eine gewisse Frau gemacht habt«, erklärte Peltzer und deutete in eine Richtung.

Jakob drehte sich um und ahnte bereits, worauf Peltzer anspielte. Die schwangere Frau, die ihm schon während der Hinrichtung aufgefallen war, stand an die Wand des gegenüberliegenden Hauses gelehnt, die Hände vor ihrem gewölbten Bauch gefaltet, und beobachtete ihn. Als sie merkte, daß die Männer auf sie aufmerksam geworden waren, wandte sie den Blick ab und ging dann langsam davon.

»Wer ist diese Frau?«, wollte Jakob wissen.

Der Bürgermeister runzelte die Stirn. »Sie ist die Tochter des Goldschmieds Meddersheim aus der Neustadt.«

»Was wißt Ihr noch über sie?«

»Mir ist nur zu Ohren gekommen, daß sie unverheiratet ist. Der Bastard, den sie in sich trägt, gereicht ihrem Vater also nicht unbedingt zur Ehre.«

»Ihr solltet Euch vor solch flatterhaften Weibsbildern hüten.« Laurentz schaute Jakob an und zwinkerte ihm zu. »Aber zumindest besteht nicht die Gefahr, daß Ihr sie schwängern könntet.«

Sein Brautvater lachte lauthals über seine eigene Bemerkung, und selbst der für gewöhnlich ernste Peltzer lächelte für einen Moment. Jakob jedoch war nachdenklich geworden. Er schaute der Frau nach, die hinter einer Häuserecke verschwand, und fragte sich, welches Interesse sie an ihm hatte. Warum stellte sie ihm nach?

Kapitel 8

Johann Albrecht Laurentz reiste drei Tage später, am 6. September, aus Osnabrück ab, nachdem er das von Wilhelm Peltzer gewünschte Gutachten fertiggestellt hatte. Der Schriftsatz war ganz im Sinne des Bürgermeisters ausgefallen. Jakob hatte Laurentz zu Unterredungen mit mehr als einem Dutzend Ratsmitgliedern begleitet, in denen noch einmal ausschweifend die Gründe für das Verfahren gegen Anna Ameldung und Anna Modemann erläutert wurden. Der Rat berief sich dabei vor allem auf die Carolina, das Strafgesetzbuch Karls V., laut dessen Artikel 109 die Anwendung eines Schadenzaubers nur mit dem Tode bestraft werden konnte. Laurentz hörte sich aufmerksam die Ausführungen der Ratsmitglieder an und verfaßte daraufhin sein Gutachten.

Jakob hatte das Dokument selbst nicht gelesen, aber Laurentz hatte ihm anvertraut, daß er es als juristisch legitim betrachte, die beiden Frauen auf Grund des schwerwiegenden Verdachtes einer Kerkerhaft auszusetzen und sie dem Verhör zu unterziehen. Wären sie unschuldig, so fügte er an, würden sie auf jeden Fall die in Osnabrück praktizierte Wasserprobe bestehen und die Kraft besitzen, die Verhöre und Folterqualen zu ertragen.

Auch die Freilassung gegen Kaution mochte Laurentz nicht

befürworten. Sollte es sich bei den beiden Frauen tatsächlich um Dienerinnen des Satans handeln, müßte seiner Ansicht nach in Betracht gezogen werden, daß sie die wiedergewonnene Freiheit dazu nutzen würden, ihren Feinden und Anklägern unter Anwendung von Zauberei schweren Schaden zuzufügen.

Jakob konnte dieses Argument nicht recht verstehen. Wilhelm Peltzer hatte ihm einige Tage zuvor gesagt, daß er die Macht der Zauberinnen nicht fürchte, da er überzeugt davon war, daß der Herr seine schützende Hand über ihn hielt. Wie hätte Gott es also zulassen können, daß die Ameldung und die Modemann ihre Ankläger verhexten? Er unterließ es jedoch, Laurentz diesen Gedanken mitzuteilen.

Jeden Abend wurde Jakob von Wilhelm Peltzer eingeladen, das Studierzimmer zu benutzen, und Jakob ließ keine dieser Gelegenheiten ungenutzt. Nach dem Essen an der Abendtafel zog er sich in die enge Kammer zurück, zündete mehrere Kerzen an und studierte den *Malleus maleficarum*. Manchmal leistete Peltzer ihm Gesellschaft, doch die meiste Zeit war Jakob alleine in der Kammer.

Dem Buch vorangestellt war die *Summis desiderantes*, die Hexenbulle des Papstes Innozenz VIII., die sich gegen die verbreitete Vorstellung von Hexerei als bloßem Überbleibsel heidnischer Kulte richtete und statt dessen eine voll entfaltete Hexenlehre duldete. Indem sie die juristischen Vollmachten der Inquisition sanktionierte, wies sie deren Kritiker in die Schranken.

Der *Malleus maleficarum* selbst, der sich in drei Teile gliederte, stellte eine ausführliche Erklärungsschrift zu dieser Bulle dar. Zunächst bot das Buch einen Einblick in das grundsätzliche Wesen der Zauberei. Im zweiten Teil war zusammengetragen worden, wie sich der Mensch vor dämonischen Krankheiten schützen konnte, und abschließend lieferte der dritte Abschnitt genaue Erläuterungen über den Ablauf der Hexenprozesse in Anlehnung an vorausgegangene Ketzerei- und Inquisitionsverfahren.

Es bereitete Jakob Mühe, den *Malleus* zu studieren, denn das überaus komplexe Werk entführte ihn in eine Vielzahl von Ebenen, die es schwierig machten, den Aufbau des Ganzen zu durchschauen. Er irrte durch ein Labyrinth aus Argumenten, Gegenargumenten, Anmerkungen und Querverweisen, die ihn zwangen, viele Abschnitte mehrmals zu lesen, um den Sinn vollständig zu begreifen.

So kompliziert das Buch auch aufgebaut war – mit ein wenig Konzentration lieferte es ihm zahlreiche Antworten und Vergleiche. Man merkte den Verfassern an, wie eingehend sie sich mit der Materie befaßt und mit welcher Sorgfalt sie das Wissen aus zahlreichen anderen Werken zur Hexenlehre zu diesem umfassenden Handbuch zusammengetragen hatten.

Am zweiten Abend nach Laurentz' Abreise nahm Wilhelm Peltzer Jakob zur Seite und sprach mit ihm auf einer Bank im Garten über die Wasserprobe, das in Osnabrück praktizierte Gottesurteil, welches in vielen deutschen Städten als umstritten galt und dort nicht mehr durchgeführt wurde. Bei dieser Wasserprobe wurden die Beschuldigten vom Scharfrichter mit einem Boot auf einen Fluß oder einen See hinausgefahren, ihre Daumen band man an den Zehen fest und warf sie so auf das Wasser. Sank die betreffende Person nicht in die Tiefe, galt die Schuld als erwiesen.

Jakob hatte an dieser Methode zur Urteilsfindung stets gezweifelt, da sie bekanntermaßen ihren Ursprung in den heidnischen Bräuchen des Altertums und der germanischen Stämme hatte. Peltzer widersprach ihm vehement und erklärte, es sei erwiesen, daß der Teufel von leichter und ätherische Natur beschaffen sei. In dem Moment, da sich ein Teufelspakt vollzog, sei das Opfer körperlich und geistig von dieser teuflischen Leere durchdrungen, und aus diesem Grund sei es einem solchen Körper nicht möglich, im Wasser nach unten zu sinken. Zudem wies er darauf hin, daß das heilige Element des Wassers einen mit schwerer Sünde beladenen Menschen ohnehin abstoßen würde.

Jakob war sich im unklaren darüber, ob er Peltzer überhaupt im Kern der Sache zustimmen sollte. Weder in der Heiligen Schrift noch in ihm bekannten Gesetzestexten wurde die Wasserprobe als zulässiges Mittel zur Aufdeckung der Schuld aufgeführt. Vor allem aber mußte er daran denken, welch verhängnisvolle Wirkung das Wasser auf ihn selbst ausübte. Wie nur war es dem Teufel gelungen, dieses geheiligte Element zu nutzen, um in ihm die unheilvollen Gesichter heraufzubeschwören? Erschrocken fragte er sich, was geschehen würde, sollte man ihn eines Tages dieser Probe aussetzen. Würde das Wasser auch ihn abstoßen, weil er vom Teufel durchdrungen war und damit Schuld auf sich geladen hatte?

Eine Woche lang verbrachte Jakob seine Zeit annähernd ausschließlich im Haus des Bürgermeisters. Er las entweder im *Malleus maleficarum* oder unterhielt sich mit dem Bürgermeister über die Hexenprozesse. Einzig zum Besuch des Gottesdienstes in der Katharinenkirche am Samstagabend begleitete er die Familie Peltzer.

Nach diesen sieben Tagen schließlich schmerzte sein Rücken von der gebückten Haltung am Lesepult, seine Augen brannten, und selbst wenn er morgens aufwachte, plagte ihn schon ein pochender Kopfschmerz.

Frau Peltzer blieb seine Erschöpfung nicht verborgen. Sie riet ihm, sich ein wenig Bewegung zu verschaffen und sich die Stadt anzusehen. Jakob folgte ihrer Aufforderung, auch wenn ihn Osnabrück nur wenig interessierte. Doch die Frau des Bürgermeisters hatte recht, er brauchte frische Luft und Bewegung, ansonsten würde er schon bald nicht mehr in der Lage sein, die komplizierten Texte des *Malleus maleficarum* zu verstehen.

Als er das Haus verließ, schlug ihm ein kräftiger Wind ins Gesicht. Der Himmel war bedeckt, doch der Regen ließ noch auf sich warten. Jakob spazierte zwei Stunden lang durch die Stadt und merkte rasch, wie sehr die frische Luft seine Sinne aufleben ließ. Im Grunde war Osnabrück ein sehr interessanter Ort. Frau

Peltzer hatte Jakob berichtet, daß es kaum eine Stadt im Norden Deutschlands gab, in der sich so deutlich die Zerrissenheit zwischen den Konfessionen zeigte. Katholiken wie Lutheraner teilten zähneknirschend ihre Machtbefugnisse. Während der evangelisch gesinnte Rat das Gerichtswesen in Osnabrück kontrollierte, unterhielt der katholische Bischof in der Stadt noch immer zahlreiche Einrichtungen, unter anderem ein Franziskanerkloster und ein Jesuitenkolleg.

Darauf, daß dieser Konflikt die Stadt in den Wirren des Krieges schwer belastet hatte, deuteten vor allem die vielen verlassenen und leerstehenden Häuser hin, die Jakob entdeckte. Die schwedischen Kontributionen, die vor allem vom Handwerk getragen wurden, hatten nicht wenige Bürger veranlaßt, an einem anderen, weniger konfliktbeladenen Ort ihr Glück zu versuchen.

Vor allem in der Neustadt fiel Jakob auf, daß zahlreiche vernagelte Fenster ihn wie tote Augen vorwurfsvoll anzustarren schienen. An mehreren Straßenecken wich er vorbeiziehenden schwedischen Söldnern aus, die zumeist einen Krug Branntwein bei sich trugen und sich angeheitert in ihrer Muttersprache unterhielten. Einige dieser rauhbeinigen Männer starrten Jakob feindselig und aggressiv an. Er vermied es daher, ihnen allzu auffällig ins Gesicht zu sehen.

Die Dämmerung brach an. In der Nähe der katholischen Johanniskirche kehrte Jakob in eine Schankwirtschaft ein. Er betrat eine niedrige Diele, in der ihm der süße Geruch von Wein und Bier entgegen schlug. Auch hier in der Schänke hielten sich viele Schweden auf, die ausgelassen ihren Sold vertranken. An mehreren Tischen wurde lärmend gesungen, andere Männer rülpsten genußvoll, und zwei oder drei von ihnen waren bereits auf dem Tisch zusammengesunken und schliefen ihren Rausch aus.

Jakob bestellte sich einen Krug Wein und setzte sich an einen freien Tisch. Das Gegröle um ihn herum störte ihn nicht sonderlich. Nach dieser Woche, die er in steter Abgeschiedenheit verbracht hatte, war es ein gutes Gefühl, wieder unter Menschen zu sein. Trotzdem kam er sich ein wenig einsam vor. Er war ein Fremder in dieser Stadt, und ihm wurde für einen Moment wehmütig ums Herz, als er an Minden dachte, wo seine Familie und seine Braut auf ihn warteten.

Er vermißte Agnes, aber nicht so sehr, wie er es vielleicht sollte. Er kannte sie allerdings auch erst kurze Zeit. Mit den Jahren würde er sicher lernen, sie besser zu verstehen, und vielleicht würde Agnes es eines Tages sogar mögen, wenn er ihre körperliche Nähe suchte. Bislang reagierte sie schroff und abweisend, wann immer er vorsichtig ihre Hände nahm oder durch ihr Haar strich. Höflich, aber bestimmt wies sie ihn dann von sich, als befürchte sie ernsthaft, daß er durch diese unschuldigen Berührungen ihre Tugend gefährden könnte.

Jakob mußte an eine andere Frau denken, die vor einigen Jahren dem Gesinde im Haus seiner Eltern angehört hatte. Ihr Name war Elsche gewesen. Kurz nach seinem fünfzehnten Geburtstag hatte sie die Arbeit als Küchenmagd aufgenommen und ihn vom ersten Tag an auf eine verspielte Weise geneckt, die Phantasien und ein Verlangen in ihm weckten, wie er es nie zuvor verspürt hatte. Elsche hatte eine makellos glatte Haut und schwarzes, glänzendes Haar. Sie mochte zwei Jahre älter als er gewesen sein, genau hatte er es nie erfahren. Von ersten Augenblick hatte sie genau gewußt, welche Wirkung sie auf ihn ausübte. Es dauerte dann auch nicht lang, bis sie ihn mit der Offerte in Versuchung führte, daß er sie überall dort berühren dürfe, wo er es gerne wollte, wenn er ihr sein Stillschweigen garantiere und zudem einige Pfennige überließ. Jakob zögerte nicht, das Geld aus der Börse seines Vaters zu entwenden, um sein Verlangen und seine Neugier zu stillen. Die fehlenden Pfennige, so hoffte er, würden kaum auffallen.

So begann für Jakob ein aufregendes Jahr, das jedoch abrupt sein Ende fand, als seinem Vater die kleinen Diebstähle auffielen. Zu Jakobs Verwunderung wurde aber nicht er, sondern sein älterer Bruder Julius vom Vater ertappt, als dieser sich an der Börse zu schaffen machte. Sein Bruder wurde vom Vater mit der Gerte geschlagen, bis er gestand, daß er das Geld Elsche gegeben habe. Daraufhin prügelte der Vater noch heftiger auf Julius ein und ließ auch die Magd die Gerte spüren. Jakob versuchte sich nichts anmerken zu lassen und entdeckte zu seinem Verdruß auf dem Gesicht seines jüngeren Bruders Martin eine ähnlich verborgene Schuld. Kein Wunder, daß dem Vater der Diebstahl aufgefallen war. Elsche, die nach diesem Vorfall das Haus verlassen mußte, hatte an den drei Söhnen des August Friederich Theis ihr gutes Geld verdient.

Es hatte Jakob über alle Maßen enttäuscht, daß Elsche nicht nur ihn, sondern auch seine Brüder verführt hatte. Allerdings glaubte er noch immer, daß sie ihn wirklich gemocht hatte.

In die Erinnerung versunken bemerkte Jakob zunächst nicht, daß sich jemand seinem Tisch näherte. Erst als die Person vor ihm stand und ihn grüßte, schaute er auf und blickte verwundert in das Gesicht der schwangeren Frau.

»Ich hoffe, ich habe Euch nicht erschreckt«, sagte sie und lächelte.

»Nein, nein ... natürlich nicht«, stotterte Jakob und ärgerte sich sogleich über sein ungelenkes Auftreten.

»Darf ich mich zu Euch setzen?« fragte sie.

Jakob zögerte einen Moment. Er dachte daran, was Wilhelm Peltzer ihm berichtet hatte: daß diese Frau einen Bastard in sich trug und damit ihre Ehre verloren hatte. Es war nicht standesgemäß, sich mit einer solchen Person in der Öffentlichkeit zu zeigen. Andererseits war er hier in Osnabrück ein Fremder, also war die Gefahr, seinen Ruf aufs Spiel zu setzen, nicht sehr groß. Mit einer knappen Handbewegung forderte er sie auf, sich zu setzen.

Keuchend zwängte sie ihren Bauch unter den Tisch. Sie lächelte noch immer. »Entschuldigt, daß ich derart amüsiert bin«, sagte sie, »aber Ihr habt mich angestarrt, als hätte ich ein drittes Auge auf der Stirn.«

Jakob bemühte sich, selbstsicherer zu wirken. »Darf ich Euch etwas zu trinken bestellen? Einen Krug Wein vielleicht?«

Sie schüttelte den Kopf und deutete auf ihren Bauch. »Bitte keinen Wein, der stößt mir sauer auf. Aber Ihr könntet mir ein Bier spendieren.«

Jakob nickte und rief dem Wirt zu, er möge einen Krug Bier bringen.

»Ihr wundert Euch gewiß, warum ich Euch einmal gefolgt bin und Euch jetzt anspreche.« Die Frau wurde ernster.

»Ich ... ich weiß nicht einmal, wer Ihr seid.«

»Ich bin Sara Meddersheim. Mein Vater arbeitet als Goldschmied hier in der Neustadt. Nun, da Ihr meinen Namen kennt, dürfte ich da auch den Euren erfahren?«

»Jakob Theis. Meine Familie lebt in Minden.«

»Ich habe Euch am Gerichtstag an der Seite des Bürgermeisters Peltzer gesehen. Seid Ihr mit ihm verwandt?«

»Der Bürgermeister ist ein Freund meines Brautvaters.«

»Und was führt Euch nach Osnabrück?«

»Ich werde im nächsten Jahr die Rechtswissenschaften studieren, und aus diesem Grund bleibe ich noch ein paar Wochen in der Stadt, verfolge die Arbeit des Rates und beobachte den Ablauf der Hexenprozesse.«

Als er die Hexenprozesse erwähnte, biß Sara Meddersheim sich kurz auf die Unterlippe. »Ich bin Euch am Gerichtstag aus einem bestimmten Grund bis zum Bucksturm gefolgt. Sagt mir, habt Ihr Frau Ameldung gesehen?«

Jakob zögerte. »Ich habe sie gesehen, aber warum, in Gottes Namen, sollte Euch das interessieren? Was habt Ihr mit diesem Hexenweib zu schaffen?«

Ihr Blick verdunkelte sich. »Ich kenne Anna Ameldung seit Jahren. Sie ist eine untadelige und fromme Frau. Warum seid Ihr so überzeugt davon, daß sie eine Hexe ist?«

»Es wurden schwerwiegende Beschuldigungen gegen sie ausgesprochen.«

»Pah! Die Anschuldigungen eines verblödeten Vetters, mit dem dumme Scherze getrieben wurden, kann doch niemand wirklich ernst nehmen. Nur der Rat und insbesondere der Bürgermeister stürzen sich begierig auf jedes Gerücht und verurteilen diese Frau als Hexe.«

Jakob trank einen Schluck Wein und erwiderte: »Viele Frauen, die verhaftet wurden, haben ihre Schuld zunächst geleugnet. Später stellte sich dann heraus, daß sie zu Recht beschuldigt wurden. Sie gestanden ihr schmähliches Hexenwerk und legten vor Gott ein Zeugnis ihrer Schuld ab. Wollt Ihr diesen Umstand leugnen?«

»Ich leugne nicht, daß diese Frauen ein Schuldgeständnis abgelegt haben, aber es ist allgemein bekannt, daß ihnen solche Geständnisse unter der Folter abgepreßt werden. Wie stark wäre Euer Wille, die schrecklichsten Schmerzen zu ertragen? Auch für Euch gäbe es einen Punkt, an dem Ihr alles gestehen würdet, um von der Pein erlöst zu werden. Alles, auch daß Ihr ein Zauberer wäret.«

Die Worte der Frau machten Jakob zornig. Wie konnte es sich diese ehrlose Handwerkertochter, die einen Bastard in sich trug, erlauben, auf diese Art mit ihm zu sprechen?

»Schweigt besser, oder wollt Ihr mich beschuldigen?«

»Nein, entschuldigt. Es handelte sich nur um einen Vergleich.«

Jakob dachte an das bittere Spiel, das der Teufel mit ihm trieb und daran, daß Saras Anschuldigungen nicht einmal aus der Luft gegriffen waren.

»Was wollt Ihr also von mir?« fragte er.

»Ich möchte Euch um einen Gefallen bitten. Sagt mir, was Ihr im Bucksturm gesehen habt. Anna Ameldung liegt mir sehr am Herzen. Es quält mich, daß ich nicht weiß, wie es ihr geht.«

»Darüber kann ich nicht sprechen«, erwiderte er zurückhaltend.

»Ich bitte Euch darum.«

Jakob schüttelte den Kopf.

Wütend funkelte Sara ihn an. »Ihr seid ein verbohrter Feigling, Jakob Theis, der mit geblendeten Augen durch die Welt läuft. Gebraucht Euren Verstand, und hört nicht nur auf das, was andere Euch einzureden versuchen.«

Ihre Worte sprudelten so schnell und zischend hervor, daß Jakob es regelrecht mit der Angst zu tun bekam. Vielleicht war auch diese Sara Meddersheim eine Hexe, die der Satan ausgeschickt hatte, ihn endgültig auf seine Seite zu ziehen. Hatte sie ihn deshalb während der Hinrichtung so auffällig angestarrt? Langsam bekam für Jakob alles einen Sinn.

Sara schien ihren Zorn wieder im Zaum zu haben. Leiser fuhr sie fort: »Ich habe Euch an dem Tag beobachtet, als Grete Wahrhaus der Kopf abgeschlagen wurde. Sie trat an Euch vorbei, und in Euren Augen war keine Häme und kein Haß zu erkennen so wie in den Gesichtern der anderen. Ich nahm an, Ihr wäret ein guter und gerechter Mann, und hatte gehofft, Ihr würdet mich verstehen, aber vielleicht habe ich mich in Euch getäuscht.«

Jakob wurde unbehaglicher zumute. Die Männer an den Tischen um sie herum spitzten gewiß schon die Ohren und lauschten ihrem seltsamen Streit. Zunächst beschimpfte Sara ihn, und nun behauptete sie, er würde Sympathien für eine Hexe empfinden. Diese Frau wurde allmählich zu einer Gefahr.

Er kramte einige Münzen aus der Tasche, legte sie auf den Tisch und stand hastig auf.

»Ich werde jetzt gehen«, sagte er.

Sara erhob sich ebenfalls, flinker, als er es einer hochschwangeren Frau zugetraut hätte, und griff nach seiner Hand.

»Ich bitte Euch nochmals, sagt mir, in welcher Verfassung sich Anna Ameldung befindet. Ist sie krank? Braucht sie Hilfe?«

Er schüttelte Saras Hand rüde ab und trat rasch aus der Schankwirtschaft. Hörte er dort hinter sich einige Gäste lachen?

Jakob hatte keine Ahnung, ob sie sich über ihn lustig machten oder in ihre eigenen Gespräche verwickelt waren. Zu seinem Verdruß folgte Sara ihm.

»Bleibt stehen und redet mit mir!« rief sie ihm hinterher.

Er eilte die Straße hinunter und warf einen schnellen Blick zurück. Sara stürmte hinter ihm aus der Schänke. Er kümmerte sich nicht um sie, sondern rannte davon. Hinter sich konnte er hören, wie sie ihn verächtlich beschimpfte, doch der Sinn dieser Beleidigung blieb ihm verborgen. Es klang fremdartig, weder ein Ausdruck aus der deutschen, lateinischen oder französischen Sprache. Wahrscheinlich handelte es sich um einen Fluch in einer heidnischen Hexensprache. Wurde er das Opfer eines Schadenzaubers? Womöglich verwünschte sie ihn mit einer schweren Krankheit oder ließ ein Unglück geschehen, das ihm das Leben kosten würde.

Jakob wandte sich im Laufen nochmals um. Die schwangere Frau folgte ihm noch immer, aber noch ein paar Schritte, dann würde er um eine Ecke biegen und vor ihren Augen verschwinden.

Plötzlich prallte er gegen einen massigen Körper. Jakob stolperte, fiel dann auf die Knie und riß sein Gegenüber mit sich. Im nächsten Moment erkannte er, daß er in eine Gruppe von drei schwedischen Söldnern hineingelaufen war. Der kräftige Mann, den er umgerissen hatte, brüllte einen zornigen schwedischen Fluch und stieß Jakob von sich. Schwerer Alkoholdunst schlug ihm entgegen. Er wurde von hinten gepackt und von einem der nebenstehenden Söldner auf die Beine gezogen. Der Schwede, mit dem er zusammengeprallt war, kam auf die Beine, packte ihn am Kragen und schob ihn wütend auf den dritten Söldner zu, der gackernd lachte und einen Mund voll fauliger Zahnstümpfe entblößte. Sie trieben ihren Spaß mit ihm, indem sie ihn von einem zum anderen stießen. Jakob taumelte zwischen ihnen her und handelte sich schmerzhafte Schläge auf Kopf und Schultern ein. Die Männer ließen nicht von ihm ab, und schließlich wußte er sich nicht mehr anders zu helfen, als seinen Degen zu ziehen und die Männer damit in Schach zu halten.

Die Schweden nahmen ihre Hände von ihm, grinsten jedoch hämisch und bedrohten ihn nun ihrerseits mit ihren Degen.

»Bleibt zurück!« brachte Jakob hervor, doch die Söldner machten keine Anstalten, von ihm abzulassen. Wahrscheinlich verstanden sie nicht mal seine Sprache.

Der große Schwede machte einen Ausfallschritt und fuchtelte mit seinem Degen vor Jakobs Gesicht herum. Jakob parierte diesen und auch den nächsten Angriff. Er war kein allzu geübter Degenfechter, und gegen drei Kontrahenten besaß er nicht den Hauch einer Chance. Er überlegte, ob er einfach davonlaufen sollte, doch dann bemerkte er, daß sich einer seiner Gegner hinter seinem Rücken postiert hatte. Die Schweden mochten angetrunken sein, aber sie waren gewiß nicht wehrlos.

Die Attacken wurden immer heftiger. Jakob parierte die Schläge und ging dann seinerseits zum Angriff über. Er schaffte es sogar, seinem Gegenüber ein Loch in seinen Ärmel zu reißen. Doch sofort war ein zweiter Schwede heran, nutzte die Gelegenheit, vollführte einen schnellen Hieb und verletzte Jakob oberhalb der rechten Hüfte. Zunächst spürte Jakob nur einen dumpfen Druck, dann fuhr ein stechender Schmerz durch seine gesamte rechte Körperhälfte, und sein Hemd färbte sich rot. Jakob ließ den Degen fallen, preßte die Hände auf die Wunde und ging in die Knie. Die Männer um ihn herum lachten schallend. Er zweifelte nicht daran, daß sie betrunken genug waren, um ihn hier auf offener Straße zu töten.

Jakob schloß die Augen und erwartete den nächsten Hieb, der ihm das Leben kosten würde. Doch plötzlich vernahm er Schritte und eine helle, wütende Stimme, die den Männern einige schwedische Worte entgegen keifte.

Jakob schlug die Augen auf und sah, daß Sara sich vor den Schweden aufgebaut hatte und sie mit Steinen bewarf. Einer der Männer wurde an der Schulter getroffen.

»Verschwindet, ihr Heringsfresser!« schimpfte sie auf deutsch und hob drohend den nächsten Stein.

Die Schweden schienen nun ihren Spaß zu verlieren, Gegen eine Frau wollten sie nicht kämpfen. Sie bedachten Sara mit einigen obszönen Gesten und suchten dann lachend und grölend das Weite.

Kaum waren sie verschwunden, beugte Sara sich über ihn. »Ihr seid verletzt. Laßt mich die Wunde sehen«, sagte sie. Schon zerrte sie an seinem Hemd und betrachtete die Wunde.

»Ruft einen Arzt«, bat er.

»Ich werde Euch in das Haus meines Vaters bringen. Dort habe ich alles was ich brauche, um Eure Wunde zu versorgen.«

Sie zog ihn auf die Beine, und Jakob legte seinen Arm um ihre Schultern. Als sie die Straße entlang humpelten, fragte er sie ängstlich: »Sara, seid Ihr eine Hexe?«

»Nein, ganz sicher nicht. Ihr müßt mir schon vertrauen«, antwortete sie.

Jakob biß die Zähne zusammen. Bei jedem Schritt zuckte ein heftiger Schmerz durch seinen Körper. *Steh mir bei, Herr,* betete er stumm. *Steh mir bei, falls ich in die Fänge einer Hexe geraten bin.*

Kapitel 9

Jakob preßte seine Hand auf die blutende Wunde und schleppte sich, von Sara gestützt, durch mehrere dunkle, enge Straßen. Jeder Schritt verursachte einen quälenden Schmerz, als bohre sich durch die Bewegung immer wieder aufs neue die Spitze eines Degens in sein Fleisch.

Nach einer Weile erreichten sie endlich ihr Ziel. Sara führte Jakob in den Hinterhof eines schlichten Bürgerhauses und öffnete dort eine Tür. Sie entzündete eine Kerze, in deren fahlem Licht eine Treppe zu erkennen war. Mühsam schob sie Jakob

Stufe um Stufe hinauf. Jakob stöhnte bei jedem Tritt. Niemals zuvor hatte er solch heftige Schmerzen verspürt.

Sara führte Jakob in eine kleine Kammer und setzte ihn auf einer Bettstatt ab. »Legt Euch hier nieder. Ich werde die Wunde genauer in Augenschein nehmen«, sagte sie und hellte den Raum mit zwei zusätzlichen Laternen auf. Sie trat aus dem Zimmer und kehrte kurz darauf mit einer Schüssel Wasser, sauberen Tüchern und einer Holzschatulle zurück.

Jakob drehte sich auf die unversehrte Seite und verfolgte aus den Augenwinkeln, wie Sara sich mit einer großen Schere daran machte, sein Hemd aufzuschneiden. Vorsichtig wusch sie die Wunde aus und untersuchte den Schnitt.

»Werde ich sterben?« krächzte er.

»Unsinn«, gab sie barsch zurück. »Der Schnitt ist nicht tief. Keines Eurer Organe wurde verletzt. Wenn Ihr euch keine Entzündung einhandelt, wird die Wunde gut verheilen.«

»Woher wollt Ihr das wissen? Ihr seid kein Arzt«, gab er zu bedenken.

»Ich habe viel Zeit damit verbracht, einem äußerst fähigen Arzt während seiner täglichen Arbeit zuzuschauen. Keine Angst, Ihr seid bei mir in besseren Händen als bei den meisten Ärzten Osnabrücks.«

Jakob war sich dessen nicht so sicher, und anscheinend war ihm seine Skepsis deutlich anzusehen.

»Ihr glaubt noch immer, daß ich eine Hexe bin, nicht wahr?« sagte sie enttäuscht.

»Ich weiß nicht, was ich glauben soll. Erklärt mir, was Ihr da tut.«

Sara bedachte ihn mit einem trotzigen Blick. »Nun, zunächst habe ich die Wunde mit Wasser gereinigt und sie mir genau angeschaut. Der Schnitt blutet noch immer, darum werde ich ihn mit einigen Stichen nähen müssen. Zuvor trage ich noch eine heilende Salbe aus Beifuß auf und gebe zum Schutz gegen eine Entzündung etwas Liebstöckel hinzu. Zu guter Letzt werde ich diesen Leinenstoff hier mit Essig tränken und Euch damit verbinden.«

Jakob schätzte ihre Worte kurz ab und entschied, daß sie recht vernünftig klangen. »Gut. Fahrt fort!« sagte er schließlich.

Sara reichte ihm eine Flasche. »Trinkt dies zuvor.«

Er runzelte die Stirn. »Was ist das?«

»Branntwein. Nehmt einen kräftigen Schluck. Ihr seid ein wehleidiger Mensch, und wenn ich Eure Wunde nähe, springt Ihr mir womöglich noch aus dem Bett.«

Jakob entfernte den Korken und hob die Flasche an, zögerte dann jedoch. Woher sollte er wissen, ob Sara ihm wirklich helfen wollte?

Sara verzog das Gesicht. »Ich weiß, was Ihr jetzt überlegt, aber ich versichere Euch: In der Flasche befindet sich kein Hexentrank, der Euch in eine Fledermaus oder in eine Katze verwandeln wird. Trinkt es, oder laßt es bleiben. Ich habe es nur gut gemeint.«

Jakob überlegte einen Moment, dann stellte er die Flasche auf den Boden. Sara quittierte seine Weigerung mit einem Kopfschütteln und fuhr mit ihrer Behandlung fort. Er schloß die Augen und lauschte angespannt, ob sie womöglich teuflische Beschwörungen murmelte, aber sie arbeitete schweigend und rieb seine Wunde mit der Salbe ein.

Die Salbe! Jakob dachte mit Schrecken daran, daß Hexen häufig Salben benutzten, um zu ihren geheimen Versammlungen zu fliegen. Womöglich benutzte diese Frau eine ihrer Hexensalben, um ihn mit einem Schadenszauber zu belegen. Sollte sich diese Vermutung bewahrheiten, war es allerdings schon zu spät, um ihr satanisches Werk zu verhindern. Sara hatte die Salbe bereits aufgetragen und führte mit ihren Fingern, die von seinem Blut überzogen waren, einen Faden in die Nadel ein, mit der sie sein Fleisch nähen würde.

Der erste Stich ließ Jakob zusammenzucken. Er biß sich auf die Unterlippe und schrie dann kurz auf.

»Haltet gefälligst still, sonst tut es nur noch mehr weh!« schalt sie ihn.

»Gebt mir die Flasche!« verlangte er hastig.

Sara reichte ihm den Branntwein. Begierig stürzte er den Alkohol seine Kehle hinunter. Der Schnaps rollte wie heiße Glut durch seinen Körper und verursachte einen Hustenanfall, doch anschließend breitete sich eine wohlige Entspannung in ihm aus, und er ließ Sara weiter arbeiten. Die Nadel setzte ihm noch schmerzhaft zu, aber er blieb ruhig und ertrug still die weiteren Stiche.

»So, das wäre geschafft.« Sara biß den Faden durch, verknotete ihn und machte sich daran, den Verband anzulegen. Jakob konnte ihr nicht absprechen, daß sie ihn durchaus fachmännisch behandelte. Inzwischen hatte sich seine Furcht vor möglichem Hexenwerk gelegt. Er hatte kein Anzeichen einer heidnischen Beschwörung entdecken können und war Sara nun überaus dankbar, daß sie sich so aufopferungsvoll um ihn kümmerte, obwohl er sich ihr gegenüber so abweisend verhalten hatte.

Er betrachtete sie verstohlen, während sie den Leinenstoff um seinen Bauch wickelte. Trotz ihrer vorangeschrittenen Schwangerschaft wirkte sie nicht so plump wie viele andere Frauen in ihrem Zustand. Nichts an Sara ließ sie bäuerlich oder grobschlächtig erscheinen. Ihre Gesichtszüge waren ebenmäßig und zart, dennoch strahlte sie eine energische Tatkraft aus.

»Ich möchte Euch bitten, heute nacht in diesem Bett zu schlafen. Die Wunde blutet zwar nicht mehr, aber sie könnte aufbrechen, wenn Ihr Euch bewegt«, sagte Sara.

»Ich ... ich weiß nicht recht ...«

»Natürlich kann ich Euch nicht dazu zwingen, in diesem Haus zu bleiben, aber Eurer Gesundheit zuliebe solltet Ihr meinen Rat befolgen.«

Wahrscheinlich war es wirklich das Vernünftigste, gab er ihr im stillen recht. Zwar gefiel Jakob der Gedanke nicht, die Nacht in einem fremden Haus zu verbringen, aber andererseits fühlte er sich einfach zu schwach für einen Fußmarsch durch die halbe Stadt.

»Also gut«, erklärte er nach kurzem Zögern.

Sara nickte zufrieden, säuberte ihre Utensilien und packte sie zurück in die Schatulle.

»Es war sehr freundlich von Euch, mir zu helfen«, sagte er leise.

»Obwohl Ihr es nicht verdient hättet«, erwiderte Sara und ließ deutlich den unterschwelligen Vorwurf in dieser Bemerkung erkennen. Sie stand auf und ging zur Tür.

»Sara«, rief er, als sie die Kammer verlassen wollte.

Sie drehte sich langsam um und schaute ihn fragend an.

Jakob zögerte. Es gefiel ihm nicht, sie so niedergeschlagen zu sehen. Und was machte es schon für einen Unterschied, ob er es ihr erzählte oder nicht? Außerdem glaubte er mittlerweile auch nicht mehr daran, daß sie ein Hexe war.

»Anna Ameldung wirkte sehr kraftlos«, sagte er. »Nicht nur ihr Körper, auch ihr Geist ist erschöpft. Sie hat stark geschwitzt. Ich nehme an, daß sie von einem Fieber geschwächt wird. Ihr Fußgelenk hat sich an einer Eisenkette aufgeschabt und entzündet. Sie bat mich, für sie zu beten.«

»Und ... habt ihr es getan?«

Er schüttelte den Kopf. »Nein, ich ... ich war zu sehr beschäftigt.«

»Das bin ich auch«, sagte Sara. »Aber ich habe jeden Tag für Anna Ameldungs Wohlergehen und um Gerechtigkeit zu Gott gebetet, auch wenn ich mir manchmal nicht sicher bin, ob er mir wirklich zuhört.«

Sie blickten sich eine kurze Weile ernst an, dann wünschte Sara Jakob eine gute Nacht, löschte das Licht und verließ die Kammer.

Kapitel 10

Grelles Sonnenlicht, das durch die halb geöffneten Fensterläden in die Kammer fiel, weckte Jakob. Träge blinzelnd öffnete er die Augen, zu müde, um sich im ersten Moment daran zu erinnern, an welchem Ort er sich befand.

Ein unbedachtes Rollen auf die linke Seite ließ ihn vor Schmerz zusammenzucken. Vorsichtig stieg er aus dem Bett, klappte die Fensterläden auf und schaute an sich herunter. Sein Hemd war an der rechten Seite zur Hälfte zerschnitten und mit Blut befleckt. Jakob zog es hoch, schob den Verband zurück und betrachtete die Wunde. Sie blutete nicht mehr, schmerzte aber noch bei der geringsten Berührung. Das Fleisch war sauber zusammengenäht worden, die Stiche in exaktem Abstand gesetzt, aber eine häßliche Narbe würde trotz Saras Künsten zurückbleiben.

Wo war Sara? Jakob wollte sie suchen, aber zunächst mußte er sich erleichtern. Er bückte sich langsam, um seine Verletzung nicht zu sehr zu belasten, und schaute nach, ob unter dem Bett ein Nachttopf stand. Als er nichts dergleichen entdeckte, tapste er mit nackten Füßen aus der Kammer und sah, daß sich auf dem Korridor direkt gegenüber ein zweites Zimmer befand. Er klopfte an die Tür, doch niemand reagierte. Zögernd drückte er die Klinke nach unten und trat in einen größeren Raum, bei dem es sich offensichtlich um Saras Schlafkammer handelte, denn auf einem Schemel neben dem Bett entdeckte er die Kleidung, die sie gestern getragen hatte. Sara selbst war nicht in der Kammer.

Jakob blieb in der Tür stehen und schaute sich um. Er war es gewohnt, sich in Zimmern aufzuhalten, die einfach eingerichtet waren, ohne viel Aufwand und Zierat. Was er in dieser Kammer sah, versetzte ihn jedoch in Erstaunen. Als erstes fiel ihm ein großer runder Teppich auf, der fast die gesamte Fläche des Bodens bedeckte. Er war herrlich gearbeitet, durchwirkt von seidenen und goldenen Fäden, die sich zu einem bunten Blumenmuster zusammensetzten. An einer Wand war ein weiterer Teppich angebracht worden, der ein geknüpftes Motiv zeigte – einen mit Pfeil und Bogen bewaffneten Reiter in fremdartiger Kleidung.

Er ging ein paar Schritte in das Zimmer hinein, und sofort fielen ihm neue verwunderliche Dinge auf. In einer der hinteren Ecken waren mehrere bunte Kissen aus Samt zusammengelegt worden und bildeten einen Halbkreis um ein Holztischchen, auf dem sich eine kunstvoll verzierte Karaffe aus Keramik und zwei nicht minder prächtige Trinkbecher befanden. Auf der Fensterbank entdeckte er die geschnitzte Holzfigur eines Elefanten. Jakob hatte solch ein Tier noch niemals leibhaftig gesehen, aber er erinnerte sich an ein Buch des Orient-Reisenden Pietro Della Valle, aus dem ihm sein Vater oft vorgelesen hatte. Aus diesem Buch hatte Jakob zum ersten Mal etwas über Löwen, Kamele oder auch Elefanten erfahren, und anhand der Illustrationen in diesem Werk konnte er sich auch ein genaues Bild von den exotischen Geschöpfen machen. Fasziniert berührte er mit einer Fingerkuppe den Rüssel des Elefanten und strich behutsam über dessen gebogene Miniaturstoßzähne.

Auf einem Schreibpult fielen ihm mehrere lose Blätter auf. Er hob sie verstohlen an und betrachtete die Zeichnungen darauf. Sie zeigten Menschen in ungewöhnlicher Kleidung mit Turbanen auf dem Kopf; dazu Häuser und Städte, die von seltsamen, rundlichen Kuppelbauten dominiert wurden, und weitere fremdartige Tiere.

Daneben lag ein aufgeklapptes Buch. Die Seiten waren mit seltsam anmutenden, schwarzen und goldenen Schriftzeichen versehen worden. Jakob vermutete, daß es sich dabei um eine arabische Schrift handelte.

All diese sonderbaren und aufregenden Gegenstände ließen ihn fast vergessen, aus welchem Grund er überhaupt Saras Kammer betreten hatte. Unter Saras Bett fand er endlich einen Nachttopf. Er zog das Gefäß hervor und erleichterte sich rasch.

Danach ließ er seinen Blick noch einmal über das sonderbare Inventar streifen. Welche Geheimnisse mochte diese Sara Meddersheim noch verbergen? War sie am Ende etwa doch eine Hexe? Eine gewöhnliche Handwerkertochter war sie auf jeden Fall nicht.

Zurück in seiner Kammer zog er den Mantel über und bedeckte damit das blutige Hemd. Er machte sich daran, die Treppe hinabzusteigen. Die vorsichtigen Schritte auf den Stufen verursachten heftige Schmerzen an der Hüfte. Vorsichtig tastete er sich an der Wand entlang, in panischer Sorge, seine Beine könnte ihm hier auf der Treppe den Dienst versagen.

Er hatte erst wenige Stufen hinter sich gelassen, als unten am Treppenabsatz ein korpulentes junges Mädchen auftauchte, zu ihm hochschaute und albern grinste. Ihre Pupillen waren seltsam verdreht, und als sie den Mund verzog, entblößte sie eine Reihe schiefer Zähne. Kichernd drehte sie sich um und lief davon.

Jakob trat in eine geräumige Diele ein, die das typische Bild einer Goldschmiedewerkstatt bot. An der hinteren Wand befand sich der Schmelzofen, dessen Glut mit einem an der Decke angebrachten Blasebalg angefacht wurde. Hinter dem größten Fenster war ein Werktisch aufgestellt, an dem die Feinarbeit verrichtet wurde. Der Boden unter diesem Tisch war mit einem Lattenrost versehen. So sollte wohl verhindert werden, daß die kostbaren Goldspäne, die während des Gravierens, Feilens und Ziselierens zu Boden fielen, an den Schuhsohlen haften blieben.

In dieser Diele war nicht nur die Werkstatt untergebracht, sondern auch ein Verschlag für zwei Ziegen und drei Schweine, die hinter einem halbhohen Gatter von dem Mädchen versorgt wurden. Während sie die Ziegen melkte, spähte sie immer wieder neugierig zu Jakob herüber. Außerdem gab es hier noch einen Ladentisch mit einer Goldwaage. Hinter diesem Ladentisch war eine Regal in die Wand eingelassen worden, auf dem mehrere kunstvoll verzierte Pokale, Statuetten und Waffen ausgestellt waren. Jakob betrachtete die Arbeiten aus der Nähe und stellte respektvoll fest, daß dies einige der feinsten Goldschmiedearbeiten waren, die er je zu Gesicht bekommen hatte. Vor allem eine der Miniaturen zog seine Aufmerksamkeit auf sich. Es handelte sich um die weitere Nachbildung eines Elefanten; sie war jedoch nicht aus Holz wie in Saras Zimmer, sondern aus purem Gold gefertigt. Ein wunderbares Objekt, versehen mit Ziselierungen und fein herausgearbeiteten Ornamenten, die wahres künstlerisches Talent voraussetzten.

Neben dem Regal befand sich ein Holzschnitt, der einen Bischof mit Krummstab und Hammer zeigte. Seinen Kopf umgab der Nimbus eines Heiligen.

»Sankt Eligius, der Schutzpatron der Goldschmiede«, erklang eine Stimme hinter Jakob. Er drehte sich um und stand einem etwa fünfzigjährigen Mann mit schütterem Haar und einem von grauen Strähnen durchzogenen Vollbart gegenüber, der ihn mit freundlichen Augen musterte. In seiner Hand hielt er eine hölzerne Pfeife, aus der ein würziger Geruch aufstieg. Die Tabakpflanze war vor wenigen Jahren aus der neuen Welt jenseits des Atlantiks nach Europa gebracht worden, und es hatte sich schnell die Mode gebildet, den Rauch des Tabaks, der auf den Geist angenehm beruhigend wirkte, in den Körper strömen zu lassen.

»Es existiert die Legende, daß Eligius den Pferden die Füße abgeschnitten hat, um sich die Arbeit zu erleichtern«, fuhr der Mann fort. »Er beschlug die Hufe und setzte die Füße wieder an. Man bezeichnet es als das Hufeisenwunder. Eine andere, glaubhaftere Geschichte besagt, daß Eligius von dem französischen König Chlothar mit der Anfertigung eines goldenen Thronsessels beauftragt wurde. Eligius aber gelang es, aus dem ihm zugeteilten Gold statt einem gleich zwei Sessel herzustellen. Diese Aufrichtigkeit brachte ihm die Stellung des Münzmeisters am französischen Hofe ein.« Aus einer Tasche an seiner Schürze förderte der Mann ein Stück Gold hervor, drehte es in seiner Hand und meinte: »Ein herrliches Metall, nicht wahr? Ein Gramm davon ließe sich zu einem Draht strecken, den Ihr von einem Ende der Stadt bis zum anderen spannen könntet. ›Ein Dukaten, fein geschlagen, deckt Roß und Reiter bis zum Kragen‹, sagt man.« Er ließ das Gold wieder in der Tasche verschwinden und streckte Jakob die Hand entgegen. »Entschuldigt mein Geschwätz. Ich bin Georg Meddersheim, der Goldschmied.«

Jakob erwiderte den Gruß. »Ihr seid Saras Vater?«

Meddersheim nickte. »Sara hat mir von Eurem Unglück berichtet. Fühlt Ihr Euch denn schon kräftig genug, aufzustehen?«

»Durch die Hilfe Eurer Tochter scheint die Wunde gut zu verheilen.« Jakob schaute sich um. »Ist … ist Sara nicht hier?«

»Sie ist bereits früh aus dem Haus gegangen, um ihrer Tante bei der Wäsche zu helfen.«

Jakob war enttäuscht, Sara nicht mehr anzutreffen. Gerne hätte er ihr noch einmal seinen Dank ausgesprochen.

Das schielende Mädchen, das die Ziege gemolken hatte, kam mit einem Becher herbei und reichte ihn Jakob.

»Bitte, mein Herr.« Ihre Stimme klang seltsam näselnd.

Meddersheim strich ihr liebevoll über das Haar. »Mina, die Tochter meines verstorbenen Bruders. Ich habe sie vor einigen Monaten in meine Obhut genommen. Ihr Geist ist schlicht, aber sie besitzt ein gutes Herz.«

Jakob trank einen Schluck von der warmen Ziegenmilch. »Ihr seid sehr freundlich zu mir. Bitte richtet Eurer Tochter meinen aufrichtigen Dank aus. Aber jetzt muß ich gehen. Man sorgt sich gewiß schon um mich.«

»Wie Ihr meint«, erwiderte Meddersheim.

Jakob trank den Rest der Milch und gab Mina den Becher zurück. Bevor er das Haus verließ, hielt er einen Moment inne. »Meister Meddersheim, wäret Ihr so freundlich, mir noch eine Frage zu beantworten? Eure Tochter rief mir gestern etwas in einer mir fremden Sprache zu. Vielleicht könntet Ihr es mir übersetzen.«

Der Schmied zuckte mit den Schultern. »Wenn es mir möglich ist, will ich das gerne tun.«

Jakob rief sich in Erinnerung, was Sara ihm zugerufen hatte, als er gestern fluchtartig das Gasthaus verlassen hatte. Er bemühte sich den Klang ihrer Worte genau wiederzugeben, was auf dem Gesicht ihres Vaters eine unverkennbare Heiterkeit hervorrief. Meddersheim brach in ein lautes Lachen aus, das seinen ganzen Körper schüttelte. Auch Mina kicherte wieder.

»Entschuldigt meine Reaktion«, bat Meddersheim. »Aber wenn ich Euch richtig verstanden habe, scheint Ihr Euch bei meiner Tochter sehr unbeliebt gemacht zu haben.«

»Also war es nichts Freundliches. Das habe ich mir schon gedacht.«

»Nein, freundlich war es ganz sicher nicht. Aber bitte verlangt nicht von mir, daß ich es für Euch übersetze. Das verbietet mir die Höflichkeit.«

Mit einem knappen Nicken verabschiedete sich Jakob von Georg Meddersheim und verließ das Haus. Als er die Dielentür schloß, konnte er noch immer das Lachen des Goldschmieds hören. Er kam sich vor wie ein Idiot, aber wahrscheinlich hatte er es auch nicht besser verdient. Warum war er gestern abend nur so in Panik geraten? Der Gedanke, Sara könnte eine Hexe sein, hatte ihm solche Angst eingeflößt, daß er sich völlig lächerlich gemacht hatte.

Der Fußmarsch zurück in die Hakenstraße wurde für Jakob überaus beschwerlich. Er hielt stets nach ein paar Schritten an, um zu prüfen, ob seine Wunde nicht aufgebrochen war. Er konnte jedoch kein frisches Blut entdecken, und so setzte er seinen Weg fort, bis er das Haus des Bürgermeisters Peltzer erreicht hatte.

Er hätte den Vorfall gerne verschwiegen, doch eine der Mägde wurde sofort auf das Blut an seinem Hemd aufmerksam. Sie schlug erschrocken die Hände vor den Mund und verständigte Frau Peltzer, die umgehend nach einem Arzt schicken ließ.

Ein halbe Stunde später trafen der Arzt und auch Wilhelm Peltzer in der Hakenstraße ein. Im Haus war eine gespannte Aufregung zu spüren. Jakob konnte in seiner Kammer die Schritte und das Tuscheln des Gesindes vor seiner Tür hören. Wilhelm Peltzer ereiferte sich lautstark über den ungeheuren Zwischenfall, während seine Frau Jakob besorgt musterte und die Hände zu einem stillen Gebet gefaltet hatte.

»Gott, was ist nur aus dieser Stadt geworden«, schimpfte Peltzer, während sich der Arzt, ein alter Mann mit gichtverkrümmten Fingern daran machte, Jakobs Wunde zu untersuchen. Jakob verfolgte argwöhnisch seine Bemühungen und war erleichtert, daß Sara Meddersheim seine Verletzung behandelt hatte und nicht dieser Greis, dessen Hand so heftig zitterte, daß er wohl kaum einen Apfel damit festhalten konnte.

»Ich werde mich an die schwedische Kanzlei, ja an den Statthalter Münzbruch persönlich wenden«, ereiferte sich Peltzer. »Die Zustände sind unerträglich geworden. Ehrbare Bürger werden grundlos von betrunkenen Söldnern auf offener Straße niedergestochen.« Er ballte die rechte Hand drohend zur Faust. »Man sollte sie rädern und vierteilen, diese schwedischen Hunde.«

»Ich lebe ja noch«, versuchte Jakob ihn zu beschwichtigen und zuckte im selben Moment zusammen, als der Arzt einen Finger auf die Wunde legte.

»Das habt Ihr der Frau zu verdanken, die sich um Euch gekümmert hat«, meinte der Arzt. »Ihr sagt, es war Sara, die Tochter des Goldschmieds?«

Jakob hatte von den Vorfällen ausführlich berichtet, Peltzer und dem Arzt gegenüber allerdings verschwiegen, daß Sara ihn auf die Hexe Anna Ameldung angesprochen hatte. Niemand brauchte davon zu erfahren. Jakob mußte an Saras Kammer und all die außergewöhnlichen Gegenstände denken, die sie dort aufbewahrte.

Der Arzt schloß seine Untersuchung zufrieden ab. »Ich kenne

diese Frau und teile ihre Vorstellungen über die Medizin nicht. Allerdings muß ich ihr zugestehen, daß sie über gewisse Fertigkeiten verfügt. Die Wunde ist gut versorgt worden. Ich glaube nicht, daß wir eine Entzündung befürchten müssen. Dennoch verordne ich Euch zwei bis drei Tage strikte Bettruhe.«

»Dafür werde ich Sorge tragen«, versicherte ihm Frau Peltzer.

Der Bürgermeister stapfte in der Kammer auf und ab. »Wir werden jemanden schicken, um die Dienste dieser Frau zu entlohnen.«

»Bitte wartet noch damit«, warf Jakob ein.

»Aus welchem Grund?«

»Ich würde diese Aufgabe gerne in einigen Tagen selbst übernehmen, wenn es mir wieder besser geht.«

Peltzer nickte. »Ich verstehe, Ihr möchtet Euch persönlich bedanken. Also gut, warten wir noch ab.«

Jakob lächelte und lehnte sich zufrieden zurück, in stiller Freude auf den Tag, an dem er dem wundersamen Haus der Meddersheims einen zweiten Besuch abstatten würde.

Kapitel 11

Jakob schonte sich und verbrachte die nächsten beiden Tage ausschließlich in seiner Kammer. Der Schnitt an seiner rechten Hüfte hatte sich gelblich braun wie die faule Stelle eines Apfels verfärbt, aber zumindest schmerzte er nicht mehr so heftig. Nur wenn Jakob sich in der Nacht auf die rechte Seite wälzte, wurde er durch einen grellen Stich aus dem Schlaf gerissen.

Frau Peltzer umsorgte und behandelte ihn zu seinem Verdruß eher wie einen achtjährigen Knaben, nicht wie einen achtzehnjährigen Mann. Sie saß oft an seinem Bett, las ihm aus der Bibel vor, brachte ihm sein Essen auf das Zimmer und ließ sogar Honigplätzchen heranschaffen, damit es ihm an nichts fehlte. Sie gestand ihm, daß sie sich für das Unheil, das ihm widerfahren war, in gewisser Weise verantwortlich fühlte, da sie es gewesen war, die ihn dazu überredet hatte, seine Studien zu unterbrechen und die Stadt zu erkunden. Jakob bat sie inständig, sich keine Vorwürfe wegen dieses Mißgeschicks zu machen. Gerne hätte er ihr gesagt, wie dumm er sich verhalten hatte, als er aus der Schankwirtschaft gestürmt war, weil er glaubte, eine Hexe würde ihn verfolgen. Hätte er besonnener gehandelt, wäre er wohl kaum mit den betrunkenen Schweden aneinander geraten. Er verzichtete jedoch darauf, Peltzers Ehefrau die genaueren Umstände seiner Begegnung mit Sara Meddersheim zu erläutern, und nahm dafür in Kauf, daß die Frau des Hauses ihn weiterhin so aufopfernd bemutterte.

Am dritten Tag schließlich, als er sich wieder bei Kräften fühlte, stand Jakob aus seinem Bett auf und ließ sich von Wilhelm Peltzer den Schlüssel zum Bibliothekszimmer aushändigen. Er las im *Malleus maleficarum*, doch das Buch hatte an Wirkung auf ihn verloren. Konnten ihn die Worte der Inquisitoren vor dem Zwischenfall mit Sara Meddersheim förmlich berauschen, so fühlte er sich nun, als wäre er aus diesem Rausch erwacht und würde an unangenehmen Nachwirkungen leiden.

Woher, so fragte er sich, nahmen die Verfasser dieses und anderer Bücher ihre Sicherheit? Alles, was er über das Werk des Teufels las, klang überzeugend. Jakob hatte geglaubt, in den letzten Tagen mehr über die Hintergründe der Zauberei gelernt zu haben, als in seinem gesamten Leben, doch er mußte auch einsehen, wie sehr er noch ein Laie auf diesem Gebiet war. Jakob hatte Sara gegenüber die schlimmste Beschuldigung ausgesprochen, derer ein Mensch angeklagt werden konnte. Er hatte sie verdächtigt, eine Hexe zu sein, nur wegen ihrer Bitte, ihn über das Befinden einer zweifelhaften Person in Kenntnis zu setzen, deren Schuld nicht einmal eindeutig bewiesen war. Es wäre ihr gutes Recht gewesen, ihn in seiner Notlage die kalte Schulter zu zeigen, doch Sara hatte keinen Moment gezögert, sich den schwedischen Söldnern entgegenzustellen. Wie ein Engel aus Gottes heiliger Armee war sie ihm erschienen und hatte die Schweden mit Steinen und Schimpfworten davongejagt, so als schleudere sie gleißende Blitze aus ihren Händen. Während er starr vor Furcht auf dem Boden gekauert hatte, hatte er den Mut in ihren Augen gesehen. Sie war hübsch gewesen in diesem Augenblick.

Und dann ihre Kammer! Jakob schloß die Augen und durchstreifte in Gedanken noch einmal diesen wundersamen Raum mit all seinem exotischen Inventar. Seine eigene Kammer hier in Wilhelm Peltzers Haus wirkte dagegen so schlicht und leer wie ein grauer Stein im Vergleich zu einer Blume in voller Blütenpracht. Welche Geheimnisse mochte diese Frau noch verbergen?

Da er sich ohnehin nicht auf die Worte im *Malleus* konzentrieren konnte, klappte Jakob das Buch nach kurzer Zeit wieder zu und schritt auf dem Korridor vor seinem Zimmer auf und ab. Am Abend schaute der Arzt noch einmal vorbei und bestätigte, was Jakob bereits spürte: Seine Wunde war hervorragend verheilt, und als Jakob den greisen Mediziner fragte, ob er am nächsten Tag einen Gang in die Neustadt wagen könne, zog der Medicus zunächst seine Stirn in Falten, gestattete Jakob dann aber einen Spaziergang.

Frau Peltzer packte am nächsten Morgen zwei geräucherte Würste, einen dicken Laib Weißbrot, Ziegenkäse und eine Flasche Wein in einen Korb und gab diesen Jakob mit auf den Weg zu Sara Meddersheim. Jakob ging langsam, um die Wunde nicht zu stark zu belasten, und bemerkte, daß seine Laune mit jedem Schritt besser wurde. Er hoffte, daß er Sara wiedersehen würde und ihr endlich für ihre Hilfe danken konnte. Vielleicht würde sie ihn dann in ihr Zimmer führen und ihm erklären, wo sie diese außergewöhnlichen Teppiche und die fremdartigen Bücher mit der seltsamen Schrift erworben hatte.

In der Neustadt fiel es ihm zunächst schwer, sich zu orientieren. Er verlief sich mehrmals und spürte jedes Mal ein nervöses

Prickeln im Magen, wenn ihm in den Straßen Gruppen von Söldnern entgegenkamen. Seine Hand fuhr dann an den Knauf seines Degens und löste sich erst wieder, nachdem er die Söldner hinter sich gelassen hatte.

Endlich entdeckte er die Straße, in die Sara ihn vor drei Tagen geführt hatte. Schon von weitem sah er sie im ersten Stock aus dem offenen Fenster lehnen, wo sie von einem Apfel abbiß. »Wohin des Weges?« rief sie ihm zu. »Seid Ihr auf der Suche nach rauflustigen Söldnern?«

»Darauf würde ich mich nur einlassen, wenn Ihr in meiner Nähe wäret.« Jakob zog seinen Hut zum Gruß und deutete auf den Korb in seinem Arm. »Ich bin gekommen, um mich für Eure Hilfe zu bedanken. Hättet Ihr einen Moment Zeit für mich?«

Sara biß von ihrem Apfel ab und tat so, als müßte sie sich diese Bitte gut überlegen. Dann meinte sie: »Kommt nur herein und wartet in der Werkstatt auf mich. Ich werde versuchen, meinen dicken Bauch hinunterzutragen. Das kann etwas dauern.«

Sie verschwand vom Fenster. Jakob klopfte an die Eingangstür und trat ein. Sogleich schlug ihm die schwüle Hitze des Goldschmiedeofens entgegen. Die Luft war stickig und roch nach Metall. Georg Meddersheim, der damit beschäftigt gewesen war, mit einem kleinen Stecheisen einen Kelch zu gravieren, legte sein Werkzeug beiseite und empfing Jakob mit einem herzhaften Händeschütteln.

»Schön Euch wiederzusehen, junger Freund. Wie mir scheint, habt Ihr Euch gut erholt. Euer Gesicht ist zumindest nicht mehr so blaß wie bei unserer ersten Begegnung.«

»Es geht mir gut.« Jakob stellte den Korb ab und nahm den goldenen Kelch zur Hand, an dem Meddersheim gearbeitet hatte.

»Die ersten Züge eines Marienbildes«, erklärte Meddersheim, als er Jakobs neugierige Miene bemerkte. »Es handelt sich um einen Meßbecher im Auftrag des Domkapitels. Für einen Goldschmied ist es beruhigend zu wissen, daß er, selbst wenn in der

Stadt die Armut voranschreitet, beständig an der Erweiterung des Domschatzes arbeiten kann. Ohne die heilige Mutter Kirche«, er faltete die Hände und blickte gen Himmel, »wären meine Tochter und ich wohl schon lange einer bitteren Armut ausgesetzt.«

Jakob wußte nicht, wie er diese düsteren Worte auffassen sollte. Meddersheim setzte hinzu: »Ein kleiner Scherz. Entschuldigt. Natürlich gibt es außer der Kirche auch noch weitere wohlhabende Herren, die keine Kosten scheuen, ihren Gattinnen und Töchtern wertvolle Geschenke anfertigen zu lassen. Erst im letzten Monat habe ich für einen schwedischen Oberst eine rubinbesetzte Kette hergestellt, von deren Wert die gesamte Besatzung einen Monat lang verpflegt werden könnte.«

Jakob drehte den Meßbecher in seiner Hand und stellte ihn dann zurück. Er verachtete die Prunksucht der katholischen Kirche. Wie wahr hatte Luther doch gesprochen, als er die Gläubigen mahnte, sich mit dem reinen, unverfälschten Glauben und nicht etwa mit materiellen Gütern zu beschäftigen. Jakob fand es durchaus akzeptabel, das gesamte Domkapitel aus der Stadt zu treiben und mit dem Erlös des Domschatzes der Bürgerschaft die Bürde der schwedischen Besatzung zu erleichtern.

Auf der Treppe erklangen Schritte und ein leises Keuchen. Sara hatte die Hände in den Rücken gestemmt und streckte ihren Bauch vor, als sie in die Werkstatt trat.

»Verzeiht mir, daß es so lange gedauert hat, Jakob, aber ich bin so träge geworden wie eine Kuh mit geschwollenem Euter«, sagte sie und kam auf ihn zu.

»Habt Nachsicht mit dem unflätigen Mundwerk meiner Tochter«, bat Meddersheim. »Sie besitzt das Herz eines Löwen, aber die Zunge einer Zigeunerin.«

»Eine Zunge, die sogar drei bewaffnete Söldner in die Flucht zu schlagen vermag.« Jakob schien es, als hätte Saras Bauch in den vergangenen drei Tagen deutlich an Umfang gewonnen.

Wie lange mochte es noch dauern, bis sie ihr Kind zur Welt brachte? Einen Monat? Zwei?

Er deutete auf den Korb. »Ich bin gekommen, um mich bei Euch zu bedanken, Sara. Und ich möchte Euch dies als Anerkennung überreichen.«

Sara trat näher, zog das Tuch zur Seite und betrachtete die Präsente mit deutlichem Argwohn.

»Wurst und Wein aus der Vorratskammer des Wilhelm Peltzer.« Sie sprach es in einem so verächtlichen Tonfall aus, als hätte Jakob ihr einen Haufen Kuhdung überreicht. »Ich weiß nicht, ob ich diese Almosen des Bürgermeisters überhaupt in meinem Haus haben will.«

Jakob verstand ihre Ablehnung nicht. »Ich ... ich habe es nur gut gemeint.«

»Natürlich habt Ihr das.« Der Goldschmied nahm eine der Würste aus dem Korb, roch daran und seufzte zufrieden. »Ein wunderbarer Geruch.«

Sara zögerte einen Moment, dann nahm sie ihrem Vater die Wurst aus der Hand und biß hinein. »Was soll's«, meinte sie, »die arme Wurst kann ja nichts dafür, in welchem Haus sie geräuchert wurde.«

Erleichtert verfolgte Jakob, wie Sara nach Mina rief und die Magd anwies, den Korb in die Speisekammer zu schaffen.

»Hat Peltzer Euch aufgetragen, mir diesen Korb zu bringen?« wollte Sara wissen.

»Nun ja, er hat mich auf die Idee gebracht, aber ich hätte mich auch ohne ihn sicher erkenntlich gezeigt.« Jakob zog seinen Geldbeutel aus der Jacke und suchte nach einer Münze. Warum hatte er nicht sofort daran gedacht? Sara erwartete von ihm kein Geschenk, für das er nur der Überbringer war.

»Nein!« bat Sara. »Verteilt Euer Geld besser an die, die es nötiger haben als ich. Es gibt viele Menschen hier in der Stadt, die in Ställen oder unter freiem Himmel schlafen müssen und Hunger leiden. Ihnen solltet Ihr Euer Geld geben, nicht mir.«

»Übernehmt Ihr das für mich«, sagte er und legte die Münze auf den Tisch. Sara betrachtete den Taler einen Augenblick, dann steckte sie ihn in die Tasche ihrer Schürze.

»Ihr wollt mir also einen Gefallen tun, Jakob?«

»Das würde ich sehr gern.«

»Vielleicht komme ich irgendwann einmal darauf zurück. Im Moment würde ich Euch nur bitten, mich vor die Tore der Stadt zu begleiten. Ich benötige frische Kräuter und einige Pilze. Fühlt Ihr Euch kräftig genug für einen Spaziergang?«

Jakob nickte, ohne zu zögern, obwohl er sich nicht sicher war, ob eine solche Anstrengung ratsam wäre. Saras Bitte wollte er aber nicht ablehnen.

»Wartet einen Moment, ich lasse mir von Mina meine Haube und einen Umhang bringen, dann können wir gehen.« Sara rief nach der Magd.

Jakob stützte sich auf die Tischkante und betastete seine rechte Hüfte. Schon ein leichtes Drücken verursachte einen brennenden Schmerz. Wieder befürchtete er, seine Kraft zu überschätzen. Dennoch hätte er um nichts in der Welt die Gelegenheit verpassen mögen, in Ruhe mit Sara zu sprechen.

Kapitel 12

Saras Ziel war der Gertrudenberg, die nördliche Anhöhe vor den Toren der Stadt. Zunächst fiel beiden der Fußmarsch über die steinigen Pfade nicht schwer, doch je länger sie den Hügel hinauf wanderten, desto anstrengender wurde es für Sara. Immer häufiger drückte sie sich die Hände ins Kreuz und rang nach Luft. Mehre Male waren sie gezwungen, eine Pause einzulegen. Jakob, der bei jedem Schritt ein dumpfes Pochen in seiner Wunde spürte, nahm die Gelegenheit zur Rast dankbar an.

Seine Sorge, Sara könnte ihm das argwöhnische Verhalten, das er bei ihrer vorangegangenen Begegnung an den Tag gelegt hatte, noch immer übelnehmen, erwies sich als unbegründet. Von dem Moment an, da sie das Stadttor passiert hatten, plauderte sie munter drauf los und mokierte sich über die Osnabrücker Ärzte.

»Es wird kein Wert auf Reinlichkeit gelegt«, klagte Sara. »Ich kenne viele Ärzte, die es nicht für nötig erachten, sich vor der Behandlung einer offenen Wunde die Hände zu waschen. Wen wundert es da, daß sich das Fleisch entzündet. Und schwächt daraufhin ein Fieber den Patienten, läßt man ihn zudem noch zur Ader, um das Blut zu reinigen.«

»Aber das kranke Blut enthält die bösen Säfte, die den Leib verderben.« Jakob war beileibe kein Fachmann, doch man brauchte kein Arzt zu sein, um das Zusammenwirken der Säfte im menschlichen Körper zu begreifen. Auch wenn er Saras Meinung einen gewissen Respekt entgegenbrachte, da sie bei der Behandlung seiner Verletzung alles richtig gemacht hatte, sah er keinen Grund, an den bewährten Methoden der Ärzteschaft zu zweifeln.

»Wie würdet Ihr statt dessen verfahren?« wollte er wissen.

»Ich vertraue den heilenden Kräften, die uns die Natur in den Pflanzen und Mineralien zur Seite stellt. Und zwar nicht erst, wenn eine Krankheit ausgebrochen ist. In der Medizin kommt es darauf an, die Konstitution eines Menschen zu stärken, also nicht nur zu heilen, sondern vor allem vorzubeugen. Die von den Badern so beliebten Aderlässe oder Klistiere sind in meinen Augen vollkommen sinnlos.«

»Mit dieser Theorie würdet ihr unter der Osnabrücker Ärzteschaft sicher Erheiterung hervorrufen.«

Sara bedachte Jakob mit einem trotzigen Blick. »Ich habe zu viele Menschen an den Aderlässen sterben sehen, andere wiederum, die nach einer sanfteren Methode behandelt wurden, sind heute wieder gesund.«

Inzwischen hatten sie den höchsten Punkt des Gertrudenbergs erreicht. Von der Anhöhe aus konnten sie die gesamte

Stadt überschauen. Aus den Schornsteinen stiegen dünne Rauchfahnen gen Himmel, die Menschen gingen gemächlich ihrer Arbeit nach, und selbst die schwedischen Söldner ließen sich nur vereinzelt auf den Straßen blicken. Alles wirkte ruhig und friedlich. Die Stadt gaukelte dem Betrachter ein Bild der Harmonie vor, als gäbe es keinen konfessionalen Zwiespalt und keine Bedrohung durch Hexen und Zauberer. Die wahren, bedrückenden Verhältnisse wurden Jakob jedoch recht schnell wieder klar, als sie eine Klosteranlage erreichten.

Dach und Fenster des Klosters waren das Opfer von Flammen geworden, das Hauptgebäude und der Turm waren nur noch eine düstere, rußgeschwärzte Ruine. Jakob nahm den Geruch verwitterten Holzes wahr, der von den verkohlten Überresten des eingestürzten Dachstuhls ausging. Er vermutete, daß der Brand bereits einige Zeit zurücklag, denn über die Trümmer hatte sich eine grünlich schimmernde Moosschicht ausgebreitet.

»Was ist hier geschehen?« fragte Jakob.

Sara betrachtete traurig die Ruine. »Anfang des Jahres wurde Osnabrück von einem katholischen Heer belagert. Die Kaiserlichen benutzten dieses Frauenkloster als ihr Hauptquartier und zogen erst zu Ostern ab. Kaum waren die Soldaten fort, da loderten die Flammen so hoch, daß man sie von der Stadt aus deutlich erkennen konnte.«

»Wer hat das Kloster niedergebrannt?«

»Niemand weiß es. Die Schweden behaupten, die Kaiserlichen hätten es bei ihrem Abzug in Brand gesteckt. Die Katholiken in der Stadt sagen, die Schweden wären dafür verantwortlich, weil sie die für eine Belagerung strategisch wichtige Position des Gertrudenbergs schwächen wollten. Andere wiederum sprechen davon, daß Bürger Osnabrücks aus Haß auf alles Katholische das Feuer gelegt haben.«

Es bedrückte Jakob, daß dieser Ort des Glaubens aus militärischen Gründen der Zerstörung preisgegeben worden war. Es fiel ihm nicht schwer, sich vorzustellen, wie das Leben im Kloster in ruhigeren Zeiten ausgesehen hatte. Fleißige Nonnen, die ihre Gärten bestellten, der Klang ihres Gesangs während der Messe und die Stille der Meditation – all dies war einer traurigen Ruine gewichen, die auf dieser Lichtung wie ein fauler Zahn in einem ansonsten intaktem Gebiß wirkte.

Sara zupfte Jakob am Ärmel. »Wir sollten uns beeilen. Regenwolken ziehen auf«, sagte sie und schaute zum Himmel.

Unweit vom Kloster machte Sara sich daran, ihre Kräuter einzusammeln. Es fiel ihr schwer, sich zu bücken, und darum ließ Jakob sich von Sara die betreffenden Pflanzen zeigen und zupfte sie aus der Erde.

»Dort, das ist Fenchel, sehr wirksam gegen Verstopfung. Wir brauchen noch Kerbel gegen Hämorrhoiden und Senfkraut, das die Hustenbeschwerden lindert.«

Jakob folgte ihren Anweisungen, spürte aber plötzlich einen heftigen Schmerz und ließ sich auf die Knie fallen.

»Was ist mit Euch?« fragte Sara besorgt.

»Die Wunde kneift ein wenig. Nicht weiter schlimm«, beschwichtigte Jakob.

»Laßt mich sehen.« Sara setzte sich neben ihn und zog sein Hemd aus der Hose. »Die Wunde ist ein wenig angeschwollen. Ihr müßt Euch schonen, sonst bricht die Naht wieder auf.«

»Wir wollten uns doch beeilen.«

»Setzt Euch dort an den Baum«, wies Sara ihn an. »Eine Pause wird uns beiden guttun, und der Regen wird hoffentlich noch auf sich warten lassen.«

Sie ließen sich am Stamm einer mächtigen Eiche nieder.

»Ihr wißt so viel über die Heilkraft von Kräutern«, sagte Jakob. »Aber habt Ihr auch Kenntnisse über Pflanzen, die zur Abwehr von Dämonen angewandt werden?«

Sara runzelte die Stirn. »Was meint Ihr?«

»Es wird behauptet, daß Kräuter wie Ehrenwurz, Beifuß und Bibernell Dämonen vertreiben könnten, wenn man die Pflanzen dörrt oder zerreibt. Dämonen ertragen ihren Geruch oder Geschmack nicht, und auch das Vieh bleibt geschützt, wenn man ihm etwas davon ins Futter mischt.«

»Ihr meint so etwas in der Art wie mit einer Brennessel dem Vieh die Maden zu vertreiben?«

Jakob nickte.

Sara lachte auf. »Man pflückt die Brennessel vor Sonnenaufgang, faßt sie mit beiden Händen und spricht: ›Brennessel laß dir sagen, unsere Kuh hat im Fuß die Maden; willst du sie ihr nicht vertreiben, so will ich dir den Kragen umreiben.‹ Anschließend dreht man die Pflanze in den Händen, bis sie reißt, und wirft die beiden Teile mit beiden Händen rückwärts über den Kopf.«

Jakob beschlich mittlerweile das Gefühl, daß Sara ihn nicht ganz ernst nahm.

»Natürlich wirkt diese Methode nur, wenn man die gesamte Prozedur an drei aufeinanderfolgenden Tagen wiederholt«, fügte Sara an und konnte ein Lächeln nicht unterdrücken.

»Ihr macht Euch lustig über mich«, beschwerte sich Jakob. Solche Prozeduren waren allgemein gebräuchlich und anerkannt. Im Haus seiner Eltern etwa war es gute Sitte, am Johannistag die Wurzeln des Farnkrauts auszugraben, die man so an der freien Luft trocknete, daß keine Sonne darauf fallen konnte. Am Sonnenwendtag wurde das Kraut dann kreuzweise ins Eck eines Fensters gesteckt, um Unwetter zu vertreiben. Er wollte Sara dieses Beispiel entgegenhalten, doch bevor er seinen Einwand anbringen konnte, bemerkte er, daß Sara das Gesicht verzog und die Hände um ihren Bauch klammerte.

»Sara, was ist mit Euch?«

Sie sog tief Luft ein und atmete heftig aus. »Nichts von Bedeutung. Das Kind in meinem Bauch strampelt nur wild herum. Ist mir ganz recht, wenn es ein lebhafter Mensch wird.« Sie schürzte die Lippen und meinte: »Bald werdet auch Ihr Euch an solche Unannehmlichkeiten gewöhnen müssen.«

»Ich?« Jakob schaute sie fragend an. »Wieso ich?«

Saras Augen funkelten. »Glaubt Ihr etwa, ich hätte Euch nur aus reiner Nächstenliebe geholfen? Ihr täuscht Euch. Ich habe Euch benutzt, um einen Zauber an Euch auszuprobieren.«

Jakob starrte sie entgeistert an, unfähig, sich zu rühren.

»Den Kindszauber«, behauptete sie. »Ja, Jakob Theis, ich habe Euch durch Eure Wunde ein Dämonenkind in den Bauch gepflanzt. Es wächst und wächst, und eines Tages will es heraus, doch es wird keinen Weg finden, denn Ihr seid keine Frau.«

Sein Herz begann wie wild zu pochen. Schweiß trat ihm auf die Stirn, und seine Hand fuhr an die rechte Seite. Sara drückte jedoch seine Finger fort und lachte schallend.

»Habt es wirklich geglaubt? Jakob, man kann Euch Geschichten auftischen, auf die nicht einmal ein Kind am Rockzipfel der Mutter hereinfallen würde.«

»Dann habt Ihr geschwindelt?«

»Nur ein kleiner Schabernack.« Sara lächelte.

Jakob schüttelte unwirsch den Kopf, beleidigt über den Unfug, den er im ersten Augenblick tatsächlich für bare Münze genommen hatte. Er ärgerte sich nicht nur über seine Einfältigkeit, sondern auch über Saras Leichtsinn. Es war gefährlich, Scherze über Zauberei zu treiben. Wie rasch konnte solch ein dummer Scherz mißverstanden werden und das Leben der Beteiligten in Gefahr bringen. Jakob hätte Sara in diesem Punkt für klüger gehalten.

Eine Weile saßen sie schweigend nebeneinander. Sara schmunzelte noch immer über ihren Streich, doch dann wurde auch sie ernster und sagte: »Ihr denkt es immer noch.«

»Was denke ich?«

»Daß ich eine Hexe sein könnte.«

»Nein … ich …«, stammelte er. »Was erwartet Ihr, wenn Ihr es darauf anlegt, mich mit diesen Spielchen zu täuschen?«

»Trotzdem solltet Ihr mich langsam gut genug kennen, um mir ein gewisses Maß an Vertrauen entgegen zu bringen.«

»Aber das tue ich doch. Wenn ich überzeugt davon wäre, daß

Ihr vom Bösen besessen seid, hätte ich Euch dann berichtet, was ich im Bucksturm gesehen habe?«

»Wohl nicht, und darüber, daß Ihr es doch getan habt, bin ich sehr froh.« Sara strich ihm über die Hand.

Jakob zögerte einen Moment, dann sagte er: »Trotzdem seid Ihr noch immer ein Rätsel für mich.«

»Aus welchem Grund?«

»An dem Morgen, an dem ich in Eurem Haus aufgewacht bin, habe ich Euch gesucht, und ich habe Eure Schlafkammer betreten.«

Sara kicherte. »Da habt Ihr sicher einen gehörigen Schreck bekommen.«

»Was ich dort gesehen habe, war so ... fremd. Diese kunstvollen Teppiche, Bilder von Tieren, die mir völlig unbekannt sind, und Bücher, deren Schrift ich nicht lesen konnte.«

»Das hat Euch verwirrt, nicht wahr? Nun, ich habe nicht immer in den deutschen Landen gelebt.« Sara wandte sich um, so daß sie Jakob ins Gesicht schauen konnte, und stützte ihren Kopf auf dem Arm ab. »Soll ich Euch meine Geschichte erzählen?« fragte sie.

»Ja«, entgegnete Jakob. »Überzeugt mich davon, daß Ihr keine Hexe seid.«

»Ach, Jakob, nur weil man eine Sache nicht kennt oder sie nicht versteht, heißt das doch nicht, daß sie böse sein muß. Vielleicht versteht Ihr mich besser, wenn Ihr mir einfach zuhört. Aber der Reihe nach. Ich beginne im Jahr 1618, diesem schicksalhaften Jahr, in welchem der Aufstand der böhmischen Stände gegen König Ferdinand II. Europa in einen barbarischen Konflikt stürzte. Doch nicht nur für Europa war 1618 ein Unglücksjahr, auch mein Vater, der zu der Zeit seine erste eigene Werkstatt in Osnabrück eröffnet hatte, mußte erleben, wie schnell eine friedliche Welt zerstört werden konnte. Ich war damals drei Jahre alt, meine Mutter war mit einem zweiten Kind schwanger, die Geschäfte in der Goldschmiede gingen gut, doch innerhalb von wenigen Tagen brach die hoffnungsvolle Zukunft unserer kleinen Familie wie eine brüchige Scheune unter dem Feuer von Geschützkanonen zusammen. Das Kind wurde tot geboren, und nur drei Tage später starb auch meine Mutter am Kindbettfieber.«

»Gott, wie schrecklich.« Jakob konnte nur erahnen, was es bedeutete, Frau und Kind zu verlieren.

»Mein Vater konnte ihren Tod kaum verkraften und vernachlässigte seine Geschäfte so sehr, daß er innerhalb eines halben Jahres ruiniert war. Er ertränkte seinen Kummer in Branntwein und war nicht mehr in der Lage, uns beide zu ernähren. Als er durch seine Schulden das Haus verlor, waren wir praktisch mittellos. Dann, an einem der ersten Frühlingstage des Jahres 1619, teilte mein Vater mir mit, daß wir Osnabrück verlassen würden. Ich sehe sein Gesicht noch heute deutlich vor mir. Selbst als vierjähriges Kind habe ich verstanden, daß es für ihn der einzige Ausweg war, der Stadt Lebewohl zu sagen. So zogen wir in die Welt hinaus und wanderten nach Süden. Kälte und Hitze, Nebel und Schneestürme, Hunger und Ungeziefer waren unsere Begleiter, als wir Tag für Tag über schlechte Wege marschierten, von Menschen und Tieren bedroht, ohne Aussicht auf einen gedeckten Tisch oder ein schützendes Dach am Abend. Wir wurden zu Landfahrern und lebten von dem, was wir uns erbetteln konnten oder von Gelegenheitsarbeiten auf den versprengten Höfen.« Sara schwieg einen Moment, versunken in Gedanken an vergangene Zeiten.

»Im Winter 1620 bezogen wir Quartier an der böhmischen Grenze, wo mein Vater einem Krämer begegnete, der ihm von seinem Vorhaben berichtete, nach der Schneeschmelze mit einer Gesandtschaft das Osmanische Reich zu bereisen. Der Krämer beschrieb meinem Vater das Land der Türken in den schillerndsten Farben und forderte uns auf, sich ihm anzuschließen. Als er den Geschichten des Krämers lauschte, sah ich zum ersten Mal seit zwei Jahren wieder eine Spur von Leben in den Augen meines Vaters aufblitzen. Und als der Frühling heraufzog, schlossen wir uns den siebzig Wagen und zweihundert Männern an, die über den Balkan nach Rumelien und von dort an die griechische Küste reisten. Wir setzten auf gewaltigen Dreimastern nach Kreta und Zypern über und erreichten elf Monate nach unserer Abreise aus Böhmen die türkische Hafenstadt Tripolis. Mein Vater ließ sich von einem einheimischen Juwelier in der osmanischen Goldschmiedekunst unterrichten, und allmählich erwachte in ihm wieder die alte Fähigkeit, mit seinen Händen das Gold so zu formen, daß es eine Kunst war.

Wir blieben ein Jahr in Tripolis, dann zog es meinen Vater weiter gen Osten, nach Persien, in das Reich der Safawiden, das in seiner höchsten Blüte stand. Reisende schwärmten von Schah Abbas, der als machtvoller, aber auch umsichtiger Herrscher galt. Abbas, so berichteten sie, förderte die schöpferischen Künste in seinem Land, und es hieß, die Hauptstadt Isfahan sei unter seiner Herrschaft zu einer der prächtigsten Zentren der Welt aufgestiegen.

Mit dem Geld, das er in Tripolis verdient hatte, sicherte Vater uns zwei Plätze in einer Karawane Richtung Isfahan. Der Weg durch trockenen Wüstensand und über das hohe Zagrosgebirge erwies sich als äußerst beschwerlich, aber mittlerweile war ich an die Strapazen langer Reisen gewöhnt, und im Sommer des Jahres 1624 erblickten wir auf einer Hügelkuppe vom Rücken eines Kamels aus die Stadt Isfahan. Es verschlug mir die Sprache. Niemals zuvor hatte ich eine solche Metropole zu sehen bekommen. Ich hatte nicht einmal geglaubt, daß es überhaupt so viele Menschen auf der Welt gab, um eine solch gewaltige Stadt zu bevölkern. Isfahan ließ nichts von der Pracht missen, von der allerorts berichtet worden war. Unzählige Paläste und Moscheen erstreckten sich bis in den Horizont. In jedem Stadtteil gab es Basare voller Leben. Man begegnete vornehmen Männern in goldverzierten Gewändern, die prächtige, mit Kranichfedern geschmückte Turbane trugen und die zahlreichen Kaffeehäuser und Dampfbäder besuchten. Und nachts brannten in der Stadt Tausende von Lampen.«

»Unglaublich.« Jakob beneidete Sara darum, so viele Wunder dieser Welt gesehen zu haben.

»Wir hatten die monatelange Reise genutzt, um die persische Sprache zu erlernen, und so bereitete es meinem Vater keine Schwierigkeiten, Kontakte zu den Gold- und Kupferschmieden Isfahans zu knüpfen, die ihm zwar zunächst zurückhaltend entgegentraten, aber recht schnell von seiner Kunstfertigkeit überzeugt waren. Sie unterrichteten ihn in den persischen Stilarten, und meinem Vater gelang es, sich mit seiner Phantasie und Disziplin Respekt zu verschaffen. Bald schon bezogen wir ein eigenes Haus, in dem er eine Werkstatt eröffnete. Hochgestellte Persönlichkeiten aus Isfahan nahmen seine Arbeit in Anspruch, und eines Tages ließ sich sogar der Schah, dem das Talent des Schmiedes aus dem Abendland zu Ohren gekommen war, einen herrlich verzierten Kelch von meinem Vater anfertigen.

Schon vor unserer Zeit in Isfahan hatte ich an mir die besondere Begabung entdeckt, den Zeichenstift zu führen. Ich bannte das Leben, die Tiere und die Häuser dieser aufregenden Welt auf das Papier. Eine Welt, die mir inzwischen vertrauter geworden war, als das Land, das ich viele Jahre zuvor verlassen hatte. Mein Vater machte sich mein Talent zunutze, indem er mich die Konstruktionszeichnungen für seine Arbeiten anfertigen ließ. Eines Tages besuchte Rahman al-Bistam unser Haus, einer der angesehensten Chirurgen Isfahans, der für seine Tochter sieben goldene Ringe in Auftrag gab. Er wurde in der Werkstatt auf meine Zeichnungen aufmerksam und bat, meine Dienste für ein entsprechendes Entgeld in Anspruch nehmen zu dürfen. Mein Vater stimmte ihm zu, und ich folgte diesem Mann in sein Haus, zeichnete für ihn anatomische Details und illustrierte seine Anleitungen für chirurgische Eingriffe. Später lehrte er mich, die arabische Schrift zu lesen, machte mich mit den Schriften Avicennas und Galens vertraut und erlaubte es mir sogar, bei dem einen oder anderen schwierigen chirurgischen Eingriff zuzuschauen.«

»Und das, obwohl Ihr eine ...« Jakob verstummte abrupt, doch Sara hatte sofort erraten, was er sagen wollte.

»Obwohl ich eine Frau bin? Oh, ich habe oft genug erfahren müssen – egal, ob in den deutschen Landen oder in der arabischen Welt –, daß man mir Wissen vorenthielt, weil ich kein Mann war. Rahman al-Bistam jedoch scherte sich nicht darum. Er sah in mir einfach nur einen begabten Menschen, dem das Lernen leichter fiel als vielen männlichen Schülern, und er förderte mich so gut es ihm möglich war und es seine knapp bemessene Zeit erlaubte.

Ich bewunderte ihn dafür. Niemals hatte ich einen umsichtigeren, gebildeteren Mann kennengelernt. Er war wie geschaffen dafür, Arzt zu sein. Seine schwarzen, besonnenen Augen schenkten selbst Todkranken neuen Mut.

Nicht zuletzt durch die Freundschaft zu diesem außergewöhnlichen Mann wurde Isfahan zu dem Ort, in dem ich endlich eine Heimat sah. Auch mein Vater fand hier die Freude am Leben zurück, doch je weiter er sich von den Fesseln seiner Trauer befreite, desto stärker wuchs in ihm der Wunsch, nach Osnabrück heimzukehren. Wir waren elf Jahre zuvor als Bettler aufgebrochen, hatten sechs Jahre in Isfahan gelebt, es zu einem gewissen Wohlstand gebracht und konnten nun mit befreiter Seele dorthin zurückkehren, wo unsere Wurzeln waren, auch wenn es bedeutete, einer der faszinierendsten Metropolen der Welt den Rücken zu kehren. Ich weiß heute nicht einmal mehr genau, warum ich überhaupt mit ihm ging. Wahrscheinlich befahl mir mein Pflichtgefühl, daß ich meinem Vater nicht im Stich lassen durfte, sosehr es mich auch schmerzte, mich von Rahman al-Bistam zu trennen.«

»Und so kehrtet Ihr also zurück.«

»Wie beengt und fade mir Osnabrück doch nach unserer Rückkehr erschien. Der Krieg dauerte noch immer an, die katholische Besatzung war einige Wochen zuvor von den Schweden vertrieben worden, und die Bürger litten arg unter den Kontributionen, die von den Schweden ebenso wie zuvor von der katholischen Liga erhoben wurden. Einzig die zahlreichen Erinnerungen an meine persische Vergangenheit, mit denen ich meine Kammer schmückte, erleichterten mir den Alltag.

Die schwedische Besatzung verlangte von den Bewohnern Osnabrücks, daß sie ihre Häuser zur Einquartierung der Truppen zur Verfügung stellten. Auch unser Haus blieb von dieser Maßnahme nicht verschont, aber glücklicherweise teilte man uns keinen tumben Söldner zu, sondern einen gebildeten, höflichen Offizier, der die kleine Kammer bezog, in der auch Ihr schon übernachtet habt. Sein Name war Magnus Erikson. Ich mochte ihn vom ersten Augenblick an. Er sprach ein wenig deutsch, und so unterrichteten wir uns gegenseitig in unseren Muttersprachen. Später berichtete ich ihm ausführlich von meiner Zeit in Isfahan, und Magnus lauschte meinen Berichten ebenso gebannt wie Ihr jetzt.«

Sara lächelte und streichelte ihren Bauch. »Und dann geschah etwas, was nicht vorgesehen war.«

»Dieser Magnus Erikson hat Euch Gewalt angetan?« fragte Jakob vorsichtig.

»Gewalt?« Sara schmunzelte. »Na ja, in den Nächten in denen wir miteinander geschlafen haben, bekamen wir schon einige Schrammen und Kratzer ab. Aber wenn ich mich recht entsinne, war ich es sogar, die ihn verführt hat. Einige Wochen später wurde er aus der Stadt abgezogen. Er hatte mir erzählt, daß er daheim in Schweden Frau und Kind zurückgelassen hatte. Selbst wenn er noch leben sollte, darf ich also wohl kaum darauf hoffen, daß er eines Tages zu mir zurückkehrt.«

Ihre Offenheit machte Jakob verlegen. Er wollte ihr ein Wort des Trostes sagen, fand aber keine Formulierung, die nicht schal oder unpassend klang.

»Vielleicht ist es besser so«, fuhr Sara fort, ohne ihn anzuschauen. »Warum sollte ich mich an einen Mann binden, wo ich doch meine Freiheit so sehr schätze. Eines Tages werde ich wieder reisen. Was hält mich denn hier?«

»Zurück nach Isfahan?«

Sara schüttelte den Kopf. »Nein, ich glaube, ich würde nach Westen gehen, über das große Meer in die neue Welt. Ich würde es gerne für mich entdecken. Für mich und mein Kind. Ein Stück Land, das noch kein Auge eines Europäers vor mir erblickt hat. Wäre das nicht wunderbar?«

Jakob konnte ihre Träumereien in gewissem Maße verstehen. Allerdings gab es Berichte, die besagten, daß die neue Welt von wilden, blutrünstigen Völkern bewohnt wurde. Eine Frau und ein Kind allein zwischen diesen Wilden – Sara würde gewiß nicht viel Freude an den unentdeckten Ländern haben.

»Und jetzt möchte ich, daß Ihr mir von Euch erzählt«, bat Sara.

Jakob verzog das Gesicht. »Ich? Was hätte ich schon zu erzählen?«

»Was habt Ihr erlebt? Wie plant Ihr Eure Zukunft? Gibt es eine Frau, die auf Euch wartet?«

»Eine Frau?«

»Ihr habt Euren Brautvater erwähnt. Daraus schließe ich, daß Ihr zu heiraten gedenkt.«

»Das wird wohl noch einige Jahre dauern. Aber Ihr habt recht. Wenn ich mein Studium abgeschlossen habe und in der Lage bin, eine Familie zu ernähren, werde ich heiraten.«

»Wie ist sie – Eure Braut?«

Jakob zögerte. Es fiel ihm schwer, Agnes zu beschreiben. Im Grunde war sie das genaue Gegenteil von Sara.

»Ihr Name ist Agnes«, sagte er. »Sie ist eine stille und sehr fromme Frau, die sich mit Hingabe dem Studium der Bibel widmet. Ich glaube, sie kennt sich in der Heiligen Schrift sogar besser aus als manch ein Priester. Außerdem ist sie fleißig bei der Hausarbeit und ehrt ihren Vater und ihre Mutter.«

Sara runzelte die Stirn, und Jakob sah ihr an, daß sie wohl

etwas anderes erwartet hatte. Dabei hatte er ihr doch Agnes in all ihren Vorzügen beschrieben und es vorgezogen, das oft so schroffe, abweisende Verhalten seiner Braut und ihre Unfähigkeit, Gefühle zu offenbaren, zu verschweigen.

Sara überlegte eine Weile, dann fragte sie: »Worüber lacht Ihr, wenn Ihr zusammen seid?«

»Bitte? Ich verstehe nicht.«

»Könnt Ihr Eure Braut zum Lachen bringen, oder gelingt es ihr, Euch zu erheitern? Treibt Ihr Späße miteinander?«

»Es gibt wichtigere Dinge im Leben als das Lachen.«

»Aber ohne das Lachen wird Euch diese Ehe in einigen Jahren bitter aufstoßen.«

Jakob antwortete nicht. Er ahnte, daß sich hinter ihren Worten eine gewisse Wahrheit verbarg. Vielleicht mußte er Agnes nur besser kennenlernen, dann würden sie irgendwann so viel Vertrauen zueinander aufgebaut haben, daß ihm der Umgang mit ihr leichter fiel.

»Wurde dieses Eheversprechen von Euren Eltern arrangiert?« wollte Sara wissen.

Jakob nickte. »So ist es üblich. Agnes ist eine Frau aus gutem Hause. Die Ehe wird unseren beiden Familien Vorteile bringen.«

»Dann liebt Ihr sie also nicht.«

Jakob fühlte sich von Sara regelrecht in die Enge getrieben. Eigentlich ging es sie nichts an, wie er über Agnes dachte.

»Ich mag sie«, versuchte er sich aus der Affäre zu ziehen. »Vielleicht ist es schwer, jemanden zu lieben, den man kaum kennt, aber mit der Zeit wird sich die Liebe schon einstellen.«

»Wer hat Euch das erzählt? Euer Vater?«

Wieder einmal hatte Sara leider recht. Diese Hoffnung hatte ihm tatsächlich sein Vater mit auf den Weg gegeben. Es hatte überzeugend geklungen, und doch wollte in Jakob die Befürchtung nicht schwinden, daß er für Agnes niemals ein solches Verlangen empfinden würde, wie er es bei der Magd Elsche verspürt hatte.

»Das alles klingt für mich, als würdet Ihr über Eure Köchin sprechen und nicht über die Frau, mit der Ihr Euer Leben teilen wollt«, meinte Sara. »Es tut mir leid, aber ich sehe eine düstere Zukunft vor Euch.«

»So etwas aus Eurem Munde«, murmelte er ungehalten, bereute aber im nächsten Moment bereits seine Worte. Er hatte allzu deutlich auf den Bastard in ihrem Bauch angespielt.

Sara erwiderte trotzig: »Ich habe den Vater meines Kindes mit Leib und Seele begehrt. Es war nicht meine Absicht, ein Kind zu empfangen, aber nun ist es passiert, und ich muß mit dieser Aufgabe zurechtkommen. Stünde ich vor der Wahl, würde ich es wieder so tun. Was schert mich das Geschwätz der Menschen in dieser Stadt.«

»Trotzdem solltet Ihr nicht so hart mit mir ins Gericht gehen«, verteidigte sich Jakob. »Auch ich sehe doch vielfältigen Aufgaben entgegen. Und Agnes empfindet höchste Achtung vor meinen Zielen. Sie wird mich mit all ihrer Kraft darin unterstützen.«

»Von welchen Zielen sprecht Ihr?«

»Nun, im Januar werde ich an der Universität in Rinteln mein Studium der Rechtswissenschaften beginnen.«

»Und danach? Werdet Ihr ein politisches Amt anstreben, oder wollt Ihr gegen die Hexerei ins Feld ziehen?«

»Ihr vermutet richtig. Ich habe es mir zum Ziel gemacht, mein Wissen und meine Kraft gegen die Schergen des Satans auf Erden zu richten.«

Sara zog eine Grimasse. »Ein Hexenjäger also. Jakob, habt Ihr keine Angst, Eure Kraft und Eure Zeit für einen Trugschluß zu verschwenden? Vielleicht ist die Präsenz der Hexen und Dämonen auf der Welt nicht so ausgeprägt, wie Ihr es vermutet.«

»Wollt Ihr behaupten, es handelt sich nur um eine Einbildung?«

»Viele kluge Menschen bestreiten die Existenz dieser Armee des Teufels.«

»Sara, das ist Ketzerei!« widersprach Jakob. »Lest die Heilige Schrift! Der Satan ist ein gefallener Engel Gottes, der es liebt, Gottes Geschöpfe zum Bösen zu verführen und ihre Seelen dem Himmel zu entreißen.«

»Ich will nicht bestreiten, daß es einen Teufel gibt«, beruhigte sie ihn. »Nur glaube ich nicht daran, daß dieser gefallene Engel die Schuld für sämtliches Ungemach auf unserer Welt trägt. Jedes kleine Unglück wird dem Wirken des Satans zugeschrieben. Und soll ich Euch sagen, was so gefährlich an dieser Denkweise ist? Der Mensch ergibt sich dem Aberglauben und vergißt mehr und mehr, daß er selbst für seine Taten verantwortlich ist. Nehmt als Beispiel den Krieg. Es ist so einfach, den Teufel für die Not in dieser Zeit verantwortlich zu machen, aber kaum jemand sucht mehr die Schuld an diesem sinnlosen Konflikt bei den Menschen selbst.«

Jakob hätte Sara gerne berichtet, auf welch tückische Weise er die Gegenwart des Teufels am eigenen Leib erfahren hatte. Welch überzeugenderen Beweis für die Existenz des Bösen konnte er ihr vorlegen als die unheilvollen Visionen, die seine Seele heimsuchten. Doch es war unmöglich, ihr dieses Geheimnis zu offenbaren.

»Himmel, man merkt Euch an, daß Ihr unter Heiden aufgewachsen seid«, sagte Jakob.

Sara bedachte ihn mit einem erbosten Blick. »Diese Heiden, wie Ihr sie nennt, besitzen einen ebenso tiefen Glauben wie die Christen in diesen Ländern.«

»Aber sie folgen einer Irrlehre. Sie verachten Jesus und beten zu einem falschen Gott.«

»Mein Freund, der Arzt Rahman al-Bistam, war der religiöste Mensch, dem ich je begegnet bin. Er betete täglich zu seinem Gott, und es war für ihn nicht von Bedeutung, ob man diesen Allah, Jehova oder sonst wie nannte. Er verachtete Jesus nicht, sondern verehrte ihn als Propheten, denn der muslimische Glaube weicht im Grunde nur in einer wichtigen Frage vom

Christentum ab: ob es nach Jesus noch weitere Propheten geben kann.«

»Und Ihr? Teilt Ihr diese Meinung?«

Sara überlegte einen Moment. »Es ist der Glaube, der zählt. Nicht die Tempel und die Kathedralen, keine Predigt über Schuld und Sünde, einzig der reine, unverfälschte Glaube an das Gute im Menschen erfüllt uns.«

»Sara, Ihr wißt, daß solche Worte gefährlich sind. Diese Häresie könnte Euch in arge Schwierigkeiten bringen.«

»Wollt Ihr mich etwa anzeigen?« fragte sie forsch.

Jakob hob abwehrend die Hände. »Nein, versteht mich nicht falsch, ich möchte Euch nur bitten, Eure Meinung für Euch zu behalten. Zu Eurem eigenen Schutz.«

»Ich werde mich bemühen, Euren Rat zu befolgen. In einem Punkt jedoch werde ich niemals schweigen. Anna Ameldung ist unschuldig. Sie ist ebensowenig eine Hexe wie ich oder Ihr. Und so denke ich über alle Frauen und Männer, die hier in Osnabrück in den Ruf geraten sind, Diener des Satans zu sein.«

»Warum«, fragte Jakob, »seid Ihr Euch dessen so sicher?«

»Habt Ihr Euch je mit den genauen Umständen der Verhaftung Anna Ameldungs vertraut gemacht?«

»Selbstverständlich.« Wilhelm Peltzer hatte Jakob die Gründe ausführlich dargelegt. »Bereits seit zwei Jahren geht in der Stadt das Gerücht umher, daß Frau Ameldung den Hexentanz besucht hat. Dann brachte Rutger Vortkamp, ein Vetter ihres Ehemannes, von einem Besuch auf der Schaumburg eine Konfektbüchse nach Osnabrück, welche die Initialen H. A. trug und von Anna Ameldung zum Hexentanz mitgeführt wurde. Diese Büchse war verzaubert, denn als man sie öffnete, hatte sich das Konfekt in übelriechenden Dreck und Unrat verwandelt. Trotzdem zog der Rat Frau Ameldung nicht sofort zur Befragung ein. Erst als mehrere Hexen gegen sie aussagten, entschloß man sich dazu, sie verhaften zu lassen.«

Sara schüttelte verständnislos den Kopf. »Üble Nachrede.

Verzaubertes Konfekt. Jakob, begreift Ihr nicht, wie haltlos eine solche Anschuldigung ist? Und dieser Rutger Vortkamp ... seid Ihr dem Burschen jemals begegnet?«

»Nein, aber der Bürgermeister hat mir versichert, daß es sich bei Vortkamp um einen vertrauenswürdigen und tüchtigen Bürger handelt.«

»Sicher«, spottete sie, »man kann darauf vertrauen, daß er jedes noch so haltlose Gerücht in Windeseile von Haus zu Haus trägt, und tüchtig ist er immer dann, wenn es gilt, einen Krug Wein zu leeren. Rutger Vortkamp ist ein einfältiger Dummkopf, ein Taugenichts.«

»Aber wie erklärt Ihr Euch die Verzauberung des Konfekts?«

»Ich habe mit Anna darüber gesprochen, als das Gerücht in Osnabrück bekannt wurde. Sie berichtete mir, daß alles auf einem Scherz beruht, den sich die Schaumburger Verwandten mit Rutger Vortkamp erlaubt hatten. Sie tischten dem leichtgläubigen Tor die Geschichte von dem Hexentanz und der Büchse auf, und als Heinrich Ameldung, der eine solche Büchse überhaupt nicht besaß, Vortkamp zur Rede stellte, ritt dieser noch einmal nach Minden und verlangte, daß man ihm die betreffende Büchse als Beweis aushändigen solle. Die Verwandten trieben den Scherz auf die Spitze, füllten einen silbernen Krug mit Kuhdung, versiegelten ihn und gaben ihn Vortkamp mit auf die Reise. Der ahnungslose Heinrich Ameldung öffnete die Büchse, aus der ihm ein schrecklicher Gestank entgegen schlug. Als der Apotheker Rutger Vortkamp seine Beschränktheit mit Schlägen heimzahlen wollte, war es Anna, die um Gnade für ihn bat. Auch diese Milde wurde später als Beweis ihrer Schuld ins Feld geführt.«

Jakob dachte darüber nach, dann sagte er: »Das ist also die Version, die Anna Ameldung Euch berichtet hat. Es klingt alles logisch, aber Ihr müßt auch in Betracht ziehen, daß sie sich diese Geschichte so zurecht gelegt haben könnten, damit alles wie ein dummer Scherz erscheint.«

»Glaubt, was Ihr wollt, aber Ihr kennt sie nicht. Anna würde einem Menschen niemals etwas Böses antun. Sie war ein Engel für die Armen, insbesondere für die Kinder. Nie hat sie einem kranken Kind ihr heilbringendes Wissen versagt. Sie behandelte sie zumeist ohne Lohn zu verlangen oder gab ihnen sogar noch ein Almosen mit auf den Weg. Anna wandte eine ganz besondere Methode an, um den Kindern die Angst vor den Schmerzen zu nehmen. Sie schenkte ihnen die Blüte einer weißen Lilie und erklärte den Kindern, die Blüte wäre in der Lage, ihre Schmerzen in sich aufzunehmen.«

Jakob runzelte die Stirn. »Eine Lilie?«

»Über die Lilie weiß man viel Wundersames zu berichten. Es heißt, sie sei aus den Tränen Evas erwachsen, als diese aus dem Paradies vertrieben wurde. Manche behaupten, die Lilie sei eine Todesblume, andere sehen in ihr ein Symbol für die reine Seele und die Wiederauferstehung.«

»Ihr schenkt solchen Legenden doch keinen Glauben?«

»Nein, aber viele, vor allem die Kinder haben an Annas Geschichten geglaubt, und in dem gleichen Maße, wie die Blume verwelkte, waren sie überzeugt davon, daß ihre Schmerzen dahinschwanden. Ihr seht, es mangelte Anna nicht an Phantasie, wenn es darum ging, einem kranken Menschen das Leben zu erleichtern. Und diese Frau soll dem Satan gedient haben? Davon werdet Ihr mich niemals überzeugen können.«

Plötzlich begann ein heftiger Regenguß auf sie niederzugehen. Jakob zog Sara rasch auf die Beine, und sie hasteten zu der Ruine des niedergebrannten Klosters. Das Eingangsportal bot ihnen ein wenig Schutz vor dem Regen. Sara fluchte. Bei dem überstürzten Aufbruch hatte sie die meisten ihrer Kräuter verloren.

»Ihr solltet Eure Zunge im Zaum halten, sonst straft Euch der Himmel nur noch mehr und läßt es länger regnen«, warnte Jakob.

»Vielleicht straft er aber auch Euch wegen Eurer Beschränktheit«, gab sie barsch zurück.

Der Regen dauerte an. Sara vertrieb sich die Zeit, indem sie eine Melodie summte. Jakob mißfiel der modrige Geruch, der von den schmutzigen Überresten dieser Ruine aufstieg. Er wünschte sich, der Regen würde aufhören, damit sie endlich den Weg zurück in die Stadt antreten konnten.

Vor seinen Füßen hatte sich eine Pfütze gebildet. Jakob registrierte, wie dicke Tropfen von einem rußgeschwärzten Balken herabfielen und ein Wellenmuster entstehen ließen. Aus seiner Erfahrung wußte er, wie gefährlich es für ihn war, in eine Pfütze zu schauen. Er wollte seinen Blick abwenden, doch die Bewegung des Wassers trug seinen Geist davon, und wieder war er nicht in der Lage, den Bildern in seinem Kopf zu entfliehen.

Er fühlt Hitze.

Nein, bitte, es darf nicht schon wieder geschehen, schoß es ihm durch den Kopf.

Flammen lodern neben ihm auf.

Es ist nicht wahr.

Das Feuer umschließt ihn. Seine Kleidung steht in Flammen und frißt sich gierig in seine Haut. Er kann keinen klaren Gedanken mehr fassen und stürzt taumelnd durch diese Hölle aus Feuer. Hinter ihm krachen schwere Holzbalken zu Boden und schleudern einen sprühenden Funkenregen in seine Richtung. Dann endlich stößt er die Tür auf, die ihn aus diesem Inferno befreit. Doch er trägt das Feuer mit sich in die Nacht. Seine Füße torkeln ohne Ziel über das Gras, und er fleht darum, sterben zu dürfen, um die unerträglichen Schmerzen zu überwinden.

Vor ihm taucht eine Gestalt auf. Ein Mann, der bei dem Anblick dieser lebenden Fackel erschrickt und abwehrend die Hände ausstreckt. Sie prallen aufeinander, und er wird schmerzhaft von dem Mann zu Boden gestoßen. Dann erst verdunkelt sich die Welt um ihn herum.

»Jakob!« erklang eine Stimme, und eine Hand rüttelte an seinen Arm. Jakob blinzelte und bemerkte, daß die Flammen in seinem Kopf wieder dem Regen gewichen waren.

»Was ist mit Euch? Warum stiert Ihr in die Luft und antwortet nicht?« rief Sara.

Jakob klammerte sich an einen der Holzpfeiler und rang verzweifelt nach Luft. Übelkeit stieg in ihm auf, und er konnte es nicht mehr verhindern, daß er sich übergab.

»Jakob ...?« sagte Sara hilflos.

Er schämte sich für sein jämmerliches Gebaren, aber wie sollte er ihr erklären, daß er soeben die Qualen eines Verbrennenden erlitten hatte? Und da gab es noch etwas anderes, das ihm Schwindel verursachte.

Jakob hatte den Mann erkannt, der ihn zu Boden gestoßen hatte. Seine gedrungene, aber kräftige Gestalt, die blauen Augen, die so deutlich aus dem kantigen Gesicht hervorstachen.

Es waren die Augen des Scharfrichters Matthias Klare gewesen.

Kapitel 13

Der Regen hörte nicht auf. Jakob wurde ungeduldig. Zu lange fesselte sie das Gewitter bereits an diese unselige Ruine. Eine gute Stunde mochte seit ihrer Flucht vor dem Niederschlag vergangen sein, ohne daß sich die Wolkendecke am Himmel aufhellte. Er rieb seine Stirn und fühlte sich noch immer so benommen, als hätte jemand mit einem Stein auf seinen Kopf geschlagen. Seit der Vision hatte er kaum ein Wort mit Sara gewechselt. Sie hatte versucht, in Erfahrung zu bringen, was ihm widerfahren war, doch er hatte ihr zu verstehen gegeben, daß er nicht bereit war, darüber zu sprechen. Daraufhin hatte sie lediglich unbewegt in den Regen gestarrt. Bei allem Ungemach, das diese Vision über ihn gebracht hatte, empfand er doch eine gewisse Genugtuung darüber, daß Sara nun akzeptieren mußte, daß er nicht nur ein unbedarfter Jüngling war, der kaum seine Meinung gegen sie behaupten konnte, sondern durchaus ungewöhnliche und undurchschaubare dunkle Seiten in sich barg.

Möglicherweise verstimmte es sie auch, daß er sich ihr gegenüber plötzlich dermaßen abweisend verhielt, aber wie hätte er ihr erklären sollen, was mit ihm geschehen war und was er in seiner Vision gesehen hatte? Die Bilder ergaben selbst für ihn keinen Sinn. Welchen Grund sollte es für den Scharfrichter Matthias Klare geben, das Kloster niederzubrennen? Hatte ihn das Gesicht getäuscht? Gerne hätte Jakob die Offenbarung als irritierenden Alptraum abgetan, aber die Erfahrung lehrte ihn, daß seine Visionen eine Wahrheit in sich trugen, die er nicht verleugnen konnte.

»Laßt uns gehen«, sagte Sara nach einer Weile. »Der Regen wird so schnell nicht aufhören, und ich beginne zu frieren.«

Jakob hatte nichts gegen ihren Vorschlag einzuwenden. Der Gedanke, völlig durchnäßt in Osnabrück anzukommen, schreckte ihn nicht so sehr wie die Aussicht, noch länger in dieser bedrückenden Umgebung auszuharren.

Sara faßte seine Hand, und sie traten ins Freie. Sofort schlug ihnen der Regen entgegen. Jakob kniff die Augen zusammen und zog Sara mit sich. Der schlüpfrige Boden unter ihren Füßen machte es unmöglich, zügig voranzukommen, also bahnten sie sich mit vorsichtigen Schritten den Weg zurück in die Stadt.

Als sie das Stadttor erreichten, waren sie so naß, als hätten sie den Fluß Hase durchschwommen. Die Stadt wirkte wie ausgestorben. Der Regen hatte die Menschen schneller in die Häuser getrieben als das Bombardement während einer Belagerung durch feindliche Söldner.

Endlich erreichten die beiden das Haus der Meddersheims. Sie stürmten durch die Dielentür und fanden den ersehnten Schutz vor dem Unwetter. Saras Vater schaute von seiner Arbeit auf und betrachtete belustigt die beiden nassen Gestalten, die da keuchend in seiner Werkstatt standen. Unter ihren Füßen breitete sich rasch eine Pfütze aus.

»Schau an, zwei Fische aus dem Fluß«, sagte der Goldschmied spöttisch, wandte sich dann aber besorgt an seine Tochter. »Du solltest dich besser sofort umziehen. Und Ihr, Herr Theis, wärmt Euch hier am Ofen, während ich Euch trockene Kleider aus meiner Truhe besorge.«

»Vielleicht sollte ich besser gehen«, erwiderte Jakob. Die Flucht durch den Regen hatte ihn angestrengt, und außerdem plagte ihn noch immer der pochende Kopfschmerz, der seiner Vision gefolgt war.

»Unsinn!« sagte Sara. »Ich schicke Euch nicht schon wieder durch den Regen. Ihr bleibt hier und wärmt Euch auf.«

Jakob sah ein, daß sie recht hatte. Ihm war kalt, und er fühlte sich entkräftet.

Georg Meddersheim schob ihn an den Schmiedeofen und fachte mit dem Blasebalg die Glut an. Eine wohlige Hitze schlug Jakob entgegen. Sara und ihr Vater stiegen die Treppe hinauf, doch der Goldschmied kehrte schon kurz darauf zurück.

»Wenn Ihr die Kälte aus Euren Knochen vertrieben habt, könnt ihr in die kleine Kammer gehen. Ich habe auf dem Bett frische Kleidung für Euch bereit gelegt.«

Jakob nickte dankbar. »Sehr freundlich von Euch, Meister Meddersheim.«

Er löste sich vom Ofen und suchte die Kammer auf. Neben Beinkleidern und einem Hemd befand sich auch ein grobes Tuch auf dem Bett. Die Tür zur Kammer ließ sich nicht verriegeln, deshalb entkleidete er sich rasch und rieb sich eilig trocken. Gerade noch rechtzeitig gelang es ihm, sich die Kleidung überzustreifen, denn im nächsten Moment trat auch schon, ohne sich durch ein Klopfen oder Rufen anzukündigen, die Magd Mina in die Kammer.

Das tumbe Mädchen musterte ihn von Kopf bis Fuß und grinste schief. Jakob konnte es ihr nicht übelnehmen. Georg Meddersheim war kleiner und dicker als er, darum ließ ihn dessen Kleidung wohl wie einen Tölpel ausschauen. Die Hose war zu kurz, und das Hemd hätte gut und gerne noch einen zweiten Jakob Theis in sich aufnehmen können.

»Eure Sachen … nehm' ich.« Mina deutete auf die durchnäßten Kleider auf dem Boden.

Jakob reichte sie ihr.

Mina verbeugte sich ungelenk und machte sich davon. Jakob fragte sich, womit er ihr Wohlgefallen verdient haben mochte. In seiner Gegenwart benahm die Magd sich stets wie ein schwanzwedelnder Hund, dem man die besten Stück eines Wildbrets vor die Füße warf.

Er setzte sich auf das Bett und fuhr sich mit den Händen durch die Haare. Der Schmerz in seinem Kopf verblaßte allmählich, doch noch immer verfolgten ihn die Bilder seiner Vision. Nein, verbesserte er sich, keine simplen Bilder – er hatte die Flammen wie am eigenen Leibe gespürt.

Es verlangte ihn danach, sich von dieser bedrückenden Pein abzulenken, also trat er aus der Kammer und klopfte an die gegenüberliegende Tür zu Saras Zimmer.

»Tretet ein«, erklang ihre Stimme aus der Kammer. Jakob öffnete die Tür – und hielt abrupt inne.

Sara trocknete sich die Haare. Ihre Kleidung lag vor ihr auf einem Schemel. Sie schaute ihn an und lächelte.

Jakob starrte, unfähig sich zu rühren, auf ihren nackten Körper. Sein Blick streifte über Saras von der Schwangerschaft geschwollenen Brüste, wanderte über den runden Bauch bis hin zu dem gekräuselten Haar ihrer Scham. Dann räusperte er sich verlegen. »Ich … ich werde wohl besser draußen warten.«

»Es macht mir nichts aus, wenn Ihr hereinkommt.« Sara schien sich nicht im geringsten daran zu stören, daß sie ihm unbekleidet gegenüberstand.

Jakob ging darauf nicht ein. Er tat einen Schritt zurück und zog schnell die Tür zu. Verschämt rief er sich jedes Detail ihres Körpers ins Gedächtnis zurück, obschon er wußte, daß er sich versündigte, wenn er sich im Geiste an ihrer Blöße ergötzte. Der

Körper einer Frau stellte für Jakob noch immer ein Mysterium dar. Gewiß, er hatte Erfahrungen mit Elsche gesammelt, aber die Magd hatte sich niemals vor ihm ausgezogen, und vor allem war sie nicht schwanger gewesen.

Hinter ihm wurde die Tür aufgedrückt. Saras Kopf schaute heraus, und wie er erkennen konnte, hatte sie sich ein Kleid übergezogen.

»Keine Angst, Jakob, ich habe mich bedeckt.« Sie lächelte und winkte ihn heran. Er trat an ihr vorbei in die Kammer und bestaunte das Kleid, das sie trug. Es war aus Seide gearbeitet und schimmerte leuchtend rot. Unter dem dünnen Stoff zeichneten sich ihre Brüste ab. Jakob fragte sich, ob sie ein Spiel mit ihm trieb, indem sie ihre Reize derart deutlich zu Schau stellte.

Sara bemerkte seinen argwöhnischen Blick. »Jetzt haltet Ihr mich sicher für eine gar schrecklich verdorbene Person. Ich zeige mich Euch nackt, ich zweifle an der Armee des Teufels, und ich trage ein Kind in mir, obwohl ich keinen Ehemann habe. Wahrscheinlich muß ich dankbar sein, daß Ihr dieses Haus nicht bereits fluchtartig verlassen habt.«

»Nein … es ist nur …« Jakob stockte, denn ihm fiel nichts ein, was er darauf antworten konnte.

»Habt Ihr zuvor schon einmal eine nackte schwangere Frau gesehen, Jakob?«

Er schüttelte den Kopf.

»Wenn Ihr möchtet, dürft Ihr mich ruhig noch einmal so anschauen wie vorhin.«

Entsetzt hob Jakob die Hände. »Nein, besser nicht, Sara. Es gehört sich nicht für eine Frau wie Euch, sich nackt vor einem Mann zu zeigen.«

Sara zuckte mit den Schultern. »Wenn Ihr meint.«

Er atmete tief durch und versuchte sich abzulenken, indem er ein paar Schritte durch Saras Kammer machte und an ihrem Schreibpult stehen blieb, auf dem noch immer das arabische Buch lag.

»Was ist das für ein Buch?« fragte er.

Sara stellte sich neben ihm und fuhr mit ihren Fingern über das Buch, als wolle sie die verschnörkelten Schriftzeichen liebkosen.

»Es handelt sich um das *Seratz elkulub, candelam cordis.* Die Gelehrten hierzulande nennen es die *Paraphrasi Alcorani,* eine Sammlung persischer Fabeln und Legenden.« Sie zeigte auf eine Textstelle. »*Chuda nike dascht mara es Scheitan, Heme busuchtend we ma chalas schudim.*«

»Was bedeutet das?«

»Es heißt: ›Gott beschützt uns vor den Teufeln, sie werden alle verbrannt, und wir werden frei gemacht.‹ Das ist ein Teil der Legende von den neugierigen Teufeln. Man sagt, als Gott die Teufel aus dem Himmel vertrieben und diesen vor ihnen verschlossen habe, verlangte es die Teufel danach, in Erfahrung zu bringen, was sich dort im Himmel zutrüge. So stiegen sie denn einer auf den anderen, bis der oberste von ihnen an den Himmel heran reichte. Gott jedoch bemerkte diese List und ließ einen Stern auf den obersten Teufel schießen, der durch sie alle hindurch fuhr und sie verbrannte. Die Teufel aber versuchen weiterhin, die Geheimnisse des Himmels zu erfahren und die Engel zu belauschen, doch wenn sie entdeckt werden, droht ihnen das Schicksal, verbrannt zu werden. Beim Anblick einer Sternschnuppe sprechen die Perser deshalb voll Andacht und Freude die Worte, die ich Euch vorgelesen habe.«

»Eine interessante Geschichte«, erwiderte Jakob. »Also ist auch dem Glauben der Perser die Gestalt des Teufels und sein Einfluß auf die Menschen vertraut.«

»Gewiß. Schließlich wurde der Koran maßgeblich durch die frühchristliche Mythologie beeinflußt. Die Teufel werden im Islam als *Dschinnen* bezeichnet, und es existiert auch eine Hölle, die man *Dschehannan* nennt. Glücklicherweise vermeidet es diese Religion aber, hinter jedem Baum oder Strauch einen Teufel zu vermuten, der rechtschaffende Menschen verderben und auf die Seite den Bösen ziehen will.«

»Ihr verspottet den christlichen Glauben«, empörte sich Jakob.

»Nein, ich verspotte diejenigen Menschen, die das Christentum mit läppischem Aberglauben verwechseln. Die Angst, die verbreitet wird, frißt sich wie eine Krankheit in die Köpfe der Menschen und läßt sie Böses sehen, wo nichts ist. Die Leidtragenden dieser Hysterie sind die unzähligen unschuldigen Männer und Frauen, die wegen dieser Gerüchte zu Dienern des Satans erklärt und hingerichtet werden.«

»Nun ja«, erwiderte Jakob, »es mögen aufgrund unglücklicher Umstände auch falsche Urteile gefällt worden sein. Aber ich bin der festen Überzeugung, daß es sich dabei um Ausnahmen handelt. Die Justiz ist nicht blind.«

»Was macht Euch da so sicher?« fragte Sara.

Ihr Verhalten ärgerte Jakob. Es schien ihm fast, als mache sie sich einen Spaß daraus, unentwegt seine Meinung anzuzweifeln.

»Sara, wenn Ihr möchtet, führe ich Euch in die Bibliothek des Bürgermeisters Peltzer. Dort befindet sich ein Buch, das Euch die Augen für die Wahrheit öffnen würde.«

Sara verzog das Gesicht, als hätte er sie geohrfeigt. »Darauf verzichte ich. In das Haus des Wilhelm Peltzer werde ich keinen Fuß setzen.«

»Warum habt Ihr eine so schlechte Meinung über den Bürgermeister.«

»Liegt das nicht auf der Hand? Es war Peltzer, der die Verfahren gegen die Hexen ins Leben gerufen hat. Er trägt die Schuld am Tod von fast dreißig Frauen.«

»Frauen, die von einem Gericht rechtmäßig verurteilt wurden«, hielt Jakob dagegen. »Außerdem könnt Ihr nicht Peltzer allein für die Prozesse verantwortlich machen. Er ist nur ein Mitglied des Rates, und der gesamte Rat als Institution leitet die Verfahren ein.«

»Er ist der Bürgermeister und steht damit dem Rat vor. Die Hexenverfolgung begann in Peltzers Haus, und mit jeder Aufdeckung einer Hexerei steigt sein Ansehen. Vor allem beim einfachen Volk hat er sich durch die Inhaftierung der beiden Frauen aus den wohlhabenden Familien beliebt gemacht.«

»Wollt Ihr behaupten, Peltzer inszeniert die Prozesse, um seine politische Macht zu stärken?«

»Ich will hier gar nichts behaupten, sondern spreche nur meine Meinung aus, und ich bitte Euch, Eure Augen zu öffnen, vor allem im Umgang mit dem Bürgermeister.«

»Ich bin kein Kind mehr«, entgegnete Jakob mißmutig. Wenn hier jemand mit Blindheit geschlagen war, dann Sara selbst.

Ein Klopfen an der Tür unterbrach ihr Streitgespräch. Mina trat ein, reichte Sara ein Tablett, auf dem sich zwei Tassen befanden, und zog sich umgehend wieder zurück. Die Tassen waren mit einer heißen Flüssigkeit gefüllt, die dünne Dampfschwaden aufsteigen ließ.

»Ich habe etwas zubereiten lassen, das Euch die Sorgen und den Trübsinn, der Euch so deutlich ins Gesicht geschrieben steht, etwas leichter nehmen läßt.« Sara stellte die Tassen auf dem niedrigen Tisch vor den Kissen ab, und Jakob konnte erkennen, daß dieser Trunk, den sie ihm hier anbot, schwarz wie Tinte war.

Er rümpfte die Nase. »Was ist das?«

»Die Perser nennen es *Chaube*. Es wird aus der Frucht der Kaffeepflanze gewonnen, die geröstet, zerstoßen und mit siedendem Wasser übergossen wird. Probiert es! Es wird Eure Sinne beleben. Der Kaffee berauscht Euch nicht wie Alkohol, und er wird Euch auch nicht ermüden. Im Gegenteil.«

Sara ließ sich in die Kissen nieder, und Jakob setzte sich zögernd neben sie. Er beugte sich über die Tasse und atmete das ungewöhnliche Aroma des Kaffees ein. Es roch so angenehm und exotisch, als wäre der Duft einer fremden Welt in die Tasse gebannt worden.

»Trinkt!« forderte Sara ihn auf. Jakob zögerte. Die schwarze Flüssigkeit erinnerte ihn an heißes Pech. Dann aber hob er die

Tasse an seine Lippen und probierte einen winzigen Schluck. Es war sehr heiß, doch vor allem schmeckte es bitter. Er kniff die Augen zusammen, verzog das Gesicht und konnte sich nur mit Mühe beherrschen, den Kaffee nicht auszuspucken.

»Stellt Euch nicht an wie ein Kind, dem man saure Milch zu trinken gibt. Gewiß, der Geschmack ist für Eure Zunge ungewohnt, aber glaubt mir, bald schon werdet Ihr ihn zu schätzen wissen.«

»Himmel, was für ein widerwärtiges Gesöff!« fluchte Jakob. »Wollt Ihr mich vergiften?«

»Hört auf zu schimpfen und trinkt etwas mehr davon.«

Jakob brummte mißmutig, dennoch nippte er an dem Trunk, bis er seine Tasse fast geleert hatte. Sonderbarerweise gewöhnte er sich tatsächlich an den strengen Geschmack. Er konnte nicht behaupten, daß er dieses Getränk einem Becher Wein vorziehen würde, aber Sara hatte recht: So wie der Wein die Sinne betäubte, schienen sie durch diese schwarze Flüssigkeit angeregt zu werden. Die Müdigkeit, die er nach ihrer anstrengenden Wanderung in den Knochen gespürt hatte, schien verflogen.

»Herrje, Ihr habt nicht untertrieben«, meinte er. »Ich fühle mich lebendig wie ein junges Kaninchen. Glaubt mir, würden mir jetzt diese streitsüchtigen Schweden begegnen, ich könnte es wohl mit allen dreien aufnehmen.«

»Da solltet Ihr besser vorsichtig sein«, erwiderte Sara. Ihre Wangen hatten eine gesunde, rötliche Farbe angenommen.

Jakob schmiegte sich in die seidenen Kissen und nahm noch einen weiteren Schluck. »Alles das ist für mich so aufregend und neu. Dieser Trank, Eure Berichte aus den fernen Ländern, die außergewöhnlichen Dinge, von denen wir hier in Eurer Kammer umgeben sind. Sara, ich möchte mehr von dieser fremden Welt erfahren.«

Sara wirkte auf einmal sehr abwesend. Sie murmelte nur etwas, das er nicht verstand, und starrte über ihre Tasse in das Zimmer.

»Was überlegt Ihr?« fragte Jakob.

Sie senkte traurig den Blick. »Seit Tagen denke ich an Anna Ameldung und sorge mich um sie. Ihr habt mir berichtet, daß sich ihr Fußgelenk entzündet hat und zudem ein Fieber an ihren Kräften zehrt.«

»Gewiß, aber …«

»Ich ertrage es einfach nicht, untätig herumzusitzen, während Anna leidet. Hier im Haus habe ich heilende Salben und Pulver, die das Fieber und die Entzündung lindern könnten, und ich möchte Euch bitten, Anna diese Arzneien in den Bucksturm zu bringen.«

Jakob schaute sie ungläubig an. Herrgott, sie meinte es tatsächlich ernst.

»Ich sehe es in Euren Augen«, sagte Sara enttäuscht. »Ihr fürchtet Euch davor, ich könnte Euch täuschen und Anna eine Hexensalbe zukommen lassen, die sie fliegen läßt oder unsichtbar macht. Ihr mißtraut mir immer noch.«

»Nein«, meinte er zögerlich. »Ich bin von Eurer Rechtschaffenheit überzeugt, aber vielleicht seid Ihr es, die getäuscht wurde. Was ist, wenn Ihr Euch in Anna Ameldung irrt. Sie wurde unter dem Verdacht der Hexerei verhaftet, und ich muß in dieser Angelegenheit auf den Rat vertrauen.«

»Vertraut auf meine Menschenkenntnis, Jakob.«

»Schaut mich bitte nicht so flehend an«, verwehrte er sich. »Ich kann so etwas nicht tun.«

»Aber bedenkt doch: Selbst wenn Anna wirklich eine Hexe wäre, könnte sie diese Salben nur benutzen, um ihre Entzündung zu heilen. Sie würde durch Eure Hilfe nicht ihrem Urteil entgehen, sei es nun gerechtfertigt oder nicht.«

Jakob fühlte sich hin- und hergerissen. Er war in Osnabrück der Gast des Bürgermeisters, und es widerstrebte ihm, Peltzer zu hintergehen. Zudem fand er wenig Gefallen daran, noch einmal den Bucksturm zu betreten. Doch es imponierte ihm, wie vehement Sara für das Wohl der Anna Ameldung eintrat. Es bedeutete ein nicht geringes Risiko für sie, einen Mann, der dem

Bürgermeister nahe stand und den sie erst seit wenigen Tagen kannte, mit dieser Bitte zu behelligen. Jakob hätte sie ohne weiteres als Gehilfin der Hexen brandmarken und sie damit schwer belasten können. Zudem stand er tief in ihrer Schuld. Sie hatte sein Leben gerettet und sich selbst großer Gefahr ausgesetzt.

»Gott, ich muß verrückt sein, aber ich werde es tun«, sagte er kopfschüttelnd. »Allerdings weiß ich nicht, wie ich Peltzer erklären soll, daß ich noch ein zweites Mal und dazu allein den Buckssturm aufsuchen möchte.«

Sara starrte ihn an. »Ich habe immer gewußt, daß Ihr ein guter Mensch seid, Jakob. Gott wird Euch diese Tat hoch anrechnen.«

Hoffentlich wird er es mir nicht übelnehmen, wenn ich einer Hexe die Qualen erleichtere, dachte er ernüchtert.

»Als Lohn für diesen Gefallen möchte ich mehr über Persien erfahren. Ich bitte Euch um genaue Berichte.«

Saras Augen funkelten. »Es werden mehr als Worte sein«, flüsterte sie geheimnisvoll. Dann fügte sie an: »Ihr müßt außerdem Anna etwas überbringen, das ihr neuen Mut verleiht. Sie soll wissen, daß es noch immer Menschen gibt, die an Ihre Unschuld glauben und ihr helfen wollen.«

Hatte Sara vor, einen persönlichen Gegenstand in den Buckssturm zu schmuggeln, etwa eine Zeichnung oder einen dieser kleinen hölzernen Elefanten? Jakob schüttelte den Kopf. »Das wäre viel zu gefährlich. Man würde solch einen Gegenstand früher oder später entdecken und Rückschlüsse auf Euch ziehen. Das könnte großen Ärger bedeuten.«

»Keine Sorge, lieber Jakob«, sagte sie. »Daran habe ich gedacht. Wir werden keinen Verdacht erregen, das kann ich Euch versichern.«

Sara trank den letzten Schluck Kaffee und zwinkerte ihm zu. Trotz all ihrer kleinen Querelen mußte sich Jakob eingestehen, wie sehr er die Zeit mit Sara mittlerweile schätzte. Und auch wenn sie keine Hexe war, hatte sie ihn auf ihre ganz eigene Art wohl doch ein wenig verzaubert.

Kapitel 14

Vor dem glutroten Auge der untergehenden Sonne erhob sich der Bucksturm wie ein mächtiger aus der Erde emporgestreckter Arm in den Abendhimmel. Hatte Jakob vor seinem ersten Aufenthalt im Hexengefängnis nur ein nervöses Unbehagen empfunden, so breitete sich nun eine lähmende Furcht in ihm aus, die sich durch seine Eingeweide fraß. Es war nicht allein die Abneigung gegen diesen düsteren Kerker, die ihn lähmte, sondern auch das bedrückende Schuldgefühl, Wilhelm Peltzer belogen zu haben, um Einlaß in den Turm zu erlangen.

Gemeinsam mit Sara hatte er lange nach einer Idee gesucht, welchen plausiblen Grund es für ihn geben könnte, den vermeintlichen Hexen ein zweites Mal entgegenzutreten. Beiden war klar, daß Jakob nur mit der Zustimmung des Bürgermeisters in die Nähe Anna Ameldungs gelangen konnte, doch Peltzer war alles andere als ein Dummkopf. Jakob mußte ihm also eine sehr überzeugende Erklärung präsentieren, wenn er nicht den Argwohn des Bürgermeisters wecken wollte.

Spät am Abend, als er das Haus der Meddersheims schon hatte verlassen wollen, war Jakob doch noch der rettende Einfall gekommen. Den Bürgermeister zu täuschen konnte nur gelingen, wenn das Vorhaben, den Bucksturm erneut aufzusuchen, nicht von Jakob selbst ausging.

Da er nach seinem ersten Aufenthalt im Hexengefängnis Peltzer gegenüber deutlich zu erkennen gegeben hatte, wie erleichtert er gewesen war, der schauderhaften Umgebung des Kerkers den Rücken zu kehren, hätte es den Bürgermeister wohl sehr verwundert, wenn sein Gast plötzlich aus freien Stücken darum bat, sich noch einmal in die Nähe der Hexen zu begeben. Doch wenn er angab, daß er im Auftrag seines Mentors Laurentz um diesen Gefallen bitte, würde Peltzer womöglich keinen Verdacht schöpfen.

Schon am nächsten Tag legte Jakob dem Bürgermeister eine

Liste von fünfzehn Fragen vor, die ihm Johann Albrecht Laurentz angeblich vor seiner Abreise anvertraut hatte. Die Fragen richteten sich an die Angeklagten und sollten unter anderem ergründen, wie der Satan mit ihnen in Kontakt getreten war, welche Worte er zur ihrer Verführung benutzt und was er ihnen als Lohn für ihre Dienste versprochen hatte.

Wilhelm Peltzer las die Liste, auf der Jakob versucht hatte, Laurentz' Schrift detailgetreu nachzuahmen, sehr aufmerksam, schien allerdings skeptisch, was den Erfolg dieser Bemühung anbelangte.

»Ich glaube nicht, daß Ihr auch nur eine einzige ehrliche Antwort auf Eure Fragen erhalten werdet«, meinte der Bürgermeister, als er das Blatt sinken ließ. »Diese Weiber, allen voran die Modemann, sind störrisch und stur wie launische Esel. Sie haben ihre Schuld vehement abgestritten. Ich befürchte, wie bei vielen der anderen Hexen, wird erst die Folter die Wahrheit aus ihnen herauspressen. Es wäre mehr als naiv, anzunehmen, diese Frauen würden jemandem, der zudem nicht offiziell mit der Untersuchung dieser Fälle betraut ist, ihre Verbindung mit dem Teufel eingestehen.«

»Herr Laurentz war sich dessen sicherlich bewußt«, entgegnete Jakob. »Er erklärte es mir so, daß er mir diese Aufgabe nicht übertrage, um eine Schuldfrage zu klären, sondern um meine Sinne zu schärfen. Ich soll die Reaktionen in den Gesichtern der Hexen studieren. Auch wenn eine Person beharrlich schweigt, kann man bisweilen an einem Zucken der Mundwinkel oder einem nervösen Wimpernschlag erkennen, ob die Frage einen wunden Punkt berührt. Herr Laurentz trug mir auf, den Beschuldigten diese fünfzehn Fragen vorzutragen und später jede noch so unbedeutend erscheinende Einzelheit in ihren Reaktionen niederzuschreiben.«

Peltzer schürzte die Lippen und dachte kurz über Jakobs Vorhaben nach. »Nun gut, wenn Ihr den Drang verspürt, noch einmal an diesen wenig erbaulichen Ort der Buße zurückzukehren, werde ich ein Schreiben aufsetzen, daß Euch Zutritt zum Bucksturm verschafft.«

Jakob atmete erleichtert auf. »Glaubt mir, ich würde es vorziehen, das Gefängnis zu meiden, aber ich möchte meinen Brautvater nicht enttäuschen.«

Peltzer setzte umgehend einen Brief auf und verschloß das Papier mit seinem Siegel. Dieses Schreiben gab er Jakob mit auf den Weg.

»Nehmt Euch vor der alten Modemann in Acht. Sie ist bissig wie ein übellauniger Wolf. Und unterrichtet mich über die Ergebnisse Eurer Beobachtungen«, verlangte der Bürgermeister.

Jakob verließ mit gemischten Gefühlen das Haus. War in Peltzers Gesicht bei seiner letzten Bemerkung ein gewisser Zweifel zu erkennen gewesen? Plötzlich erschien ihm seine List unglaublich lächerlich. Daß Laurentz ihn mit einem derart seltsamen Auftrag behelligt hatte, mußte Peltzer mehr als unglaubwürdig vorkommen. Doch trotz aller Sorge hatte Jakob mit seiner Geschichte einen Erfolg errungen, auch wenn es ihm mißfiel, daß nun weitere Lügen folgen würden. Es dürfte ihm nicht schwerfallen, sich einige Reaktionen der Frauen auf die Fragen, die wohl nie gestellt würden, auszudenken.

Zögerlich überquerte er den Wehrgang vor dem Bucksturm und näherte sich dem Eingang zum Hexengefängnis. Mit jedem Schritt lastete der Gedanke schwerer auf ihm, in welche Schwierigkeiten er durch seinen Schwindel geraten konnte. Er hatte bislang überhaupt keinen Gedanken daran verschwendet, welche Konsequenzen es für ihn bedeuten könnte, sollte Peltzer bei einem späteren Zusammentreffen mit Laurentz diese Angelegenheit zur Sprache bringen. Sein Lügengebäude würde zusammenbrechen, und die Folgen konnten sich auf seine Zukunft verheerend auswirken. Er mußte plötzlich an Agnes denken – sie durfte nie erfahren, worauf er sich in dieser fremden Stadt eingelassen hatte. Dem Umstand, daß er Peltzer gegenüber gelogen hatte, um einer schwangeren Frau zu gefallen, würde sie allenfalls Verachtung entgegenbringen.

Jakob atmete tief durch, pochte an die schwere Eichentür und wartete, bis ihm geöffnet wurde.

Ein Mann mit gewaltig abstehenden Ohren steckte seinen Kopf durch die Tür, musterte Jakob und fragte unwirsch: »Was wollt Ihr?«

Jakob reichte ihm das Schreiben Peltzers. »Mein Name ist Jakob Theis. Mit Erlaubnis des Bürgermeisters möchte ich zu den Gefangenen geführt werden.«

Die Wache nahm ihm den Brief ab und bat ihn herein. In der Wachstube schwelte die Glut einer Kohlenpfanne, um die zwei weitere Männer saßen und sich die Zeit mit einem Würfelspiel vertrieben. Einer von ihnen war der Pockennarbige, der Jakob schon bei seinem ersten Besuch im Turm aufgefallen war. Er schien beim Würfeln eine glückliche Hand zu führen, denn der Stapel Münzen vor ihm auf dem Boden türmte sich annähernd doppelt so hoch wie bei den anderen Wachen.

Der Mann mit den abstehenden Ohren drehte den Brief unschlüssig in seinen Händen und starrte angestrengt auf das Siegel. Jakob bezweifelte, daß der Mann jemals lesen gelernt hatte.

»Gib her, du Esel!« Der Pockennarbige riß der anderen Wache das Papier aus der Hand. Er brach das Siegel auf, und bevor er den Inhalt noch ganz überflogen hatte sagte er: »Keine Sorge, ich kenne den Burschen. Der war schon mal hier. Ist ein Bekannter vom Bürgermeister.«

»Alles in Ordnung.« Der Mann deutete mit der Hand nach oben, was Jakob als Aufforderung verstand, sich zu den Inhaftierten zu begeben. Jakob wandte sich um, wollte zur Treppe gehen, doch er registrierte, daß der Wachmann, der ihm die Tür geöffnet hatte, Anstalten machte, ihm zu folgen. Jakob fluchte in Gedanken. In Gegenwart einer Wache konnte er Saras Auftrag kaum erfüllen, sondern nur seine Rolle spielen und die läppischen Fragen vortragen.

Zum Glück rettete ihn wieder der Pockennarbige.

»Wo willst du denn hin? Hab' dir doch gesagt, der Kerl ist in Ordnung. Der verläuft sich hier schon nicht. Willst du etwa darauf verzichten, dir dein Geld zurückzuholen?« rief er seinem Kumpan zu.

Der Mann hinter Jakob drehte sich unschlüssig um, schien einen Moment lang zwischen Pflicht und Vergnügen abzuwägen und entschied sich schließlich dafür, zu den Würfeln zurückzukehren. Jakob atmete tief durch und stieg mit wackligen Beinen die Steintreppe hinauf.

Noch bevor er die Tür zum Kerker passiert hatte, schlug ihm der widerliche Gestank von Fäkalien entgegen, der noch intensiver zu sein schien als bei seinem ersten Besuch. Jakob spürte Übelkeit in sich aufsteigen, doch er zwang sich dazu, die nächsten beiden Stockwerke rasch hinter sich zu lassen und in den Raum einzutreten, in dem sich Anna Ameldung und Anna Modemann befanden. Nun, nach Sonnenuntergang, spendeten zwei flackernde Öllampen kaum genug Licht, daß er die Umrisse der beiden auf dem Boden kauernden Gestalten ausmachen konnte.

Er stand in der Tür und wagte einen Moment lang nicht einmal Luft zu holen. Er hatte Angst vor den angeketteten Frauen – Angst davor, selbst einmal einem solchen Schicksal ausgesetzt zu sein.

Bislang hatte ihn niemand hier im Halbdunkel der Tür entdeckt. Noch konnte er sich umdrehen und diesem elenden Gemäuer entfliehen. Doch er hatte Sara ein Versprechen gegeben. Wenn er kehrt machte, würde sie ihn verachten.

Die alte Frau Modemann entdeckte ihn als erste. Sie richtete sich blinzelnd auf ihrem kargen Strohlager auf, reckte den Hals in seine Richtung und rief: »He, wer ist da? Seid Ihr es, Meister Matthias?«

Ihre heisere, aber dennoch dominante Stimme veranlaßte Jakob, aus dem Schatten zu treten. Seine Augen gewöhnten sich langsam an das matte Licht. Er betrachtete Anna Ameldung, die ihre Beine in den verschmutzten Umhang eingewickelt hatte und sich stöhnend aufsetzte. Ihre Augen starrten ihn träge an, das Haar hing verdreckt am Kopf herunter, und in ihrem Gesicht zeichneten sich rote Flecken auf der bleichen Haut ab.

»Jetzt erkenne ich Euch«, rief die Modemann. »Ihr seid vor ein paar Tagen schon einmal hier gewesen. Zusammen mit Peltzer. Fandet es so gemütlich, daß Ihr Sehnsucht nach uns bekommen habt, was, Jüngelchen?« Sie lachte spöttisch. »Verschwindet und kuscht Euch in den Schoß Eurer Mutter!«

Ihre harschen Worte schüchterten Jakob ein. Woher nahm die alte Frau nach all den Wochen der Entbehrung in diesem Verlies nur die Kraft, allein mit ihrer keifenden Stimme ungebetene Besucher in die Schranken zu weisen?

»Also, was willst du hier? Zuschauen, wie wir verschimmeln?« Wütend trat die Alte mit dem nicht angeketteten Fuß nach ihm.

Jakob machte eine beschwichtigende Geste. »Nein, nein ...« Er räusperte sich. »Ich ... ich möchte mit Frau Ameldung sprechen.«

»Hat Peltzer Euch geschickt?«

Jakob hatte Anna Ameldungs Stimme kaum wahrgenommen. Nur ein heiseres Flüstern war über ihre Lippen gekommen.

»Nein, der Bürgermeister hat nichts damit zu schaffen.« Jakob setzte sich vor die Apothekersfrau in die Hocke und flüsterte: »Ich komme im Auftrag von Sara Meddersheim.«

»Sara?«

»Sie hat Euch nicht vergessen.« Jakob konnte das Aufflackern von Hoffnung auf ihrem Gesicht erkennen. Wahrscheinlich war dies die erste gute Nachricht, die sie während der fast schon sechs Wochen ihrer Inhaftierung erreichte.

»Wie geht es meinem Mann? Und meinen Töchtern? Was geht dort draußen vor sich? Wird man uns freilassen?«

»Ich habe nicht mit Eurem Mann gesprochen. Und soweit ich unterrichtet bin, wurde Euer Fall noch nicht verhandelt.«

Die zarte Hoffnung, die in Anna Ameldung aufgekeimt war, wich einer deutlichen Ernüchterung. Trotz des Mitleids, das Jakob für diese Frau empfand, durfte er nicht außer Acht lassen, daß sich hinter ihrem unscheinbaren Äußeren eine Dienerin des Satans verbergen konnte. Diese Zweifel hatten Jakob dazu veranlaßt, ein silbernes Kruzifix in das geheiligte Weihwasser des Doms zu tauchen, bevor er den Weg zum Bucksturm antrat. Nun zog er dieses Kreuz unter seiner Schärpe hervor und hielt es vor Anna Ameldungs Gesicht. Wenn sie wirklich eine Hexe war und ihr das Böse innewohnte, würde das geweihte Symbol ihre Haut wie glühende Kohle verbrennen.

»Küßt das Kreuz«, verlangte er.

Die Modemann, die ihn nicht aus den Augen ließ, mischte sich sofort ein: »Was veranstaltet Ihr da für einen Mummenschanz? Wollt Ihr uns bekehren? Das ist wohl nicht nötig, denn wir sind zu keiner Zeit vom christlichen Glauben abgefallen.«

Jakob ignorierte die streitbare Alte und führte das Kruzifix an Annas Lippen. Sie zögerte keinen Augenblick, beugte sich leicht vor und berührte es mit ihrem Mund. Nichts geschah. Jakob atmete erleichtert auf und steckte das Kreuz wieder ein. War Anna Ameldung wirklich nur das tragische Opfer einer üblen Verleumdung, ganz so, wie Sara es behauptet hatte?

Bei Frau Modemann war er sich in diesem Punkt allerdings nicht so sicher. Aus Sorge, die alte Frau könnte ihn in die Hand beißen, wenn er das Kruzifix an ihre Lippen führte, vermied er es, auch sie der Probe zu unterziehen.

Jakob holte unter seinem Mantel eine kleine Leinentasche hervor und öffnete sie. Er durfte nun keine Zeit mehr verlieren. Auch wenn die Wachen mit ihrem Würfelspiel beschäftigt waren, so konnten sie doch jederzeit auf den Gedanken kommen, nach den Gefangenen und dem unerwarteten Gast zu schauen.

Wenn sie ihn hier vor Anna Ameldung kniend mit einem Sortiment an Pulvern vor sich antrafen, würde er in ärgste Schwierigkeiten geraten.

»Laßt mich bitte Euer Fußgelenk sehen.«

Anna runzelte die Stirn, dann folgte sie seiner Aufforderung und zog den Umhang zurück. Jakob betrachtete ihren angeketteten Fuß und stellte erleichtert fest, daß sich die Entzündung nicht verschlimmert hatte. Die Wunde war gewaschen und der Eiter entfernt worden.

»Meister Matthias hat sich um meinen Fuß gekümmert«, sagte Anna, »aber die Wunde will nicht recht verheilen.«

Jakob nickte und reichte Anna ein kleines Säckchen.

»Sara schickt Euch dieses Pulver, um das entzündete Fleisch zu behandeln.« Sara hatte das Pulver als Plaun bezeichnet – eine Arznei, die in den russischen und litauischen Wäldern gewonnen wurde.

Anna Ameldung schloß die Medizin dankbar in ihre Faust. »Die Arznei ist mir nicht unbekannt. Sara hat sie einst von ihren Reisen mitgebracht und mich von ihrer Wirksamkeit überzeugt.«

»Außerdem gab sie mir dies hier gegen das Fieber mit.«

Anna nahm das zweite Pulver, roch an dem Stoff, in den es eingewickelt war, und seufzte zufrieden. »Galgant. Es wird das Fieber senken.«

Auch die Zutaten zu dem dritten Pulver, das er ihr gab, erkannte sie trotz des widerwärtigen Gestanks im Kerker sofort.

»Aloe, Myrrhe, Lattich und natürlich Kampfer. Wie lange habe ich schon nicht mehr so etwas Wunderbares gerochen!«

»Sara meinte, es wird Euch kräftigen.«

»Üblicherweise mischt man die bitteren Kräuter in warmen Honigwurz, aber so wird auch das Wasser, das man uns bringt, genügen müssen.«

Die Apothekerin verstaute die drei Pulversäckchen unter ihrer Decke und bedankte sich mit einem matten Lächeln.

»Sagt mir, wie ist Euer Name«, raunte sie, doch schon im selben Moment legte sie einen Finger auf seinen Mund und bat ihn zu schweigen. »Nein, sprecht ihn nicht aus. Es ist besser, Ihr bleibt ein Fremder für mich. Falls man mich der Folter unterziehen sollte, könnte es böse für Euch ausgehen, wenn ich Euren Namen preisgäbe.«

Jakob nickte verhalten. Rasch tastete er in seinem Leinensack nach der Messingdose, dem letzten Gegenstand, den Sara ihm mit auf den Weg gegeben hatte.

»Das was ich Euch nun gebe, mag etwas seltsam anmuten, aber Sara war überzeugt davon, daß es Euch Kraft schenken wird.« Jakob nahm die Dose und öffnete den Deckel. Zwischen Daumen und Zeigefinger zog er vorsichtig die prächtige Blüte einer weißen Lilie hervor und legte sie in die Hände der Apothekerin.

Anna senkte ihren Kopf und schwieg. Jakob fiel auf, daß ihre Hände zitterten.

Als sie wieder aufschaute, konnte er Tränen auf ihrem Gesicht erkennen, die ihre Wangen hinab perlten. Es bestürzte ihn, sie weinen zu sehen, und für einen Moment geriet er in Versuchung, sie in die Arme zu schließen und ihr Trost zu spenden.

Die Apothekerin legte die Lilie behutsam auf dem Stroh ab, nahm Jakobs rechte Hand und bedeckte sie mit Küssen. Ein wahrer Sturzbach an Tränen lief über ihr Gesicht.

»Gott hat Euch geschickt. Er hat mich nicht verlassen«, brachte sie schluchzend hervor.

Jakob fühlte sich beschämt. Er wollte ihr seine Hand entziehen, doch sie klammerte sich daran, als wäre sie der letzte Halt vor einem klaffenden Abgrund. Erst als Jakob auf der Treppe Schritte vernahm, entzog er sich ihr abrupt und stand auf. Die Dose fiel scheppernd zu Boden. Hastig bückte er sich und steckte sie ein.

Jakob hatte einen der Wachmänner erwartet, doch als er sich umdrehte, sah er die Gestalt des Scharfrichters in der Tür. Matthias Klare stellte eine Kupferkanne ab und baute sich mit verschränkten Armen vor Jakob auf. Ein Bild schoß Jakob durch den Kopf. Für einen kurzen Augenblick sah er sich in seine Vision zurückversetzt, in der ihn ein entsetzter Matthias Klare zu Boden stieß.

»Was geht hier vor sich?« verlangte Klare zu wissen.

Der feindselige Ton, der in den Worten des Scharfrichters lag, verunsicherte Jakob. Hatte er das Scheppern der Dose bemerkt? Oder war Klare womöglich aufgefallen, daß Jakob etwas vor ihm unter seiner Schärpe versteckt hatte?

»Bürgermeister Peltzer hat mir die Erlaubnis ausgestellt, mit den Gefangenen zu sprechen.« Jakob reichte Klare das Schriftstück. Der Scharfrichter überflog es kurz und gab es Jakob zurück.

»Habt Ihr erledigt, weshalb Ihr gekommen seid?«

Jakob nickte.

»Dann geht.« Der Scharfrichter hob den Kübel auf einen Holzschemel und füllte zwei Holzschalen mit einer dampfenden Gemüsebrühe. Es mißfiel Jakob, wie respektlos Klare mit ihm sprach, doch wahrscheinlich war es wirklich ratsam, den Buckturm so schnell wie möglich wieder zu verlassen.

Er wandte sich noch einmal zu Anna Ameldung um, die ihre Pulver und die Lilienblüte unter dem Umhang verbarg und teilnahmslos ihr karges Mahl aus den Händen des Scharfrichters entgegennahm.

Wortlos stahl Jakob sich davon, eilte über die Treppe zwei Stockwerke tiefer in den Raum, in dem sich der Eichenkasten des Grafen von Hoya befand, und stützte sich schnaufend an die Wand. Er zitterte vor Aufregung. Alles war nach Plan verlaufen, bis der Scharfrichter die Zelle betreten hatte. Jakob ärgerte sich über die Unsicherheit, die er Klare gegenüber an den Tag gelegt hatte, doch etwas anderes an Klare, das ihn wie ein Blitz getroffen hatte, beunruhigte ihn weitaus stärker.

Jakob hatte es bemerkt, als er Klare das Schreiben gereicht und der Henker seine Hand ausgestreckt hatte.

Die Hand war von vernarbten Brandwunden gezeichnet.

Kapitel 15

Jakob mahnte sich zur Besonnenheit, doch seine Beine waren weich wie Wachs, als er hastig die Wachstube durchquerte und wortlos die neugierigen Blicke über sich ergehen ließ, die sein ungestümer Aufbruch hervorrief. Sogar das Würfelspiel wurde unterbrochen. Jakob kümmerte sich nicht um die Männer und stürzte auf den Wehrgang. Hinter sich konnte er hören, wie die Männer über ihn lachten.

Draußen unter freiem Himmel gelang es ihm endlich, die Situation vernünftig abzuschätzen. Würde sein seltsames Verhalten Matthias Klare dazu veranlassen, dem Bürgermeister Peltzer Bericht zu erstatten? Er glaubte nicht daran. Bei seinem ersten Besuch im Bucksturm war Jakob aufgefallen, daß der Scharfrichter und der Bürgermeister einen recht kühlen Umgang miteinander pflegten. Dennoch war es möglich, daß Matthias Klare diesen ungebührlichen Kontakt zu den Gefangenen dem Rat oder Peltzer persönlich meldete.

Sei's drum, sagte er sich, *ich führe die schriftliche Erlaubnis des Bürgermeisters mit mir.* Diese Überlegung macht ihm Mut, aber wenn er an den Scharfrichter dachte, spürte er ein großes Unbehagen. Er sah das Antlitz des Matthias Klare vor sich, seine hellen, intelligenten Augen, die sofort erfaßt hatten, daß Jakob ein schlechtes Gewissen plagte.

Jakob trat bis zur Treppe am westlichen Stadttor, wo er den Wehrgang verließ. Die Sonne war bereits untergegangen und hatte einer finsteren Nacht Platz gemacht. Plötzlich mußte er daran denken, daß Sara gewiß schon ungeduldig in ihrer Kammer auf ihn wartete, um zu erfahren, ob sein Vorhaben von Erfolg gekrönt war.

Als er die Straße betrat und sich auf den Weg in die Neustadt machen wollte, legte sich eine Hand auf seine Schulter. Jakob fuhr zusammen und befürchtete, der Scharfrichter wäre ihm gefolgt, um ihn zur Rede zu stellen. Als er sich erschrocken umwandte, stand er vor Sara, die sich an ihn herangeschlichen hatte.

»Sara, habt Ihr mich erschreckt!« stieß er hervor.

»Das tut mir leid.«

»Was macht Ihr hier? Wir hatten ausgemacht, uns im Haus Eures Vaters zu treffen.«

Sara lächelte verlegen. »Verzeiht mir. Ich hielt es vor Neugierde nicht mehr im Haus aus, und darum habe ich mich auf den Weg gemacht, um Euch hier abzufangen.«

Jakob ärgerte sich über ihren Leichtsinn. Sein Treffen mit Anna Ameldung barg eine große Gefahr – nicht nur für ihn, sondern auch für Sara, wenn sie zusammen mit ihm hier gesehen wurde. Oder war sie etwa nur gekommen, weil sie an ihm zweifelte? Wollte sie sich vielleicht nur Gewißheit darüber verschaffen, ob er tatsächlich den Mut aufgebracht hatte, den Gefangenen im Bucksturm entgegenzutreten?

»Laßt uns gehen«, drängte er sie. Jakob trat voran und eilte so rasch die Straße hinunter, daß Sara Mühe hatte ihm zu folgen. Schon nach wenigen Minuten blieb sie außer Atem zurück.

»Jakob, wartet«, rief sie. Er hielt an, drehte sich um und ging auf sie zu.

»Was ist los mit Euch?« fragte Sara und schnappte nach Luft. »Warum seid Ihr derart angespannt?«

Obwohl die Straße um diese Zeit menschenleer war, zog Jakob die junge Frau in eine düstere Brandgasse zwischen zwei Häusern, wo sie vor neugierigen Blicken geschützt waren. Der enge Durchgang zwang sie dazu, sich aneinander zu drängen. Saras Brüste wurden dabei an Jakobs Wams gedrückt, was ihn einen Moment lang irritierte.

»Ich habe Angst«, flüsterte er heiser.

»Angst? Wovor?«

» Vor diesem Gefängnis, vor dem Leid, das ich darin gesehen habe, und vor allem habe ich Angst um Euch.«

»Sorgt Euch nicht um mich.«

»Der Scharfrichter hat mich überrascht. Er betrat die Zelle in dem Augenblick, als ich Anna Ameldung die Lilie gab. Ich glaube zwar nicht, daß er die Blume gesehen hat, aber ganz sicher bin ich mir nicht. Was, wenn ich seinen Argwohn erregt haben sollte?«

»Klare wird diesem Vorfall keine Bedeutung beimessen«, beschwichtigte ihn Sara. »Aber nun berichtet mir von Anna. In welcher Verfassung befindet sie sich?«

»Die Wunde an ihrem Fußgelenk hat sich nicht entzündet. Der Scharfrichter hat die eitrige Wunde gesäubert, doch die Apothekerin fiebert noch immer.«

»Die Pulver werden helfen. Trotzdem mache ich mir große Sorgen um sie.«

»Sie ist verzweifelt, hat Angst, daß sie irgendwann den Verstand verlieren wird, und fragte mich nach ihrem Mann und den Kindern. Ich konnte Ihr nicht viel dazu sagen, außer, daß Ihr in Gedanken bei Ihr seid.«

»Ich wünschte, ich könnte mehr für sie tun.«

Einen Moment lang schwiegen sie, dann raunte Jakob: »Ich glaube, Ihr habt Ihr bereits sehr geholfen, Sara. Diese Lilienblüte … Ihr hattet recht, die arme Frau wird aus ihr womöglich mehr Kraft gewinnen als aus all den Pulvern, die Ihr für sie gemischt habt.«

Sara legte ihre Hand auf seine Wange. »Ich bin stolz auf Euch«, sagte sie leise. »Stolz auf Euren Mut und das Opfer, das Ihr für mich bringt.«

Er wollte sie fragen, von was für einem Opfer sie sprach, doch zu seiner Überraschung beugte sie sich vor und küßte ihn. Ihre Lippen berührten nur kurz seinen Mund, doch dieser Moment genügte, ihn vollends in Verwirrung zu stürzen. Sara schien es nicht anders zu gehen, sie schaute schnell zu Boden und lächelte unsicher, als wundere sie sich selbst über diese unerwartete zärtliche Geste.

»Wir ... wir sollten jetzt gehen«, stammelte er.

Sara nickte und trat aus der Gasse. Sie huschten durch die Finsternis wie zwei Verschwörer, die das Dunkel als schützender Mantel einhüllte.

»Ich glaube, nach all der Aufregung könnte ich einen Becher Eures wundersamen Tranks vertragen«, sagte Jakob, als sie das Haus der Meddersheims betraten.

Sara schickte ihn nach oben in ihre Kammer und bereitete den Kaffee zu, dessen exotisches Aroma ihm sofort in die Nase stieg, als sie die dampfenden Tassen vor ihm absetzte.

Jakob nippte vorsichtig an der heißen Flüssigkeit.

»Trinkt es mit Ruhe«, riet ihm Sara. »Ihr haltet keinen Bierkrug in der Hand. Die Ruhe ist ein Teil dessen, was den Zauber des Kaffees ausmacht.«

Jakob stellte den Becher zurück auf den Tisch und wartete ab, bis sich das Getränk ein wenig abgekühlt hatte. Obwohl er sich nun wieder einigermaßen beruhigt hatte, kehrten seine Gedanken doch immer wieder zu Matthias Klare zurück.

»Sara, was wißt Ihr über den Scharfrichter?«

Sara zog die Stirn in Falten. »Ich habe nie ein Wort mit Matthias Klare gewechselt. Die Leute sagen, er sei sehr verschlossen. Vor einigen Jahren starben sein Sohn und seine zweite Frau, seitdem lebt er zurückgezogen. Er hat zeit seines Lebens als Scharfrichter gearbeitet und den Beruf von seinem Vater erlernt, aber man spricht davon, daß er kein Vergnügen an den Qualen der Menschen empfindet.«

»Es ist ein Handwerk, das nun einmal erledigt werden muß«, meinte Jakob.

»Und ein sehr einträgliches dazu«, erwiderte Sara spöttisch. »Vor allem in diesen Zeiten. Der Scharfrichter mag von seinem

Stand her als ehrlose Person gelten, aber sein Ertrag wird den der meisten Handwerker bei weitem übersteigen.«

Während sie den Kaffee tranken, erzählte Jakob ausführlich von seinem Aufenthalt im Bucksturm. Daß er Anna Ameldung mit dem Kruzifix einer Prüfung unterzogen hatte, verschwieg er ihr allerdings. Es war nicht nötig, daß Sara erfuhr, wie unsicher er sich der Apothekerin genähert hatte.

Nachdem er Sara alles berichtet hatte, stand sie auf. Jakob erwartete, daß sie ihn fortschicken würde, denn es war bereits spät in der Nacht. Doch sie streckte die Hand aus und forderte ihn auf, mit ihr zu kommen.

»Wohin bringt Ihr mich?« fragte er.

»Ich hatte Euch etwas versprochen, erinnert Ihr Euch?« Sie führte ihn auf den Korridor und bat ihn, eine Deckenluke zu öffnen. Jakob stellte sich auf einen Schemel und löste den Riegel, der die Klappe herunterfallen ließ. Am Rand der Luke konnte er eine Leiter ertasten, die er nach unten zog. Sara reichte ihm eine Laterne, und er kletterte über die Leiter auf einen mit allerlei Gerümpel, abgewetzten Stoffsäcken und mehreren schweren Truhen zugestellten Speicher, über den sich eine feine Staubschicht wie grauer Schnee ausgebreitet hatte. Die Decke war nicht besonders hoch. Jakob konnte gebückt stehen, mußte aber darauf achten, sich nicht den Kopf an den Dachsparren zu stoßen.

»Helft mir bitte«, sagte Sara. Jakob zog sie hoch, und keuchend zwängte sich die schwangere Frau durch die Luke auf den Speicher.

»Ich bin recht schwerfällig geworden.« Sie hockte sich auf den Boden und keuchte. »Es sind bereits einige Monate vergangen, seit ich zum letzten Mal hier oben war.«

»Was wollen wir hier?« fragte Jakob.

Der Speicher war kein besonders gemütlicher Ort. Die Luft war kühl, der Staub kitzelte in seiner Nase, und die Laterne zog allerlei flatterndes Insektengetier an. So und nicht anders stellte

Jakob sich die Umgebung vor, in der Gespenster ihr Unwesen trieben. Schon der Gedanke an eine Begegnung mit dem ruhelosen Geist eines Toten jagte ihm einen kalten Schauer über den Rücken.

»Zieht nicht so ein Gesicht, als hätte der Geist Eurer Großmutter Euch heimgesucht. Kommt näher, ich möchte Euch etwas zeigen.« Sara winkte ihn zu sich heran.

Jakob folgte Sara bis zur hinteren, mit Brettern zugestellten Giebelwand. Sie bat ihn, das Holz fortzuräumen, und als er es zur Seite gestellt hatte, kam dahinter eine kunstvoll geschnitzte Truhe zum Vorschein.

Sara drückte ihm einen Schlüssel in die Hand.

»Öffnet sie.«

Stirnrunzelnd führte Jakob den Schlüssel in das Schloß und drehte ihn, bis der Verschluß aufsprang. Er klappte den schweren Deckel hoch und hielt die Laterne über die Truhe, in der sich einige kleinere Schatullen aus Holz oder Metall, sowie mehrere Lederbeutel befanden. Er griff nach einem davon, und das Klimpern von Münzen war zu hören.

»Was ist das?«

»Das«, erklärte Sara ihm, »ist eine Sicherheit, die mein Vater hier verborgen hält. Seit die schwedische Besatzung ihre Kontributionen immer häufiger durch Gewalt unter den Bürgern einzutreiben sucht und selbst der Rat die privaten Gelder nicht mehr für unantastbar ansieht, hielt mein Vater es für ratsam, die Früchte seiner Arbeit vor allzu neugierigen Augen zu verstecken. Was Ihr hier seht, ist sicherlich kein Vermögen, aber doch eine stattliche Summe persischer Golddenare. Außerdem befinden sich in dieser Truhe noch zahlreiche Edelsteine und wertvolle Mineralien. Die Geschäfte meines Vaters sind während unserer Zeit in Persien sehr erfolgreich verlaufen, und hier seht Ihr den Lohn für seine Künste.«

»Warum zeigt Ihr mir das alles?«

»Mein Vater würde toben, wenn er wüßte, daß ich Euch seinen kleinen Schatz vor Augen führe, aber ich vertraue Euch. Was Ihr für Anna getan habt, muß Euch unglaubliche Überwindung gekostet haben. Ihr habt Euch damit mein Vertauen redlich verdient.«

»Ich fühle mich geehrt.« Jakob legte den Lederbeutel mit den Münzen zurück in die Truhe.

Sara rückte näher an ihn heran, so daß auch sie in die Truhe schauen konnte.

»Außerdem«, sagte sie, »habe ich Euch nicht wegen dieser Münzen hierher geführt. In dieser Truhe befinden sich Dinge, die mir weit kostbarer sind als das Gold und die Edelsteine.« Sie griff in die Truhe und entnahm eine kleine Phiole.

»Da gibt es wirklich einige wundersame Dinge, die ich aus Isfahan mitgebracht habe. Dieses Fläschchen zum Beispiel enthält das Gift einer etwa zwei Zoll langen gesprenkelten und gestreiften Spinne, welche die Perser *Enkurek* nennen. In Italien und Spanien wird sie als Tarantel bezeichnet. Bereits ein Tropfen dieses Giftes würde in sämtliche Glieder eines Menschen fahren und ihn in einen tiefen, todesähnlichen Schlaf fallen lassen. Die Perser nehmen mit einem Patienten, der von solch einer Spinne gebissen wurde, eine seltsame Kur vor. Sie flößen ihm Unmengen süßer Milch ein und legen ihn in einen flachen Kasten, den sie an vier Stricken aufhängen. Dieser Kasten wird so lange um die Stricke gedreht, bis diese fest zusammengeschnürt sind. Dann läßt man ihn los, und die Stricke drehen sich in wildem Wirbel auf. Diese Prozedur verursacht beim Patienten einen Schwindel, der ihn seinen Mageninhalt ausspeien läßt. Auch durch den Urin geht das Übel aus dem Körper, aber es kann Jahre dauern, bis das gesamte Gift ausgeschieden wurde.«

»Ihr solltet vorsichtig damit umgehen«, riet Jakob.

»Darum habe ich es ja auch auf den Speicher verbannt.« Saras Augen blitzten erwartungsvoll, als sie ein weiteres Kästchen aus der Truhe hob und vor sich abstellte. »Dies hier nun ist mir das liebste, was ich aus Persien mitgeführt habe.«

Sie klappte es auf und drehte es zu Jakob herum. In der Schatulle befanden sich zahlreiche elegant gearbeitete Glasflakons, wie ein Haarnetz, überzogen mit Goldfiligran, sowie kleine Döschen, die mit stilisierten Goldblüten verziert waren.

»Ihr habt Euch gewünscht, Persien zu sehen, erinnert Ihr Euch?«

»Ja, das habe ich gesagt.«

»Vielleicht gelingt es mir, Euch auch auf diesem düsteren Speicher dorthin zu entführen. Wollt Ihr es wagen?«

Jakob nickte zögernd. Es war ihm nicht geheuer, was Sara hier mit ihm vorhatte, aber er wollte das Vertrauen, das sie ihm geschenkt hatte, auf jeden Fall erwidern.

Sara öffnete den Verschluß eines der Flakons. »Streckt Eure Hand aus«, sagte sie lächelnd. Jakob tat wie ihm geheißen. Sie ließ einen Tropfen aus der Flasche in seine rechte Hand fallen und drückte sie zur Faust.

»Riecht daran!« hauchte sie in sein Ohr.

Jakob hob die Hand und nahm einen ungewöhnlich erfrischenden und würzigen Geruch wahr.

»Das ist der Geruch der Myrte«, erklärte ihm Sara. »Es existiert eine griechische Legende, nach der Myrtylos, der Sohn des Hermes und Wagenlenker des Oinomaos den Tod seines Herrn verschuldete, woraufhin er von Pelops ins Meer gestürzt wurde. Das Meer aber weigerte sich, seine Leiche aufzunehmen, und spülte sie ans Ufer zurück. Dort entstand aus dem Körper des Myrtilos der Myrtenbaum.«

»Eine hübsche Sage«, erwiderte Jakob und roch noch einmal an dem intensiven Aroma, das von seiner Hand ausging.

Sara nahm ein anderes Fläschchen und benetzte damit seine linke Hand. Jakob roch nun einen sinnlich-animalischen Duft, der sich von dem vorherigen Geruch deutlich unterschied, aber mindestens ebenso faszinierend war.

»Was ist das?«

»Moschus. Es zählt zu den fünf beliebtesten Parfüms der arabischen Welt. Ein heiliger Duft. Er ist so angesehen, daß er beim Bau der Moscheen oftmals dem Mörtel zugesetzt wird.« Sie nahm sanft Jakobs Hand und führte sie näher an seine Nase heran. »Atmet diesen Geruch tief ein, und dann schließt die Augen. Das ist der Duft Persiens. Könnt Ihr die Pracht Isfahans in Eurem Kopf erkennen?«

Tatsächlich schien der betörende Duft durch seinen Geist zu ziehen und ihm Bilder einer fremden Welt vorzugaukeln. Jakob sah sich in eine völlig fremde Umgebung versetzt, er hörte die temperamentvollen Stimmen einer unbekannten Sprache, beobachtete das lebhafte Treiben auf den Straßen und auf den Basaren, wo Kamele an ihm vorüberzogen und Männer in langen Gewändern ihre exotischen Waren feilboten. Er besaß nur ein geringes Wissen über diese Welt, aber der betörende Duft der Myrte und des Moschus beflügelte seine Phantasie.

»Ich sehe es«, flüsterte er. »Es ist, als ob ich selbst durch die Straßen laufe.«

»Probiert nun dies.« Sara tröpfelte den nächsten Duftstoff auf ihre eigene Hand. Jakob beugte sich vor und schnupperte über ihre Finger. Es roch nach einem exotischen Holzton, auch nach Weihrauch und erinnerte ein wenig an die animalische Note des Moschus.

»Das ist Ambra. Ein überaus seltener und kostbarer Duft. Man sagt, diesen Stoff findet man nur in den Körpern von Seeungeheuern.«

Jakobs Lippen öffneten sich wie von selbst, als erhofften sie, den aufregenden Geruch des Ambra einatmen zu können.

»Zeigt mir mehr«, bat er. Sara lächelte mild, suchte in der Schatulle nach einem bestimmten Flakon und gab es Jakob. »Benetzt meine Hand damit.«

Hastig löste er den Verschluß. Schon bevor er etwas von der Flüssigkeit auf ihre Hand fallen ließ, nahm er einen berauschenden Geruch wahr. Er ließ einen einzelnen Tropfen herausperlen, doch Sara forderte ihn auf, etwas mehr davon zu benutzen. Sie zog ihren Ärmel hoch und ließ Jakob das Parfüm auf ihren ganzen Arm verteilen. Zuerst langsam, dann regelrecht gierig folgte seine Nase dieser Spur. Er fühlte sich leicht und beschwingt und hatte plötzlich das Gefühl zu fliegen.

»Diesen Duft nennt man *majun*. Er wird aus den Blättern der Hanfpflanze gewonnen und mit Opium, Nelken und Anis gemischt.«

»Er scheint mir das Paradies nahezubringen«, keuchte Jakob.

»Laßt ihn mich an Euch riechen«, schlug Sara vor und setzte sich hinter Jakobs Rücken.

Während er seinen Kopf verdrehte, um weiter an ihrem Arm zu schnuppern, lockerte sie seinen Kragen und ließ einige Tropfen des *majun* an seinem Hals herunterlaufen. Jakob konnte ihre Brüste auf seinen Schultern fühlen, als sie sich an ihn drückte und mit ihrer Nase seinen Hals und Nacken streichelte. Er schloß die Augen und genoß das Kitzeln ihrer Zunge auf seiner Haut. Ihre Hände strichen sanft über seinen Körper, dann drängte eine Hand zwischen seine Beine und umschloß sein Glied.

Die plötzliche intime Berührung schreckte ihn auf.

»Nicht, nicht«, hauchte er, zu leise und unentschlossen, als daß dieser Einwand Sara davon abgehalten hätte, ihre Finger in seine Hose zu stecken, um dort an seinem Penis zu reiben, der sich rasch in ihrer Hand versteifte.

»Sara!« rief er nun lauter. »Sara, ich versündige mich.«

Ihre Hand ließ von seinem Glied ab. Sie drehte ihn zu sich herum, sah ihm mehrere Atemzüge lang verlangend in die Augen und öffnete die Bänder, die ihr Kleid über dem Busen verschlossen. Jakob war irritiert. Er fühlte sich schuldig, aber gleichzeitig bewunderte er Saras Schönheit.

»Das ist keine Sünde«, flüsterte sie ihm zu. Sie zog ihr Kleid an den Schultern herunter und streifte es bis zur Hüfte herab. Verzaubert betrachtete Jakob ihre großen Brüste. Sara nahm das Flakon und ließ einige Dufttropfen an ihnen herunterperlen.

»Riech daran, Jakob.«

Einen Moment lang zögerte er. Im Geiste tauchte Agnes vor ihm auf, doch gerade ihr versteinertes, mürrisches Antlitz, machte es ihm plötzlich einfach, sein Gesicht in Saras Busen zu versenken und das *majun* ganz in sich aufzunehmen. Zunächst roch er nur, doch dann begann er ihre Brüste zu küssen, und als sie ihn stöhnend immer fester an sich drückte, umschloß er mit seinen Lippen eine ihrer Brustwarzen und saugte lustvoll daran, bis ihm ihre Milch in den Mund strömte.

Kapitel 16

Erfüllt von einem wohligen Frieden studierte Jakob im Morgenlicht Saras Gesicht. Sie schlief noch. Ihr Atem strich sanft über seine Wangen.

Sara war nicht makellos, ihre Nase war zu schmal, die Wangenknochen etwas zu ausgeprägt, aber diese winzigen Mängel störten ihn nicht im geringsten. Im Gegenteil, sie machten Sara nur noch interessanter. Für ihn war sie einfach wunderschön, wie sie dort neben ihm lag, verletzlich und zart in ihre Träume versunken.

Jakob dachte an die gestrige Nacht zurück und fragte sich, was eigentlich mit ihnen geschehen war. Waren die exotischen und erregenden Düfte der Grund dafür gewesen, daß sie die Gewalt über ihre Körper verloren und sich der Wollust hingegeben hatten? Nein, so einfach durfte er es sich wohl nicht machen. Seit Tagen schon hatte er ein Verlangen verspürt, wenn er sich in Saras Nähe befand. Jede noch so geringe und zufällige Berührung hatte ihn in Erregung versetzt. Und Sara? Mochte sie ähnlich in seiner Gegenwart empfunden haben? Es war ihm niemals aufgefallen. Hatte sie womöglich nur ein unkontrolliertes Lustgefühl schwach werden lassen? Jakob wollte nicht an diese Möglichkeit glauben. Immerhin war sie es gewesen, die ihn verführt hatte, auch wenn er sich eingestehen mußte, daß er mehr als bereitwillig auf ihr Liebesspiel eingegangen war.

Sie waren nicht lange auf dem staubigen Speicher geblieben. Sara hatte ihn überredet, in ihrem Verlangen innezuhalten, um sich in ihr weiches Bett zurückzuziehen. Nur ungern hatte Jakob ihr zugestimmt, doch kaum waren sie in Saras Kammer angelangt, zerrten sie sich auch schon gegenseitig die Kleider vom Körper und ließen sich nackt auf das Bett fallen. Saras neugierige Finger steigerten seine Lust in Dimensionen, die er nie zuvor erfahren hatte. Jakob begriff, wie ungeschickt und unsicher er selbst sich bei diesen intimen Vorgängen verhielt. Was wußte er schon von den Geheimnissen, die der Körper einer Frau barg? Seine einzigen Erfahrungen auf diesem Gebiet beschränkten sich auf die wenigen Schäferstündchen mit der Magd Elsche im Haus seiner Eltern.

Sara war seine anfängliche Unbeholfenheit wohl aufgefallen, aber es hatte sie nicht gestört. Im Gegenteil, es schien sie sogar besonders zu erregen, ihm ins Ohr zu flüstern, an welchen Stellen ihres Körpers er sie berühren, wo er sie küssen und seine Zunge spielen lassen solle und wie er sich hinter sie zu legen habe, um sein hartes Glied trotz ihrer Schwangerschaft in ihren feuchten Spalt zu schieben. Zunächst war er unsicher, fürchtete sich davor, ihr in ihrem Zustand Schaden zuzufügen, doch Sara überzeugte ihn davon, daß sie trotz ihrer Schwangerschaft keineswegs zerbrechlich war.

Es war berauschend, sich in diesen Sinnestaumel der Lust hinein zu stürzen, doch da gab es immer noch Agnes, der er die Ehe versprochen hatte. Ein Gelöbnis, das mit dem Ring, den er ihr als Pfand hinterlassen hatte, besiegelt worden war. Viele Männer brachen, wie er wußte, aus den Fesseln ihrer allzu bedeutungslosen Ehen aus und vergnügten sich mit Frauen, die es verstanden, das Feuer ihrer Begierde neu zu entfachen. Er selbst hatte nie zuvor einen Gedanken an eine solche Möglichkeit verschwendet, aber nun, da es doch geschehen war, bereute er diese Nacht keineswegs. Agnes brauchte niemals davon zu erfahren. Eheversprechen hin oder her – während der ein oder zwei Wochen, die er noch hier in Osnabrück verweilte, wollte er nicht darauf verzichten, von Sara in die Geheimnisse der körperlichen Liebe eingeweiht zu werden.

Sanft streichelte er über ihr Haar und beobachtete, wie sie langsam die Augen öffnete. Sie gähnte herzhaft und schenkte ihm dann ein Lächeln. Ihre Lippen berührten seinen Mund, und die Spitze ihrer Zunge streichelte vorwitzig seinen Gaumen, während sie ihre Brüste an seinen Oberkörper preßte. Sofort spürte Jakob, wie sich sein Glied versteifte. Auch Sara bemerkte es und schob eine Hand unter das Laken.

Eine Weile genossen sie ihr Liebesspiel, dann lagen sie einfach nur da und schauten sich an.

»Ich glaube, du bist in der Liebe unersättlich«, sagte Jakob.

Sara schmunzelte. »Soll ich dir etwas verraten? Damit ist es viel schlimmer geworden, seit ich das Kind in mir trage. Je dicker mein Bauch wird, desto intensiver spüre ich jede Berührung.«

»Das habe ich gemerkt.«

Sara drehte sich auf den Rücken und strich über ihren Bauch, der sich kugelrund unter dem Laken abzeichnete.

»Bereust du, was wir heute nacht getan haben?«

Jakob schüttelte den Kopf. »Nein, es war wunderschön. Ich frage mich nur, warum du ausgerechnet mich mit in dein Bett genommen hast. Warum du mir überhaupt so viel Aufmerksamkeit schenkst?«

»Wie meinst du das?«

»Erinnerst du dich an die Hinrichtung vor ein paar Tagen? Dort bist du mir zum ersten Mal aufgefallen. Du standest in der Menge und hast dich überhaupt nicht für die Hexe interessiert. Statt dessen hast du nur Augen für mich gehabt. Warum? Ich meine, was gibt es schon Besonderes an mir? In dieser Stadt leben so viele Männer, die weitaus mutiger sind als ich. Ich habe immer noch nicht verstanden, warum du so viel Zeit mit einem Mann verbringst, dessen größter Wunsch es ist, eines Tages gegen Hexen und Zauberer ins Feld zu ziehen.«

Sara wirkte nachdenklich. »Willst du das wirklich wissen?«

Sie setzte sich auf und wirkte plötzlich überhaupt nicht mehr müde. »Seltsam, an diesem Gerichtstag hatte ich überhaupt nicht vor, mir die Hinrichtung anzuschauen. Im Gegensatz zu den meisten anderen Bürgern dieser Stadt empfinde ich diese bizarren Schauspiele nicht unbedingt als erheiternd. Doch da ich mich zufällig in der Nähe befand und eine große Menge Schaulustiger in Richtung Marktplatz drängte, ließ ich mich mitreißen. Ich fand mich in einer der ersten Reihen, direkt vor dem Podest des Scharfrichters wieder und verfolgte, wie die Wahrhaus unter den Schmährufen der Umstehenden herangekarrt wurde. Es widerte mich an, den Haß auf den Gesichtern der Menschen zu sehen, doch dann entdeckte ich dich in der Menge. Du standest direkt neben dem Bürgermeister, was dir eigentlich nicht zum Vorteil gereichte, aber da ich eine gute Beobachterin bin, fiel mir in deinen Zügen ein gewisses Mitgefühl für die arme Frau auf, die dort zu ihrem Gericht geführt wurde. Das weckte mein Interesse.«

»Und später bist du mir dann in die Arme gestolpert. War das auch ein Zufall?«

»Nein, nicht unbedingt. Ich wollte dich aus der Nähe sehen, denn den meisten Menschen kann man bei einem Blick in ihre Augen direkt bis in die Seele schauen. Als du mich nach meiner vermeintlichen Ungeschicktheit aufgefangen hast, habe ich sofort erkannt, daß du anders als Peltzer bist. Ich war in Sorge um Anna Ameldung, und darum kam mir die Idee, dich um Nachrichten zu bitten, falls sich mir die Gelegenheit bieten sollte, mit dir alleine zu sprechen. Ich konnte aber noch nicht ahnen, daß ich dir schon bald darauf in der Schankwirtschaft begegnen würde, und im Grunde hatte ich auch wenig Hoffnung, von dir etwas über Anna zu erfahren.«

»Dafür, daß du so niedrige Erwartungen an mich hattest, bist du dann aber sehr wütend geworden.«

»In dem Augenblick hat mich einfach die Enttäuschung übermannt, daß du dich so störrisch verhalten hast. Ich habe dann sogar einen Moment lang überlegt, ob ich dir in deiner mißlichen Lage inmitten dieser betrunkenen Söldner überhaupt zu Hilfe eilen sollte. Irgendwie hattest du ja eine Strafe verdient, aber mein Sinn für Gerechtigkeit hat schließlich dafür gesorgt, dir zur Seite zu stehen.«

»Sonst wäre ich jetzt auch wohl nicht hier«, sagte er und küßte ihre Schulter.

»Da ist noch etwas, worüber ich gerne mit dir sprechen möchte«, meinte Sara ernst. »Du hast gesagt, du seiest nichts Besonderes. Da hast du Unrecht. Ich glaube, daß du eine Fähigkeit besitzt, die nur sehr wenigen Menschen auf dieser Erde zu eigen ist.«

Ein heißer Schauer lief Jakob über den Rücken. Diesmal jedoch keine Welle lustvoller Erregung, sondern ein unangenehmes Gefühl.

»Du hast Gesichter«, sagte Sara leise.

Jakob war nicht fähig, darauf zu antworten, doch sie wartete auch gar nicht seine Antwort ab.

»Ich sehe dir an, daß es dich verstört, wenn ich darüber spreche. Aber ich bin sicher, daß ich recht habe. Damals, als wir im Kloster vor dem Regen Schutz gesucht haben, ist etwas mit dir geschehen. Du hast auf mich den Eindruck gemacht, als wärest du weit fort. Ich hatte regelrecht Angst um dich. Dann kamst du wieder zu dir und wolltest nicht über diesen Vorfall sprechen, doch ich habe dir angesehen, daß du sehr erschrocken warst. Was ist dort mit dir geschehen, Jakob? War es eine Vision?«

Dieses letzte Wort löste Jakob endlich aus seiner Starre. Nackt sprang er aus dem Bett, sammelte rasch seine Kleidung auf, die sie gestern in ihrer Hast achtlos auf den Boden geworfen hatten, und zog sich an.

»Jakob, bitte geh nicht«, versuchte Sara ihn aufzuhalten, doch er reagierte nicht darauf, sondern band schnell sein Hemd zu, schlüpfte in seine Stiefel und verließ ihre Kammer, ohne noch einmal zurückzuschauen.

In der Werkstatt traf er auf Mina, die wie immer grinste, wenn er ihr begegnete.

»Guten Morgen, der Herr«, rief sie und schien auf ihre umständliche Art darüber zu grübeln, warum er um diese Zeit aus Saras Kammer kam.

Jakob hielt sich nicht mit einer Erklärung auf und stürmte aus dem Haus. Er mußte fort von hier, fort von Sara, die alles, was sie mit ihm verband, mit einer einzigen Bemerkung zunichte gemacht hatte.

Er rannte durch die Straßen, bis er die Altstadt erreicht hatte. Keuchend und mit Schmerzen in seinem Bauch lehnte er sich an eine Mauer des Barfüßerklosters und schnappte nach Luft. Vom gegenüberliegenden Wirtschaftshof der Franziskaner her ertönte ein lautes Scheppern und eine keifende Stimme, die wütende Anweisungen erteilte. Dann wurde es wieder still.

Über Jahre hinweg war es Jakob gelungen, sein Geheimnis zu schützen. Und nun – nun lernte er Sara kennen, und diese Frau konfrontierte ihn bereits nach wenigen Tagen mit diesem teuflischen Fluch, der auf hinterhältigste Art und Weise sein Leben beeinflußte. Warum hatte sie nicht einfach schweigen können? Konnte ihm ihr Wissen gefährlich werden? Er hatte auf ihre Vermutung nicht geantwortet, also blieb es auch nur eine Vermutung. Doch sein überstürzter Aufbruch kam wohl einem Geständnis gleich.

Jakob rieb sich mit den Händen das Gesicht und faßte den Entschluß, Sara niemals wieder gegenüberzutreten. Ihr Einfluß auf ihn konnte fatale Folgen haben. Er hatte ihr zuliebe den Bürgermeister belogen, hatte vertrauliches Wissen weitergegeben und zudem der fleischlichen Sünde gefrönt, obwohl seine Braut in Minden auf ihn wartete und sich wahrscheinlich seit Tagen um ihn sorgte. Verdammt, was war nur mit ihm geschehen, daß er all seine Prinzipien über Bord warf? Hatte Sara ihn womöglich doch verhext? Dieser Kaffee – konnte es sein, daß es sich dabei um einen verzauberten Trank gehandelt hatte, durch den er in ihren Bann gezogen worden war?

»Obacht!« keifte eine Stimme aus dem Fenster über ihm. Jakob sprang zur Seite und konnte gerade noch rechtzeitig dem Inhalt eines Nachtgeschirrs ausweichen, das auf die Straße entleert wurde.

Jakob trottete traurig zur Hakenstraße zurück. Zu allem Überfluß würde er Peltzer auch noch erklären müssen, wo er die letzte Nacht verbracht hatte.

Während er noch über eine Antwort auf diese Frage nachdachte, bemerkte Jakob am Ende der Straße den Scharfrichter Matthias Klare, der auf dem Rücken einen Weidekorb trug.

Das geht dich nichts an, sagte die Stimme der Vernunft in ihm. *Was schert es dich, wohin es den Mann zu dieser frühen Stunde zieht?*

Doch anstatt zum Haus der Peltzers zurückzukehren, folgte Jakob dem Scharfrichter in gebührendem Abstand. Klare verließ die Stadt und schlug den Weg in Richtung Gertrudenberg ein. Zog es Klare womöglich an den Ort zurück, über den er so viel Unheil gebracht hatte? Je weiter sie in den Wald kamen, desto schwieriger wurde es für Jakob, dem Scharfrichter nicht aus den Augen zu verlieren.

Als Jakob auf einen trockenen Ast trat, der ein lautes Knacken von sich gab, blieb Klare abrupt stehen. Jakob duckte sich rasch hinter einen Erdwall und wartete einen Moment angespannt ab. Nichts geschah. Als er aus seinem Versteck hervor spähte, war Klare nicht mehr zu sehen. Jakob befürchtete schon, ihn verloren zu haben, doch dann, ein gutes Stück vom Kloster entfernt, machte er eine Bewegung im Wald aus und nahm die Verfolgung wieder auf.

Wenig später hatte Klare offenbar sein Ziel erreicht. Verborgen hinter einer umgestürzten Eiche verfolgte Jakob, wie der Scharfrichter an einer Anhöhe einen geheimen Eingang öffnete, der mit zusammengeflochtenen Zweigen so sorgfältig verdeckt worden war, daß man ihn nur bei genauerem Hinschauen hätte entdecken können. Wahrscheinlich handelte es sich um einen Stollen, der in den Berg hineinführte.

Mathias Klare verschwand in dieser Höhle, und Jakob mußte mehr als eine halbe Stunde warten, bis Klare sich auf den Rückweg machte. Dann endlich tauchte der Scharfrichter aus dem Höhleneingang auf, legte die Zweige zurück über den Geheimgang und entfernte sich. Nachdem er sich davon überzeugt hatte, daß Klare weit genug fort war, lief Jakob zu dem Versteck. Er schob die Zweige beiseite und schaute in einen tiefen, schwarzen Stollen. Jakob roch verbranntes Pech. Anscheinend hatte Klare eine Fackel benutzt, um in dieser dunklen Höhle den Weg auszuleuchten. Jakob tastete sich an den kalten, klammen Steinwänden entlang und stieß nach etwa zwanzig Schritten auf eine in den Stollen gearbeitete Holztür, die ihm den Weg versperrte. Er versuchte sie zu öffnen, aber sie war verschlossen.

Ein äußerst unangenehmer Geruch war hier wahrzunehmen, der aber nicht von der Fackeln stammte. Jakob wagte kaum zu atmen. Nicht nur der Gestank, sondern auch die Enge in diesem Stollen und die Dunkelheit machten ihm zu schaffen. Außerdem überfiel ihn die panische Angst, jemand könnte ihn in dieser Höhle einschließen. Hastig eilte er zum Ausgang zurück. Dicker Schweiß stand ihm auf der Stirn. Während er die Abdeckung so herrichtete, wie er sie vorgefunden hatte, ärgerte er sich bereits darüber, daß er Klare überhaupt gefolgt war. Was scherte es ihn, welche Geheimnisse der Mann hier im Wald verbarg?

Sara würde es wissen wollen, schoß es ihm durch den Kopf …

»Saras Meinung ist unwichtig«, sagte er zu sich selbst. Dann machte er sich auf den Weg in die Stadt zurück.

Kapitel 17

Jakob hoffte, Wilhelm Peltzer bei seiner Rückkehr nicht zu begegnen. Daß er dem Haus des Bürgermeisters die ganze Nacht über ferngeblieben war und erst zur Mittagszeit heimkehrte, würde gewiß einige unangenehme Fragen aufwerfen.

Zu seinem Verdruß lief er Peltzer bereits in der Küche über den Weg. Der Bürgermeister zeigte sich entgegen Jakobs Befürchtung keineswegs verstimmt, sondern begrüßte ihn freundlich und bat ihn zu sich und seiner Frau an die Tafel. Schweigend nahmen sie eine Rübensuppe zu sich. Jakob empfand die Stimmung in diesem Raum als äußerst seltsam. Peltzer musterte ihn von Zeit zu Zeit mit abschätzenden Blicken. Die Frau des Hauses hingegen bewegte monoton ihren Löffel zum Mund und schaute erst gar nicht von ihrem Teller auf.

Erst, als sie ihr Mahl fast schon beendet hatten, suchte Peltzer das Gespräch mit ihm und meinte: »Es würde mich interessieren, zu welchen Ergebnissen Ihr mit Eurer Befragung im Bucksturm gelangt seid. Eigentlich wollte ich schon heute morgen mit Euch darüber sprechen, aber wie ich erfahren mußte, war Euer Bett unbenutzt.«

Er sprach seine Worte mit einem Gleichmut aus, als interessiere ihn das nächtliche Fernbleiben seines Gastes nur aus Höflichkeit. Doch Jakob spürte, daß in seinen Worten lediglich ein gut verborgener Vorwurf lag. Nun war es an ihm, eine Erklärung zu liefern, und da er unmöglich Peltzer gestehen konnte, was in der vergangenen Nacht tatsächlich geschehen war, hatte er sich während des Essens eilig eine Geschichte zurechtgelegt.

»Es ist mir ein wenig peinlich«, sagte er. »Die Befragung der Frauen im Bucksturm erwies sich – wie Ihr es schon geahnt hattet – als sinnlos. Sie sprachen überhaupt nicht mit mir, selbst die resolute Frau Modemann stellte sich stumm und schenkte mir keine Beachtung. Ich verließ das Gefängnis ohne die geringste Ahnung, wie ich den von Herrn Laurentz gewünschten Bericht fertig stellen sollte. Also spazierte ich durch die Stadt, um in Ruhe darüber nachzudenken. Wie es der Zufall so wollte, begegnete ich auf meinem Weg Sara Meddersheim. Ich ließ mich überreden, Ihr in eine Schänke zu folgen, und dort unterhielten wir uns einen Weile. Zu meiner Schande muß ich gestehen, daß ich während unserer Unterhaltung so viel Wein getrunken habe, daß ich nicht mehr in der Lage war, den Rückweg anzutreten. Frau Meddersheim bot mir an, noch einmal im Haus ihres Vaters zu schlafen, und ich ließ mich darauf ein. Es tut mir aufrichtig leid, wenn ich Euch Sorge bereitet haben sollte.«

Der Bürgermeister brach ein Stück Brot ab, wischte damit gründlich über seinen Teller und erwiderte: »So etwas muß Euch nicht peinlich sein, Jakob. Es gibt wohl kaum einen Mann, der noch nie die Wirkung eines starken Weines unterschätzt hat. Und daß Eure Fragen von den Hexen unbeantwortet bleiben würden, nun, daran hatte ich nie einen Zweifel.«

Jakob nickte beflissen, merkte aber, daß der Bürgermeister ihm nicht recht glaubte. Himmel, warum nur war er ein so miserabler Lügner?

»Ihr schaut wirklich noch sehr blaß aus«, meldete sich nun auch Frau Peltzer zu Wort. »Vielleicht solltet Ihr etwas ruhen.«

»Eine gute Idee«, stimmte Jakob ihr zu und erhob sich. Er wollte zur Tür gehen, doch Peltzer faßte seinen Arm und hielt ihn mit festem Griff zurück.

»Bedenkt genau, wem Ihr Euer Vertrauen schenkt«, warnte ihn der Bürgermeister. »Man sagt, schwangere Frauen seien in der Liebe unersättlich. Ein betrunkener Mann könnte sich leicht zu etwas hinreißen lassen, was er später bereut.«

»Wilhelm, du solltest so etwas nicht sagen«, empörte sich Frau Peltzer.

Jakob senkte schuldbewußt den Blick. »Ich weiß auf mich aufzupassen, Herr Bürgermeister. Habt Dank für Euren Rat.«

Peltzer starrte ihm noch einen Momente lang fest in die Augen, dann entließ er Jakob aus seinem Griff. Jakob suchte ohne

Umwege seine Kammer auf. Ernüchtert ließ er sich auf das Bett fallen, bemüht, die wirren Gedanken zu ordnen, die durch seinen Kopf tosten.

Wenn er die Augen schloß, hatte er Saras Gesicht vor Augen, hörte ihre Stimme und schmeckte ihre Haut auf seiner Zunge. Wie war es ihr nur gelungen, sich derart seiner Seele zu bemächtigen? Doch ein Zauber? Oder war er einfach nur verliebt in diese Frau, mit der er unzweifelhaft die schönsten Stunden seines Lebens verbracht hatte?

Niemals zuvor hatte er widersprüchlichere Gefühle in sich gespürt. Er sehnte sich nach Saras Nähe, aber dennoch hatte ihre Bemerkung über seine Visionen die wunderbare Harmonie binnen eines einzigen Augenblicks zerstört, und er wußte, daß er sie niemals wiedersehen durfte, wenn er nicht seine Zukunft aufs Spiel setzen wollte.

Seine Zukunft! Vor ein paar Tagen noch hatte ihm sein Weg deutlich vor Augen gestanden, doch Sara hatte diesen geraden Weg in einen verschlungenen Pfad verwandelt, der sich zudem in ein Dutzend Richtungen verzweigte. Nur allzu schnell, so befürchtete Jakob, würde er sich in diesem Labyrinth verirren können, und darum war es für ihn wichtig, daß er sein Leben nun wieder in die richtige Richtung lenkte. In Minden wartete seine Braut auf ihn, eine Frau, die kaum in der Lage war, sein Herz zu erwärmen, die ihm Kinder und ein Heim schenken würde und eines Tages vielleicht auch die Zuneigung, die er von Sara erfahren hatte. Aber Jakob wußte, daß diese Hoffnung nur eine Illusion war. Agnes war kalt, und sie würde niemals eine flammende Liebe für ihn empfinden. Sara hingegen glich einem wärmenden Feuer – einem Feuer, dem er zu nahe gekommen war und an dem er sich gefährlich verbrannt hatte.

Der Gedanke an Feuer rief ihm das zweite Problem in Erinnerung, das ihm arg zu schaffen machte: Matthias Klare. Jakob dachte an das verdächtige Verhalten des Scharfrichters und dessen verborgene Höhle Doch was scherte es ihn, ob Klare das

Kloster auf dem Gertrudenberg niedergebrannt hatte oder ob er in seiner Höhle etwas Mysteriöses verbarg, das nicht für die Augen anderer bestimmt war? Warum nur hatte er nicht auf Agnes gehört und diese Stadt gemieden? Osnabrück hatte ihm nichts als Unglück gebracht. Beinahe wäre er von den betrunkenen Söldnern getötet worden, er hatte Peltzer gegenüber mehrmals gelogen, und außerdem hatte er Agnes Schande bereitet, indem er sich der Wollust hingegeben hatte.

Er konnte diese Sünde nicht ungeschehen machen, wohl aber dafür sorgen, daß er nicht noch tiefer in diesen unglücklichen Strudel hinein gezogen wurde. Es gab nur noch eins für ihn zu tun, er mußte diese Stadt so schnell wie möglich verlassen. Noch heute. Auch wenn es von Vorteil war, eine Reise in den Morgenstunden zu beginnen, hielt ihn das nicht auf, erst am späten Nachmittag aufzubrechen. Er würde zu Peltzer gehen, ihm seinen Entschluß mitteilen und seine Sache packen. Sobald man sein Pferd gesattelt hatte, würde er Osnabrück den Rücken kehren, den Rest des Tages und die ganze Nacht durchreiten und mit ein wenig Glück schon morgen abend Minden erreichen.

Jakob schwang sich aus dem Bett und ging nach unten, um Peltzer seinen Entschluß mitzuteilen. Er fühlte sich unbehaglich. Wie würde der Bürgermeister darauf reagieren, daß er seinen Aufenthalt in der Stadt so abrupt beendete? Gewiß würde Peltzer nicht begeistert davon sein, daß er sein Angebot, einen Hexenprozeß aus der Nähe zu verfolgen, in den Wind schlug. Doch Jakob war fest entschlossen, sich nicht umstimmen zu lassen. In einer Stunde würde er bereits auf seinem Pferd sitzen und die Stadt aus der Ferne betrachten.

Johanna, eine junge Magd, die Jakob seit seinem Einzug in dieses Haus eine kindliche Schwärmerei entgegenbrachte, kam ihm entgegen und griente verlegen, als er sie ansprach. Auf seine Frage, ob Peltzer noch im Haus anzutreffen sei, gab Johanna ihm zur Antwort, daß der Bürgermeister sich in seinem Arbeitszimmer aufhalte. Ohne lange zu zögern, klopfte Jakob an dessen Tür und öffnete sie. Peltzer war nicht allein. Ein Bursche mit rotem Haar und zerknitterter Kleidung stand neben dem Bürgermeister und redete aufgeregt auf ihn ein.

»... man schikaniert mich, nennt mich einen tumben Idioten, mein eigener Vetter ...«

Peltzer bemerkte Jakob und brachte seinen Gast mit einer Handbewegung zum Schweigen.

»Einen Moment, Jakob. Wartet bitte draußen«, erklärte der Bürgermeister streng.

Jakob schloß die Tür und ärgerte sich darüber, daß er Peltzer nicht ohne jede Verzögerung seinen Entschluß mitteilen konnte. Je länger er darüber nachdachte, desto schwieriger und komplizierter wurde es für ihn, an den richtigen Worte zu feilen.

Die Magd Johanna trug einen Kübel Seifenwasser an ihm vorbei: »Verzeiht mir, ich habe vergessen, Euch zu sagen, daß sich der Herr Vortkamp noch beim Herrn Peltzer aufhält.«

»Vortkamp?« Jakob stutzte. »Rutger Vortkamp?«

Das Mädchen nickte und trat schnell weiter, scheinbar in Sorge, er könnte ihr dieses Ungeschick übel nehmen.

Rutger Vortkamp! War es ein Wink des Schicksals, daß Jakob genau in dem Moment, als er dem Bürgermeister seinen Abschied mitteilen wollte, dem Mann begegnete, der den Prozeß gegen Anna Ameldung ins Rollen gebracht hatte?

Vielleicht, so überlegte er sich, würde das Gespräch mit Peltzer noch einen kurzen Aufschub dulden. Seine Neugierde war geweckt, und daher verließ er das Haus des Bürgermeisters, verbarg sich hinter einen Baum in der Nähe und behielt den Eingang im Auge. Es dauerte nicht lang, bis Vortkamp von Peltzer zur Tür geleitet und verabschiedet wurde. Jakob folgte dem Mann so unverfänglich wie möglich.

»Rutger Vortkamp«, rief er ihm dann zu, als sie sich ein paar Schritte vom Haus des Bürgermeisters entfernt hatten. Vortkamp blieb stehen und wandte sich um. Erst da fiel Jakob auf, wie unvorteilhaft der Bursche gekleidet war. Gewiß, seine Beinkleider, das Wams und das Rüschenhemd waren aus Stoffen gefertigt, die ein Mann aus der Bürgerschaft kaum bezahlen konnte, aber an Vortkamp wirkte dieser Luxus plump und unangebracht. Auch die breite goldene Schärpe um seinen Bauch, die rosaroten Bänder an seinem Kragen und vor allem der zu kleine Hut mit den riesigen Federn vermittelte den Eindruck einer verfehlten Großspurigkeit.

»Der bin ich«, erwiderte Vortkamp und bedachte Jakob mit einem schiefen Grinsen, das zwei fehlende Schneidezähne offenbarte – ein Makel, der sein feistes, von roten Äderchen durchzogenes Gesicht maßgeblich prägte.

Jakob verneigte sich. »Entschuldigt, daß ich Euch auf offener Straße anspreche. Mein Name ist Jakob Theis. Ihr kennt mich nicht, aber vielleicht habt Ihr mich bemerkt, als ich vorhin in Euer Gespräch mit dem Bürgermeister hineingeplatzt bin.«

»Und? Habt Ihr das Interesse an einer Unterhaltung mit ihm verloren?«

»Ich würde es vorziehen, mit Euch zu reden, wenn Ihr die Güte aufbringt, mir einige Minuten Eurer Zeit zu schenken.«

»Worüber wollt Ihr denn mit mir sprechen?«

»Das läßt sich am besten bei einem Krug Wein in der nächsten Schänke erklären«, schlug Jakob vor, und wie er es erwartet hatte, hellte sich Vortkamps Miene bei der Aussicht auf eine Einladung in ein Gasthaus merklich auf.

»Ein guter Vorschlag«, meinte Vortkamp. »Folgt mir, ich kenne einen gemütlichen Platz nicht weit von hier.«

Der gemütliche Platz, den Vortkamp empfohlen hatte, erwies sich als düstere, enge Spelunke in einem Keller. Obwohl erst früher Nachmittag, war die Schänke bereits gut besucht. Wieder einmal waren vor allem schwedische Söldner damit beschäftigt, ihr Geld zu verprassen. Jakob schaute sich besorgt um, ob sich womöglich die Männer, mit denen er seinen Streit ausgetragen hatte, unter dieser Meute befanden, aber er machte nur Gesichter aus, die ihm völlig fremd waren.

Vortkamp bestellte den Wein und setzte sich mit zwei randvollen Krügen zu Jakob an den Tisch. Gierig setzte er das Gefäß an die Lippen und trank so hastig, daß ihm der Rebensaft aus den Mundwinkeln lief.

»Ah, ein herrliches Gesöff«, schwärmte er und schaute Jakob erwartungsvoll an. »So, nun möchte ich wissen, was Ihr von mir wollt. Arbeitet Ihr für Wilhelm Peltzer?«

»Arbeiten ist wohl das falsche Wort«, meinte Jakob. »Sagen wir lieber, ich befinde mich in einer Phase des Lernens, und Peltzer könnte man als meinen Lehrmeister bezeichnen.«

»Und was lernt Ihr bei ihm?«

»Ich befasse mich mit den Malefizprozessen, die in Osnabrück durchgeführt werden. Vor allem der Fall Anna Ameldung hat mein Interesse geweckt.«

Vortkamps Blick verriet Argwohn. Er genehmigte sich schnell einen weiteren Schluck Wein.

»Peltzer hat mir berichtet, daß Ihr das Teufelswerk dieser Frau am eigenen Leibe erfahren habt«, sprach Jakob weiter. »Eine verzauberte Konfektdose soll dabei von großer Wichtigkeit gewesen sein.«

Gedankenverloren starrte Vortkamp vor sich hin. »Verzaubert war sie, die Konfektdose. Sie trug die Initialen meines Vetters, des Apothekers, und jegliches süße Konfekt, das man hineinfüllte, verwandelte sich in stinkenden Unrat.«

»Manche behaupten, es hätte sich nur um einen dummen Scherz gehandelt.«

»Unsinn«, widersprach Vortkamp. »Die Büchse war verhext. So schnell lasse ich mich nicht hereinlegen. Ich will Euch etwas verraten: Als ich mit der Büchse von der Schaumburg nach Osnabrück ritt, habe ich gespürt, daß sie verzaubert war. Von ihr ging etwas Böses aus, eine teuflische Hitze, als wäre ein Dämon darin gefangen. Hin und wieder habe ich sogar Geräusche gehört, ein Klopfen und Pochen, als wollte etwas aus dem Inneren hervorbrechen.«

Jakob tat die Berichte Vortkamps als pure Aufschneiderei ab. Man hätte diesem Burschen eine Kuh verkaufen und statt dessen eine Ziege mit auf den Weg geben können, und der Tölpel hätte es wahrscheinlich nicht gemerkt. Zudem hatte Jakob von Sara erfahren, daß der Konfektbüchse sogar ein Begleitschreiben beigelegen hatte, in dem die Verwandten Vortkamps den Scherz aufgeklärt und dessen Einfältigkeit hervorgehoben hatten.

Vortkamp rief den Wirt herbei und bestellte einen neuen Krug Wein, dann wandte er sich wieder Jakob zu. »Anna Ameldung hat die Konfektbüchse mit zum Hexentanz geführt und sie dort mit Hilfe des Teufels verzaubert, auf das alles, was sich in ihr befinde, sich in Dreck verwandele. Das soll jeder wissen, der mich danach fragt, auch wenn mein Vetter, der die Verfehlungen seines Eheweibes nicht akzeptieren will, mich dafür aufs übelste beschimpft.«

Jakob glaubte Vortkamp nur zu gerne, daß er in den zwei Jahren, die seit dem Vorfall vergangen waren, annähernd jeder Person, der er zwischen Minden und Osnabrück begegnet war, die Geschichte mit der verzauberten Konfektbüchse erzählt hatte. War es da noch verwunderlich, daß Anna Ameldung in den Ruf geriet, eine Hexe zu sein und daß andere Frauen sie unter der Folter anklagten, um von den Schmerzen erlöst zu werden?

»Ihr seid also überzeugt davon, daß Anna Ameldung eine Hexe ist?« fragte Jakob.

»Gewiß«, antwortete Vortkamp, ohne zu zögern. »Schließlich lieferte sie selbst bereits kurz nach ihrer Verhaftung einen untrüglichen Beweis ihrer Schuld.«

»Laßt hören.«

Vortkamp beugte sich vor und flüsterte Jakob zu, als gäbe es ein großes Geheimnis zu verkünden: »Sie soll die silbernen Haken von ihrem Schnürmieder abgetrennt und zu ihrem Ehemann geschickt haben. Sagt selbst, warum würde sie so etwas tun, wenn sie nicht wüßte, daß sie schuldig ist und niemals mehr die Freiheit erlangen wird.«

Nach Jakobs Verständnis gab es für solch ein Verhalten viele einleuchtende Gründe. Sie könnte den Zierat entfernt haben, um ihn vor Dieben zu schützen; auch konnte er sich vorstellen, daß das Metall auf dem harten Boden sehr hinderlich gewesen sein mußte.

»Ihr kennt Anna Ameldung sehr gut. Habt Ihr sie jemals bei einer Hexerei beobachtet? Habt Ihr gesehen, wie sie einen Gegenstand oder ein Tier verwandelt hat oder durch die Luft geflogen ist?« wollte Jakob wissen.

Vortkamp zog unwirsch die Stirn in Falten. »Herrgott, Kerl, ich habe fast den Eindruck, als wolltet Ihr sie verteidigen.«

Er hat recht, dachte Jakob. *Ich verteidige Anna Ameldung. Ich glaube nicht mehr an ihre Schuld.* Sara hatte die ganze Zeit über recht. Die Beschuldigungen, die gegen die Apothekerin ausgesprochen wurden, entsprangen dem dummen Gewäsch eines Tölpels – eines Mannes, den Wilhelm Peltzer als vertrauenswürdig und ehrenhaft beschrieben hatte. Nichts von dem hatte sich bewahrheitet. Rutger Vortkamp war das Paradebeispiel eines einfältigen Narren, dessen panische Angst vor Hexenwerk das Leben einer rechtschaffenen Frau zerstört hatte.

Auch Vortkamps zweiter Krug Wein war bereits geleert, und mit schwankender Stimme murmelte er: »Eigentlich war sie kein schlechter Mensch. Sie war immer nett zu mir, hat mich gut behandelt und mich sogar in Schutz genommen, als mein Vetter auf mich einprügeln wollte, nur weil ich ihm die Verfehlungen seines Weibes vor Augen gehalten habe.« Seine trunkenen Augen blinzelten träge. »Glaubt Ihr, daß es auch gute Hexen auf der Welt geben kann?«

Jakob schaute Vortkamp ins Gesicht und starrte doch ins Leere. Dann erwiderte er: »Glauben? Ich weiß nicht mehr, was ich noch glauben soll.«

Kaum eine Stunde zuvor hätte Jakob es nicht für möglich gehalten, daß er jemals wieder das Haus der Meddersheims aufsuchen würde, doch nun folgte er Saras Vater durch die Werkstatt in den Hinterhof und befürchtete, sein Herz würde vor Aufregung schier zerreißen.

Der Goldschmied ließ sich nicht anmerken, ob er wußte, was zwischen Jakob und Sara vorgefallen war. Er war freundlich wie immer und führte Jakob in den Garten, wo Sara auf einer Bank unter einem Kirschbaum saß und so konzentriert ein Papier beschrieb, daß sie die beiden Männer, die aus der Tür traten, überhaupt nicht bemerkte.

»Heitert sie mir bitte ein wenig auf«, bat Meddersheim. »So niedergeschlagen wie heute habe ich sie selten erlebt.«

»Ich will es versuchen«, erwiderte Jakob.

Georg Meddersheim entfernte sich mit einem dankbaren Nicken und schloß die Tür hinter sich.

Jakob betrachtete Sara eine Weile. Sie erschien ihm, wie sie dort im goldenen Licht der Abendsonne saß und den Kohlestift über das Papier gleiten ließ, begehrenswerter denn je. Wie, fragte er sich, hatte er es nur jemals in Betracht ziehen können, sie aus seinem Leben zu verstoßen?

Langsam trat er auf Sara zu und setzte seine Schritte so schwer, als hätte man ihm Blei in die Stiefel gefüllt. Ihm fiel auf, daß sie den Stift in weitem Bogen über das Papier führte und nicht schrieb, sondern eine Zeichnung anfertigte.

Erst da bemerkte Sara seine Anwesenheit und schaute auf. Er versuchte ihre Reaktion zu deuten. Zunächst schien sie einfach überrascht zu sein, dann strahlten ihre Augen erleichtert, und er stellte ergriffen fest, daß sie ihn wohl ebensosehr vermißt hatte wie er sie.

»Ich hatte gehofft, daß du zurückkommen würdest«, brachte sie bewegt hervor. »Aber ich mochte schon nicht mehr daran glauben.«

»Sara ...«, erwiderte er und verstummte abrupt. Während er

sich setzte, fiel sein Blick auf ihre Zeichnung. »Das bin ja ich.« Jakob deutete auf das Porträt, das sie im Begriff war, von ihm anzufertigen.

»Ich wollte etwas von dir zurückbehalten. Zumindest dein Bild, damit ich mich an dein Gesicht erinnere.«

Jakob faßte Saras Hand und küßte sie zärtlich auf den Mund. Als er ihr dann in die Augen schaute, war er plötzlich davon überzeugt, daß sie in ihn genauso verliebt war wie er in sie. Das hatte er bislang kaum für möglich gehalten. Wie konnte es geschehen, daß sich eine so selbstbewußte Frau wie Sara in einen unentschlossenen Jüngling wie ihn verliebte? Zum Glück jedoch gab es keine festen Gesetzmäßigkeiten der Liebe.

Als wolle sie seinen Gedanken noch bestätigen, legte Sara ihren Kopf auf seine Schulter und streichelte seine Hand.

»Himmel, wenn ich daran denke, daß ich um ein Haar Hals über Kopf aus Osnabrück abgereist wäre …«

Sara schaute ihn erstaunt an. »Du wolltest die Stadt verlassen?«

»Ich hatte Wilhelm Peltzer bereits aufgesucht, um ihm meinen Entschluß mitzuteilen.«

»Aber anscheinend hast du es nicht getan. Warum nicht?«

»Sagen wir, ich bin jemandem begegnet, der mich davon überzeugt hat, daß du in vielen Dingen recht hattest.«

»Ich *hatte* nicht recht, ich habe immer noch recht«, empörte sie sich scherzhaft. »Aber im Ernst, ich habe nicht verstanden, warum du heute morgen davongestürmt bist, als würde der Teufel selbst nach deiner Seele greifen.«

»Ich bin in Panik geraten«, sagte er und drückte sie an sich, »weil alles wahr ist, was du vermutet hast. Ich habe Gesichter, erlebe qualvolle Visionen von Unglücken, die Wochen oder Monate zurückliegen. Bilder, die mir vor Augen führen wie Menschen schreckliche Unglücke erleiden oder sogar ihr Leben verlieren. Ihre Schmerzen und ihre Verzweiflung drängen sich in meinen Kopf.«

»Trotzdem erklärt dies nicht, warum du einfach so davongelaufen bist.«

»Sara, ist dir nicht klar, was diese Visionen bedeuten? Ich bin vom Teufel besessen. Der Antichrist hat sich meiner Seele bemächtigt und gibt mir seine satanischen Botschaften ein. Mein ganzes Leben lang habe ich dieses Geheimnis gehütet, weil ich Angst hatte, daß die Menschen mich verachten und fürchten würden. Dann lernte ich dich kennen, und du durchschaust mich bereits nach wenigen Tagen.«

»Wahrscheinlich habe ich so etwas vom ersten Moment an geahnt. Bereits während der Hinrichtung, als ich dich aus der Ferne gesehen habe, habe ich wohl das Besondere an dir gespürt.«

Auf eine seltsame Weise erleichterte es Jakob, daß er Sara sein Geheimnis gestanden hatte.

»Wirst du mich nun verachten?« fragte er.

»Unsinn«, gab sie prompt zurück. »Jakob, erinnerst du dich daran, daß ich dir gesagt habe, die Menschen würden vollkommen zu Unrecht jegliches Ungemach dem Teufel zur Last legen? Nun, mit dir verhält es sich anscheinend ebenso. Du lastest dem Teufel die Schuld an deinen Visionen an und fühlst dich vom Bösen durchdrungen. Bist du jemals auf den Gedanken gekommen, die Ursache in dir selbst zu suchen? Gewiß bereiten deine Visionen dir mitunter Qualen, aber sie machen dich auch zu einem Menschen mit einer ganz besonderen Gabe.«

»Eine Gabe? Etwa von Gott?«

»Vielleicht entspringt diese Gabe aber auch einfach aus deinem Inneren. Sie ist nicht gut und nicht böse, sondern einfach nur da.«

»Wenn es doch so einfach wäre ...«

»Damals in Persien habe ich viele Geschichten über Menschen gehört, deren Gedanken angeblich in die Zukunft oder in die Vergangenheit reisen konnten. Sie wurden als heilige Personen verehrt, und ich habe mir sehnlich gewünscht, irgendwann einmal solch einem Menschen zu begegnen.«

Jakob kaute unentschlossen auf seiner Unterlippe, dann faßte er sich ein Herz. »Da ist noch etwas, was ich dir sagen muß. Meine Visionen stehen stets in Zusammenhang mit dem Ort, an dem ich mich befinde, wenn sie mich übermannen. Es ist, als ob starke Gefühle daran gefesselt wären. Und als mich das Gesicht in der Ruine des Klosters überfiel, sah ich mich in den Körper einer Person versetzt, die sich noch im Kloster befand, als es in Flammen aufging.«

»Das kann nicht sein«, widersprach Sara. »Man hat keine Leichen gefunden. Das Kloster war verlassen.«

»Nein«, beharrte Jakob, »jemand hielt sich dort auf. Und dieser Jemand stürzte wie eine lebende Fackel nach draußen, direkt in die Arme des … Scharfrichters Klare.«

Sara zog ein ungläubiges Gesicht. »Matthias Klare? Bist du dir da wirklich sicher?«

»Ich sehe sein Gesicht noch deutlich vor mir. Und es sind vernarbte Brandwunden an seinen Händen zu erkennen. Als ich gestern aus deinem Haus geflohen bin, bin ich Klare begegnet. Ich folgte ihm in den Wald und beobachtete, wie er den geheimen Zugang zu einer Höhle oder einem Stollen freilegte.«

»Glaubst du, er verbirgt dort etwas?«

Jakob zuckte mit den Schultern. »Ich weiß es nicht, aber ich werde es herausfinden.«

»Was hast du vor?«

»Ich werde versuchen, in die Höhle zu gelangen.«

»Laß die Finger davon. Deine Neugier könnte dich in Schwierigkeiten bringen.«

»Willst du etwa nicht wissen, was Klare mit dem Feuer zu schaffen hat?«

»Schon, aber …«

»Nein«, unterbrach er sie. »Wenn du recht hast und diese Visionen kein Fluch, sondern eine Gabe sind, dann habe ich den Auftrag, diese Gabe zu nutzen. Und ich verspreche dir: Ich werde Osnabrück nicht eher verlassen, bis wir Klarheit darüber erlangt haben, was in dieser Stadt vor sich geht.«

Kapitel 18

Der neue Tag war noch keine fünf Stunden alt, als sich Jakob auf den Weg machte, das Haus von Matthias Klare zu beobachten. Der Dienst eines Scharfrichters und Abdeckers begann sehr früh, und wenn Jakob sichergehen wollte, daß er ungestört in Klares Versteck im Wald eindringen konnte, mußte er sich zunächst Gewißheit darüber verschaffen, daß Klare sich die nächsten Stunden in der Stadt aufhalten würde. Er hatte überlegt, den Stollen in der Nacht aufzusuchen, doch er befürchtete, daß er sich in der Dunkelheit heillos im Dickicht des Waldes verirren würde. Außerdem war es durchaus möglich, daß Klare sich auch in der Nacht dort aufhielt.

Jakob zog seinen Umhang enger zusammen, um sich gegen die kühle Feuchtigkeit der frühen Morgenstunde zu schützen. Die Stadt war noch in tiefem Schlaf versunken, und nur einige streunende Katzen kreuzten seinen Weg. In den Hinterhöfen vernahm er die ersten Hahnenschreie, doch ansonsten war es gespenstisch still um ihn herum.

Er dachte an den gestrigen Tag. Nach ihrer Aussprache im Garten hatte er sich mit Sara in ihre Kammer zurückgezogen, sich dort auf die seidenen Kissen gehockt und lange darüber spekuliert, was Klare in seiner Höhle so gewissenhaft unter Verschluß halten mochte. Jakob hatte Sara in seinen Armen gehalten und zärtlich ihre Brust gestreichelt, während sie ihre Theorien über das mysteriöse Geheimnis des Scharfrichters austauschten. Jakobs erste Vermutung war es gewesen, daß Klare Wertgegenstände aus dem abgebrannten Kloster gestohlen hatte und sie nun versteckte, doch Sara konnte er mit dieser Idee nicht überzeugen. Sie meinte, das Kloster habe außer einigen silbernen Kruzifixen oder Meßbechern keinerlei Kostbarkeiten besessen. Sara vermutete, daß Klare wichtige Dokumente entwendet haben könnte, denn man sprach in der Stadt darüber, daß nach dem Feuer in den Trümmern des Altars ein Brief an den Bruder des

Bischofs Franz Wilhelm aufgefunden worden war, in dem die Äbtissin der Stadt schändlichen Frevel vorwarf und blutige Rache verlangte. Dagegen wandte Jakob ein, daß es für Klare unsinnig wäre, eine Mappe mit Dokumenten im Wald zu verbergen. Solche Schriftstücke konnten überall unter Verschluß gehalten werden, und der Scharfrichter hätte es gewiß vorgezogen, sie in seiner Nähe zu wissen.

Jakob erinnerte Sara daran, daß er in dem Stollen einen ekelhaften fauligen Gestank wahrgenommen hatte, und sie entwickelten eine neue Theorie, die ihnen beiden einleuchtend erschien. Neben seiner Tätigkeit als Scharfrichter übernahm Klare auch die Aufgaben des städtischen Abdeckers, was bedeutete, daß er Tierkadaver beseitigte. Bewahrte er in der Höhle einige Kadaver auf? Aber aus welchem Grund die verschlossene Tür? Jakob hatte Sara gegenüber die Vermutung geäußert, daß Klare dort eine Art schwarze Magie betrieb. Möglicherweise benutzte er die Kadaver dazu, Dämonen aus der Hölle heraufzubeschwören. Er wußte, daß Sara Berichten von Teufelsbeschwörungen äußerst argwöhnisch gegenüberstand, aber an ihrer nachdenklichen Miene konnte er erkennen, daß sie diese Überlegung tatsächlich als guten Grund für Klares seltsames Verhalten erwog.

Die Turmuhr schlug bereits Mitternacht, als Jakob das Haus der Meddersheims mit dem Versprechen verließ, Licht in das Dunkel dieses Geheimnisses zu bringen.

Auf seinem Weg zurück in die Hakenstraße hatte er überlegt, ob er Wilhelm Peltzer in seine Vermutungen einweihen sollte, entschloß sich dann aber dazu, zunächst auf eigene Faust zu handeln und sicherzustellen, daß sein Verdacht gegen Matthias Klare nicht aus der Luft gegriffen war. Die Nacht über tat er in seinem Bett kein Auge zu, zerbrach sich in der einen Minute über den Scharfrichter den Kopf und schwelgte in der nächsten bereits wieder in seiner Liebe für Sara. Dann endlich war es an der Zeit aufzustehen und im Schutze der Nacht zum Haus des Scharfrichters zu eilen.

Er hatte sein Ziel bereits fast erreicht, als am Ende der Straße zwei Gestalten auftauchten, die einen breiten Holzkarren vor sich herschoben, der lärmend über das Pflaster polterte. Jakob glaubte im ersten Licht des Tages Matthias Klare und seinen Knecht zu erkennen. Er suchte rasch Schutz in einer der abzweigenden Gassen und preßte seinen Rücken an eine Hauswand. Der Scharfrichter schaute wie gewohnt mürrisch drein, als er die Gasse passierte. Sein Knecht jedoch hatte wohl einen Scherz gemacht, über den er allerdings allein lachte. Klare verzog keine Miene. Sein Blick wandte sich für einen kurzen Moment in die Gasse, in der Jakob sich versteckte. Jakob hielt die Luft an und drückte sich noch fester gegen die Wand in seinem Rücken. Hatte Klare ihn bemerkt? Wahrscheinlich nicht, denn im nächsten Augenblick wandte der Scharfrichter den Kopf und verschwand aus dem Blickfeld.

Jakob wartete mit wild hämmerndem Herzen ein paar Momente ab, bevor er auf die Straße trat. Vom Scharfrichter und seinem Begleiter war nichts mehr zu sehen. Wahrscheinlich würden sie bis zur Mittagszeit ihren Pflichten nachgehen. Wertvolle Stunden, in denen er Klares Versteck in Augenschein nehmen konnte.

Einigermaßen beruhigt machte Jakob sich auf den Weg in den Wald. Als er das Stadttor passierte, begann es zu dämmern. Zu seiner Erleichterung bereitete es ihm keine Schwierigkeiten, den richtigen Weg zu finden, und so stand er wenig später vor der Abdeckung aus Laub und Holz, mit der Matthias Klare den Stolleneingang verborgen hatte. Jakob räumte den Eingang frei und starrte mit einem bangen Gefühl in den undurchdringlichen schwarzen Gang vor ihm. Plötzlich fürchtete er sich. Er hatte keine Ahnung, was ihn hinter der Tür erwarten mochte. Bislang hatte er angenommen, daß Klare die Höhle verschlossen hielt, um ungebetenen Gästen den Eintritt zu verwehren. Doch es war ebenso möglich, daß der Scharfrichter damit verhindern wollte, daß etwas, das sich in der Höhle befand, ausbrechen konnte.

Was, wenn Klare bereits eine Schar Dämonen beschworen hatte, die sich in wilder Raserei auf jeden Eindringling stürzen und ihn in Stücke reißen würden? Noch war es möglich, den Eingang wieder zu schließen, unversehrt in die Stadt zurückzukehren und die ganze Angelegenheit zu vergessen.

Nein, schalt Jakob sich, er würde dieses Vorhaben zu Ende führen. Er packte aus dem Ledersack, den er mit sich führte, eine Öllampe und eine Eisenstange aus, entzündete die Lampe und trat entschlossen in den Stollen. Einige Augenblicke lang leitete ihn noch das Tageslicht, doch als er die Holztür erreichte, war er bereits auf die Laterne angewiesen.

Sara hatte ihm einige wunderliche Geschichten über diese Höhlen erzählt. Angeblich sollte der ganze Berg von ihnen durchzogen sein. Es gab sogar das Gerücht, eine dieser Höhlen wäre vor Hunderten von Jahren angelegt worden und würde bis in die Gewölbe des Doms führen. Einer anderen Legende nach sollte ein Stollen existieren, in dem ein unsichtbarer Schmied wohnte, der den Leuten aus der Gegend genau das schmiedete, was ihr Herz begehrte. Die Menschen schrieben dem verzauberten Schmied ihren Wunsch auf einen Zettel, ließen ihn auf seinem Steintisch zurück, und am nächsten Tag fanden sie an selber Stelle die fertige Arbeit und einen weiteren Zettel, auf dem der Schmied seinen Lohn einforderte.

Jakob stemmte die Eisenstange in die Vertiefung des Schlosses und drückte sie so fest er konnte nach oben. Doch er mühte sich vergeblich: Die Stange fand zu wenig Halt, als daß er das Schloß auf diese Weise aufbrechen konnte.

»Verdammt!« zischte er. Das flackernde Licht der Lampe fiel auf die Scharniere. Jakob betrachtete sie eingehend. Sie waren in den Fels geschlagen und eingemauert worden. Trotzdem würde es mit dem Stemmeisen möglich sein, sie herauszubrechen.

Bereits bei seinem ersten Versuch löste sich das untere Scharnier aus dem Fels. Das zweite bereitete Jakob allerdings mehr Mühe. Nach wenigen Augenblicken brannten seine Hände bereits von der Anstrengung, doch schließlich fiel auch dieses Scharnier vor seinen Füßen auf den Boden. Nun war es nicht mehr schwierig, die Tür aus dem Schloß zu hebeln, und bald schon hatte er sie weit genug aufgedrückt, um sich auf die andere Seite durchzuzwängen.

Ohne Zweifel würde Klare den Schaden bemerken, aber das war Jakob gleichgültig. Ihm ging es schließlich nur darum, einen Blick in dieses mysteriöse Versteck zu werfen.

Mit der Lampe in der linken und der Eisenstange in der rechten Hand schob er sich durch den Spalt. Noch konnte er nichts Ungewöhnliches ausmachen. Einzig der widerwärtige Gestank, der ihm entgegen schlug, wurde immer heftiger.

Plötzlich erinnerte er sich auch daran, woher er diesen Gestank kannte. Auch in der Arrestzelle, in der Anna Ameldung hockte, hatte es so gerochen.

Jakob packte seine Stange fester. Es beruhigte ihn, daß er sie wie eine Waffe einsetzen konnte. Mit der anderen Hand streckte er die Lampe aus und bewegte sich langsam zwischen den wie verrückte Teufel an den Steinwänden tanzenden Schatten vorwärts.

Ein paar Momente später erreichte Jakob eine Biegung. Hinter ihr wurde der Stollen breiter. Jakob hob die Lampe an und erkannte im trüben Licht etwas, das wie ein Lager aus Stroh aussah. Sein Magen zog sich zusammen, als er bemerkte, daß sich dort unter einem schmutzigen Laken eine Gestalt abzeichnete.

Einen Atemzug lang hielt er inne und beobachtete das Lager. Dies also war Klares Geheimnis.

Jakob ging einen Schritt darauf zu, hob die Lampe über die Gestalt und stieß einen kurzen Schrei aus, als er ein Gesicht erblickte, das vollkommen verunstaltet war. Da lag kein Mensch vor ihm, sondern ein … ein Monster, ein Dämon, die widerliche Fratze einer teuflischen Mißgeburt. Die Haut dieses Wesens besaß eine dunkle bräunliche Farbe wie Sattelleder, und das Antlitz dieser Kreatur, die aus den Tiefen der Höllen entsprungen zu sein schien, war übersät von glänzenden Narben.

Klare mußte einen Dämon aus der Hölle heraufbeschworen haben.

Lebte dieser Dämon denn überhaupt? Jakob beugte sich näher über das verunstaltete Gesicht. Die Kreatur hielt die Augen geschlossen, aber Jakob vernahm in der Stille rasselnde, schwere Atemzüge.

Und plötzlich schlug die Kreatur die Augen auf.

Jakob zuckte zurück und starrte in zwei blutunterlaufene Pupillen. Das Wesen stieß einen Schrei aus, ein dumpfer und lauter Ton, der von den Wänden widerhallte. Die Gestalt bäumte sich auf und wand sich schreiend unter dem Laken.

Während er erschrocken mehrere Schritte zurückwich, begann Jakob ebenfalls zu schreien, doch als er mit dem Rücken gegen einen massigen Körper prallte, verstummte er abrupt. Zwei starke Arme schlossen sich wie Ketten um ihn. Jakob wand sich in panischer Angst. Er ließ die Eisenstange fallen und trat mit den Füßen wild um sich. Die Kreatur kreischte noch immer hysterisch. Jakob gelang es, sich aus dem Griff zu befreien, auch wenn sein Gegner ihn immer noch am Arm festhielt. Er wandte sich um und erkannte, wer ihn angegriffen hatte: Matthias Klare, der Scharfrichter.

Jakob und Klare standen sich einen Moment lang schnaufend gegenüber, dann bückte sich Jakob, um nach der Eisenstange zu greifen, doch der Scharfrichter handelte schneller. Er verpaßte ihm einen schmerzhaften Hieb genau auf seine Wunde, die immer noch nicht ganz verheilt war. Jakob stöhnte auf und geriet ins Taumeln, und diese Schwäche nutzte Klare aus, um ihn gegen die Steinwand zu schleudern. Der Aufprall raubte Jakob für einen Moment die Sinne. Als die Verwirrung vorüber war, kniete er vor dem Scharfrichter, der ein gekrümmtes Messer hervorzog und Jakobs Kopf zur Seite drückte, um ihm die Kehle aufzuschlitzen.

Mit diesem Messer häutet er die Tierkadaver, und jetzt wird er mich damit töten, dachte Jakob mit einer schier beängstigenden Klarheit.

Der Scharfrichter drückte Jakob gegen die Wand und setzte das Messer an seinen Hals. Jakob spürte das kalte Metall und schloß in Todesangst die Augen.

Einen Moment lang geschah nichts, dann ließ der Druck des Messers nach, und auch die Hand, die ihn gegen den Stein gedrückt hatte, zog sich zurück. Jakob schlug die Augen auf und sah, daß Klare langsam zurückging und das Messer fallen ließ.

»Ich bin kein Mörder.« Der Scharfrichter sank an der gegenüberliegenden Wand zusammen.

Wie seltsam kam es Jakob vor, diese Worte aus dem Mund eines Mannes zu hören, dessen Handwerk es war, Menschen das Leben zu nehmen.

Klare schlug die Hände vor das Gesicht und schluchzte.

Eine Weile saßen sich Jakob und Matthias Klare reglos gegenüber. Jakob hielt sich die schmerzende Seite und fragte sich, ob er nicht vielleicht in einen Alptraum geraten war. Zu unwirklich erschien ihm diese aberwitzige Szenerie, mit einem weinenden Scharfrichter und einem seltsamen Wesen, das sich stöhnend auf dem Strohlager wand.

Keuchend stand er schließlich auf und machte einen Schritt auf Klare zu.

»Was ist das für ein Wesen?« fragte er mit matter Stimme und deutete zum Bett. »Meister Matthias, was habt Ihr heraufbeschworen? Ist es ... ein Dämon?«

Der Scharfrichter ließ die Hände sinken und blickte Jakob an, als würde er zu ihm in einer fremden Sprache reden.

»Was um Gottes willen habt Ihr getan?« rief Jakob. »Ihr habt eine Kreatur der Hölle auf die Erde geholt.«

Klare schüttelte den Kopf. »Himmel, nein!« krächzte er. »Ich habe nichts mit Dämonen zu schaffen. Schaut doch hin. Das ist ein Mensch!«

Jakob betrachtete das Wesen genauer, und von einem Moment zum anderen wurde ihm klar, daß der Scharfrichter die

Wahrheit sagte. Diese sonderbare vernarbte Haut und die eitrigen Geschwüre waren die Folge schwerwiegender Verbrennungen. Dies war der Mensch, der aus den Flammen des Klosters gestürmt und von Klare zu Boden gestoßen worden war. Die Person war nicht an diesem verhängnisvollen Tag gestorben, sondern vegetierte seit mehr als vier Monaten in dieser Höhle dahin. Kein Dämon, sondern ein bedauernswerter, entstellter Mensch, der wohl seinen Verstand verloren hatte.

»Ihr habt das Kloster in Brand gesteckt«, sagte Jakob zu Klare, wobei er weiter das Wesen auf dem Bett im Auge behielt.

»Es hieß, das Konvent sei verlassen. Ich konnte nicht ahnen, daß sich noch eine Frau darin befand.« Klares klagende Stimme ließ Jakob beinahe Mitleid empfinden.

»Und dann habt Ihr die Frau hier versteckt.«

»Ich pflege sie und halte sie am Leben, aber ihre Wunden heilen nicht. Sie brechen immer wieder auf. Ich weiß nicht mehr, was ich noch tun soll.«

Jakob drehte sich zu Klare um, der noch immer auf dem Boden hockte.

»Ich kenne eine Frau, die dieser armen Person helfen könnte. Erlaubt Ihr mir, sie zu holen?«

Der Scharfrichter zog zweifelnd die Stirn in Falten. »Macht, was Ihr wollt. Nun wird ohnehin jedermann von meiner Sünde erfahren. Ich bin bereits tot, ebensogut könnte ich mir hier und jetzt die Kehle durchtrennen – es wäre bedeutungslos.«

»Nein, Meister Matthias«, widersprach Jakob. »Vielleicht können wir diese Frau retten, und danach möchte ich mich ausführlich mit Euch unterhalten.« Er starrte Klare eindringlich an. »Schwört mir das bei Eurer Seele.«

Der Scharfrichter schien einen Moment lang über Jakobs Vorschlag nachzudenken. »Ihr habt mein Wort«, erwiderte er dann.

Jakob nickte und verließ die Höhle. Erleichtert atmete er die frische Luft des Waldes ein. Dann eilte er, so schnell er konnte, in die Stadt. Der Scharfrichter hatte ihm sein Wort gegeben, sich kein Leid anzutun. Doch wieviel mochte das Wort eines verzweifelten Mannes wert sein?

Kapitel 19

Jakob hatte nicht bedacht, wie sehr der Fußmarsch von der Stadt bis zur Höhle Sara anstrengen würde, und so nahm der Rückweg zu Klare mehr als doppelt so viel Zeit in Anspruch wie Jakobs Lauf in die Stadt.

»Warte einen Moment!« Sara lehnte sich an den Stamm einer Buche und schnaufte entkräftet. Jakob fluchte leise. Er sah zwar ein, daß Sara in ihrem Zustand einige Pausen brauchte, aber es drängte ihn, zur Höhle zurückzukehren. Ungeduldig trommelte er mit den Fingern auf den Lederbeutel, in dem sich Saras medizinische Utensilien befanden. Er hätte sein Pferd zu Hilfe nehmen können, um Saras Kräfte zu schonen, aber hier im Unterholz des Waldes, wo es kaum Pfade gab, wären sie dann wahrscheinlich noch langsamer vorangekommen.

»Es ist nicht mehr weit«, meinte er. »Wir dürfen nicht zuviel Zeit verlieren.«

»Verdammt, ich bin schwanger, falls es dir noch nicht aufgefallen sein sollte!« gab sie aufgebracht zurück.

»Fluche bitte nicht so.«

»Ich rede mit dir, wie es mir gefällt!« Sara stieß sich vom Baum ab und stapfte an ihm vorbei, ohne ihn eines Blickes zu würdigen.

Jakob legte eine Hand auf ihre Schulter und bedeutete ihr, langsamer zu gehen.

»Ich habe mich noch gar nicht dafür bedankt, daß du diese Strapazen auf dich nimmst.«

»Du weißt, daß ich einem kranken Menschen niemals meine

Hilfe verweigern würde«, entgegnete sie. »Welcher Teufel hat Meister Matthias nur geritten, diese arme Frau monatelang in einem dunklen Stollen zu verbergen.«

»Ich glaube, er wollte ihr helfen, aber seine medizinischen Kenntnisse haben wohl einfach nicht ausgereicht, um ihre Wunden zu heilen.«

»Pfuscher!« schimpfte Sara.

»Trotzdem sorge ich mich um ihn.«

»Ich sorge mich mehr um sein bedauernswertes Opfer. Klare wird längst das Weite gesucht haben. Wenn bekannt werden sollte, daß er das Feuer im Kloster gelegt und das Leben dieser Nonne verwirkt hat, wird man ihn wie einen tollwütigen Hund jagen.«

Jakob hegte eine ganz andere Befürchtung. Der Scharfrichter hatte damit gedroht, sich das Leben zu nehmen, und diese Möglichkeit schien ihm im Grunde weit naheliegender als eine Flucht. Im Geiste sah er sich mit Sara den Stollen betreten, in dem sie die Leiche des Scharfrichters vorfanden, der sich mit seinem Messer die Kehle aufgeschlitzt hatte.

Doch zu seiner Erleichterung hatte Klare sich nichts angetan. Er hockte am Lager der verbrannten Frau, hatte ihren Kopf auf seinen Schoß gelegt und streichelte ihr besänftigend über das strähnige Haar. Seine traurigen Augen richteten sich zuerst auf Sara, dann blickte er schuldbewußt zu Boden. Jakob gewann den Eindruck, als habe Klare insgeheim damit gerechnet, daß nicht er, sondern die Stadtwache in der Höhle auftauchen würde.

Sara entzündete eine zweite Lampe und schlug das Laken zurück, unter dem ein dürrer, mit einem fleckigen Leinenhemd bekleideter Frauenkörper zum Vorschein kam. Sie drückte einen Zipfel ihrer Schürze vor ihr Gesicht, weil der Geruch noch durchdringender geworden war, und begann die verwirrte Frau zu untersuchen. Doch da die Frau sich aufgeregt hin und her wand, ließ sich Sara von Jakob ein Fläschchen aus ihrer Tasche reichen, von dem sie der Verletzten unter Mühen einige Tropfen einflößte.

»Was ist das für ein Trunk?« fragte Klare, während er den Kopf und die Arme der Frau festhielt, so daß Sara das Fläschchen an ihren Mund führen konnte.

»Ein Sud, der aus der Mandragora-Wurzel gewonnen wird. Er lindert die Schmerzen und beruhigt das Temperament.«

Der Scharfrichter verfolgte Saras Vorgehen und ließ die Hände erst los, als die Frau allmählich ruhiger wurde.

»Wir müssen sie nach draußen schaffen«, verlangte Sara. »Es grenzt an ein Wunder, daß sie ohne frische Luft überhaupt so lange überleben konnte.«

»Nein«, verwehrte sich Klare. »Ihr Fleisch ist vom Feuer zerstört worden. Das Licht wird sie nur noch mehr schwächen.«

Sara funkelte ihn trotzig an. »Wer hat Euch solchen Unsinn erzählt? Jemand aus der Fleischergilde?«

Klare brummte mißmutig, aber er sah wohl ein, daß er kaum in der Position war, sich Saras Anweisungen zu widersetzen. So faßten er und Jakob das Laken, hoben es an und trugen die magere Gestalt vor den Eingang des Stollens. Die Frau stieß einen gellenden Schrei aus, als das Tageslicht ihre empfindlichen Augen traf. Sara drängte die Männer ein Stück zurück, so daß sie den Körper einige Meter vom Eingang entfernt niederlegten.

»Gut«, meinte Sara. »Hier wird das Licht nicht mehr in ihren Augen brennen, aber es ist noch hell genug, um die Geschwüre zu behandeln.«

Sie benutzte eine Schere, um das Hemd aufzuschneiden, und entblößte den von eitrigen Geschwüren übersäten Körper. Jakob senkte den Blick. Einerseits beschämte es ihn, diese Frau nackt vor sich zu sehen, andererseits wandte er aus reinem Ekel seine Augen ab.

»Du mußt mir schon helfen«, verlangte Sara und winkte Jakob zu sich. Angewidert kniete er sich neben sie und betrachtete den verbrannten Körper zum ersten Mal im Tageslicht. Etwa die Hälfte der Haut war von Brandwunden entstellt. Vor allem die linke Seite war arg in Mitleidenschaft gezogen worden. Arm und Brust waren fast vollständig von der schimmernden bronzenen Farbe der gerissenen Hautlappen überzogen, aus denen dickflüssiger Eiter quoll. Auch die Oberschenkel, die rechte Schulter und der Kopf waren von Geschwüren übersät. Der Rest der Haut hob sich unversehrt und weiß wie Mehl von den schrecklichen Verletzungen ab.

Sara hatte Klare mit einem Eimer ausgeschickt, um Wasser aus einem Bach in der Nähe herbeizuschaffen. Als er zurückkehrte, fragte sie ihn: »Wie habt Ihr die Wunden der Frau versorgt?«

Klare stellte den Eimer vor ihr ab und tauchte einen Stofflappen ein. »Nachdem ich die Flammen erstickt hatte, habe ich sie in diesen Stollen getragen und ihre Haut mit Wasser gekühlt. Am Tag darauf rieb ich die Wunden mit Butter ein. Trotzdem entstanden diese Blasen. Ich hoffte, sie würden sich zurückbilden, doch sie platzten auf und ließen den Eiter herausfließen.«

»Mit der Butter habt Ihr dieser Frau das Leben gerettet, Meister Klare, aber eines verstehe ich nicht: Warum, in Gottes Namen, habt Ihr Euch nicht an einen Arzt gewandt?«

Das Gesicht des Scharfrichters nahm einen verzweifelten Ausdruck an, und Jakob befürchtete schon, daß er erneut in Tränen ausbrechen würde, doch er erwiderte leise: »Ich bin kein Laie, was die Medizin betrifft.«

»Euch obliegt die Pflicht, die Inhaftierten in den Kerkern der Stadt am Leben zu erhalten. Aber habt Ihr wirklich angenommen, Euer Können reiche für einen Menschen aus, der solch schwere Verbrennungen erlitten hat?«

»Und Ihr?« entgegnete Klare. »Seid Ihr etwa ein Arzt? Nein, Ihr seid nur eine Frau, die sich ein wenig auf die heilenden Kräuter versteht.«

»Die Kräuter können dieser Frau das Leben retten.« Sara drückte Jakob einen schmalen Löffel und ein spitzes Werkzeug in die Hand, das ihm schon einmal in der Werkstatt ihres Vater aufgefallen war. Es handelte sich um ein kleines Stecheisen, mit dem der Goldschmied seine Gravuren erledigte.

»Öffne vorsichtig die Blasen«, wies ihn Sara an, während sie begann, die bereits aufgeplatzten Geschwüre mit dem Tuch zu reinigen.

Jakob wurde von einem Brechreiz geplagt. Wenn er nur hinsah, stieg Übelkeit in ihm auf. Und der schwärende Geruch, der von diesem verbrannten Wesen ausging, ließ ihn vor Ekel zusammenzucken.

»Worauf wartest du?« drängte Sara. »Vorhin konnte es dir doch nicht schnell genug gehen. Also … fang an!«

Jakob nickte und näherte sich mit zitternden Fingern der ersten glänzenden Beule. Er stach hinein, und sie platzte auf wie ein Hühnerei, das man auf den Boden warf. Ein weiterer Schwall übelster Gerüche stieg ihm in die Nase, und er mußte sein Gesicht abwenden, um sich nicht zu übergeben. Nach diesem ersten Schreck machte er sich wieder an die Arbeit und benutzte den Löffel, um den Eiter zu entfernen. Schon nach kurzer Zeit lief ihm vor Anspannung der Schweiß in die Augen.

Jakob kam es wie eine Ewigkeit vor, doch irgendwann hatte er tatsächlich alle Beulen aufgeschnitten und lehnte sich ermattet an die Steinwand. Sara entfernte den letzten Eiter und betupfte die Wunden anschließend mit einem Öl aus Leinsamen.

Er verfolgte eine Weile stumm, wie sie immer wieder ihr Gewicht verlagern mußte, um trotz ihrer hinderlichen Schwangerschaft alle Stellen zu erreichen, die ihrer Hilfe bedurften. Woher, so fragte er sich, nahm sie nur die Kraft, auch nach Stunden noch konzentriert und tatkräftig um das Leben dieser Frau zu kämpfen, während er selbst vor Erschöpfung nicht mehr fähig war, diese schauderhafte Aufgabe fortzuführen.

»Geh ein paar Schritte, wenn du dich nicht wohl fühlst«, meinte Sara, ohne von ihrer Arbeit aufzublicken. Ein Lächeln huschte über ihre Züge. »Ich weiß nicht, ob ich es auch noch schaffe, mich um dich zu kümmern, wenn du ohnmächtig werden solltest.«

»Wahrscheinlich hast du recht.« Jakob erhob sich stöhnend und ging zu Matthias Klare, der unweit vom Eingang zur Höhle auf einem umgestürzten Baumstamm hockte und eine Tabakpfeife rauchte.

Jakob ließ sich neben ihm nieder und verharrte einen Moment, als Klare ihm die Pfeife anbot.

»Das wird Euch guttun«, meinte der Scharfrichter.

Jakob zögerte kurz, dann nahm er die Pfeife zur Hand und saugte den würzigen Rauch ein. Der Tabak brannte so bitter in seinem Hals, daß er einen Hustenanfall nicht unterdrücken konnte. Als es vorüber war, nahm er noch einen zweiten Zug aus der Pfeife, denn er bemerkte, daß der Tabak durchaus seine angeschlagenen Nerven beruhigte.

Er gab Klare die Pfeife zurück und überlegte, wie seltsam es doch war, hier mit einem Mann einträchtig diese Pfeife zu teilen, der ihn vor nicht einmal fünf Stunden beinahe die Kehle durchgeschnitten hätte.

Klare atmete genüßlich den Rauch aus und strich mit der Hand durch das Haar.

»Sara glaubt, daß die Wunden der Frau heilen werden«, sagte Jakob.

Klare nahm noch einen tiefen Zug, und der Rauch quoll in kleinen Wolken zwischen seinen Zähnen hervor, als er erwiderte: »Sara Meddersheim ist eine tapfere Frau. Sie hat mehr Kraft in sich als Ihr und ich zusammen.«

Jakob stimmte ihm durch ein Nicken zu. Schweigend saßen sie eine Weile da, dann sagte Klare: »Ich stehe nun tief in Eurer Schuld, und dabei kenne ich noch nicht einmal Euren Namen.«

»Mein Name ist Jakob Theis.«

»Ich habe Euch an der Seite des Bürgermeisters Peltzer gesehen. Damals, als Ihr mit ihm den Kerker besucht habt. Hat Peltzer Euch beauftragt, mir zu folgen?«

Jakob schüttelte den Kopf. »Nein, das war ein purer Zufall.«

»Ich ahnte bereits bei meinem letzten Besuch hier im Wald,

daß ich nicht ganz allein war. Ich war mir aber nicht wirklich sicher, ob mir jemand gefolgt war. Als ich heute morgen dann eine Gestalt bemerkte, die sich in den Schatten einer Gasse drückte, wußte ich, daß man mein Geheimnis entdeckt hatte.«

»Und darum habt Ihr Eure Arbeit unterbrochen und seid in die Höhle gekommen, wo ihr mich überrascht habt?«

»Verzeiht mir, daß ich Euch angegriffen habe. Fast hätte Eure Neugier Euch das Leben gekostet.« Klare schaute ihn ernst an. »Weiß Peltzer, was hier geschehen ist?«

»Nein. Ich hatte überhaupt keine Gelegenheit, ihm davon zu berichten.«

»Und … werdet Ihr es tun?«

Jakob überlegte einen Moment. Er war erschrocken über das, was der Scharfrichter getan hatte. Klare hatte das Leiden dieser Frau auf unermeßliche Weise hinausgezögert, auch wenn er vielleicht in guter Absicht gehandelt hatte. Jakob erschien es verwerflich, solch ein Vergehen ungesühnt zu lassen, aber etwas in ihm sträubte sich dagegen, den Bürgermeister über diesen Vorfall zu unterrichten.

»Ich bin mir nicht sicher, ob ich Euch vor Gericht bringen soll. Wenn ich ehrlich bin, verstehe ich das hier alles nicht. Es ergibt keinen Sinn.«

Der Scharfrichter lachte kurz auf. »Ja, das alles hier muß Euch sehr sonderbar vorkommen.«

»Ich habe viele Fragen.«

»Dann fragt.«

»Zunächst einmal würde ich gerne von Euch wissen, wer diese Frau überhaupt ist.«

Klare nahm noch einen tiefen Zug aus der Pfeife. »Ich nehme an, sie ist eine der Nonnen aus dem Kloster vom Gertrudenberg. Jedenfalls trug sie eine Art Ordenskleidung. Ihren Namen kenne ich nicht. Niemandem scheint ihr Verschwinden aufgefallen zu sein, was im Grunde nicht verwunderlich ist, denn die Nonnen, die nach dem Abzug der kaiserlichen Truppen das

Frauenstift verließen, zerstreuten sich in viele verschiedene Abteien, und so hat wohl niemals jemand davon erfahren, daß sich noch eine der Nonnen im Kloster aufhielt, als ich es in Brand gesteckt habe.«

»Aber aus welchem Grund habt Ihr das getan?« wollte Jakob wissen.

»Hat Peltzer Euch nie davon erzählt?«

»Der Bürgernmeister? In welcher Verbindung steht er zu diesem Vorfall?«

Klare zögerte kurz, dann sagte er: »Ich bin es Euch schuldig, daß Ihr die Wahrheit erfahrt. Aber schwört mir zuvor beim Leben von Sara Meddersheim, daß Ihr über das, was ich Euch jetzt berichte, schweigen werdet.«

Jakob behagte es keineswegs, Saras Leben in einem Schwur aufs Spiel zu setzen, aber er mußte unbedingt erfahren, was Klare über die Verstrickungen des Bürgermeisters wußte. Also schwor er: »Beim Leben von Sara Meddersheim und auch bei meinem eigenen verspreche ich vor Gott, daß ich niemals über das sprechen werde, was Ihr mir anvertraut.«

»Gut.« Klare klopfte den verbrannten Tabakrest aus seiner Pfeife und verstaute sie unter seinem Wams. »Mein Vater war Scharfrichter, ich habe dieses Handwerk erlernt, auch mein verstorbener Sohn hat diesen Beruf ausgeübt, und eines Tages wird mein Enkel mir nachfolgen. Man achtet unseren Beruf nicht sonderlich und straft uns gemeinhin mit Verachtung. Ich aber empfinde großen Stolz. So wie ein Richter dem Munde Gottes gleichkommt, indem er sein Urteil verkündet, so sehe ich mich als die Hand des Herrn, die seinen Willen vollstreckt. Bedauerlicherweise habe ich mich in einem schwachen Moment dazu hinreißen lassen, gegen Gottes Ordnung zu verstoßen, und bin schwer dafür gestraft worden.«

»Was ist geschehen?«

Klare leckte sich nervös über die Lippen. »Nach annähernd fünf Jahrzehnten wurde im März dieses Jahres wieder eine Frau unter dem Verdacht der Hexerei festgenommen. Ihr Name war Elsche Berges. Sie war in einen Brunnen gestürzt und ohne fremde Hilfe wieder heraus gelangt. Dem Rat schien dieser Vorfall verdächtig, und er ordnete an, die Frau einem Verhör zu unterziehen. Elsche Berges war mir nicht unbekannt. Sie war eine der wenigen Personen in dieser Stadt, die mich und meine Familie stets freundlich behandelt hatte. Als mein Sohn starb, half sie mir mit ihren tröstenden Worten über meinen Kummer hinweg. Es betrübte mich sehr, daß sie bereits während der gütlichen Verhöre vor den Peinkommissaren ein Geständnis über ihr angebliches Bündnis mit dem Teufel ablegte. Am Tag darauf fand ich Gelegenheit, mit ihr unter vier Augen zu sprechen, und sie vertraute mir an, daß sie nur gestanden hatte, um sich die Qualen der Folter zu ersparen. Sie warf sich mir zu Füßen und erflehte einen schnellen Tod, der sie vor dem Scheiterhaufen und einer öffentlichen Zurschaustellung bewahren sollte.«

»Und Ihr habt es getan«, sagte Jakob. »Ihr habt diese Frau getötet, nicht wahr?«

»Ich brach ihr Genick wie einen dünnen Ast. Es war ein schneller Tod, sie hat nicht leiden müssen. Von offizieller Seite aus wurde behauptet, der Satan wäre zu ihr gekommen und hätte sie erwürgt, aber der Rat wußte, daß dies nicht die Wahrheit war. Vor allem Peltzer begegnete mir mit Argwohn. Er bestellte mich schon bald darauf zu sich und warf mir vor, ich wäre für Elsche Berges' Tod verantwortlich. Zunächst stritt ich alles ab, doch der Bürgermeister glaubte mir nicht. Er hatte sofort erkannt, daß ich versuchte, mich herauszureden. Schließlich gestand ich ihm meine Schuld, doch zu meiner Verwunderung sah Peltzer davon ab, meine Verfehlung dem Rat anzuzeigen. Er beließ es bei einer strengen Ermahnung, nachdem ich eingewilligt hatte, zu einem späteren Zeitpunkt Buße zu tun. Was er damit im Sinn hatte, erfuhr ich wenige Wochen später, als die kaiserlichen Soldaten sich von der Stadtgrenze zurückzogen. Peltzer hatte den schwedischen Statthalter angefleht, das verhaßte katholische Kloster auf dem Gertrudenberg dem Erdboden gleichzumachen, doch die Schweden lehnten sein Ersuchen ab. Deshalb wies er mich an, das Kloster noch in derselben Nacht niederzubrennen. Ich lehnte ab, doch Peltzer erinnerte mich an meine Verfehlung und erklärte mir, indem ein Symbol des falschen Glaubens durch meine Hand vom Feuer zerstört werden würde, wäre ich in der Lage, meine Schuld zu sühnen. Alles in mir sträubte sich gegen eine solche Tat, aber ich sah ein, daß ich mich in Peltzers Schuld befand. So suchte ich im Schutze der Nacht das Kloster auf, schüttete ein Faß Öl in der Kapelle aus und setzte das Gebäude in Brand. Auf meinem Weg zurück, während ich noch die Hitze des Feuers auf meinem Rücken spürte, vernahm ich einen schrecklichen Schrei. Jemand mußte sich noch im Kloster aufgehalten haben. Ich lief zurück, und plötzlich sah ich, wie eine brennende Gestalt aus dem Eingang genau auf mich zu stürmte. Ich stieß sie von mir. Dann warf ich meinen Umhang über die gepeinigte Person und löschte die Flammen. Ich war verwirrt und wußte zunächst nicht, was ich tun sollte. Die Frau hatte solch schreckliche Verbrennungen erlitten, daß ich annahm, sie würde sterben. Ich nahm sie und schaffte sie in eine der Höhlen unter dem Gertrudenberg.

Doch die Frau starb nicht. Ihre Schmerzen müssen unerträglich gewesen sein, und ich habe mehr als einmal überlegt, sie von ihren Leiden zu erlösen. Dann jedoch begriff ich, daß dies die Buße war, die Gott mir für meinen Frevel auferlegt hatte. Ich war Elsche Berges gegenüber zum Richter geworden und hatte ihr das Leben genommen, darum wurde ich nun dazu verdammt, diesen verbrannten Körper am Leben zu erhalten. Ich nahm diese Bürde an. Mehr als vier Monate mußte ich ihr Leiden Tag für Tag verfolgen, und erst jetzt scheint der Herr mir meine Sünde vergeben zu haben, denn er sandte mir Euch und Sara Meddersheim.«

»Vielleicht hat Gott Euch wirklich vergeben«, flüsterte Jakob, ergriffen von der Beichte des Scharfrichters.

»Aber da ist noch etwas, das ich Euch sagen muß. Etwa drei

Wochen nach dem Feuer bestellte Peltzer mich abermals zu sich und übergab mir für meine Dienste eine ansehnliche Summe Geld, die ich widerstrebend annahm. Am nächsten Tag erfuhr ich, daß Maria Bödiker, eine Magd aus Peltzers Haus, des Diebstahls eben dieser Münzen bezichtigt wurde. Ich suchte Peltzer noch einmal auf und bat ihn, die Anschuldigungen gegen seine Bedienstete fallenzulassen. Der Bürgermeister stritt jedoch jede Verbindung zwischen dem Geld, das ich von ihm erhalten hatte, und dem angeblichen Diebstahl vehement ab. Da er die Münzen nicht zurücknehmen und ich kein Geld, an dem unschuldiges Blut haftete, mein eigen nennen wollte, legte ich es in der Nacht vor der Eingangstür des Peltzerschen Hauses ab und warf einen Stein gegen die Tür, auf daß es gefunden und die arme Magd entlastet würde.«

»Ich ahne bereits, was dann geschah.«

Klare schaute ihn traurig an. »Das Gesinde Peltzers sagte später aus, sie seien durch das laute Geschrei einer Katze geweckt worden, und als man den Beutel vor der Tür gefunden habe, hätte es in den Balken geknistert und eine Fledermaus wäre um das Haus herumgeflogen. Maria Bödiker wurde daraufhin nicht nur des Diebstahls, sondern auch der Hexerei angeklagt. Nachdem die Wasserprobe ihre Schuld bestätigt hatte, gestand sie beide Vergehen reumütig ein.«

»Und das, obwohl sie unschuldig war.« Jakob konnte nicht fassen, daß Wilhelm Peltzer auf solch berechnende Art gehandelt hatte.

»Zudem nannte sie die Namen sieben anderer Frauen, die angeblich mit ihr den Hexentanz besucht hatten«, fuhr Klare fort. »Und durch dieses Geständnis verschaffte sie mir viel Arbeit, denn der Rat ließ fortan jeden Monat rund ein Dutzend Frauen verhaften, die im Verdacht standen, sich der Zauberei schuldig gemacht zu haben. Vor allem Bürgermeister Peltzer fand Gefallen daran, die Dienerinnen des Teufels aufzuspüren.«

Und er benutzte diese Verleumdungen, um dem Ruf seiner poli-

tischen Feinde zu schaden, überlegte Jakob und dachte an die alte Frau Modemann, die Mutter des größten Gegners Peltzers.

Matthias Klare hatte seinen Bericht beendet. Er atmete einige Male tief ein und aus, dann stand er auf, anscheinend, um sich wieder auf den Weg in die Stadt zu machen,.

»Meister Matthias«, hielt ihn Jakob zurück. »Ihr wart bei den Verhören der Beschuldigten anwesend und habt ihre Geständnisse gehört. Waren es wirklich Hexen? Zumindest einige von ihnen?«

Der Scharfrichter überlegte kurz, dann sagte er: »Ich weiß es nicht, und wenn ich ehrlich bin, will ich auch nicht darüber nachdenken.«

Kapitel 20

Fünf Tage lang kümmerten sich Jakob und Sara aufopferungsvoll um die entstellte Nonne. Nachdem die Wunden gesäubert und das Fieber gesenkt worden war, ähnelte die Frau wieder mehr einem Menschen als einem Dämon. Auch wenn ihre Haut noch immer von schrecklichen Narben entstellt war, merkte man, daß sie mit jedem Tag an Kraft gewann.

Jakob verfolgte gebannt, wie Sara sich nicht nur den körperlichen, sondern auch den seelischen Wunden dieser leidgeprüften Frau annahm. Zunächst hatte sie noch die beruhigenden Tinkturen verabreichen müssen, um die Frau, die oftmals in wilder Panik um sich schlug und schrille Schreie ausstieß, zu besänftigen, doch bald schon gelang ihr dies bereits durch den angenehmen Klang ihrer Stimme. Sara hockte geduldig am Lager der Nonne, erzählte ihr Geschichten, sang Lieder oder stellte Fragen nach ihrem Namen oder ihrer Herkunft, die stets unbeantwortet blieben, da der Schock, der durch die Verbrennungen ausgelöst worden war, der Nonne anscheinend die Sprache genommen hatte.

»Die Zeit wird auch diese Wunde heilen«, pflegte Sara zu sagen, wenn die Frau wieder einmal nicht auf ihre Frage reagierte. Sie gab ihr den Namen Margaretha, weil sie der Meinung war, daß jeder Mensch ein Anrecht auf einen Namen habe, und bis die Frau wieder in der Lage sei, den Sinn der Wörter zu verstehen und zu sprechen, würde es ein guter Name sein.

Häufig strich Sara der Nonne sanft über die Stirn. Margaretha schaute Sara dabei meistens ruhig an, und Jakob gewann den Eindruck, als sei sie in Gedanken und Träumereien versunken, die sie in eine bessere Zeit zurückführten. Er fragte sich, ob sie überhaupt etwas von Saras Worte begriff oder ob es nur einfach die freundliche Stimme war, die ihr diese angenehme Ruhe schenkte.

Jakob und Sara verbrachten die Morgenstunden gemeinsam im Stollen, gegen Mittag wurden sie von Matthias Klare abgelöst, nachdem der Scharfrichter seine dringendsten Pflichten erledigt hatte. Jakob übernahm dann am Abend für ein paar Stunden allein die Wache am Lager der Kranken, bis bei Anbruch der Dämmerung noch einmal Klare eintraf, der die Nacht über in der Höhle blieb. Für jeden von ihnen bedeutete diese Aufgabe ein starke Beanspruchung, vor allem für Klare, dessen Pflichten als Abdecker und Scharfrichter ihm nur wenig Zeit ließen, Jakob und Sara am Tage zu entlasten. Sie waren sich einig, daß ihre Patientin nicht für alle Ewigkeit in dieser Höhle versteckt werden konnte, und so brachte Sara am fünften Tag ihre Überlegung vor, die Frau den Benediktinerinnen im Dorf Malgarten anzuvertrauen. Jakob hatte befürchtet, Matthias Klare könnte sich dagegen sträuben, die Frau, an deren Schicksal er große Schuld trug, zurück in die Öffentlichkeit zu führen, doch zu seiner Erleichterung unterstützte der Scharfrichter Saras Vorhaben vorbehaltlos.

Jakob spannte sein Pferd vor einen Karren, den ihn Georg Meddersheim überlassen hatte, und machte sich mit Sara ein letztes Mal auf den Weg zum Stollen, wo sie Margaretha behutsam auf das mit Decken ausgelegte Gefährt trugen. Sie stieß einige aufgeregte Laute aus, als ihre Augen geradewegs in die Baumkronen und in den wolkenverhangenen Himmel starrten, so als könne sie es gar nicht recht begreifen, daß noch eine Welt außerhalb der steinernen Felsenwände existierte.

Matthias Klare reichte Jakob die Hand, bevor sie abfuhren.

»Ich kann Euch nicht genug danken«, sagte der Scharfrichter. »Das, was Ihr und Sara Meddersheim für mich getan habt, werde ich Euch niemals vergelten können.«

»Eines Tages ... vielleicht«, erwiderte Jakob und dachte daran, daß Klare den engsten Kontakt mit den Gefangenen im Buckstum pflegte und sich nun, da er in ihrer Schuld stand, als wichtige Hilfe erweisen würde.

Vorsichtig lenkte Jakob den Pferdekarren über die holprigen Waldpfade nach Norden Richtung Malgarten. Sara hatte sich zu der Nonne gesetzt und hielt sie im Arm, bis sie bei den Benediktinerinnen ankamen. Das Eintreffen des Pferdekarrens sorgte im Kloster für erhebliche Aufregung. Einige der Nonnen wurden auf sie aufmerksam und eilten wie eine Schar aufgeregter Gänse herbei. Unter hektischem Flüstern wurde die entstellte Frau in Augenschein genommen, bis sich eine ältere rotwangige Frau nach vorne drängte und die Gäste mit ernstem Blick musterte. Sie hielt sich nicht lange mit Begrüßungsfloskeln auf, sondern deutete auf Margaretha und verlangte von Sara zu wissen: »Wer ist diese Frau?«

»Wir haben sie vor fünf Tagen im Wald gefunden, Mutter Oberin«, antwortete Sara und strich mit ihrer Hand sanft über Margarethas Kopf, die unter den neugierigen Blicken der Nonnen unruhig geworden war. »Sie muß in einer Höhle am Gertrudenberg gehaust haben, wo wir auch Überreste einer Ordenstracht fanden. Es ist wohl anzunehmen, daß sie dem Konvent dort angehörte und sich noch im Kloster befand, als es an Ostern ein Opfer der Flammen wurde.«

»Ich weiß sehr gut, wann man das Konvent niedergebrannt

hat.« Die Augen der Mutter Oberin verengten sich. »Ihr wollt also behaupten, diese Frau hätte über vier Monate lang allein im Wald überlebt. Mit diesen Brandwunden?«

»Ihr Geist ist verwirrt. Sie spricht nicht. Wir konnten also nichts darüber erfahren, was mit ihr geschehen ist, aber es ist wahrscheinlich, daß sie seit Ostern in dieser Höhle gelebt hat«, erklärte Sara. Jakob bewunderte sie für ihre Ruhe, mit der sie dem Argwohn der Mutter Oberin begegnete.

»Dann solltet Ihr noch am heutigen Abend den Dom besuchen, dort eine Kerze anzünden und Gott für dieses unermeßliche Wunder danken.« Die Äbtissin hatte einen überaus sarkastischen Tonfall in ihre Stimme gelegt, der Jakob ebenso wie Sara unmißverständlich klar machte, daß sie diese Geschichte von vorne bis hinten anzweifelte. Trotzdem fühlte sie sich gezwungen, ihnen Unterstützung zu gewähren und gab Anweisungen, die leidgeprüfte Nonne in ihr kleines Hospital zu schaffen.

Jakob und Sara wurden dagegen ins Refektorium geführt, wo man ihnen selbstgebrautes Bier und dunkles Brot zur Stärkung reichte. Beide waren erleichtert, nicht nur, weil die Benediktinerinnen sich ohne Zögern der Nonne angenommen hatten, sondern auch, weil die Äbtissin sich nicht zu ihnen gesellte, um ihnen weitere Einzelheiten über das Schicksal ihres Schützlings zu entlocken.

Bevor sie sich auf den Rückweg machten, besuchten Jakob und Sara noch das Hospital und verabschiedeten sich von Margaretha. Gleich drei Nonnen kümmerten sich um sie, hatten sie bereits in ein sauberes Ordensgewand gekleidet und auf ein frisch bezogenes Bett gelegt.

»Mit ein wenig Geduld wird sie wieder in die Gemeinschaft zurückfinden«, sagte die Äbtissin, die hinter Jakob und Sara in das Hospital eingetreten war. »Ihr Geist mag verwirrt sein, aber vielleicht bringt es sie dem Herrn nur noch näher.«

Sara drückte Margarethas vernarbte rechte Hand und lächelte

sie an. Jakob war sich nicht sicher, aber er meinte, auf den verzerrten Gesichtszügen dieser Frau ebenfalls den Anflug eines Lächelns zu erkennen.

Sara trat mit Jakob und der Äbtissin ins Freie. Man übergab ihnen noch einen Korb, in dem sich vier kleine Pasteten und ein mit Rosinen und Mandeln gespickter Honigkuchen befanden. Sara und Jakob bedankten sich höflich und machten sich auf den Weg zurück in die Stadt.

Die Erleichterung darüber, daß eine große Sorge von ihren Schultern genommen war, versetzte sie beide in eine gelöste Stimmung, wie sie schon seit Tagen nicht mehr vorgeherrscht hatte. Sara saß neben Jakob auf dem Pferdekarren und neckte ihn, indem sie ihn immer wieder in sein Ohr kniff und sofort darauf eine unschuldige Miene machte.

»Wärest du nicht schwanger, würde ich dich jetzt über das Knie legen und dir kräftig den Hintern versohlen«, warnte Jakob sie mit einem Lächeln, das seinen Worte Hohn sprach.

»Oh, meine Rache würde furchtbar sein.« Sara schaute ihn herausfordernd an.

Sie lachten über diesen albernen Streit, und bald darauf bat Sara, den Karren anzuhalten, da sie plötzlich einen regelrechten Heißhunger verspürte und sich über den Korb hermachen wollte, den die Nonnen ihnen mitgegeben hatten.

Auf einer Lichtung ließ sich Sara an einem Baum in Jakobs Schoß nieder, breitete den Proviant vor sich aus und steckte Jakob ein Stück Honigkuchen in den Mund.

»Köstlich«, meinte er und verfolgte amüsiert, wie Sara abwechselnd von dem süßen Honigkuchen und von einer deftigen Fleischpastete abbiß.

»Deine Eßgewohnheiten versetzen mich immer wieder in Erstaunen«, sagte er, worauf sie kauend erwiderte: »Mich ebenfalls. Ich glaube, wenn das Kind aus dem Bauch ist, werde ich trotzdem noch so dick bleiben.«

Jakob strich mit den Händen über ihren Bauch. »Auch dann

würde ich deine Nähe nicht missen wollen.« Er runzelte die Stirn und fragte: »Wie soll das Kind eigentlich heißen?«

Sara nahm einen Schluck Bier zu sich und antwortete: »Wenn es ein Junge wird möchte ich ihn nach seinem Vater nennen. Magnus Meddersheim.«

»Und wenn es ein Mädchen ist?«

Sara schwieg einen Moment lang. »Ich würde sie Anna nennen. Damit ich niemals meine Freundin Anna vergesse, die ihr Leben wegen haltloser Anschuldigungen und durch die Willkür einiger abergläubischer Ratsherren verlieren wird.«

Vor allem durch das Wirken eines ganz bestimmten Mannes, überlegte Jakob. Der Gedanke an Wilhelm Peltzer brachte ihm in Erinnerung, wie sehr er in den letzten Tagen seine Pflichten vernachlässigt hatte. Fast eine ganze Woche lang hatte er kaum einen Fuß über die Schwelle des Peltzerschen Hauses gesetzt, was den Bürgermeister gewiß alles andere als erfreut haben würde. Doch nach dem, was Matthias Klare ihm über Peltzers Machenschaften berichtet hatte, war es Jakob mittlerweile gleichgültig geworden, welche Gedanken der Bürgermeister über ihn hegte. Um ein anderes Thema anzusprechen, fragte er: »Glaubst du, Margaretha wird jemals wieder ein normales Leben führen können.«

Sara zuckte mit den Achseln. »Die Narben werden bleiben, aber ich hoffe, daß sich mit der Zeit ihr Verstand reinigt. Auf jeden Fall ist sie in der Obhut der Benediktinerinnen gut aufgehoben. Ich bin mir sicher, die Nonnen dort werden sich gütig um sie kümmern, auch wenn sie zunächst noch ein wenig erschrocken wirkten.«

»Und das ist vor allem dein Verdienst«, meinte Jakob. »Sara, ich glaube, du bist eine Heilige.«

Sara lachte, nahm spontan seine Hände von ihrem Bauch und legte sie auf ihre Brüste. Sie seufzte leise. »Oh, Jakob, ich vermute, für eine Heilige bin ich wohl doch etwas zu verdorben?« Sie drückte ihm einen Kuß auf die Lippen. »Aber du?

Pflegst du nicht den besseren Kontakt zum Himmel? Zweifelst du noch immer daran, daß deine Gesichter auch Gutes bewirken können? Ohne dich hätten wir niemals vom Schicksal dieser Frau erfahren. Die Bilder in deinem Kopf mögen schrecklich für dich sein. Hättest du sie jedoch für dich behalten, wäre die arme Frau in ihrer Höhle eines grausamen Todes gestorben.«

Sara hatte recht. Die Vorgänge der letzten Tage hatten Jakob davon überzeugt, daß seine Offenbarungen kein Werk des Teufels gewesen waren. Es war ihm möglich, Gutes damit zu bewirken und anderen Menschen zu helfen. War dies alles Teil des Schicksals, das von der göttlichen Hand geführt wurde? Wenn es sich tatsächlich so verhielt, dann mußte Gott auch gewollt haben, daß er von Peltzers Machenschaften erfuhr.

Zu lange hatte er dem Bürgermeister blind vertraut und in ihm einen ehrenvollen Streiter gegen die Hexerei gesehen. Diese Einschätzung war durch Matthias Klares Geständnis revidiert worden, und Jakob hatte einsehen müssen, daß der Bürgermeister die Hexenverfolgung zum eigenen Nutzen ins Leben gerufen hatte. Er wollte durch die Anschuldigungen den Ruf seiner Gegner zerstören, ohne Rücksicht darauf, daß dadurch die Leben unschuldiger Menschen geopfert wurden.

»Du bist plötzlich so still«, sagte Sara leise. »Woran denkst du?«

Jakob erinnerte sich an den Schwur auf Saras Leben, den er Klare geleistet hatte. »Das kann ich dir leider nicht sagen, und frage mich bitte nicht warum. Aber ich verspreche dir, ich werde dich von nun an in allem unterstützen. Ich möchte auch den Angehörigen Frau Ameldungs und Frau Modemanns meine Hilfe anbieten. Du kannst doch sicher ein Treffen mit ihnen herbeiführen.«

Sara legte ihm einen Finger auf die Lippen und bedeutete ihm zu schweigen. »Denke daran, was du aufs Spiel setzt, wenn der Bürgermeister bemerken würde, daß du gegen seine Interessen arbeitest. Dein Studium, deine Hochzeit ... all das könntest du verlieren.«

»Er muß es nicht merken. Überlege doch, Sara, ich wohne in Peltzers Haus und kann ihn recht gut einschätzen. Außerdem wird er mich an wichtigen Ratssitzungen teilnehmen lassen. Ich könnte einiges für die armen Frauen im Kerker tun.« Sie schwiegen ein paar Momente, dann wollte Jakob wissen: »Also, wirst du mich mit Modemann und Ameldung bekanntmachen?«

Sara kaute unentschlossen an ihrer Unterlippe. »Anna Ameldung ist meine engste Vertraute, für ihren Ehemann und Albert Modemann bin ich jedoch nur eine Frau unter ihrem Stand, die zudem einen Bastard im Bauch trägt. Trotzdem würden sie mir wohl ihre Aufmerksamkeit schenken, wenn ich ihnen erkläre, daß ein Protegé Peltzers gewillt ist, ihre Sache zu unterstützen. Aber ich warne dich: Du wirst dir gefährliche Feinde schaffen und deine Zukunft aufs Spiel setzen.«

Seine Zukunft – Jakob empfand nur ein Gefühl der tauben Unzufriedenheit, wenn er an ein Leben an der Seite seiner Braut Agnes dachte.

»Ich weiß nicht, was mir diese Zukunft, von der du sprichst, noch wert ist«, sagte er leise.

Sara schaute ihn ernst an. »Jakob, ich will, daß du deine Studien aufnimmst und ein Advocatus wirst – ein gewissenhafter, engagierte Rechtsgelehrter, der ehrlich das Gesetzbuch vertritt und sich nicht wie viele andere seiner Zunft von Trug und Aberglauben zu einem falschen Urteil verleiten läßt. Das ist der Weg, der dir bestimmt ist.«

Jakob seufzte. »Ich wünschte mir, dieser Weg würde hier enden. Hier auf dieser Lichtung zusammen mit dir.«

»Sieh es als kleine Rast, die du eingeschlagen hast. Deine eigentliche Reise beginnt doch erst.«

»Dann möchte ich, daß du mich auf dieser Reise begleitest. Könntest du dir vorstellen, diese verdammte Stadt zu verlassen und mit mir zu gehen? Vielleicht nicht sofort, aber in ein paar Monaten, wenn du dich von der Geburt erholt hast.«

»Du hast bereits ein Eheversprechen gegeben …«

»Das kann wieder aufgelöst werden.«

Sara runzelte die Stirn. »Jakob, wie würden wohl deine Eltern reagieren, wenn du dein Eheversprechen mit der angesehenen Familie Laurentz auflöst und ihnen statt dessen eine Handwerkertochter mit einem unehelichen Kind präsentierst.«

Sie würden mich davonjagen wie einen Lumpen, schoß es Jakob durch den Kopf. Er wußte welche Wahrheit in Saras Worten lag, aber das mochte er sich nicht eingestehen.

»Sara, bedeutet dir das, was zwischen uns geschehen ist, denn überhaupt nichts? Bin ich dir völlig gleichgültig?« Es schmerzte ihn, diese Frage so offen zu stellen.

Sara bewies ihm mit einem leidenschaftlichen Kuß, daß er die Antwort auf diese Frage nicht fürchten mußte.

»Ich bin vorsichtig«, sagte sie, als ihre Lippen sich voneinander gelöst hatten. »Wir stammen aus zwei verschiedenen Welten, und ich akzeptiere es, wenn du dich eines Tages gegen mich entscheidest und deinen Weg gehst. Darum laß uns diese Zeit genießen – so unkompliziert wie möglich.«

»Warum hast du dich dann überhaupt mit mir eingelassen?« wollte er von Sara wissen.

Sara schaute ihm tief in die Augen. »Weil auch ich nur schwach bin und nicht immer vernünftig.« Sie schloß ihn in die Arme und bedeckte sein Gesicht mit Küssen bis ihm nur noch vier Worte durch den Kopf hallten: *Es lebe die Unvernunft!*

Kapitel 21

Während Jakob den Marktplatz überquerte, fühlte er sich unweigerlich an die blutlüsterne Versammlung erinnert, die an diesem Ort den Tod der Hexe Grete Wahrhaus gefordert hatte. Doch nun lag der Platz öde und verlassen da. Nur vereinzelt huschte die eine oder andere Gestalt über das Kopfsteinpflaster. Ein halbes Dutzend fetter Tauben stob hektisch auseinander, als Jakob und Sara zielstrebig auf die Apotheke zueilten.

Verstohlen klappte Jakob seinen Mantelkragen nach oben, so daß der Filz den größten Teil seines Gesichtes verdeckte. Es war ihm gar nicht recht, daß der Platz vor der Apotheke des Heinrich Ameldung derart menschenleer vor ihm lag, so daß ihn jeder sehen konnte. Auf keinen Fall wollte er erkannt werden, denn sollte Wilhelm Peltzer auch nur den geringsten Verdacht schöpfen, daß sein Schützling sich in der Apotheke zu einem geheimen Treffen mit seinen erbittertsten Gegnern einfand, mußte Jakob mit den ärgsten Konsequenzen rechnen. Immer wieder warf er deshalb nervöse Blicke zum Rathaus und fragte sich, ob Wilhelm Peltzer vielleicht in diesem Moment zufällig durch eine der Butzenscheiben auf den Marktplatz schaute und voller Zorn beobachtete, wie Jakob von Sara in das Haus seines ärgsten Feindes geführt wurde.

Es waren erst zwei Tage vergangen, seit Jakob Sara überzeugt hatte, ein Zusammentreffen zwischen ihm und Anna Ameldungs Ehemann sowie dem Sohn der Frau Modemann in die Wege zu leiten. Saras Bedenken, daß man ihr Anliegen ignorieren würde, hatte sich nicht bestätigt. Also überwog die Neugierde der Herren Ameldung und Modemann doch ihren Argwohn.

Einigermaßen aufgeregt standen sie vor der Apotheke und klopften mit dem Eisenring an die Tür. Ein Gehilfe des Apothekers öffnete ihnen und führte sie durch den Verkaufsraum und das Laboratorium in das obere Stockwerk, wo in einer kleinen Stube bereits Heinrich Ameldung und Albert Modemann auf sie warteten.

Zudem hielten sich noch zwei zierliche Mädchen hier auf, deren anmutige Gesichtszüge Jakob an Anna Ameldung erinnerten. Beide maßen Jakob mit einem Blick, der zugleich Argwohn aber auch eine gewisse hoffnungsvolle Erwartung verriet.

»Bitte laßt uns allein«, sagte Heinrich Ameldung zu den Mädchen, die sittsam nickten und an Jakob und Sara vorbei zur Tür liefen.

Jakob zog den Hut vom Kopf und verneigte sich, während er die beiden Männer unauffällig musterte. Der korpulente Ameldung trug elegante und aus teuren Stoffen gefertigte Kleidung, wie es für einen Mann seines Standes angemessen war. Der angespannte Ausdruck, der sich in seinem blassen Gesicht abzeichnete, ließ keinen Zweifel daran aufkommen, wie sehr er unter der momentanen Situation litt.

Dr. Albert Modemann hingegen, der Amtsvorgänger Peltzers, saß kerzengerade auf einem Eichenstuhl neben einem mit bunten Fliesen verziertem Kachelofen und betrachtete Jakob, ohne einen Anflug von Schwäche zu zeigen. Modemann schien ein eitler Mensch zu sein. Er wirkte gepflegt und trug sein lockiges braunes Haar kürzer, als es allgemein üblich war.

Sara hatte Jakob vor diesem Treffen einige interessante Details über Dr. Modemann anvertraut: Modemann war ebenso wie Peltzer im Zuge der Gegenreformation von Bischof Franz Wilhelm seines Amtes enthoben und aus Osnabrück ausgewiesen worden. Unmittelbar nach der schwedischen Besatzung war er in seine Vaterstadt zurückgekehrt und hatte erneut das Amt des Bürgermeisters übernommen. Da die Stellung des Bürgermeisters gegenüber dem schwedischen Statthalter, der oftmals mit brutaler Gewalt Geschenke und Steuern erzwang, immer schwieriger geworden war, hatte Modemann eingesehen, daß ihm zu seiner Unterstützung eine energische Persönlichkeit zur Seite gestellt werden mußte. Die Wahl fiel auf Wilhelm Peltzer, dem damaligen Vorsteher der Ritterschaft, der fortan als Syndikus der Stadt und Modemanns rechte Hand fungierte. Beide Männer hatten zunächst ein gutes Verhältnis gepflegt, denn Peltzer erwies sich als tatkräftige Stütze gegen die immer drückender werdende Herrschaft der Schweden und insbesondere gegen den jähzornigen Landesherren Gustav Gustavson.

Modemann jedoch bemerkte zu spät, daß Peltzer seine neu gewonnene Macht dazu benutzte, die Bürgerschaft auf seine Seite zu ziehen und die Ablösung des Bürgermeisters voranzutreiben. Noch bevor er Peltzers Wirken ein Ende bereiten konnte, verlor Modemann das Amt an seinen Kontrahenten. Verbittert zog er sich zurück und bildete fortan das Zentrum der Gegnerschaft Peltzers, den er haßerfüllt als intriganten Emporkömmling darstellte.

Jakob räusperte sich und sagte: »Meine Herren, ich möchte Ihnen meinen Dank dafür aussprechen, daß Sie sich die Zeit nehmen, mich ...«

»Herr Theis, ich bin ein vielbeschäftigter Mann«, fiel ihm Modemann abrupt ins Wort. »Also lassen Sie uns ohne Umschweife auf Ihr Anliegen zu sprechen kommen.«

Es ärgerte Jakob, daß Modemann ihm wie einem Knaben über den Mund fuhr, doch er bemühte sich um Besonnenheit und fuhr fort: »Während der letzten Wochen habe ich mich intensiv mit dem Verfahren gegen die Frauen Ameldung und Modemann beschäftigt.« Er bedachte Sara mit einem anerkennenden Blick. »Sara Meddersheim hat mir dabei beratend zur Seite gestanden und mir einige ungewöhnliche Einblicke über die Hintergründe dieser Verhaftungen verschafft. Sie hat mich von der Unschuld und Rechtschaffenheit Ihrer Angehörigen überzeugt, und ich glaube, ich könnte Ihrer Angelegenheit sehr von Nutzen sein, da ...«

»Ihr wohnt in Peltzers Haus, wenn ich mich nicht irre«, unterbrach ihn Modemann erneut.

Jakob seufzte. Genau das hatte er den beiden Männern gerade erklären wollen. Es war offensichtlich, daß Modemann ihm keine Sympathien entgegen brachte.

»Das ist wohl wahr, aber der Umstand, daß ich eine Kammer im Haus des Bürgermeisters bezogen habe, bedeutet nicht, daß ich in allen Belangen seine Meinung teile.«

»Wie alt seid Ihr?« fragte Modemann.

»Achtzehn Jahre«, antwortete Jakob.

Modemann verzog das Gesicht. »Und was stellt Ihr dar? Einen Laufburschen Peltzers? Tragt Ihr ihm auf der Straße seine Akten hinterher und putzt am Abend seine Stiefel?« Er erhob sich und griff nach seinem Mantel. »Ich werde meine Zeit nicht länger für solch einen Unsinn verschwenden.«

Jakob spürte eine brennende Wut über Modemanns schroffes Verhalten, doch im Interesse der beiden inhaftierten Frauen wollte er sich nicht provozieren lassen.

»Ich bin in der Lage, Nachrichten aus dem engsten Umfeld des Rates zu beschaffen, die Ihnen und Ihrer Sache von größtem Nutzen sein könnten. Vor wenigen Tagen erst habe ich mit Ihren Angehörigen gesprochen. Und zwar ohne Aufsicht des Wachpersonals«, fügte Jakob schnell hinzu. Seine Worte schienen zumindest das Interesse Ameldungs zu wecken, denn als er seinen Besuch im Bucksturm erwähnte, hob der Apotheker den Kopf und starrte ihn mit großen, neugierigen Augen an.

Modemann zeigte sich jedoch weitaus weniger beeindruckt. Er war inzwischen bereits an die Tür getreten. »Man kennt mich als einen Mann der klaren Worte, und darum scheue ich mich nicht davor, Euch hier ins Gesicht zu sagen, daß ich Euch nicht traue, Herr Theis. Unser kurzes Treffen hat meine Vermutung bestätigt, daß Ihr im Auftrag Peltzers hierher geschickt wurdet, um uns in die Irre zu führen. Also haltet Euch in Zukunft besser von mir fern.« Er wandte sich nun Sara zu, und sein Blick ruhte einen Moment verachtend auf der Wölbung ihres Leibes. »Und Ihr, Frau Meddersheim, habt anscheinend nicht nur Eure Ehre, sondern auch Euren Verstand eingebüßt. Anders kann ich es mir nicht erklären, daß Ihr Euer Vertrauen diesem Lakaien Peltzers schenkt.«

Modemann trat aus der Stube und schlug die Tür hinter sich zu. Sara verzog abfällig ihr Gesicht, ohne jedoch ein Wort zu sagen.

»Verzeiht sein harsches Benehmen.« Heinrich Ameldung

schien über den Verlauf des Treffens alles andere als glücklich zu sein. Seine Miene drückte Sorge aus. »Er befindet sich ebenso wie ich in einer Situation, die an den Nerven zerrt, und da kann man schnell die Fassung verlieren.« Er machte einen Schritt auf Jakob zu. »Herr Theis, Ihr sagtet, Ihr hättet das Gefängnis betreten und meiner Frau gegenübergestanden. Wie ist Ihr Befinden?«

Jakob räusperte sich. »Euer Weib sehnt sich nach Euch und Ihrer Familie. Die Trennung scheint sie mehr zu belasten als die widrigen Umstände, unter denen sie im Gefängnis ausharren muß.«

Heinrich Ameldung senkte den Kopf. Jakob vermutete, daß er ebenso litt wie seine Frau – auf eine andere, ebenfalls qualvolle Art.

»Himmel, ich wünschte, ich könnte diesen verfluchten Turm mit meinen Händen niederreißen und sie zu mir zurückholen.« Der Apotheker ballte die Hände zu Fäusten. »Aber die Zeit wird für uns arbeiten, nicht für den Rat.«

»Wie meint Ihr das?« fragte Jakob.

»Wißt Ihr denn nicht davon, daß Peltzer und dem Rat von der schwedischen Kanzlei eine nicht unerhebliche Strafe angedroht wurde?«

»Nein, das war mir nicht bekannt.«

»Modemann und ich konnten in der Kanzlei ein *poenal mandatum* erreichen, das dem Rat bei einer Strafe von 3000 Goldgulden pro Person verbietet, ein Urteil über die Angeklagten zu fällen, bevor nicht alle Indizien erörtert worden sind und ihnen die Möglichkeit einer Verteidigung gegeben wurde. Die Gefahr einer Verurteilung, die sich einzig auf die mündlichen Aussagen begründet, konnte damit wohl verhindert werden. Aber allein Gott weiß, wie meine liebe Frau noch weitere Wochen oder gar Monate in diesem schrecklichen Kerker überstehen soll.«

»Ich wünschte, Ihr würdet meine Hilfe annehmen«, meinte Jakob.

Ameldung legte ihm eine Hand auf die Schulter. »Ich glaube Euch, daß Ihr ein rechtschaffener Mann seid. Aber auch Ihr werdet nichts gegen Peltzer und den Rat ausrichten können. Betet für uns, das ist alles, was ich von Euch verlangen möchte.«

Einen Augenblick lang herrschte Stille im Raum, dann sagte Ameldung: »Bitte geht jetzt. Ich möchte nachdenken.«

Jakob nickte und tauschte einen betrübten Blick mit Sara, die über den Verlauf dieser Begegnung nicht minder enttäuscht zu sein schien wie er.

»Es tut mir leid, daß wir so wenig erreicht haben«, sagte Sara, als sie den Heimweg antraten. »Ich hätte wissen müssen, daß Modemann auf deine Verbindung mit Peltzer empfindlich reagieren wird.«

»Es ist nicht deine Schuld. Modemann ist wahrlich noch sturer als seine zänkische Mutter.«

»Trotzdem bist du sicher sehr enttäuscht.«

Jakob wollte sie nicht merken lassen, wie enttäuscht er wirklich war, und darum nahm er sie nur kurz in den Arm. Obwohl er ihre Nähe wie immer als sehr beruhigend empfand, schickte er sie nach Hause und zog es vor, einige Stunden alleine zu sein.

Mit auf dem Rücken verschränkten Armen spazierte Jakob im Hinterhof des Peltzerschen Hauses auf und ab. Dieses Haus machte mittlerweile einen bedrohlichen Eindruck auf ihn. Während der ersten Tage seines Aufenthaltes hatte er angenommen, daß Peltzer und dessen große Bibliothek eine wirksame Waffe im Kampf gegen das Böse in der Stadt darstellten, doch je länger er sich in Osnabrück aufhielt, desto deutlicher begriff er, wie sehr er sich getäuscht hatte. Nicht von der Bedrohung durch Teufelswerk ging die größte Gefahr aus, sondern vom rücksichtslosen Ringen um die politische Macht. Der Rat stärkte seine Stellung, indem er unschuldige Menschen benutzte, verleumdete und tötete. Peltzer war ein Meister in diesem bösen Spiel – ein Teufel auf seine eigene Art.

Durfte Jakob überhaupt weiterhin im Haus des Bürgermeisters wohnen? Er hatte Peltzer belogen, ihn hintergangen und sich seinen ärgsten Feinden angeboten. Auch wenn dieses erhoffte Bündnis nicht zustande gekommen war, würde Peltzer ihn ohne Frage wie einen Aussätzigen davonjagen, wenn er von Jakobs Kontakt mit Ameldung und Modemann erfahren sollte. War es also ratsam, sich aus eigenen Stücken aus der Gefahr zu bringen und freiwillig das Haus des Bürgermeisters zu verlassen?

Jakob wägte diesen Gedanken ernsthaft ab, doch als er die Magd Johanna in den Hinterhof treten sah, wußte er, daß es noch zu früh war, das Vertrauen des Bürgermeisters aufs Spiel zu setzen. Denn noch war er in der Lage, hier an wichtige Neuigkeiten zu gelangen.

Johanna setzte sich auf eine Holzbank und begann damit, zwei geschlachtete Hühner zu rupfen. Kleine Federn flogen in die Höhe und trudelten wie Schneeflocken auf die Erde. Sie summte eine leise Melodie, verstummte aber, als Jakob sich neben sie setzte und ihr zuschaute. Johanna grinste schüchtern und riß noch vehementer an dem Federkleid der Hühner.

»Ihr schaut bekümmert aus«, sagte sie und warf ihm einen scheuen Seitenblick zu, während sie den Anschein zu erwecken suchte, daß sie sich nur auf ihre Arbeit konzentrierte.

»Ich bin nur ein wenig müde«, erwiderte Jakob. Er lächelte Johanna an und bemerkte, wie sie errötete. »Johanna, ich möchte dir eine Frage stellen.« Er zwinkerte neckisch. Ihm lag nicht daran, mit der Zuneigung der Magd zu spielen, doch von ihr konnte er sicherlich nähere Einzelheiten über den Beginn der jüngsten Hexenverfolgung in dieser Stadt erfahren. »Hast du Maria Bödiker gekannt?«

Johanna runzelte die Stirn. Anscheinend hatte sie sich eine andere Frage erhofft. »Die Hexe?« Sie machte eine abfällige Handbewegung. »Ja, sie war noch in diesem Haus beschäftigt, als ich meinen Dienst antrat. Glücklicherweise wurde sie aber schon bald darauf verhaftet und hingerichtet.«

»Und bist du dir sicher, daß sie eine Hexe war?«

Die Magd schaute ihn an, als hätte er etwas völlig Absurdes von sich gegeben. »Gewiß war sie eine Hexe. Schließlich hat sie freimütig ihre Vergehen eingestanden, nachdem man sie der Wasserprobe unterzogen hatte. Der Scharfrichter brauchte nicht mal die Tortur anzuwenden.«

»Was weißt du sonst noch über diese Frau?«

»Sie war die Witwe eines Soldaten und hatte als Marketenderin lange Jahre dessen Armeetroß begleitet. Wahrscheinlich hat sie sich auf diesen Reisen ihr Wissen über Hexerei angeeignet.«

»Aber hast du jemals mit eigenen Augen beobachten können, daß sie einen Zauber durchgeführt hat? Hast du irgendwann gesehen, wie sie nachts zu den Zusammenkünften mit anderen Hexen geflogen ist oder sich in eine andere Gestalt verwandelt hat?«

Diese Frage hatte Jakob in ähnlicher Form schon Rutger Vortkamp, dem Vetter der Anna Ameldung, gestellt, und Johannas Antwort überraschte ihn nicht.

»Nein, das habe ich nicht.« Johanna zog die Stirn in Falten. »Man weiß doch, wie listig und wachsam die Hexen sind. Sie wenden ihre dunklen Kräfte nur dann an, wenn sie allein sind oder sich unter ihresgleichen aufhalten. Aber die Bödiker trug ein Hexenmal auf ihrer linken Wange. Einen dunklen Fleck, so groß wie eine Münze. Das habe ich genau gesehen.«

Anscheinend brachte Johanna die Erinnerung an Maria Bödiker regelrecht in Rage. Der Kopf des Huhns schwang unter ihren Fingern so wild hin und her, als wäre das Tier zu neuem Leben erwacht und wollte dagegen protestieren, wie rüde ihm die Federn ausgerissen wurden.

»Und ich war dabei, als man das Geld gefunden hat, das sie dem Bürgermeister gestohlen hatte«, fuhr Johanna fort. »Der Schrei einer Katze hatte mich und die anderen Mägde geweckt, und wir gingen vorsichtig nach draußen. Der Geldbeutel lag vor der Tür, und als die erste von uns das Säckchen berührte, ging ein lautes Knarzen durch alle Balken. Glaubt mir, so etwas Unheimliches habe ich noch nie erlebt. Später hat man gemunkelt, die Bödiker habe das Geld gestohlen, um sich die Dienste eines Dämons zu erkaufen. Weiß der Himmel, was mit uns geschehen wäre, wenn sie ihr Vorhaben durchgeführt hätte.«

Die Magd glaubte tatsächlich an das, was sie sagte. Für einen schlichten und furchtsamen Geist, wie Johanna ihn besaß, wurde die angebliche Hexenkunst der Maria Bödiker allein durch diese Verdächtigungen unumstößlich bewiesen. Vielleicht wäre er selbst vor nicht allzu langer Zeit von der Schuld dieser Frau überzeugt gewesen, doch da Sara ihm die Augen geöffnet hatte, sah er diese angeblichen Fakten nun mit weitaus mehr Argwohn. Auch im Fall der Bödiker gab es ebenso wie gegen die Ameldung und die Modemann keine eindeutigen Indizien für die Anwendung von Hexerei. Maria Bödiker war durch Peltzers Verleumdungen eines Diebstahls beschuldigt worden, den sie, wie Jakob von Mathias Klare wußte, nicht begangen hatte. Anschließend trug der Bürgermeister dafür Sorge, daß seine Magd der Hexerei angeklagt wurde, und verursachte damit die Verfolgung der Hexen.

»Man könnte fast meinen, Ihr wolltet Partei für diese Hexe ergreifen«, meinte Johanna und nahm sich das zweite Huhn vor.

»Nein, natürlich nicht«, log Jakob. Er stand auf, ignorierte Johannas enttäuschten Blick und ging auf das Haus zu. Sein Kopf schmerzte von all den Grübeleien. Ein wenig Ruhe würde ihm guttun.

Als er zufällig einen Blick nach oben warf, erhaschte er Peltzers Gesicht an einem der Fenster im ersten Stock. Der Bürgermeister schaute finster und abschätzend auf ihn herab. Schlimmste Befürchtungen überfielen Jakob, vor allem die Sorge, daß Peltzer tatsächlich von dem Treffen in der Apotheke erfahren haben könnte.

Er hoffte, dem Bürgermeister nicht zu begegnen, doch als er

die Tür zu seiner Kammer erreicht hatte, tauchte Peltzer hinter ihm auf und folgte ihm ins Zimmer.

»Auf ein Wort, Jakob«, bat Peltzer und baute sich mit vor der Brust verschränkten Armen im Raum auf, während Jakob sich auf das Bett setzte und auffällig gähnte.

»Ich bin müde und würde mich gerne eine Stunde ausruhen«, versuchte Jakob ihn abzuwimmeln.

»Aber nicht müde genug, um meine Magd von der Arbeit abzuhalten.«

»Ich habe nur ein paar belanglose Worte mit ihr gewechselt.«

Ein spöttisches Lächeln huschte über Peltzers Gesicht. »Mir scheint, es gefällt Euch, Eure Zeit mit Frauen aus den niederen Ständen zu verschwenden.«

Wollte Peltzer ihn provozieren? »Was meint Ihr damit?« verlangte Jakob zu wissen.

»Nun, mir ist zu Ohren gekommen, daß die Tochter des Goldschmieds Euch öfter zu Gesicht bekommt als die Menschen in diesem Haus.«

»Ihr wißt doch selbst, was Sara Meddersheim für mich getan hat.«

»Gewiß«, wiegelte Peltzer diesen Einwand ab. »Ihr steht in der Schuld dieser schwangeren Frau. Trotzdem halte ich nicht für richtig, daß ihr einer solch zweifelhaften Person wie ein verliebter Gockel hinterherlauft. Besinnt Euch auf Eure Pflichten. Ihr seid mein Gast, weil ich möchte, daß Ihr Euer Wissen über die Rechtsprechung gegen Hexerei und Zauberwerk erweitert. Sollte ich allerdings bemerken, daß Ihr diese Pflichten nicht ernst zu nehmen wißt, werde ich Euch zu Eurem Brautvater zurückschicken müssen.«

O ja, mein Wissen wurde tatsächlich erweitert, dachte Jakob nicht ohne Zorn. *Und das auf eine Weise, die Euch ganz und gar nicht recht wäre.* Jakob verachtete Peltzer. Ausgerechnet dieser Mann wagte es, von Rechtschaffenheit zu sprechen. Gerne hätte er die Verfehlungen des Bürgermeisters offen ausgesprochen, aber er mußte mit seinem Wissen sehr vorsichtig umgehen. Noch durfte er die Gunst Peltzers nicht völlig verlieren, denn ein solcher Konflikt könnte nicht nur ihn, sondern auch Sara und Matthias Klare gefährden.

»Ihr mögt recht haben«, erwiderte er daher kleinlaut, auch wenn es ihm schwerfiel. »Verzeiht mir meine Verfehlungen. Ab sofort werde ich mich meinen Aufgaben wieder intensiver widmen.«

Peltzer nickte zufrieden. »Mag sein, daß ich Euch ein wenig vernachlässigt habe. Ein junger Bursche wie Ihr braucht von Zeit zu Zeit eine starke Hand. Für morgen früh wurde von mir eine Ratssitzung einberufen, und ich möchte, daß Ihr daran teilnehmt. Ich bin mir sicher, Ihr werdet viele neue Dinge erfahren.«

Mit einem vielsagenden Lächeln verließ der Bürgermeister die Kammer.

Kapitel 22

Nach und nach versammelten sich die Ratsherren in ihren strengen dunklen Roben im Saal, ließen sich auf den Seitenbänken nieder oder blieben unter dem mächtigen eisengeschmiedeten Leuchter stehen, um gestenreich mit den übrigen Anwesenden zu diskutieren. Jakob maß den Ratssaal mit aufmerksamen Augen. Sein Zustand spiegelte deutlich die Geldnot wider, an der die Stadt in diesen Zeiten litt. Vor allem die schadhafte Decke, die an vielen Stellen durch Papierornamente ersetzt worden war, gab über diese Mißstände ein eindeutiges Zeugnis ab.

Der Rat der Stadt Osnabrück setzte sich aus 16 Ratsherren, 8 Mitgliedern des alten Rates, 22 Angehörigen der Gilde und 16 Vertretern der Bürgerwehr zusammen. Jakob selbst war ein Platz an einem Tisch in der hinteren Ecke zugewiesen worden, wo er unauffällig neben dem feisten Protokollschreiber Stolten saß und sich bemühte, möglichst vorsichtig zu atmen, denn von Stolten strömte ein unangenehmer Körpergeruch aus – eine Mischung aus Alkohol, Schweiß und gegorenen Speisen, die immer dann besonders penetrant zu Tage trat, wenn er leise rülpste, während er gedankenverloren seine Federkiele inspizierte.

An einem Tisch links von Jakob saß Wilhelm Peltzer, flankiert von seinen engsten Vertrauensmännern, Voß und Brüning. Der Bürgermeister wechselte flüsternd ein paar Worte mit Brüning, behielt aber die Ratsmitglieder im Saal stets wachsam im Blick. Dann erhob er sich und rief die Versammlung durch ein Klopfen auf dem Tisch zur Ruhe.

»Verehrte Herren«, sagte er, »werte Mitglieder des Rates, wir wollen beginnen.«

Seine Aufforderung ließ die Stimmen verstummen, und auch die letzten Ratsmitglieder begaben sich auf ihre Plätze.

Peltzer räusperte sich. »Ich nehme an, jede Person in diesem Saal dürfte wissen, aus welchem Grund diese außerordentliche Sitzung einberufen wurde.«

Einige der Anwesenden nickten beflissen, während Peltzer weitersprach. »Ihnen allen ist bekannt, daß das Verfahren gegen die unter dem schwerwiegenden Verdacht der Hexerei eingezogenen Frauen Anna Modemann und Anna Ameldung bereits unerträgliche acht Wochen andauert, ohne daß erforderliche Schritte zur Klärung der Schuldfrage dieser Frauen eingeleitet wurden. Es sind die engsten Angehörigen der Angeklagten, die sich in Wehklagen darüber ergehen, daß diese Frauen so lange Zeit die Kerkerhaft ertragen müssen – in stetiger Ungewißheit über ihr weiteres Schicksal. Und doch tragen diese Herren ganz allein die Schuld für die Verzögerung, denn sie haben nichts unversucht gelassen, die landesfürstlichen Räte und den Statthalter davon zu überzeugen, die Arbeit dieses Gremiums zu behindern oder gar zu unterbinden.

Vor nunmehr 17 Tagen gelang es den Herren Modemann und

Ameldung gar, eine Strafandrohung der schwedischen Kanzlei von 3000 Goldgulden gegen jedes Mitglied dieses Rates zu erwirken, im Falle, daß das Verfahren gegen Anna Ameldung und Anna Modemann weitergeführt würde. Ich selbst wurde öffentlich beschuldigt, diese Hexenprozesse aus persönlichen Gründen voranzutreiben. Sie mögen darüber denken, was sie wollen, werte Herren, aber jedem von Ihnen ist bekannt, wie widerstrebend mein Amtsvorgänger Modemann den Posten des Bürgermeisters geräumt hat und in welchem Verhältnis diese Person zu mir steht. Besäße Modemann die Macht, mich von einem Blitz erschlagen zu lassen – ich hätte wohl kaum das erste Frühlingsgewitter überlebt.«

Ein spöttisches Lachen ging durch die Reihen der Ratsherren, während Peltzer eine zufriedene Miene aufsetzte. Daß er Modemann der Lächerlichkeit preisgab, schien seinen Zuhörern zu gefallen.

»Ich stelle also die Frage: Darf sich der Rat dieser Stadt von solchen Machenschaften beeindrucken und beeinflussen lassen? Und ist es legitim, diesem Gremium das Recht abzusprechen, über einen Bürger dieser Stadt zu richten, so wie es Osnabrück seit nunmehr fast 500 Jahren durch das *privilegium non evocando* des Kaisers Friedrich I. garantiert wurde? Einige unter Ihnen mögen es für ein Risiko halten, den Einwand der Kanzlei zu mißachten. Natürlich könnte solch eine Weigerung die Ungnade des Landesherrn hervorrufen, doch ein Nachgeben in dieser Angelegenheit würde für diese Stadt den Verlust geschätzter Privilegien und Vergünstigungen bedeuten. Privilegien, ohne die wir das Schicksal der Osnabrücker Bürger endgültig den gierigen Händen der schwedischen Besatzer überlassen.«

Ein zustimmendes Murmeln erhob sich im Saal, während Stoltens Feder den Ausführungen des Bürgermeisters wie ein kratzendes Echo folgte.

»Lassen Sie uns also endlich darüber entscheiden, ob das Verfahren gegen die der Zauberei angeklagten Frauen Modemann und Ameldung fortgesetzt werden soll.« Peltzer schwieg einen Moment, dann fuhr er fort: »Ich selbst jedoch habe mich dazu entschlossen, mich in dieser Angelegenheit der Stimme zu enthalten. Die Gründe dafür kennen Sie bereits. Niemand soll behaupten, ich treibe diesen Prozeß voran, um bestimmten Personen Schaden zuzufügen. Trotzdem rate ich an, dergestalt zu schließen, daß die Privilegien der Stadt bewahrt und vor Gott und jedermann verantwortet werden mögen.«

Mit einem flauen Gefühl im Magen verfolgte Jakob die nun folgende Abstimmung. Peltzer war ein geschickter Schachzug gelungen. Mit der Stimmenthaltung nahm er seinen Gegnern den Wind aus den Segeln, aber dennoch hatte seine engagierte Rede den Rat aufgefordert, das Verfahren gegen Anna Modemann und Anna Ameldung voranzutreiben, auch wenn dies eine öffentliche Auflehnung gegen die landesfürstlichen Räte bedeutete. Der Bürgermeister wagte viel. Letztendlich würde er sich durch diese Vorgehensweise wohl entweder selbst zu Fall bringen oder aber seine Macht in dieser Stadt immens stärken und auf Jahre hinaus sichern.

Das Ergebnis der Abstimmung stellte für Jakob keine große Überraschung mehr dar. Außer dem Bürgermeister enthielten sich nur noch zwei weitere Ratsmitglieder der Stimme, alle anderen sprachen sich für eine Weiterführung des Prozesses aus. Gegenstimmen gab es keine.

Nachdem der Beschluß, das Verfahren fortzusetzen, von Peltzer offiziell bestätigt worden war, galt die Ratssitzung als beendet. Die Ratsherren erhoben sich von den Bänken, einige nahmen ihre Diskussion mit dem Nebenmann wieder auf, andere verließen umgehend den Ratssaal. Auch Jakob wollte dem Rathaus schleunigst den Rücken kehren. Er mußte Sara unbedingt über das Vorgehen des Rates in Kenntnis setzen. Modemann und Ameldung hatten sich zu sicher gefühlt, indem sie den Rat als handlungsunfähig eingeschätzt hatten. Nun würde man die Schuldfrage der beiden Angeklagten bereits innerhalb der nächsten Tage unter Anwendung der Wasserprobe klären, die ihren Pakt mit dem Teufel beweisen sollte. Danach würde der Prozeß nicht mehr aufzuhalten sein.

Bevor Jakob jedoch die Tür erreicht hatte, trat Wilhelm Peltzer auf ihn zu.

»Hättet Ihr die Güte, mich zu begleiten?« fragte der Bürgermeister, aber in gewisser Weise kam seine Frage einem Befehl gleich.

»In Euer Haus?«

Peltzer lachte leise. »Nein. An die Hase. Wir wollen doch Zeuge werden, ob die Hexen schwimmen oder nicht.«

»Die Probe wird schon heute durchgeführt?«

Der Bürgermeister nickte. »Wir haben bereits zu viel Zeit verloren, meint Ihr nicht auch?«

Jakob schluckte unwillkürlich. »Entschuldigt mich bitte«, sagte er und trat mit schnellen Schritten aus dem Rathaus. Dieses schroffe Verhalten mochte auffällig sein, doch er mußte fort von Peltzer, an dessen offen zur Schau getragener Genugtuung er zu ersticken drohte.

Die Nachricht, daß der Rat beschlossen hatte, das Verfahren gegen Anna Ameldung und Anna Modemann voranzuführen und sie der Wasserprobe zu unterziehen, verbreitete sich wie ein Lauffeuer in der Stadt. Handwerker ließen ihre Arbeit ruhen, Händler schlossen ihre Geschäfte, die Frauen scharten ihre Kinder um sich, und alle eilten durch das Herrenteichstor zum Hasekolk am Kumpersturm, dem Ort, an dem die Wasserprobe vollzogen werden sollte.

Als Jakob und Sara am Ufer der Hase eintrafen, hatte sich hier bereits eine große Menschenmenge versammelt. Jakob schätzte die Zahl der Schaulustigen auf über tausend. Das so überraschend festgesetzte Gottesurteil hatte das besondere Interesse der Bürger geweckt. Wer wollte nicht Zeuge werden, wie zwei Frauen von hohem Stand der Wasserprobe unterzogen wurden, die ihren

Pakt mit dem Satan belegen sollte? Die Mehrheit der Bevölkerung bestand aus schlichten Handwerkern und Bauern, deren karges Leben von harter Arbeit gezeichnet war. Je größerer Not die Menschen in dieser Stadt ausgesetzt waren, desto stärker richtete sich ihre Abneigung gegen das Patriziat der wohlhabenden Kaufleute, in deren Händen das Schicksal der unteren Stände lag. Mit welch hämischem Vergnügen mußten also diese Menschen verfolgen, daß auch zwei Frauen aus den besten Kreisen in die Mühlen der Justiz geraten konnten. Die meisten Bürger scherte es im Grunde wohl kaum, ob die Frauen schuldig oder unschuldig waren, es zählte nur, sie von ihren hohen Sokkeln zu stoßen und erniedrigt zu sehen. Wilhelm Peltzer erfüllte der Bürgerschaft nun diesen Wunsch und sicherte sich dadurch das Wohlwollen und den Respekt der breiten Masse.

Während er mit Sara das Stadttor hinter sich ließ und sich der Hase näherte, hielt Jakob nach dem Bürgermeister Ausschau. In der Entfernung konnte er einige der Ratsherren ausmachen, die ihm von der Sitzung in Erinnerung geblieben waren. Auch Heinrich Ameldung und Albert Modemann warteten an der Flußbrücke mit betretenen Mienen darauf, Frau und Mutter endlich zu Gesicht zu bekommen. Der Bürgermeister jedoch war nirgendwo zu sehen.

Nutzte Peltzer seine Abwesenheit an der Durchführung des Gottesurteils als weiteres Mittel, um seine Neutralität in dieser Angelegenheit zu unterstreichen? Jakob hätte es nicht überrascht.

Er bemühte sich, Sara eine Gasse zwischen den vielen Menschen zu bahnen, die sich am Fluß drängten. Fast eine halbe Stunde verging, bis sie die Brücke überquert und sich durch die Menge auf den Feldern bis an das Ufer der Hase gekämpft hatten, von wo aus sich ihnen eine gute Sicht auf das Flußbett bot. Die Stadtmauer auf der gegenüberliegenden Seite schien um einen guten Meter an Höhe gewonnen zu haben. Die dicht an dicht stehenden Menschen bildeten dort eine Palisade aus Leibern. Selbst auf der vorgelagerten Bastion waren die wachhabenden Musketiere zwischen den schaulustigen Männern und Frauen kaum mehr auszumachen. Einige Kinder waren auf die Kanonenrohre geklettert und hockten dort rittlings, als wollten sie eine spöttische Parodie auf die Hexen abgeben, die angeblich des Nachts auf ihren Besen und Heugabeln zu ihren geheimen Zusammenkünften flogen.

Obwohl sich so viele Bürger hier an der Herrenteichspforte versammelt hatten, erschien Jakob die Umgebung ungewöhnlich ruhig und friedlich. Selbst die Ankunft des Pferdekarrens, auf dem die Angeklagten zum Ort der Wasserprobe gefahren wurden, rief nur vereinzelte Schmährufe und verhaltene Flüche hervor. Man war vorsichtig und abwartend, denn trotz aller Häme war es für diese Menschen nicht üblich, zwei Frauen von hohem Stand zu verspotten und zu beschimpfen.

Anna Ameldung und Anna Modemann knieten bleich und mager mit blinzelnden Augen, denen das helle Tageslicht fremd geworden war, auf dem Karren, flankiert von einem halben Dutzend Männern der Landwehr. Nach mehr als acht Wochen in Ketten waren sie kaum in der Lage, aufrecht zu stehen.

Hinter dem Karren tauchte auch Matthias Klare auf. Der Scharfrichter hatte eine Seilrolle geschultert und folgte mit ernster Miene den vermeintlichen Hexen. Es berührte Jakob zutiefst, daß Klare nun wieder mit der Ungerührtheit auftrat, die man von einem pflichtbewußten Scharfrichter erwartete.

Als der Karren die Brücke passierte, löste sich Heinrich Ameldung aus der Menge und lief auf das Gefährt zu. Er streckte seinen Arm nach seiner Frau aus, und soweit Jakob es erkennen konnte, berührten sich kurz die Finger der beiden Eheleute, bevor der Apotheker von den Bütteln rüde zurückgedrängt wurde.

Der Wagen schwenkte auf eine flache Uferstelle der Hase zu, wo bereits ein kleines Ruderboot vertäut worden war. Man zerrte Anna Ameldung als erste vom Karren. Einer der Büttel stützte sie, damit sie mit ihren zitternden Beinen vom Wagen absteigen konnte. Wie die alte Frau Modemann trug auch sie nur ein schmutziges schlichtes Kleid aus grober Wolle. Die Entbehrungen der letzten Wochen ließen sie müde und ausgezehrt wirken.

Matthias Klare reichte Anna die Hand und stieg mit ihr zusammen in das Boot. Als er sich bückte, um seine Seilrolle zu verstauen, streifte sein Blick Jakob. Sie schauten sich nur einen kurzen Moment lang an, aber dennoch konnte Jakob eine gewisse Hilflosigkeit aus Klares Miene herauslesen. Wie mußte sich ein Scharfrichter fühlen, der als einer der wenigen um die wahren Hintergründe dieser Hexenprozesse wußte?

Klare setzte sich an die Ruder und steuerte das Boot mit kraftvollen Schlägen zu einer Ausbuchtung des Flußarms. Anna Ameldung saß mit gesenktem Kopf vor ihm und verhielt sich völlig reglos. Nur ihre Lippen bewegten sich. Anscheinend sprach sie ein leises Gebet.

In der Mitte des Flusses angekommen, holte Klare die Ruder ein und bedeutete Anna Ameldung aufzustehen. Sie erhob sich zögernd und schloß die Augen, als der Scharfrichter die Bänder an ihrem Hemd löste und den Stoff zu Boden fallen ließ. Anna Ameldung bedeckte ihren Körper notdürftig mit den Händen und krümmte sich verzweifelt zusammen, während bittere Tränen der Erniedrigung über ihre Wangen liefen.

Der Scharfrichter griff nach dem Strick, band Annas rechte Hand am linken Fuß und die linke Hand am rechten Fuß fest, so wie es die Ordnung dieses Gottesurteils vorschrieb. Ein zweites Seil schlang er um die Taille der Apothekerin und hob sie auf seinen Arm.

Saras klamme Finger suchten Jakobs Hand und hielten sie umklammert, während der Scharfrichter Anna ins Wasser warf. Die Apothekersfrau strampelte verzweifelt um sich und kämpfte darum, trotz ihrer Fesseln bis zum Grund des Flusses zu tauchen, um eine Handvoll Kies zu greifen – der Beweis, daß das geheiligte Element des Wassers sie nicht von sich stieß.

Ihr Körper verschwand kurz unter der Oberfläche, doch einen Augenblick später wurde er bereits wieder nach oben gedrückt, und Anna schnappte hustend nach Luft. Der erste Versuch hatte ihre Unschuld nicht erweisen können. Klare zog sie wieder in das Boot, ließ sie kurz verschnaufen und führte die Probe noch zwei weitere Male durch. Erst danach wurde Anna endgültig zurück in das Boot gehievt, wo sie kraftlos in sich zusammensackte.

Da es ihr nicht gelungen war, den Grund des Flusses zu erreichen, galt ihre Schuld als erwiesen. Das Wasser hatte Anna Ameldung abgestoßen, was nach allgemeiner Einschätzung darin begründet lag, daß sie von der leichten und ätherischen Natur des Bösen durchdrungen war. Mathias Klare legte das Leinenhemd beinahe behutsam über die Apothekerin und ruderte langsam ans Ufer zurück.

Auch die alte Frau Modemann scheiterte an der Probe. Jakob hatte vermutet, daß die Greisin dieser Erniedrigung trotzig die Stirn bieten würde, doch als man sie nackt und frierend der Menge vorführte, verfiel auch sie wie zuvor Anna Ameldung in eine lähmende Lethargie. Nachdem die Probe drei Mal an ihr vollzogen worden war, kauerte sie aphatisch im Boot des Scharfrichters.

Jakob entdeckte eine Träne auf Saras Wange. Es war das erste Mal, daß er sie weinen sah. Er wollte sie in den Arm nehmen, um sie zu trösten, unterließ es aber, als er sah, daß Wilhelm Peltzer sich von einigen Ratsmitgliedern löste und auf ihn zutrat. Allein schon, daß er Saras Hand hielt, sorgte für einen spöttischen Blick des Bürgermeisters.

Peltzer musterte Sara einen Moment vielsagend, bevor er sich an Jakob wandte: »Die Schuld der beiden Hexen wurde bewiesen. Darüber hinaus bedarf es noch eines Geständnisses der Zauberinnen, doch das ist wohl nur mehr eine reine Formalität.« Er lächelte süffisant. »Jakob, ich gewähre Euch ein weiteres Privileg. Ich habe verfügt, daß Ihr das Protokoll während der peinlichen Befragung dieser Hexen führen werdet.« Seine Augen fixierten wieder Sara. »Falls Frau Meddersheim Euch entbehren kann, erwarte ich, daß Ihr Euch zur fünften Stunde des Nachmittags im Bucksturm einfindet.«

Der Bürgermeister wartete keine Antwort ab, sondern wandte sich ab und dirigierte seine Gefolgsleute zum Stadttor.

»Wirst du es tun?« fragte Sara, der die Besorgnis deutlich ins Gesicht geschrieben stand.

Jakob nickte traurig. »Ich darf ihn nicht weiter herausfordern«, antwortete er, obwohl ihm der Gedanke widerstrebte, der Befragung und Folterung der beiden Frauen beizuwohnen. Doch die Art, wie der Bürgermeister Sara angestarrt hatte, verriet ihm, daß es besser war, seinen Wünschen nachzukommen.

Kapitel 23

Die Turmuhr der Katharinenkirche hatte bereits zur fünften Stunde geschlagen, während Jakob noch immer in Peltzers Haus angestrengt über der Bambergischen Halsgerichtsordnung und über der Carolina hockte und die Texte überflog, die sich auf das peinliche Verhör bezogen. Versunken in die zahlreichen Artikel und Weisungen der Strafgerichtsbücher, welche die Durchführung der Territion und Folterung regelten, hatte Jakob die Zeit vergessen, und daher mußte er zum Bucksturm laufen, wo er vollkommen außer Atem an den Eingang hämmerte, bis sich die Tür öffnete.

»Seid Ihr der Schreiber?« fragte die Wache.

Jakob nickte nur und trat in die Wachstube.

»Man wartet dort oben bereits auf Euch.« Der Mann versperrte hinter ihm die Tür.

Der schwere Duft vom süßem Wein, der in dieser Wachstube drückender in der Luft hing als in einer billigen Schankwirtschaft, rief ein Schwindelgefühl bei Jakob hervor. Er ging rasch zur Treppe und stütze sich an der Wand ab, um nicht ins Stolpern zu geraten. Insgeheim hatte er Angst vor dem, was gleich im obersten Stockwerk des Turms geschehen mochte. Bereits die Wasserprobe hatte große Abscheu in ihm hervorgerufen, aber das würde nichts im Vergleich zu dem sein, was den beiden Frauen und in gewisser Weise auch ihm nun bevorstand.

Als er den dritten Stock erreichte, blieb er einen Moment lang stehen und betrachtete die in sich zusammengesunkene Gestalt, die auf dem Boden kauerte.

Anna Modemann lehnte ihren Kopf an die Steinwand und stierte kraftlos mit leeren Augen auf ihre Füße. Die erniedrigende Wasserprobe schien sie gebrochen zu haben. Jakob hätte ihr gerne etwas Tröstendes gesagt, doch die Anwesenheit eines Büttels, der sich neben der alten Frau mit gelangweilter Miene auf seine Pike stützte, machte dies unmöglich.

Jakob stieg die letzten Treppenstufen hinauf. Die Tür zum obersten Stockwerk war verschlossen, und erst auf Jakobs Klopfen hin wurde der Schlüssel herumgedreht.

Zögerlich betrat Jakob die Folterkammer. Er fröstelte. Der Raum war natürlich nicht kleiner als die anderen in diesem Turm, aber Jakob erschien er bedrückender und dunkler und so unheimlich, als schwirrten die kreischenden Schreie der Gepeinigten noch um die Steinwände.

Außer ihm waren sieben weitere Personen anwesend. Zum einen die vier Peinkommissare, die in strenge schwarze Roben gekleidet, hinter einem langen Holztisch Platz genommen hatten. Sie alle gehörten dem Rat an, doch namentlich war Jakob nur Jobst Voß, der enge Vertraute Peltzers, bekannt, der in diesem Gremium wohl den Vorsitz übernommen hatte. Die übrigen drei waren ältere Männer mit grauen Haarkränzen, die eine ungerührte Miene zur Schau trugen.

Ihnen gegenüber hockte Anna Ameldung auf einem Schemel. Man hatte ihr die Kleidung genommen und sie nackt und zitternd den Blicken der Kommissare ausgesetzt, die in stoischer Ruhe beobachteten, wie Matthias Klare und sein Knecht mit einem Messer ihre Haare abschnitten, die in dunklen Büscheln zu Boden fielen.

Die Apothekerin schaute kurz zu Jakob auf, als er den Raum betrat. Einen Moment lang schien sie erschrocken und verwirrt. Jakob betete in Gedanken darum, daß sie ihn nicht allzu auffällig anstarren möge, doch dann erkannte Anna Ameldung wohl an seiner Miene, wie viel Angst er selbst verspürte, und senkte traurig den Blick.

Jobst Voß kam auf Jakob zu und deutete im Vorbeigehen auf den Unterleib der Anna Ameldung.

»Denkt daran, Meister Matthias, *alle* Haare müssen entfernt werden.«

Er zog Jakob einige Schritte zurück und raunte ihm mürrisch zu: »Ich weiß, daß Dr. Peltzer ausdrücklich darum gebeten hat, daß Ihr das Protokoll während dieses Verhöres führen sollt, aber im Grunde bezweifle ich Eure Befähigung für diese Aufgabe.«

»Wie kommt Ihr zu dieser Annahme?« erwiderte Jakob.

»Ich sehe es in Euren Augen. Ihr empfindet schon jetzt Mitleid mit der Angeklagten. Und dabei hat das Verhör noch gar nicht begonnen.«

»Ich bin gekommen, um meine Aufgabe pflichtgemäß zu erfüllen.«

Voß musterte ihn aus schmalen Augen. »Ihr seid noch sehr jung, Jakob. Habt Ihr jemals zuvor an einer peinlichen Befragung teilgenommen? Wißt Ihr, was hier in dieser Nacht geschehen wird?«

»Ich habe Bücher darüber gelesen …«

»Bücher! Schlaue Worte und Phrasen!« Voß lachte verkniffen. »Die Frau dort ist eine Hexe, und sie ist vom Bösen durchdrungen. Das bedeutet, daß wir ihren Willen brechen müssen, um die teuflischen Kräfte, die von ihr Besitz ergriffen haben, aus ihrem Leib und ihrer Seele herauszutreiben. Leider ist dies nur unter Anwendung ärgster körperlicher Qualen möglich. Zwar sind Frauen von Natur aus schwächer als Männer, doch das macht sie auch anfälliger für die Verlockungen des Teufels. Und hat das Böse erst Besitz von ihnen ergriffen, erweisen sich die Weiber erfahrungsgemäß als äußerst leidensfähig.«

»Darüber bin ich mir im klaren«, erwiderte Jakob einsilbig.

Voß deutete auf das Schreibpult, das neben dem Tisch der Kommissare aufgebaut worden war. »Dann nehmt also Euren Platz ein.«

Jakob trat hinter das Pult, rückte das Tintenfäßchen in die rechte obere Ecke und ordnete das Papier zu einem ordentlichen Stapel. Er vermied es, Anna Ameldung allzu auffällig anzustarren, doch es blieb ihm nicht verborgen, daß sie am ganzen Leib zitterte.

»Frau Ameldung«, erhob Jobst Voß, der wieder in die Reihe der anderen Peinkommissare getreten war, seine Stimme, »Ihr seid der schwersten Verbrechen angeklagt, derer ein Mensch beschuldigt werden kann. Man bezichtigt Euch, die schwarze Taufe des Satans empfangen und durch die so erworbenen Hexenkünste anderen Menschen Krankheit, Not, ja sogar den Tod zugefügt zu haben. Gesteht Ihr diese Schuld ein?«

Einen Moment lang herrschte eine Totenstille. Dann erwiderte die Apothekersfrau tonlos und schleppend: »Ich werde keines dieser Verbrechen gestehen, denn ich bin keine Hexe. Gott sei mein Zeuge.«

Der Mann neben Voß streckte erneut anklagend einen Finger nach ihr aus und rief: »Versündigt Euch nicht am Namen des Herrn, Weib!«

»Ihr beharrt also auf Eurer Unschuld?« fragte Voß.

»Ganz recht«, erwiderte sie, diesmal mit festerer Stimme. Jakob bewunderte Annas Courage. Obwohl sie den Peinkommissaren schutzlos ausgeliefert war, brachte sie den Mut auf, diesen Männern die Stirn zu bieten.

»Notiert bitte diese Aussage«, wandte sich Voß an Jakob.

Jakob tauchte den Federkiel in die Tinte und hielt in förmlicher Formulierung auf dem obersten Blatt fest, daß die Angeklagte Anna Ameldung ihre Schuld während des gütlichen Verhörs abgestritten hatte. Seine Hand war verkrampft, als er dies niederschrieb und brachte recht ungelenke Buchstaben hervor.

Voß nickte dem Scharfrichter zu. »Beginnt mit der Territion!«

Meister Matthias trat mit einer Holzrute und einem Ledersack herbei, deutete zunächst auf die Seilwinde, die an einem der Deckenbalken angebracht worden war, und führte die Territion durch, die Erklärung der Foltergeräte, welche die Angeklagte bereits durch die Kraft der Vorstellung veranlassen sollte, ein Schuldbekenntnis abzulegen.

»Ich werde Euch die Hände binden und über diese Winde nach oben ziehen, so daß Ihr frei in der Luft hängt und Euer Körper gestreckt und gespannt wird«, erläuterte Klare. »Danach wird die Rute«, er hob den langen dünnen Holzstock vor ihre Augen, »über Euer Fleisch streichen, bis sich die Haut vom Körper löst. Solltet Ihr Euch trotz allem weiterhin weigern, Eure Schuld zu bekennen, werde ich diese Schrauben anwenden müssen.« Er schüttete den Ledersack aus, und vor Annas Füßen fielen klappernd ein halbes Dutzend Daumen- und Beinschrauben zu Boden. »Sie werden Eure Finger und Waden zerquetschen. Zunächst das Fleisch, dann die Knochen.«

Die Worte des Scharfrichters blieben nicht ohne Wirkung auf die Apothekerin, die vor den Bein- und Daumenschrauben zurückwich, als wären es giftige Schlangen. Doch sie preßte hervor: »Vielleicht flehe ich um Gnade, aber ich werde niemals gestehen, Hexerei angewandt zu haben, denn das wäre eine Lüge.«

Klare schaute enttäuscht drein und räumte seine Folterinstrumente zusammen. Wahrscheinlich hatte er gehofft, daß Anna Ameldung nach der Territion den Peinkommissaren eingestand, was diese von ihr hören wollten. Jobst Voß hingegen zuckte nur teilnahmslos mit den Schultern, wies Jakob an, die Wirkungslosigkeit der Territion zu notieren, und gab dem Scharfrichter das Zeichen, mit der Tortur zu beginnen.

Der Apothekerin wurden die Augen mit einem Stoffband verbunden und ihre Hände mit einem Strick verknotet, der über die Winde gelegt wurde. Mit vereinten Kräften zogen der Scharfrichter und sein Knecht an dem Seil, bis die gepeinigte Frau den Boden unter den Füßen verlor und regungslos in der Luft hing. Für eine kurze Zeit war diese Strecklage nicht allzu schmerzhaft, doch die Peinkommissare bemühten sich nicht darum, die Befragung weiterzuführen, sondern saßen eine ganze Weile still und stumm da und verfolgten, wie Annas zunächst ruhiges Atmen in ein Keuchen überging. Jakob schätzte, daß mindestens zwanzig Minuten vergangen sein mußten, bis sich Voß erhob und vor die Angeklagte trat.

»Ich frage Euch, ob Ihr Eure Ansichten inzwischen überdacht habt.«

Annas Füße zuckten in seine Richtung, als hoffte sie, Voß einen Tritt versetzen zu können. »Ihr werdet mich nicht brechen können«, stöhnte sie. »Lieber sterbe ich vor Euren Augen, als daß ich die schrecklichen Verleumdungen eingestehe, die mir vorgeworfen werden. Selbst wenn Ihr mich bis zum Tag des jüngsten Gerichtes dieser Pein unterziehen wollt.«

»Wir haben sehr viel Zeit«, erwiderte Voß. »Wenn es sein muß, lassen wir Euch die ganze Nacht dort hängen, aber ich erwarte nicht, daß das nötig sein wird. Glaubt mir, ich habe viele Frauen an diesem Seil auf die gleiche störrische Weise ihre Sünden bestreiten sehen, und ich weiß inzwischen sehr gut, daß eine solche Verstocktheit nur ein deutliches Indiz dafür ist, wie stark der Satan von Eurer Seele Besitz ergriffen hat. Er labt sich an Euren Qualen und verspottet Euch, also überwindet endlich den Einfluß, den der Antichrist auf Euch ausübt, und gesteht Eure Schuld ein, dann werden alle Schmerzen ein Ende haben.«

Anna schüttelte verzweifelt den Kopf. »Ich schwöre bei Gott, ich bin und ich war immer eine gute Christin. Wer etwas anderes behauptet, ist ein Lügner.«

Voß nahm ihre Beteuerungen mit einem enttäuschten Nicken

zur Kenntnis und gab dem Scharfrichter ein weiteres Zeichen, so daß Klare die Rute griff und sich der Angeklagten näherte. Mit stoischer Mine, aus der keine Regung herauszulesen war, erledigte er seine Pflicht und peitschte mit der Rute den Rücken der nackten Frau vor ihm. Jeder Hieb knallte mit einem lauten Klatschen auf ihren Rücken und hinterließ dort gräßliche rote Striemen. Annas Schreie bohrten sich wie Nägel in Jakobs Kopf. Nach jedem vierten oder fünften Schlag hielt der Scharfrichter inne und schaute in die Reihen der Peinkommissare, ob es der Prügel genug waren, doch von dort erhielt er nur die Aufforderung weiter zuzuschlagen. Erst nach dem dreißigsten Hieb hob Voß die rechte Hand und gebot der schrecklichen Bestrafung Einhalt.

»Gesteht Eure Sünden, Weib!« rief einer der Peinkommissare, und ein anderer brüllte noch lauter: »Entsagt dem Satan, und Eure Seele wird errettet werden.«

Anna wollte etwas sagen, doch sie brachte nur ein Stöhnen und Wimmern hervor.

Wieder war es Voß, der zu ihr trat und wie mit einem Kind sprach, das eine Dummheit einzugestehen hatte.

»Laßt uns der Pein Einhalt gebieten, gute Frau. Es bedarf Euch nur weniger Worte, um diesen Raum zu verlassen.«

Anna schnappte nach Luft und krächzte: »Ich … bin keine … Hexe.«

»Seid nicht dumm, Frau Ameldung. Eure Weigerung wird Euch nur noch weitere Schläge mit der Rute einbringen.«

Er wartete auf eine Antwort, doch als Anna stumm blieb, erklärte er seufzend in Richtung des Scharfrichters: »Meister Klare, macht weiter.«

Matthias Klare hob die Rute zu einem weiteren Hieb, doch Voß rief ihm zu: »Nicht den Rücken. Schlagt sie auf den Bauch und auf die Brust.«

Diesmal verzog Klare mürrisch das Gesicht, folgte aber der Anordnung des Peinkommissars und verteilte Hieb um Hieb auf Annas Bauch, ihren Brüsten und ihrem Unterleib. Jeder neue Schlag ließ Anna zusammenzucken wie einen Fisch an der Angelrute. Die schrillen Schreie aus ihrer Kehle schmerzten in Jakobs Ohren, bis er glaubte, sein Kopf würde zerspringen.

Nach rund zwei Dutzend Hieben hatte auch diese Pein ein Ende, und Jakob spürte Übelkeit, als er Annas geschundenen, mit Striemen und blutenden Wunden übersäten Körper sah. Wie um alles in der Welt konnten die Kommissare derart teilnahmslos und gelassen das Geschehen betrachten? Gelegentlich nickten sie, als müßten sie sich selbst bestätigen, wie gewissenhaft sie ihre Arbeit verrichteten.

Voß rief den Knecht des Scharfrichters zu sich, drückte ihm einige Münzen in die Hand und schickte ihn hinunter in die Taverne, um Wein zu besorgen.

»Wir wollen uns ein wenig stärken«, meinte Voß. Sein Vorschlag wurde bereitwillig aufgenommen. Der Knecht verließ eilig das Turmzimmer und kehrte bald darauf mit zwei Krügen würzig duftenden Rotweins zurück.

Auch Jakob ließ sich Wein einschenken. Diese hochnotpeinliche Befragung ließ seine Hände zittern und seinen Kopf schmerzen. Begierig stürzte er einen Becher Rotwein die Kehle hinunter und verlangte nach einem zweiten.

Plötzlich stand Voß neben ihm. »Mir scheint, der Wein kommt Euch gelegen, um Eure Nerven zu beruhigen. Nun, allzuviel hattet Ihr ja bislang noch nicht zu tun, doch das wird sich nun ändern. Spitzt Eure Feder. Die Hexe wird bald gestehen.«

Jakob schaute betroffen zu Anna Ameldung hinüber. »Die Angeklagte hängt seit mehr als einer Stunde an diesem Seil. Wäre es nicht an der Zeit, eine gewisse Milde walten zu lassen?«

»Ergreift Ihr Partei für diese Hexe?«

»Ich möchte Euch nur an einen Passus aus der Carolina erinnern, in dem vermerkt wird, daß die Folter nach vernünftigem Ermessen anzuwenden sei.« Jakob brachte seinen Vorwurf so leise vor, daß nur Voß ihn verstehen konnte. Es war nicht nötig, ihn bloßzustellen und dadurch unnötig zu verärgern.

Voß schaute verdrießlich drein. »Mir sind die Texte des Strafgesetzbuches durchaus bekannt, und ich frage mich, ob Ihr Euch darüber im klaren seid, daß es sich bei der Anklage gegen Frau Ameldung um ein außergewöhnlich schweres Vergehen handelt. Wir klären hier keinen Ehebruch oder einen simplen Betrug auf – diese Frau ist eine Zauberin, die einen Pakt mit dem Satan geschlossen hat. Um ein Geständnis von ihr zu erlangen, dürfen wir vor keinem Mittel zurückschrecken, auch wenn es uns noch so gräßlich erscheint, denn das Böse in ihr ist sehr stark. Es hilft ihr, gegen den Schmerz anzukämpfen, und darum werden wir im schlimmsten Fall den Punkt überschreiten müssen, an dem selbst das Böse vor den Qualen flieht und ihren Körper verläßt.«

»Aber sie könnte unschuldig sein ...«

»Unsinn!« fiel ihm Voß ins Wort. »Das Wasser hat sie abgestoßen. Sie ist eine Hexe, und auch Ihr werdet schon bald davon überzeugt sein. Und sollte sie doch unschuldig sein, dann wird Gott ihr ohne Frage die Kraft schenken, diese Tortur zu überstehen.«

Niemand übersteht eine solche Tortur, dachte Jakob wütend und biß sich auf die Lippe, um keine unbedachte Äußerung von sich zu geben. *Auch Voß würde einen Pakt mit dem Teufel gestehen, wenn man Euch lang genug dieser Pein aussetzen würde.*

»Genug des Geschwätzes.« Voß leerte den Weinbecher, wandte sich an den Scharfrichter und sprach mit ihm, ohne daß Jakob die Worte verstehen konnte. Dann kehrte er zurück hinter seinen Tisch.

Zu Jakobs Überraschung wurde Anna Ameldung tatsächlich herabgelassen. Kraftlos stürzte sie zu Boden. Ihre von Krämpfen geschüttelten Arme zuckten. Doch Jakob, der angenommen hatte, daß man Anna eine kurze Erholung gönnen würde, hatte sich geirrt. Matthias Klare hob Anna auf die Knie, löste ihre Fesseln und band ihr die Hände hinter dem Rücken zusammen.

»Habt Ihr uns etwas zu sagen?« fragte Voß, doch Anna schüttelte erneut nur den Kopf.

Voß nickte Klare zu, und der Scharfrichter befestigte an den Fesseln wieder das Seil, das an der Decke über die Rolle lief. Die Apothekerin ahnte offenbar, was geschehen würde, und schnappte ängstlich nach Luft. Der Scharfrichter und sein Knecht zogen am Seil, wodurch Annas Arme schmerzhaft hinter dem Rücken in die Höhe gezogen wurden, bis sie den Boden unter den Füßen verlor. Die qualvolle Strecklage ließ sie markerschütternde Schreie ausstoßen, die sich zu einem grellen Kreischen steigerte, als ihre Oberarmknochen mit einem grauenvollen Knacken aus den Gelenken sprangen. Anna strampelte in wilder Panik umher, obwohl sie die Schmerzen dadurch nur noch heftiger auflodern ließ. Sie hatte jegliche Kontrolle über sich verloren und kreischte, bis ihre Stimme versagte.

»Gesteht Eure Schuld!« brüllte Voß. Ein anderer Peinkommissar schnellte von seinem Stuhl hoch und verlangte: »Die Rute! Laßt sie die Rute spüren!«

»Nein!« würgte Anna Ameldung mir krächzender Stimme hervor und dann lauter: »Nein! Nein!«

»Dann gesteht endlich!«

Die Apothekerin zog eine schmerzhafte Grimasse und holte Luft. »Ich gestehe ... ich gestehe alles, was Ihr wollt.«

»Habt Ihr einen Pakt mit dem Teufel geschlossen?«

»Ja!« Ihre Stimme wurde schriller. »Ja, das habe ich!«

»Habt Ihr die schwarze Kunst der Hexerei ausgeübt? Habt Ihr damit anderen Menschen Schaden zugefügt?«

»Ja! Oh, Gott ... ich gestehe es ... ich bin eine Hexe.«

Zufrieden gab Voß dem Scharfrichter das Zeichen, Anna aus ihrer Strecklage zu befreien. Sie schrie noch einmal auf, als sie zu Boden stürzte, und blieb dann regungslos, aber heftig schnaufend liegen. Sie weinte bitterlich. Ihr Geständnis kam einen Todesurteil gleich, doch wer konnte es ihr verdenken, unter einer solch gräßlichen Folter den Tod als Freund zu begrüßen? Ein unter diesen Umständen abgepreßtes Geständnis war augenscheinlich bedeutungslos. Trotzdem nahmen die Peinkommissare es mit ernsten, ungerührten Mienen für bare Münze.

Noch einmal schrie Anna laut auf, als Matthias Klare seinen Fuß in ihre Armbeuge preßte und den Arm mit einem schnellen Ruck wieder in das Gelenk drückte. Er renkte auch den anderen Arm ein, dann setzte Klare sie auf den Hocker und die Peinkommissare begannen mit der Suche nach dem Teufelsstigmata, einem auffälligen Zeichen, daß der Teufel seinem Opfer mit den Klauen bei der Besiegelung des Paktes eingeritzt hatte. Jakob konnte nicht genau erkennen, was die Männer taten, doch nach einer knappen Weile wandte sich Jobst Voß um und rief: »Notiert bitte, daß sich am linken Unterschenkel der Angeklagten ein vernarbtes Mal befindet, das nicht geblutet hat, als man mit einer Nadel hineinstach.«

Während Jakob dieses Ergebnis der Suche nach dem Stigmata niederschrieb, entfernte man Anna die Augenbinde und nahm das Verhör wieder auf.

»Wann hat sich Euch der Satan offenbart?« verlangte einer der Peinkommissare zu erfahren.

Anna hustete und verkrampfte sich auf dem Schemel, antwortete aber nicht.

»Ich wiederhole es noch einmal: Wann hat sich Euch der Satan offenbart? So sprecht endlich, Weib!«

Anscheinend rang Anna mit sich selbst, ob sie ihr unter extremen Schmerzen abgelegtes Geständnis aufrechterhalten sollte. Nach einigen Momenten des Zögerns sagte sie dann leise: »Ich werde nicht lügen. Niemals in meinem Leben habe ich einem Menschen etwas Schlechtes angetan. Gott allein soll mein Richter sein.«

»Ihr werdet schon bald vor Eurem Richter stehen«, warf Jobst Voß ein. Er hob übertrieben bedächtig seinen Becher zum

Mund und trank einen Schluck Wein. »Also widerruft Ihr Euer Geständnis.«

»Ich bin keine Hexe.« Anna betonte jedes einzelne Wort.

Voß verzog das Gesicht und wies den Scharfrichter an, die Tortur weiterzuführen.

Die Apothekerin wimmerte verzweifelt und schüttelte sich, als Klare ihr aufs neue die Augen verband und ihre Arme hinter dem Rücken fesselte. Wieder wurde sie langsam in die Höhe gezogen, bis die Arme aus den Gelenken brachen, doch dieses Mal ließ man sie dazu noch die Rute spüren, und drei Männer redeten gleichzeitig wütend und laut auf sie ein und bestürmten sie, ihre Schuld zu gestehen. Die Peinkommissare mußten ihre Stimme erheben, denn die Stockhiebe peitschten so laut, daß ihre Worte kaum zu verstehen waren.

Jakob fühlte sich benommen. Der Geruch von Blut und Schweiß sowie der süße, schwere Wein verursachten einen solchen Schwindel in seinem Kopf, daß er sich am Schreibpult festhalten mußte.

»Wann, Frau Ameldung, seid Ihr dem Bösen verfallen?« rief einer der Peinkommissare.

»In welcher Gestalt ist Euch der Satan entgegengetreten?«

»Habt Ihr die Schwarze Taufe empfangen?«

»Wie oft habt Ihr Zauberei angewandt?«

»Seid Ihr eine Hexe?«

»Ja!« kreischte die Apothekerin plötzlich wie wahnsinnig, woraufhin Matthias Klare die Rute sofort ruhen ließ.

»Wiederholt Eure Worte! Ich habe sie nicht genau verstanden«, verlangte Voß.

»Ich bin ...« Anna Ameldung preßte die heiseren Worte hervor. »Ich ... ich will heimgehen ... zu meinen Töchtern.«

»Seid Ihr eine Hexe?« rief Voß nun so laut, daß Jakob unweigerlich zusammenzuckte.

Anna Ameldung antwortete nicht. Voß deutete auf einige Gewichte im hinteren Teil der Kammer, von denen ein grober

Metallklotz herangetragen und an Annas Füßen befestigt wurde, um ihre Qualen zu verstärken.

Die Apothekerin schnaufte heftig. Sie besaß nicht einmal mehr die Kraft zu schreien. Das Gewicht an ihren Füßen ließ ihre Knochen und Gelenke knirschen und spannte die Haut so sehr, daß Jakob schon befürchtete, es würde die gepeinigte Frau entzwei reißen.

»Seid Ihr der Macht des Teufels verfallen?« fragte Voß erneut.

Für ein paar Atemzüge gelang es Anna Ameldung den Schmerzen standzuhalten, dann war ihr Widerstand vollends gebrochen, und sie preßte undeutlich ein »Ja« hervor.

»Ihr gesteht also, die Schwarze Taufe vom Satan empfangen zu haben?«

Diesmal antwortete sie nur mit einem Nicken.

»Und die Satanstaufe ist auf dem Hexensabbat vollzogen worden?«

»Ja.«

»Entspricht es der Wahrheit, daß Ihr durch die Luft gefahren seid, um zu der heidnischen Zusammenkunft zu gelangen?«

»Ja.«

»Wie brachtet Ihr es fertig, zu fliegen?«

Keine Antwort.

»Benutztet Ihr dazu eine verzauberte Salbe?«

Ein Nicken.

Fürs erste war Voß zufrieden mit diesen Aussagen. Er gönnte der Apothekersfrau eine kurze Verschnaufpause und ließ sie aus der Strecklage befreien. Mit einem dumpfen Laut sackte sie zu Boden. Ihre Arme und Beine zuckten unter Krämpfen wie in einem grotesken Tanz hin und her.

»Schaut es Euch an, wie der Satan sich in ihr windet. Ein weiteres Zeichen Ihrer Blasphemie.« Voß strich sich durch das Haar und stellte sich neben Jakob.

»Das Weib ist störrisch, aber ich glaube, wir haben das Böse in ihr endlich gebrochen. Wenn wir die Folter noch ein wenig verschärfen, wird sie uns bereitwillig jedes Detail ihrer häretischen Handlungen schildern. Notiert nun das, was sie bereits gestanden hat. Schreibt auf: Die Angeklagte Anna Ameldung gab an, sich auf einen Pakt mit dem Antichristen eingelassen zu haben, der durch das vom Satan persönlich durchgeführte Umtaufen besiegelt wurde. Sie erklärte zudem, vom Teufel eine verzauberte Salbe erhalten zu haben, mit deren Hilfe sie des Nachts durch die Luft zum Hexentanz ausgefahren ist.«

Jakob wollte zur Schreibfeder greifen, doch dann hielt er inne und sagte statt dessen: »Auf ein Wort unter vier Augen, Herr Voß.«

Voß runzelte unwillig die Stirn, entfernte sich aber mit Jakob einige Schritte von den anderen. »Was gibt es nun noch zu bereden?«

Jakob räusperte sich. »Ich möchte Euch darauf hinweisen, daß es Euch gemäß der Artikel 54 und 56 der Carolina untersagt ist, ein Geständnis anhand von Suggestivfragen zu erlangen. Ihr legt der Angeklagten die Antworten so vor, daß sie diese im Grunde nur zu bestätigen braucht.«

Voß verzog das Gesicht.

»Ich … ich möchte Euch nur darauf hinweisen, daß …«

»Schweigt endlich!« unterbrach ihn Voß. »Euer ungebührliches Verhalten ist beschämend. Ihr zweifelt meine Kompetenzen an, und seid doch nur ein unreifer Bursche, der nicht die geringste Ahnung zu haben scheint, welches Ziel wir hier verfolgen. Wir treiben das Böse aus der Seele dieser Frau. So etwas kann nur durch strengste Härte und Unnachgiebigkeit gelingen. So abstoßend diese Prozedur Euch auch vorkommen mag, sie geschieht im höchsten Interesse dieser vom christlichen Weg abgekommenen Frau.« Die Augen des Ratsherrn funkelten warnend. »Und nun erledigt Eure Pflicht. Habe ich mich klar ausgedrückt?«

Jakob nickte betrübt, kehrte an das Pult zurück und kratzte mit der Feder Wörter und Sätze auf das Papier, die ihm vollkommen absurd erschienen. Wie viele Schmerzen würde Anna Ameldung noch erleiden müssen, bis diese Seite vollgeschrieben war, und wie viele Seiten, gefüllt mit haarsträubenden Geständnissen, würden darauf folgen?

Erst als die Morgendämmerung anbrach, konnte Jakob den Bucksturm verlassen. Über eine Stunde lang lief er durch die Straßen, ohne recht die Welt um ihn herum wahrzunehmen. Ein leichter Nieselregen setzte ein, der ihm zwar Abkühlung verschaffte, aber die schreckliche Bilder nicht aus seinem Kopf bannen konnte.

Er hatte angenommen, die Schreckensbilder seiner Visionen hätten ihn in gewisser Weise gegen menschliches Leid abstumpfen lassen, doch das, was in dieser Nacht im Bucksturm geschehen war, hatte ihn stärker erschüttert als sämtliche Gesichter, die ihn in den vergangenen Jahren heimgesucht hatten.

Es war schlimm für ihn gewesen, zu sehen, wie die beiden Frauen den extremsten körperlichen Qualen ausgesetzt wurden, doch als noch grauenhafter hatte Jakob es empfunden, zu verfolgen, wie ihr Wille und ihre Selbstachtung gebrochen wurden. Die alte Frau Modemann hatte der Tortur sogar noch länger standgehalten als Anna Ameldung. Man hatte sie ebenso wie die Apothekerin gestreckt, ausgepeitscht und mit Gewichten beschwert. Als sie daraufhin noch immer beharrlich ihre Schuld geleugnet hatte, ließen die Peinkommissare ihr Bein- und Daumenschrauben anlegen. Erst dann gab sie ihren Widerstand auf und gestand jedwedes Verbrechen, das die Peinkommissare ihr vorwarfen.

Um den Schmerzen zu entfliehen, hatten beide Frauen in panischen Schilderungen von ihren Hexenkünsten berichtet, und wo es ihren Geständnissen an Substanz und Detailreichtum fehlte, da halfen die Peinkommissare nach, indem sie mit ihren Suggestivfragen für die nötigen Ausschmückungen sorgten. Am Ende beschuldigten sich die beiden Frauen nicht nur gegenseitig der Teilnahme am Hexentanz, sondern behaupteten sogar, ihre eigenen Töchter und Enkelinnen hätten an den heidnischen Zusammenkünften teilgenommen.

Diese Bereitschaft, sogar die eigenen Kinder dem Verdacht der Hexerei auszusetzen, um von den Qualen der Folter erlöst zu werden, hatte Jakob am tiefsten erschüttert. Doch damit immer noch nicht genug, wurde jeder von ihnen mehr als ein Dutzend Namen von Frauen abgepreßt, die nun ebenfalls in den Verdacht gerieten, Dienerinnen des Satans zu sein. Jakob hatte Namen um Namen notiert, in wachsender, banger Angst, eine der Frauen würde in ihrer Notlage auch ihn selbst oder Sara belasten. Wenn diese gepeinigten Seelen sogar ihre eigenen Kinder der Justiz preisgaben, mußte er ebenfalls befürchten, daß die Personen, von denen sie Unterstützung erhalten hatten, der Hexerei beschuldigt wurden.

Doch weder sein eigener noch Saras Name war in dieser Nacht gefallen, und als Jakob auf seinem Weg durch die Stadt in eine schmale Gasse zwischen zwei Häusern einbog, faltete er die Hände und dankte Gott für diese Gnade. Er fiel auf die Knie und konnte die Tränen nicht mehr zurückhalten.

Erst nach einigen Minuten hatte er sich wieder in der Gewalt. Er stand auf und wischte sich den Schlamm von den Hosenbeinen. Dann schlug er den Weg zum Haus der Meddersheims ein.

Sara ließ ihn hinein, als er an die Dielentür klopfte. Es war ihr anzusehen, wie gespannt sie bereits auf ihn gewartet hatte.

»Jakob, endlich«, sagte sie und schob ihn eilig in die Werkstatt.

Mit letzter Kraft taumelte Jakob zu einem Stuhl. Ihm war schwindelig, und er wünschte sich nur, sich einfach mit Sara ins Bett zu legen und sich von ihrer Nähe beruhigen zu lassen.

»Himmel, du schaust schrecklich aus.« Sara legte eine Hand um seine Schulter.

Jakob konnte nicht anders, als sie an sich zu ziehen und seinen Kopf auf ihren Bauch zu pressen.

»Was ist geschehen?« fragte sie.

»Es ist vorbei, Sara. Sie haben gestanden, Zauberei angewandt zu haben.«

Weil sie wohl spürte, wie sehr es ihn mitgenommen hatte, wollte Sara keine Einzelheiten von ihm wissen. Ohne ein Wort zu sagen, strich sie ihm über das Haar, als wäre er ein krankes Kind. Dann sagte sie: »Jakob, komm, ich möchte dir etwas zeigen.«

Er folgte ihr in die Wohnstube ihres Vaters, und zu seiner Überraschung traf er dort auf zwei Personen, die er kaum hier erwartet hätte.

Albert Modemann und Heinrich Ameldung strahlten keineswegs mehr den unerschütterlichen Trotz aus, den sie bei ihrer ersten Begegnung an den Tag gelegt hatten. Daß der Rat inzwischen die Wasserprobe durchgeführt und die beiden Frauen dem peinlichen Verhör unterzogen hatte, mußte Modemann und Ameldung völlig unerwartet getroffen haben. Bleich und angespannt standen sie da, und es war Modemann, der sich bei Jakobs Eintreten als erster rührte und ihm versöhnlich die Hand reichte.

»Ich muß mich bei Euch entschuldigen«, sagte Modemann. »Es scheint, als hätte ich mich zu sicher gefühlt.«

Jakob drückte seine Hand und nickte.

»Frau Meddersheim sagte uns, daß Peltzer Euch als Schreiber für das peinliche Verhör abgestellt hat.«

»So ist es.«

»Also wart Ihr dabei. Sagt, was hat das Verhör ergeben?«

»Könnt Ihr es Euch nicht denken?«

Modemann zuckte müde die Schultern. »Sie haben gestanden?«

Jakob nickte traurig. »Sie waren standhaft, aber die Schmerzen haben schließlich ihren Willen gebrochen. Nach einer solchen Tortur hätten sie alles eingestanden – selbst die unwahrscheinlichsten Verbrechen.«

»Mein Frau hat zugegeben, daß sie eine Hexe ist?« flüsterte Ameldung heiser.

»Niemand hätte dieser Folterung standgehalten.«

»Sie hat es zugegeben.« Der Apotheker sprach mehr mit sich selbst, und es war eine tiefe Enttäuschung und Verunsicherung aus seinen Worten herauszuhören.

»Wir nehmen das nicht so einfach hin!« wehrte sich Modemann. »Noch sind Eure Frau und meine Mutter am Leben. Und so lange sie noch einen Atemzug tun, werde ich den Kampf gegen Peltzers Willkür weiterführen.« Er schaute Jakob streng in die Augen. »Herr Theis, ich habe Euch mißtraut, doch nun erbitte ich Eure Hilfe. Ihr lebt mit Wilhelm Peltzer in einem Haus. Vielleicht wäre es Euch möglich, seine nächsten Schritte zu verfolgen und uns darüber in Kenntnis zu setzen.«

»Ich befinde mich auf Eurer Seite, und ich werde Euch unterstützen, wo ich kann«, erwiderte Jakob. »Aber ich werde Euch nichts mehr über Peltzer berichten können.«

»Warum nicht?« wollte Modemann wissen.

»Weil ich Peltzers Haus verlassen werde. Nichts und niemand wird mich dazu zwingen können, auch nur eine weitere Nacht unter seinem Dach zu verbringen.«

Kapitel 24

Es gab nur wenige Dinge, die Jakob in seiner Kammer in Peltzers Haus zusammenpacken mußte: einige Hemden und Beinkleider, sein Rasierzeug sowie die Bibel, die ihm von Agnes anvertraut worden war. Die roten Federn, über die der Bürgermeister sich einst so abfällig geäußert hatte, steckte er wieder an seinem Hut fest und betrachtete sich und seine Kopfbedeckung trotzig im Spiegel. Dann verschnürte er den Ledersack, schulterte ihn und trat aus der Kammer in den angrenzenden Korridor. Einen Moment lang verharrte er und betrachtete gedankenverloren die verriegelte Tür zu Peltzers Bibliothek.

Eine seltsame Beklommenheit breitete sich in ihm aus. Er hatte die vielleicht folgenschwerste Entscheidung in seinem Leben getroffen. Indem er der Obhut Peltzers entfloh, lehnte er sich offen gegen die Mächtigen in der Stadt auf. Was dieses Verhalten für seine Zukunft bedeutete, konnte er kaum abschätzen. Nach wie vor war es sein Wunsch, die Rechtswissenschaften zu studieren. Da er an der Universität in Rinteln bereits eingeschrieben war, würde er dieses Ziel wohl auch ohne die Unterstützung des Bürgermeisters oder seines Brautvaters weiterverfolgen können. Eines Tages würde er ein Rechtsgelehrter sein, der gewissenhaft die bürgerlichen Gesetze anwandte, um wohl abgewogene Urteile zu fällen.

Peltzer würde über seine eilige Abreise alles andere als erfreut sein. Er würde gewiß nicht zögern, eine Nachricht oder möglicherweise sogar eine Beschwerde an Johann Albrecht Laurentz zu senden, in der er ausführlich über das ungebührliche Verhalten seines Schützlings Bericht erstattete.

Es war anzunehmen, daß sich auch Laurentz von Jakob abwenden würde. Und damit wäre auch die Eheschließung mit seiner Tochter Agnes hinfällig. Aber der Gedanke an eine Hochzeit in Minden war für Jakob ohnehin in weite Ferne gerückt. Sein Herz gehörte längst Sara, auch wenn ihm nicht ganz klar war, wie sich ihr Verhältnis entwickeln würde.

Jakob mußte plötzlich an seine Eltern denken und wie stolz sie darauf gewesen waren, daß er von Johann Albrecht Laurentz gefördert wurde und zudem um die Hand dessen Tochter angehalten hatte. Nun würde ihr Traum zerplatzen. Er kannte seinen Vater und seine Mutter gut genug um zu wissen, daß sie einer Verbindung mit einer Frau wie Sara niemals ihren Segen geben würden.

Jakob schickte einen der Knechte aus, sein Pferd zu satteln, dann bereitete er sich auf die unangenehmste Aufgabe an diesem Tag vor. Er würde sich bei Wilhelm Peltzer abmelden müssen, auch wenn es ihm wenig behagte, dem Bürgermeister mit der Nachricht seines Abschieds entgegenzutreten.

Jakob fand Peltzer in dessen Arbeitszimmer. Der Bürgermeister war damit beschäftigt, mehrere Dokumente zu unterschreiben und mit seinem Siegel zu versehen, als er Jakob bemerkte. Er schaute auf und musterte ihn argwöhnisch.

»Tretet näher«, sagte Peltzer und legte die Feder zur Seite.

Jakob leckte sich verstohlen über die Lippen. *Warum nur,* schalt er sich, *scheint es mir in der Gegenwart Peltzers, als würde sich meine Zunge verknoten?* Trotz des Kloßes in seinem Hals brachte er hervor: »Herr Peltzer, ich bin gekommen, um Euch mitzuteilen, daß ich Euer Haus verlassen werde.«

Peltzer nickte bedächtig, so als hätte er Jakobs Worte vorausgeahnt. »Darf ich fragen, aus welchem Grund Ihr diesen Entschluß gefaßt habt?«

»Es ist der Prozeß gegen die Frauen Ameldung und Modemann. Ich teile nicht länger Eure Meinung über die Schuld dieser Frauen. In meinen Augen begeht Ihr einen großen Fehler, wenn Ihr sie als Hexen hinrichten laßt. Sie sind unschul-dig.«

»Diese *Hexen*«, Peltzer sprach das Wort so scharf aus, als wäre es eine Beleidigung, die Frauen anders zu bezeichnen, »haben freimütig ihre Schuld eingestanden. Herrgott, Jakob, Ihr selbst wart doch anwesend, als sie ihre Sünden dargelegt haben.«

»Sie haben nur das bestätigt, was die Kommissare von ihnen verlangt haben. Und das allein aus einem Grund: um den unmenschlichen Qualen der Folter zu entfliehen.«

Peltzer erhob sich. Seine Augen funkelten. »Wißt Ihr, Jakob, Eure Willensschwäche ist mir bereits bei unserem ersten Zusammentreffen nicht verborgen geblieben. Wegen meiner Freundschaft zu Eurem Mentor Laurentz habe ich mir trotz allem jede erdenkliche Mühe gegeben, Euch auf den rechten Weg zu führen. Aber ich hätte wissen müssen, daß es vertane Zeit war. Ihr werdet niemals dazu fähig sein, Gottes Gesetz auf Erden zu vertreten.«

»Das ist Eure Meinung …«, hielt Jakob dagegen, doch Peltzer fiel ihm prompt ins Wort.

»Eine Meinung, die Eurem Mentor nicht gefallen wird, dessen seid gewiß. Gut, verlaßt die Stadt, aber wartet noch, bis ich einen Brief an Johann Albrecht Laurentz aufgesetzt habe, den Ihr ihm eigenhändig übergeben werdet.«

Peltzer wollte schon nach Federkiel und Papier greifen, doch Jakob hielt ihn zurück. »Ihr irrt Euch. Ich werde noch nicht aus Osnabrück abreisen.«

»Ihr bleibt in der Stadt? Es zieht Euch zu der Meddersheimerin, nicht wahr? Zu dieser kleinen Hure, die Euch den Kopf verdreht hat.«

»Sie ist keine Hure.«

»Weiß der Himmel, was sie mit Euch angestellt hat, damit Ihr wie ein geiler Straßenköter hinter ihr herlauft.«

»Das muß Eure Sorge nicht sein.«

»Nein, vielleicht nicht.« Peltzer beugte er sich näher an Jakobs Gesicht heran, und raunte ihm ins Ohr: »Kriecht meinetwegen unter den Rock dieses Flittchens – aber eines, Jakob, gebe ich Euch mit auf den Weg: Haltet Euch aus Angelegenheiten heraus, die Euch nichts angehen. Und sollte ich jemals erfahren, daß Ihr Euch öffentlich gegen mich stellt, dann werdet Ihr die bitteren Konsequenzen dafür tragen. Gott soll mein Zeuge sein.«

Trotz der warnenden Worte des Bürgermeisters nahm Jakob noch am selben Tag an einer Zusammenkunft der Gegnerschaft Peltzers in Albert Modemanns Haus teil.

Unmittelbar nachdem er Melchior im Stall der Meddersheims untergestellt und seine neue Kammer bezogen hatte, hatte Modemann ihn dort aufgesucht und sich von Jakob unter vier Augen ausführlich von dem Ablauf der peinlichen Befragung berichten lassen. Jakob bemühte sich um eine sachliche Schilderung des Verhörs, doch oftmals konnte er seine Abscheu vor den Praktiken der Peinkommissare nicht verhehlen. Modemann hörte ihm aufmerksam zu, nickte nur von Zeit zu Zeit, und als Jakob geendet hatte, dankte er ihm höflich und lud ihn ein, am frühen Abend sein Haus zu besuchen, um mit einigen anderen Freunden und Gleichgesinnten das weitere Vorgehen in dieser Angelegenheit zu beraten.

Jakob und Sara begaben sich gemeinsam zu Modemann, doch während Jakob dort sofort ein Stockwerk höher geführt wurde, blieb Sara mit den Mägden in der Küche zurück. Man zog es anscheinend vor, dieses Treffen in einem ausgesuchten Kreis abzuhalten, zu dem man einer schwangeren, unverheirateten Frau keinen Zutritt gewähren wollte.

Außer Jakob hatten sich noch fünf weitere Männer an der gedeckten Tafel versammelt. Natürlich waren Albert Modemann und Heinrich Ameldung anwesend. Neben Ameldung saß ein kleiner, hagerer Mann mit gefalteten Händen, der eine ungewöhnliche Ruhe ausstrahlte. Modemann stellte ihn als Martin Gosling vor, einen Freund der Familie und Rechtsgelehrten, der eigens aus Münster angereist war, um Modemann mit seinem Rat zur Seite zu stehen. Bei den anderen handelte es sich zu Jakobs Erstaunen um die beiden Prediger von St. Marien, Gerhard Grave und Peter Pechlin. Vor allem aus Graves blauen Augen blitzte eine Streitlust, die Jakob irritierte, hatte er doch während seiner Gottesdienstbesuche in der Marienkirche mitverfolgen können, wie wortgewaltig Grave die Gläubigen von der Kanzel aus vor den Gefahren der Hexerei gewarnt hatte.

Während ein Tablett mit gebackenem Karpfen aufgetragen und dazu frisches, mit Fenchel abgeschmecktes Brot gereicht wurde, bemerkte Jakob, daß Grave, der, wie er nun erfuhr, ein Verwandter Anna Modemanns war, ihn ebenfalls mißtrauisch musterte. Der Prediger mußte Jakob des öfteren an der Seite Peltzers gesehen haben. Die Voreingenommenheit, die Jakob und Grave gegenseitig teilten, wurde jedoch recht schnell aus der Welt geschafft. Vor allem Jakob mußte seine Meinung revidieren, als Grave während des Essens seine Ansichten über die Wasserprobe zum besten gab. Grave war zwar von der Macht des Teufels über die Menschen überzeugt, aber keineswegs dem zügellosen Wahn verfallen, der die meisten Bürger blind für die Realität gemacht hatte.

»Als man die armen Frauen dem beschämenden Wasserbad unterzog, habe ich zu Gott gebetet, er möge uns Menschen diese Willkür verzeihen«, meinte Grave und hob den Bierkrug an den Mund. »Solch eine Probe ist wider das erste Gebot Gottes und zudem völlig unsinnig, denn es gibt keinerlei kanonische oder weltliche Rechtsgrundlagen für das Hexenbad.«

»Ich teile Euer Urteil, Magister Grave«, mischte sich nun auch Martin Gosling ein, der Jurist aus Münster. »Doch bedenkt, daß ein Einspruch gegen dieses Verfahren wenig Sinn haben würde, da der Rat in Bezug auf die Wasserprobe stets auf die alten westfälischen Gewohnheitsrechte verweisen wird.«

Grave stieß lediglich ein verächtliches Schnauben aus; es war sein Sitznachbar Pechlin, der auf Goslings Einwand antwortete: »Mit Verlaub möchte ich darauf hinweisen, daß man sehr wohl geteilter Meinung darüber ist, ob man diese Gewohnheitsrechte in Osnabrück anwenden darf. Immerhin existieren keinerlei Überlieferungen, die eine Anwendung der Wasserprobe zwischen dem vierzehnten und dem Ende des sechzehnten Jahrhunderts erwähnen.«

Grave untermauerte die Ausführung seines Amtsbruders mit einem heftigen Nicken. »Ich selbst habe noch mit Personen gesprochen, die mir aus eigener Erfahrung berichten konnten, daß die Wasserprobe in den neunziger Jahren des vergangenen Jahrhunderts nur bei einem gewissen Teil der Beschuldigten angewendet wurde.«

Albert Modemann, der dieser Diskussion interessiert gefolgt war, entfernte eine Gräte aus seinem Mund und legte sie neben dem Teller ab, bevor er selbst das Wort ergriff.

»Meine Herren, ich glaube eine Auseinandersetzung mit dem Wasserbad, gleichgültig, ob dafür nun eine rechtliche Grundlage besteht oder nicht, wird uns in dieser Angelegenheit nicht mehr weiterhelfen. Das Bad wurde vollzogen, und der Rat rechtfertigt damit die Einleitung des peinlichen Verhörs. Aber genau dieses Verhör ist es, dem wir unsere Aufmerksamkeit zuwenden sollten. Ich habe am heutigen Tag ein langes Gespräch mit Herrn Theis geführt, der als einziger in dieser Runde Augenzeuge der Befragung war, und wurde von ihm auf einige interessante Details hingewiesen, die uns helfen könnten, zumindest einen zeitweiligen Aufschub der Verhandlung gegen meine liebe Mutter und die ehrenwerte Frau Ameldung zu erreichen.« Er bedachte Jakob mit einem auffordernden Blick. »Aber Herr Theis sollte uns besser selbst berichten, was ihm während der Befragung aufgefallen ist.«

»Vielleicht sollte uns unser junger Freund zuvor erläutern, warum er den Bürgermeister Peltzer, in dessen Haus er über Wochen gelebt hat, auf diese Weise hintergeht«, wandte Grave ein und machte so sein Mißtrauen offenkundig.

Jakob räusperte sich. »Ich betrachte Euch als gebildeten und gottesfürchtigen Mann, Magister Grave. Und diese Attribute nehme ich ebenso für mich in Anspruch. Es stimmt, ich war bei meiner Ankunft in Osnabrück geblendet von der Ausstrahlung Eures Bürgermeisters, doch ich kann Euch versichern, es dauerte nicht lang, bis ich seine wahre Natur erkannte. Er schürt unter den Bürgern einen blinden Aberglauben.«

»Und doch fördert Euch Peltzer und setzte Euch gar als Protokollschreiber während des peinlichen Verhöres ein«, erklärte Grave.

»Ich nehme an, Peltzer wählte dies als Strafe für mich. Er hatte begriffen, daß ich an seinen Überzeugungen zweifelte, und wollte mir vor Augen führen, wie die beschuldigten Frauen unter der Folter zusammenbrechen und ihre Verbrechen eingestehen. Doch so wurde ich Zeuge einer Befragung, die mir die Unsinnigkeit dieser Schuldfindung deutlich vor Augen geführt hat.«

Grave verschränkte die Arme vor der Brust. »Ich kenne Euch nicht gut genug, um zu wissen, ob ich Euch vertrauen kann. Da jedoch der hochgeschätzte Herr Modemann auf Euch zählt, will ich meine Zweifel vorerst beiseite schieben. Also berichtet uns, was Euch aufgefallen ist.«

»Es gibt einige Punkte, die von Interesse sein dürften. Ich mag kein promovierter Jurist sein, aber ich habe mich dennoch eingehend genug mit der Carolina beschäftigt, um erkennen zu können, daß die Kommissare auf sträflichste Weise gegen verschiedene Artikel des Bürgerlichen Gesetzbuches verstoßen haben.«

»Erläutert uns das bitte genauer«, bat Martin Gosling.

»Nun, ich möchte zunächst den Artikel 58 erwähnen, der vorschreibt, daß die Tortur nach gutem und vernünftigem Ermessen angewandt werden soll. Ich wurde jedoch Zeuge, wie die Angeklagten in ungebührlicher Weise körperlichen Qualen ausgesetzt wurden. Die Folter zog sich über mehrere Stunden hin und wurde nicht eher gemildert, bis man den freien Willen der Frauen gebrochen hatte. Eine andere Verfehlung sehe ich aber darin, daß den Angeklagten das Geständnis anhand von Suggestivfragen entlockt wurde, die diese nur zu bestätigen brauchten, um die gestellte Behauptung als Aussage in das Protokoll aufzunehmen. Oftmals gaben sich die Kommissare bereits mit einem einfachen Nicken zufrieden. Damit wurde eindeutig gegen die Artikel 54 und 56 verstoßen, welche die Anwendung von Suggestivfragen klar untersagen.«

»Wärt Ihr bereit, dies unter Eid zu bezeugen?« wollte Grave wissen.

»Das bin ich«, erfolgte Jakobs knappe, aber unmißverständliche Antwort.

Modemann wandte sich an Gosling. »Könnte eine Beschwerde gegen diese Verstöße genügen, um eine Verfügung gegen die Weiterführung des Prozesses zu erreichen?«

Martin Gosling rieb sich nachdenklich das Kinn. »Wir müssen uns darüber im klaren sein, daß kaum ein Hexenprozeß durchgeführt wird, der strikt jeden Artikel der Carolina beachtet. Laut Artikel 44 wäre es sogar erforderlich gewesen, daß sich der Ratsbeschluß über die Eröffnung des peinlichen Verhörs mit dem Vorliegen der einzelnen Verdachtsmomente auseinandergesetzt hätte. Wie ich erfahren mußte, enthalten die Prozeßakten aber nicht einmal eine Indizienzusammenstellung, sondern berufen sich ausnahmslos auf mündliche Verleumdungen. Auch das ist ein schwerer Verstoß gegen die Rechtsordnung, aber eine Verfügung damit zu erwirken – nein, da sehe ich kaum Hoffnung auf Erfolg.«

»Aber warum nicht?« fragte Jakob.

»Mein Freund, sagt Ihnen der Begriff *crimen exceptum* etwas?«

»Ich kenne die Bedeutung der Worte.«

»*Crimen exceptum* – ein außergewöhnlich schweres Verbrechen, das außergewöhnliche Maßnahmen erfordert. Hexerei und Zauberei – eben genau diese Delikte fallen unter solch eine Bezeichnung. Bei einem derartigen Verdacht wird von einem Richter erwartet, daß er alles daransetzt, eine Hexe zu einem Geständnis zu bewegen, und darum wird es auch gebilligt, das Strafgesetzbuch in diesen Fällen ein wenig zu beugen. So ist es die gängige Praxis, und eine Beschwerde würde den Fortgang des Prozesses nicht aufhalten können.«

Verärgert schlug Modemann mit der flachen Hand auf die Tischplatte. »Gibt es denn nichts, was der Willkür des Rates Einhalt gebieten kann?«

»Indem wir über unklare Paragraphen streiten?« fragte Gosling ironisch. »So läßt sich wohl nichts erreichen. Aber Ihr wißt, daß es einen Mann gibt, der Peltzer und dem Rat die Stirn bieten kann.«

Modemann schaute Martin Gosling einen Moment lang an, als wäge er ab, ob er den Gedanken des Juristen tatsächlich erraten habe. Dann meinte er: »Ihr sprecht von Gustav Gustavson.«

»Eine Intervention bei der landesfürstlichen Kanzlei sehe ich allerdings als Zeitverschwendung an. Nein, wenn Ihr diesen

Prozeß wirklich aufhalten wollt, dann müßt Ihr dies durch einen direkten Befehl des Landesherren erreichen.«

Modemann zog die Stirn in Falten. »Aber wie es heißt, befindet sich Gustavson in Brandenburg. Genauer gesagt im Feldlager der schwedischen Armee bei Kyritz.«

»Dann schickt einen Boten zu ihm. Aber verliert keine Zeit. In wenigen Tagen wird der Rat sein Urteil fällen.«

»Und wen sollen wir schicken?« überlegte Modemann laut.

Jakob bemerkte plötzlich, daß die Augen aller Anwesenden auf ihn gerichtet waren. Zogen Modemann und seine Mitstreiter es wirklich in Betracht, einem ehemaligen Vertrauten des Bürgermeisters ein derart heikles Anliegen anzuvertrauen?

»Herr Theis, was wäre mit Euch?« bestätigte Modemann Jakobs Befürchtung. »Würdet Ihr Euch bereit erklären, diesen Dienst zu übernehmen?«

Modemanns Bitte verschlug Jakob für einen Moment die Sprache. Eine Reise in das Feldlager vor Kyritz würde mehrere Tage in Anspruch nehmen, ganz zu schweigen von den Gefahren, die ein Ritt durch das vom Krieg heimgesuchte Land bedeutete. Es widerstrebte Jakob, von Sara getrennt zu sein, doch letztendlich war er in den Fall der Frauen Ameldung und Modemann inzwischen so stark eingebunden, daß es für ihn nur eine Antwort geben konnte.

»Ich werde dem Landesherrn die Nachricht überbringen. Es … es ist mir eine Ehre«, erwiderte er mit heiserer Stimme, was ihm die anerkennenden Blicke der Anwesenden einbrachte. Nur Heinrich Ameldung, der während der gesamten Unterredung geschwiegen und mutlos auf seinen Teller gestarrt hatte, ließ sich von dem neu entfachten Tatendrang nicht anstecken. Er schien bereits resigniert zu haben.

Spät am Abend ging Jakob über den Hinterhof der Meddersheims. Er dachte an den nächsten Morgen, wenn er bei Sonnenaufgang sein Pferd Melchior besteigen und in Richtung Osten reiten würde.

Sara war vom ersten Augenblick an begeistert gewesen, als er ihr eröffnet hatte, daß ihm angetragen worden war, den Landesherren Gustav Gustavson in seinem Feldlager in Kyritz aufzusuchen, um eine Verfügung gegen den Hexenprozeß zu erreichen.

Als er den Pferdestall neben dem Haus passierte, bemerkte er einen Lichtschein zwischen den Bretterwänden. Er ging hinein und beobachtete, wie Sara sein Pferd mit einer Rübe fütterte und es gleichzeitig striegelte.

»Hier bist du also«, sagte er mit Wehmut in der Stimme.

Sara wandte sich zu ihm um. »Ich dachte mir, Melchior könnte vor dem langen Ritt noch ein paar Streicheleinheiten gebrauchen.« Sie lachte leise, als Melchiors Zunge ihren Handteller kitzelte.

»Und was ist mit mir?« fragte Jakob in scherzhafter Entrüstung.

»Um dich werde ich mich auch noch kümmern.« Sie warf die Bürste beiseite, kam zu Jakob und legte ihm die Arme um den Hals. Er setzte sich auf den Futtertrog und ließ Sara auf seinen Schoß rutschen. Sie war schwer geworden; es schien, als hätte sich ihr Gewicht in den letzten Tagen regelrecht verdoppelt.

Er stöhnte, und sie kniff übermütig in seine Wange.

»Bist du etwa zu schwach für mich geworden?«

Jakob zog eine Grimasse. »Himmel, ich sehne den Tag herbei, an dem ich dich wie eine Feder auf meinen Arm heben kann.«

»Es wird nicht mehr lange dauern. Eine Woche, vielleicht zwei.«

»Versprich mir, daß du das Kind nicht zur Welt bringst, während ich fort bin.«

»Wieso? Willst du etwa dabei zuschauen? Das wird nicht unbedingt ein schöner Anblick sein. Man sagt, viele Männer fürchten sich mehr vor dem Bild einer Frau auf dem Wochenbett als vor einer Schlacht auf Leben und Tod.«

»Ich würde dir so gerne beistehen. Natürlich nur, wenn du es willst.«

Sara drückte ihn fest an sich. »Ja, und darum werde ich geduldig ausharren, bis du zurückkehrst.« Sie schaute ihm in die Augen. »Daß du den Landesherren aufsuchen und für Anna eintreten wirst, werde ich dir niemals vergessen.«

Jakob schwieg einen Moment. Dann sagte er: »Sara, ich möchte dich um etwas bitten. Verlasse die Stadt während meiner Abwesenheit. Begib dich für ein paar Tage zu den Benediktinerinnen nach Malgarten. Die Mutter Oberin wird dich gewiß nicht fortschicken.«

Sara schien von dieser Idee nicht viel zu halten. »Warum sollte ich das tun?«

»Weil ich Angst um dich habe.«

»Du hast Angst um mich?« fragte sie erstaunt. »Eigentlich müßte *ich* darum bangen, daß dir auf deiner Reise kein Unglück zustößt.«

»Als ich Peltzers Haus verließ, warnte er mich davor, sich gegen ihn zu stellen. Genau das tue ich nun, und ich fürchte, er wird davon erfahren. Sein Zorn könnte nicht nur mich, sondern auch dich treffen.«

»Albert Modemann wird mich schützen.«

»Albert Modemann konnte nicht einmal seine eigene Mutter vor dem Bürgermeister beschützen.«

»Ich kann gut auf mich selbst aufpassen. Vor Peltzer habe ich keine Angst. Er wird es nicht wagen, sich an einer hochschwangeren Frau zu vergreifen.«

Jakob ahnte, daß es zwecklos war, Sara umstimmen zu wollen. Er küßte sie so verlangend, als würden sie sich niemals wieder in den Armen halten.

»Du bist das Wertvollste in meinem Leben«, flüsterte er ihr ins Ohr. »Paß auf dich auf. Versprich es mir.«

Kapitel 25

Am ersten Tag seiner Reise kam Jakob gut voran. Er trieb Melchior in zügigem Galopp über die zumeist kaum befestigten Straßen und hätte am späten Abend bereits Minden erreichen können. Eine Weile zog er es tatsächlich in Erwägung, in seiner Heimatstadt ein Quartier für die Nacht zu suchen, doch letztendlich entschied er sich dagegen und zog es vor, Minden fern zu bleiben. Weder Laurentz noch Agnes oder seiner eigenen Familie hätte er erklären wollen, warum er diesen beschwerlichen Ritt in die brandenburgischen Lande auf sich nahm.

Seine erste Rast legte er nach Einbruch der Dunkelheit in einem kleinen Dorf, ganz in der Nähe Mindens ein, wo man ihm für ein angemessenes Entgeld einen Schlafplatz im Stall neben seinem Pferd anbot und eine warme Mahlzeit reichte. Zumindest war das Stroh sehr weich. Jakob steckte die Ledermappe, in der sich das wichtige Schreiben des Albert Modemann an den Landesherren Gustav Gustavson befand, unter sein Wams, verschränkte die Arme darüber und schlief sofort ein.

Morgens brach er früh auf, denn er hatte sich vorgenommen, bis zum Abend Hannover zu erreichen. Es stimmte ihn zuversichtlich, daß ihm bislang kaum Anzeichen für das Kriegsgeschehen in dieser Gegend aufgefallen waren. Nur hin und wieder passierte er einzelne Häuser, die verlassen oder niedergebrannt worden waren. Bald bemerkte er jedoch, daß er ein zu hohes Tempo eingeschlagen hatte. Bereits um die Mittagszeit tat ihm der Rücken weh, und auch die noch nicht lang verheilte Wunde an seiner Seite begann schmerzhaft zu pochen. Er war kein geübter Reiter und hatte in den letzten Jahren nur kurze Ausflüge zu Pferd unternommen. Als Hannover noch fast zwei Wegstunden entfernt lag, entschied er, in der Nacht zu rasten, um am nächsten Morgen in aller Frühe weiterzureiten.

Nachdem er Melchior an einem Baum festgebunden hatte,

breitete Jakob eine Decke auf dem Waldboden aus und verspeiste begierig die beiden Pasteten und einige Streifen geräuchertes Schweinefleisch, die Sara ihm mitgegeben hatte. Bis auf einen halben Laib Brot hatte er nun seinen Proviant aufgebraucht. Dann tastete er über die Narbe an seiner Seite und stellte fest, daß sie geschwollen war. Nun mußte er zu recht befürchten, daß er sich mit dieser Reise zuviel zugemutet hatte.

Aus Sorge vor unerwünschten Besuchern unterließ er es, ein Feuer anzuzünden. Statt dessen hüllte er sich in seinen Mantel ein und betete, daß in der Umgebung keine Wölfe lauerten. Er schlief nur wenig, da er in der Nacht immer wieder aufschreckte, weil kleinere Tiere um ihn heumschlichen. Am nächsten Morgen fror er und fühlte sich erschlagen. Trotzdem machte er sich früh auf den Weg.

Je weiter ihn sein Ritt nach Osten führte, desto spürbarer wurde der Krieg. Eine Gruppe verwahrloster Kinder nahm auf der Straße schreiend Reißaus und flüchtete sich in den Wald, als sie den Hufschlag seines Pferdes bemerkten. Bald darauf passierte er eine mächtige Eiche, an deren knorrigen Ästen drei tote Söldner hingen. Ihre Augen waren längst ein Opfer hungriger Krähen geworden. Es war schauderhaft, wie die Soldaten ihn mit leeren, dunklen Augenhöhlen anstarrten.

Um die Mittagszeit herum stieß Jakob auf einen zurückgelassenen Troß, der aus rund einem Dutzend geplünderter Wagen bestand. Die meisten der Gefährte waren niedergebrannt worden, und zu allen Seiten lagen weit verstreut herausgerissene Kisten und Gegenstände herum.

Da er seinen letzten Proviant bereits verspeist hatte, trieb ihn der Hunger dazu, von seinem Pferd abzusitzen und den Troß zu durchsuchen. Doch die Marodeure hatten ganze Arbeit geleistet und nichts von Wert oder Nutzen zurückgelassen.

Kurz vor Einbruch der Dämmerung erreichte er eine abgelegene Bauernkate, wo er in der Hoffnung Halt machte, eine karge Mahlzeit und ein Quartier zu erhalten. Es hatte zu regnen begonnen, und Jakob war alles andere als erpicht darauf, die Nacht auf dem feuchten Waldboden zu verbringen.

Als er näher an das Haupthaus heran ritt, fiel ihm bereits auf, daß es vollkommen still war. Kein Tierlaut war zu vernehmen, keine menschlichen Stimmen; aus dem Schornstein des Hauses stieg keine Rauchfahne auf. Also hatten die Bewohner dieses Hauses wohl bereits Zuflucht in einer der befestigten Städte in der Nähe gesucht.

Er klopfte dreimal an die Tür, und als ihm nicht aufgetan wurde, trat er vorsichtig ein. Vielleicht, so hoffte er, würde er hier noch etwas zu essen finden, und sei es auch nur ein hartes Stück Brot.

Das erste, was ihm auffiel, war der bestialische Gestank in diesem Raum. Jakob verzog das Gesicht und kniff die Augen zusammen. Als er sie wieder öffnete, sah er etwas, das ihn zusammenzucken und an die Wand zurücktaumeln ließ.

Allem Anschein nach waren die Bewohner von marodierenden Söldnern überfallen und getötet worden. Jakob machte acht Leichen vor sich auf dem Dielenboden aus. Zwei Männer, drei Frauen und drei Kinder. Man hatte ihnen die Hände und die Füße abgehackt und sie auf dem Boden verbluten lassen. Ihre verzerrten, von den Qualen gezeichneten Gesichter waren im Moment des Todes zu verzweifelten Grimassen gefroren; ihr Blut war zu einer breiten braunen Lache getrocknet. Die Tat mußte bereits einige Tage zurückliegen, denn der Verwesungsgestank hatte bereits eingesetzt, und als Jakob eingetreten war, hatte er einen Schwarm dicker, glänzender Fliegen aufgescheucht, die nun laut surrend herumschwirrten.

Was mochten diese Leute getan haben, um ein solches Schicksal zu erleiden? Hatten sie sich geweigert, ihre kargen Vorräte mit den umherziehenden Soldaten zu teilen und sich gewehrt, als man ihr Vieh stehlen wollte? Wie, in Gottes Namen, konnte man jemals wieder Furcht vor den Dämonen der Hölle empfinden, wenn die schlimmsten Teufel unter den Menschen selbst zu finden waren?

In einer Bodensenke vor seinen Füßen hatte sich eine kleine Regenlache gebildet, in die es von der Decke tropfte. Schnell wandte Jakob seinen Blick von der Wellenbewegung ab. Er wußte, was geschehen würde, wenn er noch länger in das Wasser schaute. Er würde miterleben, wie die erbarmungslosen, blutrünstigen Söldner einen Hausbewohner nach dem anderen heranzerrten, ihnen die Gliedmaßen abschlugen und sie achtlos zu den anderen stießen. Auch wenn Sara ihn inzwischen davon überzeugt hatte, daß diese Gesichter kein Werk des Teufels waren, legte er nicht den geringsten Wert darauf, sie heraufzubeschwören.

Jakob stolperte aus dem Haus und kletterte hastig auf sein Pferd. In schnellem Galopp trieb er es voran und trat ihm heftig in die Flanke, um nur schnell von diesem verfluchten Ort fortzukommen.

Er verbrachte die Nacht unter einem gewaltigen Baum, der ihm Schutz vor dem Regen bot. Der Anblick der Toten in der Kate ließ ihn erst spät in den Schlaf finden, aber zumindest verdrängte der Schreck den Hunger.

Nun, da er die brandenburgische Grenze passiert hatte, legte sich das Kriegsgeschehen wie ein drohender Schatten über das Land. Zerstörte Dörfer und verödete Felder, verängstigte Menschen und die Spur geplünderter Troßwagen wurden seine ständigen Begleiter. Einmal erblickte er aus der Entfernung vor sich einen Trupp von vielleicht zweihundert Söldnern. Er konnte nicht erkennen, ob es sich bei den schäbigen und abgerissenen Gestalten um einen Teil des schwedischen oder des kaiserlichen Heeres handelte, und es war ihm auch gleichgültig. Ohne zu zögern, lenkte er Melchior tief in den Wald und verharrte im Unterholz, bis er sicher war, daß die Soldaten an ihm vorbeigezogen waren.

Müde und hungrig stieß er schließlich auf eine Schänke, wo

er endlich eine Rast einlegen konnte. Während er hastig eine Rübensuppe verschlang, versorgte ihn der redselige Wirt mit den neuesten Nachrichten zum Kriegsgeschehen, die besagten, daß vor wenigen Tagen südlich der kleinen Stadt Wittstock eine erbittert geführte Schlacht stattgefunden hatte. Die schwedischen Truppen unter dem Befehl Báners hatten einen kühnen Angriff gegen die auf einem Hügel verschanzten, zahlenmäßig überlegenen Kaiserlichen unternommen und diese schließlich in die Flucht geschlagen. Die verlustreiche Schlacht hatte Stunden angedauert, während derer die Schwadronen und Brigaden in ungeordnetem Kampf wieder und wieder im Rauch des Schlachtfeldes aufeinander geprallt waren. Vor allem die Kavallerieverbände hatten sich erbitterte Reitergefechte geliefert. Der Ausgang hatte auf Messers Schneide gestanden, doch schließlich entschied ein gewagter Flankenangriff die Schlacht zu Gunsten der Schweden.

Jakob lauschte aufmerksam den Worten des Wirtes, der so aufgeregt sprach, als hätte er sich selbst im Schlachtengetümmel befunden. Er mußte daran denken, welchen Streich ihm doch das Schicksal spielen könnte, wenn der Landesherr Gustav Gustavson, der in der Armee Báners ein Reiterregiment führte, bei Wittstock sein Leben gelassen hatte.

Vor Erschöpfung schlief Jakob beinahe zwölf Stunden, und wachte er erst auf, als ihn das harte, hämmernde Klopfen des Wirtes an seiner Tür aus einem wirren Traum riß. Durch die ausgiebige Ruhe fühlte er sich zwar frisch und erholt, hatte aber wertvolle Zeit verloren. Nach einer guten Mahlzeit beglich er rasch seine Zeche und sattelte sein Pferd. In eiligem Galopp kam er zunächst zwar gut voran, doch dann zwang ihn ein heftiger Regenschauer, Melchior zu zügeln, wenn er nicht riskieren wollte, daß das Pferd auf den schlammigen Pfaden ins Stolpern geriet.

Am Morgen des fünften Tages seiner Reise erreichte Jakob schließlich die Umgebung von Kyritz. Von einem Bauern ließ er sich den Weg zum Feldlager der Schweden weisen, und eine knappe halbe Stunde später streifte sein Blick von einer Hügelkuppe aus mehr als tausend Zelte, die, umgeben von einem Palisadenzaun, wie eine Stadt aus Leinenstoff aussah. Bunte Fahnen flatterten lustlos in der flauen Brise und kennzeichneten die unterschiedlichen Regimente und Bataillone. In der Mitte des Lagers waren die Munitionswagen und wohl mehr als einhundert gußeiserne Kanonen untergebracht worden. Zahllose Soldaten streiften zwischen den Zelten umher oder saßen an den rauchenden Feuerstellen.

Einen Moment lang kam Jakob sich schwach und schutzlos bei dem Gedanken vor, sich in die Umgebung von Soldaten zu begeben, die nicht davor zurückschreckten, Frauen und Kindern die Hände abzuschlagen und sie verbluten zu lassen. Doch dann überwand er seine Skrupel und lenkte Melchior den Hügel hinunter in das Lager hinein. Hier inmitten der Zeltstadt fiel ihm nun vor allem auf, wie jung die meisten der Söldner waren. Kaum älter als er selbst oder gar noch jünger. Viele dieser Burschen wirkten blaß und kränklich. Überall roch es nach Fäkalien, Blut und Fäulnis. Jakob sah Männer, die sich direkt an den Zeltwänden erleichterten oder sich daneben hockten, um ihren Darm zu entleeren. Auf manchen freien Plätzen lagen Dutzende von aufgedunsenen und verrenkten Leichen. Niemand schien sich die Mühe machen zu wollen, diese Toten zu begraben, und so ließ man sie hier wohl einfach liegen. Viele der schmutzigen Gestalten, die Jakob auf seinem Ritt durch das Lager passierte, würden sich wohl bald schon zu ihnen gesellen, denn der ärgste Feind, der diesen Männern zusetzte war augenscheinlich nicht das Heer der Kaiserlichen, sondern die Verbreitung von Krankheiten.

Jakob sprach einige der Männer an, um sich nach Gustavsons Regiment zu erkundigen, doch es dauerte eine Weile, bis er eine Auskunft erhielt. Die meisten der Soldaten verstanden seine Sprache nicht und schauten ihn nur fragend an. Dann endlich begegnete er einem deutschen Offizier, der ihn zur Ostseite des Lagers schickte. Auch hier fühlte er sich wieder verloren, denn wie sollte er herausbekommen, in welchem der vielen Zelte er Gustavson finden konnte? Um sich herum hörte er nur fremde Sprachen. Zu allem Überfluß plagte ihn bereits seit dem Aufstehen die Wunde an seiner Seite.

Jakob stieg von seinem Pferd. Als er den Fuß auf den Boden setzte, schoß ein schmerzhafter Stich durch das verletzte Fleisch, der ihm einen Moment den Atem raubte. Er legte seine Stirn auf Melchiors schwitzendes Fell und rang nach Luft.

Eine Hand legte sich auf seine Schulter. »Was plagt dich, Bürschchen?«

Jakob wandte sich um und sah, daß die rauhe, kratzende Stimme zu einer etwa fünfzigjährigen Frau gehörte, die ihn neugierig musterte und dabei eine langstielige Pfeife von einem Mundwinkel zum anderen schob.

»Du schaust nicht aus wie ein Soldat, aber du hast Schmerzen. Bist wohl zu oft bei den Huren gewesen und hast dir die Seuche geholt.« Sie lachte heiser.

Jakob schüttelte den Kopf und zog Wams und Hemd hoch. Die Frau betrachtete kurz die Wunde und meinte: »Herrje, der Schnitt ist geschwollen. Rot wie ein überreifer Apfel.«

»Könnt Ihr mir helfen?«

»Gewiß.« Als hätte sie nur auf diese Frage gewartet, zog sie unter ihrer Schürze ein Fläschchen hervor und entkorkte es. »Der große Theriak. Hilft gegen jedes Leiden.«

»Was verlangt Ihr dafür?«

Sie überlegte kurz. »Zwölf Taler.«

Jakob verzog das Gesicht. »Das kann nicht Euer Ernst sein.«

»Der Theriak wurde in Venedig hergestellt und enthält mehr als fünfzig verschiedene Ingredienzien.«

Sie hielt das Fläschchen vor seine Nase. Jakob roch kurz daran, konnte aber nichts Besonderes feststellen. Wahrscheinlich hatte die Frau nur gewöhnliche Kräuter mit etwas Branntwein und Wasser vermischt.

»Ich werde Euch zwei Taler dafür geben«, sagte Jakob. »Aber

nur, wenn ich dafür auch eine Mahlzeit bekomme und einen Platz, an dem ich mich ausruhen kann.«

Die Frau lächelte und willigte ein. Selbst zwei Taler schienen ihr ein guter Preis für eine Mahlzeit und eine wertlose Tinktur sein.

»Mein Name ist Klara«, sagte sie, während sie ihn zu einem mit Säcken, Kisten und Holzbottichen beladenen Wagen führte. »Verratet mir, was Euch an diesen Ort verschlagen hat.«

»Ich bin ein Kurier, der aus Osnabrück in dieses Lager geschickt wurde, um unserem Landesherren Gustav Gustavson eine dringende Nachricht zu überbringen. Könnt Ihr mir sagen, wo er sich aufhält?.« Plötzlich überfiel ihn erneut die Sorge, die ihn seit seinem Gespräch in der Schänke plagte. »Er ... er ist doch noch am Leben?«

»Ich habe gehört, sein Pferd hätte ihn auf den Fuß getreten, aber ansonsten scheint er in guter Verfassung zu sein. Die Schlacht hat er jedenfalls wohlbehalten überstanden.«

Jakob atmete erleichtert auf. Klara hängte einen kleinen Kessel über ein Feuer und bereitete eine wohlriechende Suppe zu. Trotz seines Hungers sagte Jakob: »Ich würde es vorziehen, zuerst den Grafen aufzusuchen. Sagt mir, wo ich ihn finde.«

»Gustavson ist ein launischer Mann, und ich weiß aus verläßlicher Quelle, daß er vor der Mittagszeit unausstehlich sein soll. Außerdem wascht Ihr Euch besser das Gesicht, bevor Ihr dem hohen Herrn entgegen tretet.«

Jakob fuhr sich mit der Hand die Wange hinab und betrachtete den Dreck an seinen Fingern. Klara hatte recht. Der lange Ritt hatte seine Spuren hinterlassen.

»Stellt Euer Pferd neben meiner Kuh ab«, wies sie ihn an. »Ihr findet da auch Stroh, um es abzureiben. Ich besorge Euch in der Zwischenzeit frisches Wasser und ein Stück Seife. Außerdem werde ich mich um diese häßliche Wunde an Eurer Hüfte kümmern.«

Jakob tat wie ihm geheißen. Er band Melchior neben der Kuh

an und rieb ihn notdürftig mit dem Stroh trocken. Dann zog er seine Jacke und sein Hemd aus und wusch sich mit der Kanne Wasser, welche die Marketenderin ihm brachte. Die Mappe, in der sich Modemanns Brief befand, behielt er jedoch stets bei sich. Er wußte nicht, ob er Klara wirklich trauen konnte.

Als er zurückkehrte, hatte sie ihm bereits einen Teller mit der Kohlsuppe gefüllt. Die Marketenderin erzählte ihm während des Essens, daß sie sich vor über fünf Jahren dem schwedischen Heer angeschlossen hatte. Sie berichtete ihm von einem Feldscher namens Conrad, der ab und an ihr Lager geteilt und ihr im Gegenzug die Kräuterheilkunde nähergebracht hatte, sowie von zahlreichen Schlachten, die die Schweden seit ihrer Ankunft in den deutschen Landen gefochten hatten.

Nach dem Essen bereitete sie einen Sud aus Hirtentäschelkraut und Ackerschachtelhalm zu, in den sie ein Leinentuch tauchte, das sie anschließend auf Jakobs Wunde legte.

Nachdem er sich gewaschen und gestärkt hatte, faßte Jakob wieder seine Pflichten ins Auge. »Verratet Ihr mir nun, wo ich Gustavson finden kann?«

»Ich werde mit einem Unteroffizier mit Namen Per Olofson sprechen. Er ist einer der Vertrauten Gustavsons und ein guter Kunde von mir.« Sie zwinkerte Jakob zu, so daß er sich denken konnte, welche Dienste dieser Schwede von Klara in Anspruch nahm. »Olofson versteht recht gut unsere Sprache. Er wird Euch zu Gustavson führen, wenn ich ihn darum bitte, und ich bitte ihn gerne darum, wenn Ihr noch eine weitere Münze springen laßt.«

Jakob lachte. »Ihr sollt Euren Lohn bekommen.«

Per Olofson war ein schmächtiger Unteroffizier mit einer auffälligen Hasenscharte, der sich von der Marketenderin bereitwillig erklären ließ, welch strapaziöse Reise Jakob auf sich genommen hatte, um dem Landesherren die Nachricht aus Osnabrück zu überbringen. Er zog Jakob am Arm und führte ihn zu einem Zelt, das mindestens den doppelten Umfang der gewöhnlichen Mannschaftsunterkünfte hatte und an dessen Spitze die blau-weiße Fahne des Regiments flatterte.

Der Schwede bat Jakob zu warten und verschwand im Zelt. Es dauerte eine Weile, bis er wieder auftauchte, doch dann schlug er das Tuch vor dem Eingang zurück, entblößte grinsend eine gewaltige Zahnlücke und teilte Jakob in seinem gebrochenen Deutsch mit: »Geht rein! Der Graf wird sprechen mit Euch.«

Jakob bedankte sich und schlüpfte durch den Eingang. Gustav Gustavsons Unterkunft war im Vergleich zu den Zuständen im Lager recht komfortabel eingerichtet. Der Boden war mit Fellen und Teppichen ausgelegt worden, es gab eine mit einem Vorhang abgetrennte Schlafecke, sowie in der Nähe des Ofens einen breiten Holztisch, an dem an die zwanzig Mann Platz fanden. Momentan leisteten dem Grafen dort nur zwei riesige Doggen Gesellschaft, die neben dem Ofen lagen, wachsam den Kopf hoben und ein tiefes Knurren von sich gaben, als Jakob eintrat. Gustavson verspeiste mit den Fingern einen gebratenen Hasen. Seinen linken Fuß hatte er auf einen Schemel gelegt. Jakob erinnerte sich daran, daß Klara erwähnt hatte, der Schwede sei von seinem Pferd getreten worden. Der geschwollene Fuß steckte in einem Verband, aus der eine übelriechende bräunliche Masse quoll.

Gustav Gustavson mochte nicht viel älter als Jakob sein. Er trug keinen Waffenrock, sondern ein schlichtes weißes Rüschenhemd. Die eher grobschlächtigen Züge seines unrasierten Gesichtes ließen ihn nicht unbedingt wie einen Prinzen wirken, aber genaugenommen war Gustavson auch nur ein unehelicher Sohn des großen Königs Gustav Adolf. Sein Vater hatte ihn im Jahr 1630 mit nach Deutschland genommen, um ihn an der Universität von Wittenberg studieren zu lassen. Nach dem Tod Gustav Adolfs war Gustavson in das schwedische Heer eingetreten, während seine minderjährige Halbschwester Christina den schwedischen Thron bestiegen hatte und die politische Macht in die Hände des Reichskanzlers Axel Oxenstierna gefallen war.

»Ich grüße Euch, Graf von Wasaburg«, erklärte Jakob. Er zog den Hut vom Kopf und vollführte eine elegante Verbeugung.

Gustavson musterte ihn aus seinen eng stehenden Augen. »Stört Euch nicht an dem Gestank. Mein Leibarzt hat mir geraten, die Wunde mit dem Dung des Pferdes zu bestreichen, das mir dies angetan hat. Angeblich soll es die Schmerzen aus dem Fuß ziehen. Welch eine Ironie: Ich streckte wohl ein Dutzend Feinde in der Schlacht nieder, ohne auch nur einen Kratzer davonzutragen, und dann trampelt mir mein Pferd auf die Zehen, kaum daß ich abgesessen bin.«

Er lachte spöttisch und warf den Hunden einen Knochen zu. »Olofson hat mir gesagt, daß Ihr aus Osnabrück gekommen seid, um mir eine Nachricht zu überbringen.« Die Stimme des Grafen besaß einen angenehmen, wenn auch nüchternen Klang. Gustavson riß die zweite Hasenkeule ab und meinte: »Also, was bringt Ihr für Neuigkeiten? Haben es der Rat und das Domkapitel womöglich fertig gebracht, ihre Akzise pünktlich und vollständig zu zahlen? Das wäre fürwahr eine höchst erfreuliche Botschaft.«

Jakob zog Modemanns Brief aus seiner Tasche hervor und überreichte ihn Gustavson. »Dies ist die Nachricht, die mir der Herr Albert Modemann mit auf den Weg gegeben hat. Er bittet um Eure Unterstützung.«

»Modemann fleht mich um Hilfe an? Ich glaube, der Mann wünscht mich eher zur Hölle, seitdem ich einst sein Haus von meinen Soldaten plündern ließ.« Gustavson brach das Siegel auf und las die Worte mit gerunzelter Stirn. »Eine Hexenverfolgung also … Modemanns Mutter und eine weitere Frau von hohem Stand wurden verhaftet. Und er klagt den Bürgermeister Peltzer als Urheber dieser Umstände an. Nun, das glaube ich gern. Peltzer ist kein Mann, der seine Aufgaben halbherzig erledigt. Ein unangenehmer Querkopf, der mir bereits viel Ärger bereitet hat.«

»Dann werdet Ihr die Prozesse aussetzen lassen?«

Gustavson warf das Dokument achtlos zu Boden und widmete sich wieder seinem Hasenbraten. »Die Sache interessiert mich nicht. Ich habe andere Sorgen. Wendet Euch an den von mir eingesetzten Statthalter, wenn Ihr eine Entscheidung braucht.«

»Mit Verlaub, Herr Graf, aber Euer Statthalter Münzbruch ist in dieser Angelegenheit überfordert. Peltzer und der Rat haben schon einmal seine Anweisungen ignoriert. Ich bitte Euch, diesen Affront nicht einfach hinzunehmen.«

Gustavson zuckte gleichgültig mit den Schultern.

»Ihr habt Osnabrück den Eid geschworen, die Rechte und Privilegien der Stände und der Bürgerschaft zu schützen und sie gegen Gewalt zu verteidigen. Erinnert Euch daran.«

»Mäßigt gefälligst Eure Zunge, oder ich lasse sie Euch herausreißen!« drohte der Graf und schlug mit der flachen Hand laut auf den Tisch.

Jakob schlug die Augen nieder. »Entschuldigt meine Worte, Herr.«

»Es interessiert mich nicht, ob diese Frauen Hexen sind oder nicht. Wer weiß, vielleicht sind sie sogar wirklich dem Bösen verfallen. Ganz ohne Grund wird man sie nicht verhaftet haben. Früher einmal habe ich nicht daran geglaubt, daß es solche Weiber gibt, die der Zauberei mächtig sind, aber in diesem verfluchten Land scheint es mir durchaus möglich zu sein. Viele Mägde, Huren und Marketenderinnen, die diese Armee begleiteten, wurden der Hexerei beschuldigt. Man erklärte, sie würden die Pferde verhexen, um ein Ende des Krieges herbeizuführen, und enthauptete sie, bevor überhaupt eine Verhandlung durchgeführt werden konnte. Vielleicht waren sie unschuldig, vielleicht auch nicht. Wer weiß das schon?«

»Aber diese Frauen in Osnabrück haben nur dann die Möglichkeit, ihre Unschuld zu beweisen, wenn ein überstürztes Urteil verhindert wird. Niemand verlangt von Euch, das Lager zu verlassen. Setzt den Prozeß aus, bis ihr die Zeit findet, Euer Lehen persönlich aufzusuchen und Euch dort eine Meinung über Schuld oder Unschuld dieser Frauen zu bilden. Laßt in Gottes Namen Gerechtigkeit walten.«

»Es kann Wochen oder gar Monate dauern, bis ich in die Stadt zurückkehren kann. Geht nun, Ihr habt lange genug meine Zeit gestohlen.« Mit einer lapidaren Handbewegung deutete der Graf an, daß für ihn die Unterredung beendet war.

Jakob kam sich völlig hilflos vor. Da saß dieser Mann, leckte sich die Finger ab und scherte sich einen Dreck darum, was mit den unschuldigen Frauen geschah. Seine einzige Sorge schien darin zu bestehen, wie er der Stadt die benötigten Geldmittel entlocken konnte, um seine Truhen zu füllen.

Die Wut verleitete Jakob zu einer weiteren unbedachten Äußerung. »Ihr habt recht, Peltzer ist ein unbequemer Mann. Er spottet über Euch und wird Euch noch viel Ärger bereiten, denn die Bürgerschaft steht auf seiner Seite und lehnt die Besatzung ab. In den vergangenen Wochen befand sich das Kriegsglück auf schwedischer Seite, und das stärkt Eure Position in der Stadt, doch dieser Wind kann sich schnell drehen, und sollte sich Peltzer auch nur die geringste Möglichkeit bieten, Euch die Stadt zu entreißen, wird er sie nutzen.« Jakob zögerte einen Moment, dann fügte er hinzu: »Ich glaube nicht, daß Euer Kanzler Oxenstierna darüber erfreut sein würde.«

Das Gesicht des Grafen lief vor Zorn rot an. »Kerl, verschwinde auf der Stelle, oder ich lasse dich am nächsten Baum aufhängen. Aus meinen Augen! Sofort!« Er griff unbeherrscht nach einem Messer, warf damit nach Jakob und verfehlte ihn nur um Haaresbreite.

Jakob schaute dem Grafen einen Moment lang herausfordernd in die Augen, dann wandte er sich wortlos ab und verließ das Zelt.

Ein Regenschauer prasselte ins Lager nieder, als Jakob aus dem Zelt ins Freie trat. Er konnte es kaum fassen, daß sein Auftrag innerhalb von wenigen Momenten gescheitert war. Die Launen und die Sturheit eines verstockten Grafen fügten dem

Todesurteil Anna Ameldungs und Anna Modemanns eine weitere und entscheidende Signatur hinzu.

»Ihr zieht nicht gerade ein zufriedenes Gesicht«, meinte Klara, als Jakob am Wagen der Marketenderin ankam.

Jakob schüttelte traurig den Kopf. »Das Schicksal dieser Frauen interessiert Gustavson weniger als das Wohl seiner Geldbörse. Er denkt nur daran, wie er den Osnabrücker Bürgern das Geld abnehmen kann, um damit sein Regiment in diesem sinnlosen Krieg zu finanzieren.«

»Und was wollt Ihr nun tun?« fragte Klara.

»Ich werde nach Osnabrück zurückreiten und die schlechte Kunde überbringen.«

»Ich werde für diese Frauen beten.« Klara faßte Jakob am Arm und führte ihn unter das trockene Zeltdach, das sie vor ihren Wagen gespannt hatte. Jakob hatte vorgehabt, das Feldlager so schnell wie möglich zu verlassen, doch die Marketenderin überredete ihn, sich noch ein wenig zu schonen und erst im Morgengrauen aufzubrechen.

»Erzählt mir von Euch«, bat sie, während sie einen Fischeintopf würzte. »Wie ist es überhaupt dazu gekommen, daß man Euch als Boten in dieses Lager geschickt hat.«

Jakob genehmigte sich einen großen Schluck Branntwein und berichtete dann, was seit seiner Ankunft in Osnabrück geschehen war und daß er sich mit dieser Reise offen gegen Peltzers zwielichtige Machenschaften aufgelehnt hatte.

»Wollt Ihr einen guten Rat von mir hören?« fragte Klara schließlich, nachdem sie ihm nachdenklich zugehört hatte. »Schafft Eure Sara fort aus der Stadt. Sie ist in Gefahr, fruher oder später selbst als Hexe gebrandmarkt zu werden. So wie Ihr mir diesen Bürgermeister beschrieben habt, wird er die Kränkung, die Ihr ihm zugefügt habt, nicht ohne weiteres hinnehmen. Der Umstand, daß Sara eine heilkundige Frau ist, wird es für ihn nur noch einfacher machen …«

»Aber ich wüßte nicht, wohin wir gehen sollten.«

»Ich habe davon gehört, daß die Menschen in den Niederlanden dem Hexenaberglauben noch nicht so sehr anheimgefallen sind wie die Deutschen.« Sie nickte und schien ihre eigenen Worte bestätigen zu wollen. »Ja, dort wäret ihr wohl sicherer als in den deutschen Landen. Wenn Euch wirklich etwas an dieser Frau liegt, dann bringt sie fort.«

Nach dieser Warnung gelang es Jakob am Abend nur schwer, in den Schlaf zu finden. Er rollte sich auf seiner Decke von der einen Seite auf die andere und sorgte sich so sehr um Sara, daß sein Kopf davon schmerzte. Später dann, als er gerade kurz eingenickt war, rüttelte ihn ein unsanfter Tritt gegen seine Schulter wach. Er schlug die Augen auf und erkannte über sich im Schein der Öllampe das Gesicht des Unteroffiziers Per Olofson.

»Steht auf, Mann! Der Graf will Euch sehen.«

Jakob erhob sich schwerfällig und begann ernste Bedenken zu hegen. Nahm Gustav Gustavson ihm seine ungebührlichen Worte im nachhinein womöglich so übel, daß er ihn nun doch noch bestrafen wollte?

Der Graf schaute nicht sofort auf, als Jakob sein Zelt betrat. Er war damit beschäftigt, rotes Wachs auf ein Dokument zu träufeln und es anschließend mit seinem Siegel zu versehen.

»Das ist für Euch«, sagte er dann und reichte Jakob den Brief. »Überbringt dieses Schreiben in meinem Namen dem Osnabrücker Rat.«

Jakob nahm die Depesche mit Erstaunen entgegen und warf Gustavson einen ratlosen Blick zu.

»Gewiß seid Ihr neugierig, was dort geschrieben steht«, mutmaßte der Graf.

»Ich müßte lügen, wenn ich es abstreiten wollte«, erwiderte Jakob.

»Nun, dann will ich es Euch verraten. Es handelt sich um eine Anweisung an den Rat der Stadt Osnabrück und insbesondere an den Bürgermeister Wilhelm Peltzer, den Prozeß gegen Anna

Modemann und Anna Ameldung bis zu meiner Rückkehr auszusetzen. Zudem habe ich verfügt, daß sämtliche Indizien des Falles an unparteiische Rechtsgelehrte verschickt und den Frauen eine ausreichende Möglichkeit zur Verteidigung gewährt werden soll. Eine Mißachtung dieser Befehle belege ich mit einer Strafe von 10 000 Goldgulden. Diese Summe dürfte den Rat von weiteren Maßnahmen abschrecken.«

Jakob war einen Moment lang unfähig zu sprechen. Dann stammelte er: »Aber … warum tut Ihr das?«

»Weil ich vielleicht doch einfach ein sentimentaler Mensch bin. Mich rührt das Schicksal dieser armen Frauen, und ich möchte vermeiden, daß das Gesetzbuch in meinem Lehen mit Füßen getreten wird.«

»Ihr tut wohl mit dieser Entscheidung«, erwiderte Jakob und preßte den Brief vor sein Wams. In den Augen des Grafen konnte er jedoch eine andere Wahrheit lesen. Es war einzig seine durch Peltzer bedrohte Autorität, die ihn zu diesem Eingreifen bewogen hatte. Was mit den beiden bedauernswerten Frauen geschah, kümmerte ihn nicht, doch letztlich war es Jakob gleichgültig, ob Gustavson diesen Befehl aus Achtung vor dem Gesetz oder aus purem Machtanspruch verfaßt hatte.

»Gott segne Euch.« Jakob drehte sich um und lächelte zufrieden, während er aus dem Zelt trat und den schriftlichen Befehl noch immer wie einen Schatz an seinen Körper drückte.

Kapitel 26

Jakob hatte gehofft, den Rückweg nach Osnabrück schneller hinter sich zu bringen als den ersten Ritt. Doch war er von den Strapazen bereits so sehr angegriffen, daß es ihm trotz der Rast im Kyritzer Feldlager nicht möglich war, länger als zwei oder drei Stunden auf seinem Pferd zu sitzen. Sein langsames Vorankommen ärgerte ihn über alle Maßen, vor allem, da sich in seinem Gepäck der Befehl Gustavsons befand, der Anna Ameldung und Anna Modemann das Leben retten konnte. Möglicherweise war es bereits zu spät. Er hatte Osnabrück vor zehn Tagen verlassen; vielleicht war das Urteil bereits abgefaßt und vollstreckt worden.

Endlich, am 6. Oktober 1636, machte er von weitem die Silhouette Osnabrücks im Hasetal aus.

Gott helfe mir, daß ich rechtzeitig zurückkehre, dachte er müde und lenkte Melchior auf das Stadttor zu. Er wäre gerne direkt zu Sara geritten, um ihr die frohe Kunde mitzuteilen. Womöglich empfing sie ihn bereits mit einem Kind in den Armen. Doch sein Verlangen nach Sara mußte aufgeschoben werden, denn es war seine erste Pflicht, Albert Modemann aufzusuchen und ihm den Brief des Grafen Gustavson zu überbringen.

»Großer Gott, Ihr seht schrecklich aus!« Modemann drückte Jakob die Hand und schaute ihm sorgenvoll ins Gesicht.

»Es geht mir gut, ich habe nur zu spüren bekommen, daß ich alles andere als ein geübter Reiter bin«, entgegnete Jakob und zog das versiegelte Papier aus der Ledertasche. »Ich bringe Euch gute Nachrichten. Gustavson hat verfügt, daß der Prozeß gegen Eure Mutter und Anna Ameldung bis zu seiner Rückkehr aufgeschoben werden soll. Zudem droht er Peltzer und dem Rat mit einer immensen Geldstrafe, falls sein Befehl mißachtet werden sollte.«

»Das ist fürwahr eine gute Nachricht.« Modemanns Augen funkelten hoffnungsvoll, als er das Schriftstück entgegennahm, aber trotzdem wirkte er auf eine seltsame Art besorgt.

Jakob faßte seine Befürchtung in Worte. »Es … es ist doch noch nicht zu spät?«

Modemann schüttelte den Kopf. »Vor gut einer Stunde wurde mir die Nachricht überbracht, daß der Rat den Beschluß gefaßt hat, die Beschuldigten morgen vor das öffentliche Halsgericht zu zitieren.«

Jakob wischte sich die verschwitzten Haare aus der Stirn. »Wenn ich nur einen Tag später angekommen wäre ...«

»... wäre dieser Befehl wertlos gewesen.« Modemann rief eine Magd herbei, die Jakob mit einem Tuch den ärgsten Schmutz aus dem Gesicht wischte, dann schickte er einen Boten aus, der Heinrich Ameldung über Jakobs Rückkehr und die überraschende Wendung in Kenntnis setzen sollte. Schließlich streifte er sich selbst einen Mantel über, um den Rat mit der Anweisung des Landesherrn zu konfrontieren.

»Wir werden uns mit Ameldung vor der Apotheke treffen und Peltzer und seinen Gefolgsleuten einen gehörigen Schrecken versetzen«, meinte Modemann und zog Jakob mit sich vor die Tür.

»Ich werde Euch nicht begleiten«, entgegnete Jakob. »Sara soll erfahren, welch gute Nachricht ich bringe. Wißt Ihr, ob sie bereits von ihrem Kind entbunden wurde?«

Modemanns Lippen wurden schmal, seine Stirn zog sich in tiefe Falten, und plötzlich wußte Jakob, daß Sara der eigentliche Grund für Modemanns sorgenvolle Miene war.

»Was ist geschehen?«

Modemann faßte ihn an den Schultern, schien einen Moment um Worte zu ringen und sagte dann: »Der Rat hat sie verhaften lassen. Es heißt, sie stehe mit dem Teufel im Bunde und sie habe ihre Kräuterkunde angewandt, um anderen Menschen Schaden zuzufügen.«

Für einen Moment glaubte Jakob ein furchtbarer Schwindel würde ihn erfassen. Mühsam krächzte er: »Hat Peltzer dies veranlaßt?«

»Vermutlich.«

»Natürlich war es Peltzer«, keuchte Jakob. »Es ist seine Rache dafür, daß ich mich gegen ihn gestellt habe.« Seine Augen brannten plötzlich, und er hätte vor Verzweiflung in Tränen ausbrechen können, wenn er nicht gleichzeitig so wütend gewesen wäre. »Wann ist das geschehen?«

»Man hat sie vor drei Tagen auf dem Armenhof mit den Beschuldigungen konfrontiert. Anschließend wurde sie in den Bucksturm gebracht.«

»Aber sie ist hochschwanger. Sie wird sterben, wenn sie in diesem schmutzigen Verschlag ihr Kind zur Welt bringen muß«, rief Jakob.

»Wir können im Moment nichts tun, aber vielleicht wird Gustavsons Depesche auch Sara helfen.«

»Dann laßt uns gehen«, drängte Jakob und trat voran. Mit jedem Schritt wuchs sein Zorn auf Wilhelm Peltzer. Eine Wut, wie er sie noch nie zuvor in sich verspürt hatte. Er machte sich selbst die schlimmsten Vorwürfe und schalt sich einen Dummkopf, daß er nicht eindringlicher auf Sara eingeredet hatte, die Stadt während seiner Abwesenheit zu verlassen.

Noch bevor sie die Apotheke erreichten, kam ihnen der Bote entgegen, den Modemann zu Ameldung geschickt hatte. Der Bursche berichtete, daß er den Apotheker nicht angetroffen und das Gesinde ihm mitgeteilt hatte, Ameldung habe kurz zuvor das Haus verlassen, um den Rat aufzusuchen.

»Warum geht er allein zu Peltzer?« fragte Modemann mehr an sich selbst denn an Jakob gewandt. »Das gefällt mir nicht.«

Sie beeilten sich und betraten das Rathaus. Der Saal war fast leer, nur in einer Ecke hockten drei Ratsherren und diskutierten.

»Wo finde ich Wilhelm Peltzer?« fuhr Modemann sie herrisch an. Zwei der Männer zuckten unter seiner wütenden Stimme leicht zusammen, der dritte erhob sich und antwortete: »In der Ratsstube.«

Ohne ein weiteres Wort drehte Modemann sich um und ging zur Ratsstube, Peltzers Arbeitszimmer. Jakob folgte ihm dichtauf.

Modemann verzichtete auf ein höfliches Anklopfen, er riß statt dessen die Tür auf und sah sich den erstaunten Gesichtern Ameldungs und Peltzers gegenüber. Der Apotheker reichte dem

Bürgermeister soeben ein Schriftstück und verharrte in dieser Bewegung. Die Überraschung währte allerdings nur einen Moment, denn Peltzer entspannte sich sofort und meinte: »Sieh an, welch hoher Besuch. Mit Euch hatte ich allerdings weniger gerechnet, Herr Theis. Ich hatte nicht angenommen, Euch noch einmal wiederzusehen.«

Jakob atmete tief ein, um seinen Zorn im Zaun zu halten. Er mußte sich beruhigen, denn zunächst war es an Modemann, Peltzer die Stirn zu bieten.

Modemann trat einen Schritt vor und maß Ameldung mit stechendem Blick, worauf der Apotheker beschämt zu Boden starrte.

»Wenn Ihr gekommen seid, um für die Gnade einer Hinrichtung unter Ausschluß der Öffentlichkeit für Eure Mutter zu bitten, Modemann, so müßt Ihr Euch noch einen Augenblick gedulden«, sagte Peltzer und studierte das Dokument, das Ameldung ihm unterzeichnet hatte. »Denn Meister Ameldung ist vor Euch eingetreten.«

»Ihr seid auf seine Forderungen eingegangen?« herrschte Modemann den Apotheker an. »Ameldung, seid Ihr noch bei Trost?«

Der Apotheker wurde blaß. »Wie soll ich es ertragen, daß meine Frau öffentlich zur Schau gestellt wird?« erwiderte er kleinlaut.

»Ich verstehe das nicht«, meldete sich Jakob zu Wort. »Was hat das alles zu bedeuten?«

Modemann wandte sich zu ihm um. »Mit der Nachricht, daß der Rat beschlossen hat, ein endgültiges Urteil zu fällen, überbrachte man uns gleichzeitig das Angebot, unseren Angehörigen die öffentliche Demütigung zu ersparen und ihnen eine Verhandlung und Exekution unter Ausschluß des Volkes zu gewähren.« Sein Gesicht wurde finster. »Doch es wurde vorausgesetzt, daß wir uns verpflichten, jegliches Vorgehen gegen Peltzer und den Rat für alle Zeit zu unterlassen.«

»Aber das ist Erpressung«, erklärte Jakob.

»Ganz recht.« Modemann nickte.

»Ich sehe keine andere Möglichkeit.« Ameldung fuhr sich mit den Händen nervös über den Kopf. »Außerdem wissen wir ja nicht, ob ...« Er verstummte und Peltzer übernahm für ihn das Wort.

»Meister Ameldung hat lange genug an der Schuld seiner Frau gezweifelt. Selbst er hat nun erkannt, daß eine Dienerin des Satans in seinem Haushalt gewirkt hat.«

»Das ist nicht wahr«, rief Jakob. »Sie ist keine Hexe. Ameldung, Ihr dürft diese Lügen niemals glauben.«

»Sie hat ihre Schuld eingestanden. Ich bin mir nicht mehr sicher, was ich glauben soll.«

»Ihr werdet noch etwas länger Zeit haben, Euch darüber eine Meinung zu bilden«, sagte nun Modemann und streckte Peltzer die Depesche des Landesherren entgegen. »Lest!«

Der Bürgermeister nahm das Dokument zögernd entgegen, brach das Siegel und begann zu lesen. Modemann nickte derweil in Jakobs Richtung und forderte ihn auf, eine Erklärung abzugeben.

»Es ist ein persönlicher Befehl des Grafen Gustav Gustavson«, erklärte Jakob mit fester Stimme. »Eine an den Rat und insbesondere an Euch gerichtete Verfügung, daß der Prozeß gegen Anna Modemann und Anna Ameldung bis zu seiner Rückkehr nach Osnabrück einzustellen ist. Eine Mißachtung dieses Befehls würde eine Strafe von 10 000 Goldgulden nach sich ziehen.«

Die starre Miene des Bürgermeisters verriet nicht, welche Gedanken er hegte. Schließlich ließ er das Papier sinken und sagte mit Bestimmtheit: »Dieser Befehl mag vom Grafen Gustavson persönlich ausgestellt worden sein, aber er berührt mich nicht mehr als die vorherigen Strafandrohungen der schwedischen Kanzlei. Die Verhandlung gegen die Hexen wird wie geplant fortgeführt werden.« Er schaute Jakob und Modemann trotzig ins Gesicht, zerriß dann mit einer hastigen Bewegung die Depesche und warf sie auf den Boden.

»Wie könnt Ihr es wagen …?« zischte Modemann.

»Ich könnte es außerdem wagen, Euch aus dem Rathaus hinauswerfen zu lassen.«

Der eingeschüchterte Apotheker schien sich nicht auch noch diese Blöße geben zu wollen. Er schob sich ohne ein weiteres Wort zwischen Jakob und Modemann aus der Tür und verschwand auf den Marktplatz.

»Durch diese Tat habt Ihr Euch Gustavson zum erbitterten Feind gemacht.« Für einen Moment lang huschte ein bitteres Lächeln über Modemanns Gesicht. »Er wird Euch vernichten. Gott gebe, daß die Schweden auf dem Schlachtfeld siegreich bleiben. Dann wird er eines Tages zurückkehren und Euch in Ketten legen lassen.«

»Euer Selbstmitleid ist nicht zu ertragen.« Peltzer machte eine abwehrende Handbewegung.

Modemann starrte den Bürgermeister einen Moment lang nur an, dann trat er langsam einige Schritte aus der Ratsstube hinaus, reckte drohend die Faust in Richtung Peltzer und rief so laut, daß ihn auch andere Ratsmitglieder hören konnten: »Ich will den Tag noch erleben, da Euch der Kopf abgeschlagen wird.« Er fuhr sich mit der Hand über den Hals, um eine Enthauptung anzudeuten, und stürmte fluchend aus dem Rathaus.

»Und was habt *Ihr* noch länger hier verloren?« wandte sich Peltzer an Jakob. »Verschwindet! Geht mir aus den Augen!«

Seltsamerweise hatte Modemanns Wutausbruch dafür gesorgt, daß Jakob nun weitaus ruhiger geworden war. Er hob die zerrissene Depesche auf und strich mit den Fingern über das Papier. »Gustavson wird erfahren, daß Ihr Euch offen gegen seine Befehle aufgelehnt habt.«

Ein süffisantes Lächeln spielte um die Lippen des Bürgermeisters. Er schien sich sehr sicher hinter den Mauern seiner Stadt zu fühlen, und dann begriff Jakob plötzlich: »Gütiger Gott, Ihr habt gehofft, daß genau dies geschehen würde.«

Peltzer trat an Jakob vorbei und schloß die Tür der Ratsstube. »Nennen wir es eine Fügung des Schicksals«, sagte er.

»Ihr legt es wirklich darauf an, den Zorn des Grafen Gustavson auf Euch zu ziehen?«

»Allein würde ich einen solchen Konflikt niemals bestehen können, doch mit der rückhaltlosen Unterstützung des Rates, der Stände und der gesamten Bürgerschaft wird es mir gelingen, mich gegen den Grafen und die schwedische Besatzung zu behaupten.«

»Eine Unterstützung, die Ihr Euch vor allem durch die rigorose Bewältigung des Hexenproblems erworben habt.« Jakob war nun überzeugt davon, daß der Bürgermeister es schon vor Monaten in Betracht gezogen haben mußte, den Kampf gegen das Böse als wirksames Mittel zur Stärkung seiner Macht in der Auseinandersetzung mit seinen politischen Feinden und der schwedischen Gegnerschaft zu nutzen. Wahrscheinlich hatte er diesen Gedanken sogar bereits vor der ersten Verhaftung einer Hexe gehegt.

»So kann man es sehen«, erwiderte Peltzer.

»Aber warum habt Ihr Sara Meddersheim verhaften lassen?«

Die Augen des Bürgermeisters wurden schmal. »Weil sie eine Hexe ist.«

»Das ist nicht wahr.«

»Es ist wahr. Ihr selbst seid der beste Beweis. Ich erkenne Euch nicht wieder, Jakob. Sie hat einen Zauber über Euch gelegt, und ich wünsche mir so sehr, daß Ihr Eure Vernunft zurückerlangt, wenn man der Hexe den Kopf von den Schultern geschlagen hat.«

»Sie erwartet ein Kind.«

»Ein Kind der Sünde, das allem Anschein nach vom Satan selbst gezeugt wurde.«

Es war zwecklos, mit Peltzer über Sara zu sprechen. Doch der kalte Haß, den er für den Bürgermeister empfand, trieb ihn dazu an, ihn mit weiteren Verfehlungen zu konfrontieren.

»Und Maria Bödiker? Wen soll sie mit einem Zauber belegt haben? Etwa Euch selbst? Habt Ihr sie deswegen angezeigt?«

Der Bürgermeister legte die Stirn in Falten. Es schien ihm nicht zu gefallen, daß der Name seiner früheren Dienstmagd ins Spiel gebracht wurde. »Die Bödiker war ein durchtriebenes Weib, das mein Geld gestohlen hat, um sich die Dienste des Teufels zu erkaufen.«

»O nein. Ihr wißt, daß dies eine Lüge ist. Ihr allein habt die Bödiker als Hexe gebrandmarkt, weil Ihr wußtet, daß durch das Geständnis, das sie unter der Folter zu Protokoll gab, eine gnadenlose Hexenverfolgung ins Leben gerufen werden würde. Ihr habt die Angst der Menschen um Euch herum geschürt, um sie damit hinter Eure harte Hand zu bringen. Mit jeder unschuldigen Frau, die als Hexe entlarvt wurde, verstärkte sich die Furcht vor der Macht des Teufels, und die Bürger Osnabrücks trauten Euch als einzigem zu, den Kampf gegen diese vermeintliche Plage aufzunehmen – den Kampf gegen eine Verschwörung des Bösen, die Ihr selbst inszeniert habt.«

»Was versteht Ihr schon von diesen Dingen?« Peltzer sprach seine Worte in solch scharfem Ton aus, daß Jakob unmerklich einen Schritt zurückwich. »Ich trage die Verantwortung für die ganze Stadt. Und diese Stadt braucht ihre Eigenständigkeit. Der Bischof will ihr die Religionsfreiheit nehmen und uns seinen katholischen Irrglauben aufzwingen; die Schweden hingegen sprechen uns die Rechtsgewalt ab. Nimmt man uns diese Privilegien, wird die Stadt zugrunde gehen.«

»Das rechtfertigt keinesfalls Euer Vorgehen«, sagte Jakob. »Denn Ihr bezahlt den Preis für Eure Ziele mit dem Blut der Bürger, die Ihr zu schützen sucht, wenn es denn überhaupt die Menschen sind, um die Ihr Euch sorgt, und nicht Euer eigener Machtanspruch.«

»Wagt es nicht, über mich zu richten.« Die rechte Hand des

Bürgermeisters zuckte hoch; er hielt jedoch im letzten Moment inne und gab Jakob keine Ohrfeige.

Jakob warf den zerrissenen Befehl auf Peltzers Schreibtisch. »Ich hoffe, Modemann wird mit seiner Prophezeiung über Euer Schicksal recht behalten. Wenn es einen gerechten Gott gibt, dann wird er ein hartes Urteil über Euch fällen.« Mit diesen Worten wandte er sich um und verließ erhobenen Hauptes die Ratsstube.

Jakob stürmte die Treppe zum Wehrgang hinauf und trat dabei rüde zwei Hunde aus dem Weg, die auf den Stufen knurrend um einen alten Knochen rangen.

Bereits hier glaubte Jakob schon den schier unerträglichen fauligen Gestank, der aus dem Kerker drang, wahrzunehmen.

»Laßt mich eintreten!« rief er am Eingang zum Turm und hämmerte mit der Faust an das Holz. Die Wache, die ihm öffnete, betrachtete ihn argwöhnisch und machte keinerlei Anstalten, Jakobs Verlangen nachzukommen.

»Ich muß zu den Gefangenen.«

Die Wache schüttelte den Kopf. »Könnt Ihr einen schriftlichen Befehl vorweisen?«

Jakob rang nach Luft und befürchtete schon, daß ihm die Tür vor der Nase zugeschlagen würde, doch dann tauchte hinter der Schulter des Wachmannes das Gesicht des Scharfrichters auf.

»Laßt den Mann herein«, sagte Matthias Klare und schob die Wache zur Seite. »Ich habe ihn hierher bestellt.«

Der Mann wägte einen Moment lang ab, ob er der Aufforderung des Scharfrichters Folge leisten sollte, dann zuckte er nur unbeteiligt mit den Schultern und kehrte zu seinen Kameraden an die Kohlenpfanne zurück.

Jakob folgte Klare die schmale Treppe hinauf und zog, als sie sich vor dem Gefängniskasten des Grafen von Hoya befanden, kurz an dessen Wams, um mit ihm zu sprechen.

»Wartet«, sagte Jakob. »Wie konnte das geschehen?«

Klare verzog das Gesicht. »Es tut mir so leid. Glaubt mir, Sara Meddersheims Verhaftung erfolgte völlig überraschend. Hätte ich früher davon erfahren, hätte ich alles daran gesetzt, sie rechtzeitig aus der Stadt zu schaffen.«

»Ich mache Euch keine Vorwürfe, Meister Klare.«

»Ich weiß, was ich Euch und der Meddersheimerin schuldig bin; und mir ist klar, daß sie nie und nimmer eine Dienerin des Bösen sein kann. Wenn ich könnte, würde ich sie mit meinen eigenen Händen in die Freiheit tragen.«

Jakob nickte. »Wie geht es ihr?«

»Sie sagte mir, ihr Rücken würde stark schmerzen, aber das ist kein Wunder auf dem harten Lager. Ich habe wohl doppelt so viel Stroh für sie herangeschafft, wie es üblich ist, und ich achte darauf, daß sie genügend zu essen bekommt, um ihre Kräfte aufrechtzuerhalten. Trotzdem ist dieser Kerker kein Ort für eine schwangere Frau.«

»Gewiß nicht«, stimmte Jakob ihm zu.

»Ich glaube, sie ist sehr mutlos, auch wenn sie stets bemüht ist, es sich nicht anmerken zu lassen. Sie hat oft nach Euch gefragt. Jedesmal wenn ich mit ihr gesprochen habe, wollte sie wissen, ob Ihr wohlbehalten von Eurer Reise zurückgekehrt seid.«

»Laßt uns bitte zu ihr gehen«, bat Jakob.

Klare nickte, und sie stiegen hinauf in die höheren Stockwerke. Im ersten Kerkerraum befanden sich mittlerweile vier Inhaftierte. Neben den beiden abgerissenen Gestalten, die seit Wochen in diesem Gefängnis dahinvegetierten, hockten zwei ihm fremde Frauen, die mit angsterfüllten Augen verfolgten, wie Klare und er durch den Raum gingen und die nächste Treppe hinaufstiegen. Sara war demnach nicht die einzige Leidtragende der jüngsten Hexenverfolgungen.

Jakobs Herz hämmerte vor Sorge, als er Sara erblickte. Sie hatte sich auf ihrem Lager aus Stroh auf die Seite gelegt und rollte sich mit ihrem gewaltigen Bauch nun stöhnend auf den Rücken, als sie ihn bemerkte. Ihre Augen funkelten zunächst verwirrt, dann leuchteten sie voller Freude und Erleichterung.

»Jakob, du bist zurück«, sagte sie.

Auch Anna Ameldung und Anna Modemann richteten sich auf und starrten ihn an.

»Gott, Sara«, flüsterte er und trat unbeholfen näher. Er ließ sich auf die Knie fallen und strich durch ihr offenes Haar, das ihn unweigerlich an den Morgen nach ihrer ersten Liebesnacht erinnerte, als er lange neben ihr gelegen und sie versonnen betrachtet hatte. Sie hier zu sehen, gefangen und von Furcht gezeichnet, brach ihm schier das Herz.

Sara konnte ein Schluchzen nicht unterdrücken. »Ich habe mein Versprechen gehalten, Jakob. Das Kind ist noch in meinem Bauch.«

Er küßte sanft ihre Wölbung. »Himmel, was für ein riesiges Kind das wird«, meinte er und entlockte Sara mit dieser Bemerkung ein schwaches Lächeln.

»Ich bin so froh, dich endlich wiederzusehen. Auch wenn mir dafür ein anderer Ort lieber gewesen wäre.« Sie schaute ihn ernst an und sagte: »Jakob, was hast du erreicht? Bist du dem Landesherrn gegenübergetreten? Und ist er auf unsere Bitte eingegangen?«

Jakob spürte einen Kloß in seinem Hals, der es ihm für ein paar Atemzüge unmöglich machte, auf ihre Frage zu antworten.

»So sprecht endlich!« fuhr ihn die streitbare Frau Modemann von der Seite an. »Oder hat der Landesherr Euch die Zunge herausreißen lassen?«

Auch Anna Ameldung hatte ihren Blick auf ihn gerichtet. Jakob räusperte sich und entgegnete mit belegter Stimme: »Gustavson hat einen Befehl ausgestellt, den Hexenprozeß bis zu seiner Rückkehr nach Osnabrück auszusetzen.«

»Aber das ist nicht alles«, argwöhnte Sara. Wie gut sie ihn doch mittlerweile kannte. Er konnte seine Enttäuschung nicht vor ihr verbergen.

»Modemann und ich haben Peltzer aufgesucht und ihm den Befehl vorgelegt. Der Bürgermeister hat das Papier gelesen und es ... zerrissen. Die Urteilsfindung wird wie vorgesehen eingeleitet.«

Alle drei Frauen sanken auf ihre Lager zurück. »Dann wird man uns also schon in Kürze öffentlich hinrichten lassen?« fragte Anna Ameldung leise und ohne jede Hoffnung.

»Euer Ehemann hat sich für Euch eingesetzt und eine private Verhandlung erwirkt, Frau Ameldung.« Jakob vermied es, auf die weiteren Umstände dieses Privilegs einzugehen. Es war nicht nötig, daß sie erfuhr, daß ihr eigener Mann mittlerweile an ihrer Unschuld zweifelte. Das Wissen, daß der Apotheker unter dem Druck des Bürgermeisters zusammengebrochen war und dem Bürgermeister die Verpflichtung abgeleistet hatte, in Zukunft jedes weitere Vorgehen gegen Peltzer und den Rat zu unterlassen, würde sie nur unnötig belasten.

»Was ist mit mir?« mischte sich die Modemann ein. »Wird man mir ebenfalls eine private Exekution gewähren?«

»Euer Sohn hat sich geweigert, das Angebot des Rates anzunehmen.«

Die Alte verzog das Gesicht. »Verflucht soll er sein, dieser Sturkopf!«

»Er hat seine Gründe dafür.«

Frau Modemann funkelte Jakob aus zornigen Augen an, als wäre es seine Schuld, daß ihr die Gnade der privaten Exekution nicht gewährt wurde, drehte sich dann trotzig mit dem Gesicht zur Wand um und brummte einige unverständliche Flüche.

Jakob bemerkte, daß Sara weinte, und setzte sich rasch neben sie. Ihre Hände strichen zärtlich über ihren Bauch.

»Was soll nur aus meinem Kind werden, wenn man mir den Kopf abschlägt?«

»Soweit ist es noch lange nicht«, versuchte Jakob ihr Mut zu machen.

»Unsinn«, widersprach ihm Sara. »Sie werden uns hinrichten lassen. Und vorher werden sie mich foltern und mein Kind töten, weil sie glauben, daß es vom Teufel gezeugt wurde.«

»Ich werde dafür sorgen, daß Euer Kind zu einer Amme gebracht wird«, machte ihr Matthias Klare Mut.

»Kümmere dich um mein Kind, Jakob.« Sara klammerte sich an seinen Arm. »Versprich es mir!«

Wie in Gottes Namen soll ich allein ein Kind aufziehen? fragte er sich, wagte es aber nicht, Sara zu enttäuschen. »Ich werde mich seiner annehmen«, versicherte er ihr. »Aber ich will die Hoffnung nicht aufgeben, daß wir beide uns gemeinsam um das Kind kümmern werden.« Nun war er es, der die Tränen nicht aufhalten konnte. »Ich will stark sein, Sara, aber ich weiß nicht, ob ich ohne dich die Kraft habe, den Weg weiterzugehen, auf den du mich geführt hast.«

»Du mußt, Jakob! Es ist gar nicht so schwer«, meinte sie mit Bestimmtheit. »Nun komm und halt mich einfach fest. Ich bin so müde.«

Er wischte sich mit dem Handrücken die Tränen vom Gesicht und legte seine Arme um Sara.

»Schließ die Augen«, flüsterte er ihr zu.

Sara ließ ihren Kopf in seine Halsbeuge sinken, und er wünschte sich, sie könnte in seinen Armen einschlafen. Der Schlaf würde ihr Kraft schenken und sie für einige Stunden aus diesem abscheulichen Kerker entführen, denn in ihren Träumen würde sie frei sein.

Kapitel 27

»Jakob, wach auf.«

Sara rüttelte an seiner Schulter. Jakob schlug überrascht die Augen auf und erwachte aus einem diffusen Traum. Gleich darauf spürte er auch einen Tritt.

Ihm fiel auf, daß das schale Licht hinter den schmalen Mauerscharten der Dunkelheit gewichen war. Er mußte mehrere Stunden hier im Gefängnis an Saras Seite geschlafen haben.

Nun erkannte er auch, wer ihm den Tritt verpaßt hatte. Direkt vor ihm baute sich Jobst Voß mit hinter dem Rücken verschränkten Armen auf und betrachtete ihn mit kaum verhohlenem Abscheu und Ekel. Der Ratsherr war nicht allein. Hinter ihm machte Jakob zwei stämmige Büttel aus. Mathias Klare indes beugte sich über Anna Ameldung und nahm ihr die Ketten ab.

Voß rümpfte angewidert die Nase. »Gütiger Himmel, was für ein erbärmliches Bild Ihr doch abgebt, Mann. Ihr verkriecht Euch in den Schoß dieser Hexe wie ein liebeskranker Kater. Gott gebe, daß der Bann, den diese Frau über Euch hält, mit ihrem Tod gebrochen wird.«

Jakob schaute von Voß zu Sara, und der Schreck, der ihm durch die Knochen fuhr, war ihm anscheinend deutlich anzumerken, denn Voß sagte: »Nun, die Meddersheimerin hat noch etwas Zeit, schließlich warten andere schon weitaus länger auf ihr Urteil.«

Die Apothekerin war inzwischen aufgestanden. Klare löste die letzte Fußfessel ab. Anna Ameldung wirkte gefaßt, auch wenn es keinen Zweifel daran gab, aus welchem Grund die Büttel sie abführten.

»Was geschieht hier?« verlangte Jakob zu wissen.

»Die Apothekerin tritt vor ihren Richter«, erwiderte Voß mit Genugtuung in der Stimme. »Noch bevor die Sonne aufgeht, wird sie sich vor dem Angesicht des Herrn für ihre Sünden verantworten müssen.«

Jakob tauschte einen entsetzten Blick mit der Apothekerin. Sie würde noch in dieser Nacht sterben. Eine Verhandlung unter Ausschluß der Öffentlichkeit und eine schnelle, diskrete Hinrichtung – dies war der Preis, den Wilhelm Peltzer nur allzu gern entrichtete, um seinen Widersacher Heinrich Ameldung mundtot zu machen.

Nachdem Klare alle Ketten gelöst hatte, wollte einer der Büttel die Ameldung am Arm packen, doch sie humpelte zur Seite und taumelte auf Sara und Jakob zu. Bevor man sie zurück reißen konnte, ergriff sie beide an den Händen und lächelte schwach.

»Gott wird euch vergelten, was Ihr für mich getan habt«, sagte Anna.

Der Büttel griff nach ihrem Kopf und zog sie brutal zurück. Anna schrie auf, und im nächsten Moment wurde sie auch schon die Treppe hinunter gedrängt. Sara schlug die Hände vor ihr Gesicht und begann zu weinen.

Voß gab dem anderen Büttel ein Zeichen, woraufhin der Mann Jakob unter den Arm faßte und ihn auf die Beine zog.

»Ihr werdet das Gefängnis jetzt verlassen«, wies ihn der Ratsherr zurecht. »Schaut Euch Eure kleine Hexe noch einmal gut an, denn Ihr werdet sie erst wieder zu Gesicht bekommen, wenn man sie auf den Richtplatz führt, um ihr den Kopf von den Schultern zu trennen.«

Jakob verzog wütend das Gesicht. »Ihr seid ein verdammter, elender ...«

»Haltet Euch zurück«, rief Voß und hob warnend den Zeigefinger. »Habt Ihr Euch nicht schon genug versündigt? Und nun verschwindet von hier! Sucht Peltzer auf! Er wies mich an, Euch zu bestellen, daß er Euch morgen früh in seinem Haus sprechen will. Wahrscheinlich hatte er schon geahnt, daß Ihr Euch hier unter dem Rock der Meddersheimerin verkrochen habt.«

Der Büttel schleppte Jakob mit sich zur Tür. Jakob wand sich, streckte seinen Arm nach Sara aus und rief flehend ihren Namen. Doch dann wurde er auch schon auf die Treppe gestoßen. Er sah noch einmal kurz ihr Gesicht, ihre verweinten und verzweifelten Augen, dann verschwand sie aus seinem Blickfeld.

Draußen lief er einige Schritte den Wehrgang entlang, bis er im Licht des Mondes einen Blick auf die kleine unheilvolle Prozession erhaschen konnte: Anna Ameldung humpelte steif zwischen dem Büttel und Matthias Klare auf das kleine Wachthaus vor dem Bucksturm zu, wo anscheinend die Verhandlung stattfinden würde.

Erst da öffnete Jakob langsam seine rechte Faust und starrte lange auf die vertrocknete Lilienblüte, die Anna Ameldung ihm bei ihrem Abschied in die Hand gedrückt hatte. Er mußte an die Geschichte denken, die Anna den Kindern angeblich so oft erzählt hatte. Sie hatte behauptet, die Blüte nähme die Schmerzen in sich auf und vertrocknete daran. Die Apothekerin brauchte die Blume nun nicht mehr, denn alle Qualen und schrecklichen Demütigungen würde sie bald hinter sich lassen.

Über eine Stunde lang trat Jakob unruhig in der Nähe des Bucksturms auf und ab. Er näherte sich dem kleinen Wachthaus, ging dann wieder zurück bis zum Wehrgang, wartete dort eine Weile und schritt die Häuserfassaden ab, um die eine oder andere geisterhafte Silhouette vor den erleuchteten Fenstern des Gebäudes zu erspähen, in dem sich die Verhandlung der Anna Ameldung abspielte. Auch gedämpfte Stimmen vernahm er, ohne jedoch auch nur ein Wort von dem verstehen zu können, was in dem Häuschen gesprochen wurde. Im Grunde war dies auch nicht von Belang, denn er wußte um die formelle Abwicklung einer solchen Gerichtsverhandlung, deren Ausgang nur mehr eine Formalität bedeutete, da Anna Ameldung unter der Folter ein Geständnis ihrer Schuld abgelegt hatte.

Die Turmuhr der Katharinenkirche schlug zur dritten und bald darauf zur vierten Stunde des Tages. Jakob fröstelte. Die feuchte Herbstkälte machte seine Knochen schwer, doch er brachte es nicht über sich, diesen Ort zu verlassen. Es war, als ob eine starke Kraft ihn hier fesselte.

Dann schließlich bemerkte er, daß die Tür des Wachthauses geöffnet wurde und drei Gestalten heraustraten. Jakob schlüpfte in einen dunklen Gassenwinkel und verbarg sich dort. Die Männer gingen geradewegs an ihm vorbei. Er erkannte Jobst Voß und zwei weitere Ratsherren. Voß schien verärgert zu sein. Er rieb kräftig über den rechten Ärmel seiner schwarzen Kutte, der von einer glänzenden Flüssigkeit besudelt worden war.

»Verdammt!« zischte Voß.

Einer der Ratsherren klopfte ihm aufmunternd auf den Rükken. »Der Satan ist unberechenbar. Er bespuckt Euch mit dem Blut seiner Dienerinnen.«

»Und da war ein hämisches Grinsen auf ihrem Gesicht. Selbst als der abgeschlagene Kopf auf den Boden gerollt ist, hat sie noch ihren Spott über uns ausgeschüttet«, meinte der dritte.

»Möglich«, brummte Voß. »Aber vor allem ist dieser Raum einfach zu klein, um eine Hinrichtung durchzuführen. Als Verhandlungsraum mag er ja geeignet sein, aber ...«

Sie bogen in die nächste Straße ab, und ihre Stimmen verklangen. Ein heiseres Lachen entrang sich Jakobs Kehle. Er konnte es nicht unterdrücken, auch wenn es nicht angebracht war. Daß ausgerechnet Jobst Voß das Mißgeschick unterlaufen war, von Anna Ameldungs Blut besudelt zu werden, sah er beileibe nicht als Teufelswerk, sondern als Gerechtigkeit Gottes an.

Doch dann verstummte Jakob abrupt, als er sah, wie der Knecht des Scharfrichters einen Karren vor die Tür des Wachthauses schob und zusammen mit seinem Meister den kopflosen Torso der Anna Ameldung aus dem Haus auf dem Karren trug. Ihr graues Kleid war bis zur Hüfte mit Blut befleckt. Kurz darauf brachte Matthias Klare einen Leinenbeutel aus dem Häuschen, den er neben den Torso legte. Jakob überlegte kurz, ob er aus der Dunkelheit hervortreten und ein paar Worte mit dem Scharfrichter wechseln sollte, aber der Anblick des Torsos und des Beutels, in dem sich ganz offensichtlich Anna Ameldungs Kopf befand, versetzte ihn einige Atemzüge lang in eine vollkommne Starrheit. Ihr Tod war zu einer unumstößlichen Wirklichkeit geworden, und plötzlich wurde ihm übel bei dem Gedanken, daß auch Sara ein solches Schicksal bevorstand.

Matthias Klare und sein Knecht schoben den Karren davon. Jakob verharrte noch eine Zeitlang in seinem Versteck, faltete die Hände und flüsterte ein Gebet für die Seele Anna Ameldungs, die, davon war er überzeugt, auf dem Weg in den Himmel war und das Fegefeuer nicht zu fürchten hatte.

Er überlegte, was es für ihn nun zu tun gab, und fand keine Antwort auf diese Frage. Zu Sara konnte er nicht zurückkehren. Ohne die Hilfe des Scharfrichters würde man ihn nicht zu ihr lassen. Also lief er zunächst ziellos die Straße entlang, wobei er immer wieder einen Blick auf den im Dunkel verschwindenden Gefängnisturm zurückwarf. Er passierte die Vitischanze, das Hasetor und begab sich dann wieder in Richtung Markt. Am Domplatz bog er ab, wo im ersten Licht des neuen Morgens einige Handwerker auftauchten und mit den Vorbereitungen für den Gerichtstag begannen. Vor der Marienkirche wurde bereits das Podest des Scharfrichters aufgestellt, auf dem die alte Frau Modemann in wenigen Stunden ihr Leben lassen würde.

Der Platz bedrückte ihn, daher ging er weiter in die Neustadt, wo die Menschen allmählich erwachten. Fensterläden wurden aufgeklappt, Nachttöpfe auf der Straße ausgeleert, und aus vielen Fenstern erschallten laute Stimmen und Kindergeschrei. Lediglich das Haus der Meddersheims wirkte so still, daß es fast schon unheimlich war.

Er klopfte fest an die Eingangstür. Es dauert eine ganze Weile, ehe sie einen schmalen Spalt breit geöffnet wurde. Mina spähte heraus. Als das Mädchen ihn erkannte, lächelte sie scheu, nicht ganz so herzlich, wie er es von ihr kannte, aber warm genug, um ihm durch diese Geste sogleich ein wenig Trost zu schenken.

»Darf ich eintreten, Mina?« fragte er.

Sie runzelte die Stirn, als müsse sie ernsthaft abwägen, wie sie auf diese Bitte reagieren sollte. Dann schob sie die Tür auf und sagte: »Kommt rein, aber bitte nichts mehr kaputt machen.«

Was sie damit meinte, begriff er erst, als er in Georg Meddersheims Werkstatt stand. Nichts schien sich mehr an seinem angestammten Platz zu befinden. Die Arbeitstische waren umgestoßen worden, der Inhalt der Schränke lag auf dem Boden verstreut, und sogar eine der Fensterscheiben war zertrümmert worden. Ein tristes Bild der Verwüstung, das Jakob unweigerlich an die zurückgelassenen Troßwagen der herumziehenden Armeen erinnerte, denen er auf seiner Reise begegnet war.

»Wo ist Meister Meddersheim?« wollte Jakob von Mina wissen.

Sie deutete mit dem Finger zur Decke. »In Saras Zimmer. Er kommt gar nicht mehr heraus.«

»Wie lange ist er schon dort?«

»Weiß nicht. Zwei Tage oder länger.«

Jakob ging die Treppe hinauf und öffnete behutsam die Tür zu Saras Zimmer. Er hatte erwartet, es ähnlich verheert wie die Werkstatt ihres Vaters vorzufinden, doch was er sah, erstaunte und erschreckte ihn zugleich.

Das Zimmer war fast leer. Alle besonderen Gegenstände, die Sara hier versammelt hatte, waren entfernt worden. Jakob mußte daran zurückdenken, wie er die Kammer zum ersten Mal betreten und all die kleinen und größeren fremden und wundersamen Gegenstände aus einer fernen Welt bestaunt hatte. Nun war es wieder ein völlig normaler Raum, dessen einziges Inventar aus dem Bettkasten bestand, auf dem Georg Meddersheims hockte.

Jakob setzte sich neben ihn und legte einen Arm um die Schultern des Goldschmieds. Saras Vater zuckte zusammen und schaute ihn aus tränenverquollenen Augen an. Auf seiner linken Wange war eine häßliche Abschürfung zu sehen.

»Was ist hier geschehen?« fragte Jakob.

»Ich … ich konnte es nicht verhindern«, antwortete der Goldschmied mit tränenerstickter Stimme. »Sie waren zu viert. Einer von ihnen schlug mich nieder, als ich mich weigerte, ihnen Sara auszuliefern. Sie fanden sie hier im Zimmer, packten sie bei den Armen und führten sie in einem so festen Griff ab, als befürchteten sie, Sara könnte ihnen davonfliegen. Anschließend durchstöberten sie die Zimmer und meine Werkstatt nach Zauberutensilien. Sie trugen alles hinaus, was ihnen verdächtig erschien, vor allem Saras arabische Bücher und ihre Kräuter und Tinkturen. Ich habe ihr so oft geraten, sie solle vorsichtig mit diesen Dingen sein. Viele Menschen, die nie in der arabischen Welt gelebt haben, verstehen nicht die Bedeutung dieser Gegenstände.«

»Es tut mir leid«, meinte Jakob.

Meddersheim hob seine Hände. Sie zitterten wie Laub im böigen Wind. »Ich habe versucht, die Unordnung zu beseitigen, aber meine Hände ... sie wollen mir einfach nicht mehr gehorchen.«

Jakob erinnerte sich daran, was Sara ihm über ihren Vater und die Zeit nach dem Tod ihrer Mutter berichtet hatte. Auch damals hatte der Verlust eines geliebten Menschen dem Goldschmied so arg zugesetzt, daß er monatelang nicht in der Lage gewesen war, seinen Beruf auszuüben.

»Ich fühle mich schuldig«, brachte Jakob hervor. »Wahrscheinlich wäre Sara ohne mich niemals in diese Lage geraten.«

Meddersheim erwiderte zunächst nichts auf Jakobs Worte, und dieses Schweigen belastete Jakob schwerer, als wenn der Goldschmied ihm bittere Vorwürfe gemacht hätte.

Statt dessen sagte Saras Vater nach einer Weile: »Jakob, Ihr seid sehr gut mit dem Bürgermeister bekannt. Ich flehe Euch an, legt ein gutes Wort für meine Tochter ein. Sorgt dafür, daß eine gründliche und vor allem gerechte Untersuchung der Vorwürfe gegen sie eingeleitet wird.«

Jakob verzog das Gesicht. Er wäre wohl der letzte, von dem sich Wilhelm Peltzer beeinflussen lassen würde. Andererseits erinnerte Jakob sich plötzlich daran, daß Voß ihm gesagt hatte, der Bürgermeister wolle ihn sprechen. Eine vage Hoffnung keimte plötzlich in ihm auf. War es möglich, daß der Bürgermeister Sara lediglich benutzen wollte, um ihn zur Vernunft zu bringen? Würde er mit Peltzer verhandeln können? Sara wäre nicht die erste Person, die der Bürgermeister verhaften ließ, um seine Gegner in eine bestimmte Richtung zu lenken. Wenn er Peltzer und seiner Sache die Treue schwor und Saras Einfluß entsagte – würde Peltzer dann womöglich auf ihren Tod verzichten? Es war eine schwache Hoffnung, nicht mehr.

Jakob erhob sich hastig. »Ihr habt recht. Ich werde zum Bürgermeister gehen.«

»Glaubt Ihr, Ihr werdet ihn von Saras Unschuld überzeugen können?«

»Und wenn es meine Seele kostet.« Jakob drückte dem Goldschmied tröstend die Hand und verließ eilig die Kammer.

Jakob war sich nicht sicher, ob er Wilhelm Peltzer wirklich in der Hakenstraße antreffen würde. Der Gerichtstag sollte um zehn Uhr beginnen, also in knapp zwei Stunden. Es war anzunehmen, daß Peltzer schon zeitig das Rathaus aufsuchen würde, aber Jakob hoffte, daß es ihm möglich war, vorher noch einige Worte mit dem Bürgermeister unter vier Augen zu wechseln.

Eine ältliche Frau aus dem Gesinde öffnete ihm die Tür. Jakob fragte nach Peltzer, und sie bat ihn, in einer kleinen Stube zu warten. Peltzer war also anwesend. Jakob atmete erleichtert auf.

Nach einer Weile trat der Bürgermeister ein. »Ich hatte kaum mehr erwartet, daß Ihr mich aufsuchen würdet.« Er musterte Jakob abschätzend. »Klart Euer Verstand endlich auf? Es scheint mir, als könntet Ihr Euch langsam aus den Fesseln dieser Hexe befreien.«

Jakob ärgerten die demütigenden Worte, aber er schluckte seine Wut hinunter. »Ich glaube nicht, daß mein Verstand während der letzten Tage allzu sehr getrübt war.«

»Da bin ich anderer Ansicht.«

»Ihr sorgt Euch um meine Zukunft?«

»Wundert Ihr Euch darüber?«

Jakob zögerte. »Was also verlangt Ihr von mir?«

Peltzer verschränkte die Arme hinter dem Rücken. »Verlangen? Ihr wart mein Gast, ich habe nichts von Euch zu verlangen. Aber ich werde Euch einen guten Rat geben. Vergeßt die Hexe Meddersheim, kehrt zurück nach Minden, nehmt Eure Studien wieder auf und heiratet Agnes Laurentz, die Euch ein gutes und gottesfürchtiges Eheweib sein wird.«

»Ich werde all das tun. Wenn Ihr es wünscht, verlasse ich so schnell wie möglich die Stadt und kehre nach Minden zurück. Zuvor allerdings möchte ich jedoch mit eigenen Augen sehen, daß Sara Meddersheim die Freiheit geschenkt wird.«

»Die Meddersheim?« fragte Peltzer stirnrunzelnd. »Was redet Ihr für einen Unsinn? Die Meddersheim steht unter dem dringenden Verdacht der Hexerei. Diese schwerwiegenden Vorwürfe müssen untersucht und geprüft werden. Sie ist eine Gefahr für alle rechtschaffenen Bürger. Wie könnt Ihr von mir verlangen, sie auf freien Fuß zu setzen?«

Diese Antwort verwirrte Jakob. Er hatte fest damit gerechnet, daß der Bürgermeister Sara nur aus einem einzigen Grund hatte verhaften lassen: um ihn zu dem zu bekehren, was Peltzer als Vernunft ansah. Warum verweigerte der Bürgermeister sich ihm nun? Welchen Zweck verfolgten diese Winkelzüge?

»Ihr könntet dafür sorgen, daß sie entlastet wird. Ich weiß, daß Ihr die Möglichkeiten dazu habt« sagte Jakob.

»Niemals würde ich das Gesetz hintergehen«, erwiderte Peltzer mit einem solch unerschütterlichen Gleichmut, daß Jakob ihm diese Worte vielleicht tatsächlich geglaubt hätte, wenn er nicht längst die dunkle Wahrheit hinter dem scheinbar so überaus rechtschaffenen Bild des Bürgermeisters erkannt hätte.

»Ihr wollt mir also nicht entgegenkommen?«

»Ich sehe keinen Anlaß dazu.«

»Warum habt Ihr mich dann überhaupt hierher bestellt?«

Es bedurfte keiner Antwort aus dem Munde des Bürgermeisters, denn aus der Tür neben Peltzer traten plötzlich zwei Personen, die offenbar von dem Streit herbeigelockt worden waren. Die Überraschung ließ Jakob zusammenfahren.

»Jakob«, sagte Agnes und machte einen Schritt auf ihn zu. Fast glaubte er einen Anflug von Sorge in ihrem bleichen Gesicht zu erkennen. »Jakob, was ist mit dir geschehen?«

»Der Satan hat seine Finger nach ihm ausgestreckt«, erklärte Johann Albrecht Laurentz, der sich neben Peltzer aufstellte und Jakob mit festem, vorwurfsvollen Blick fixierte.

Jakob löste sich aus der Starre und fragte Agnes: »Warum bist du hier?«

»Der Bürgermeister hat uns eine Depesche geschickt und uns berichtet, was hier vorgefallen ist.« Sie faltete ihre Hände wie zu einem Gebet. »O Jakob, man hätte dich nicht in dieser vom Bösen heimgesuchten Stadt zurücklassen dürfen. Du bist schwach und empfänglich für die Verlockungen des Satans. Ich habe es immer gewußt und jeden Tag den Herrn angefleht, seine schützende Hand über dich zu halten.«

»Welch ein Unsinn«, widersprach Jakob. »Du überschätzt den Einfluß des Teufels. Diese ganze Stadt scheint einem Wahn verfallen zu sein.«

»Haltet den Mund!« wies ihn Laurentz barsch zurecht. »Wollt Ihr alles noch schlimmer machen? Euer freches und ungebührliches Verhalten, mit dem Ihr das Vertrauen unseres Freundes Peltzers mißbraucht habt, ist schon jetzt kaum mehr zu entschuldigen.«

Der Bürgermeister legte Laurentz beschwichtigend eine Hand auf die Schulter und drängte ihn, den Raum zu verlassen.

»Lassen wir die jungen Leute allein, werter Freund. Vielleicht gelingt es ihnen, sich unter vier Augen auszusprechen.«

Laurentz ließ sich brummend aus der Stube führen. Agnes schaute ihrem Verlobten fest in die Augen, als sie allein waren. Jakob konnte nicht ausmachen, ob Enttäuschung oder Verärgerung aus ihren Gesichtszügen herauszulesen war.

»Du hättest nicht kommen sollen«, sagte Jakob.

»Ich habe dir versprochen, daß ich um deine Seele kämpfen werde, erinnerst du dich?«

»Agnes«, sagte er verhalten, »es tut mir leid, was geschehen ist. Aber du mußt mir glauben, ich bin nicht unter den Einfluß des Satans geraten.«

Sie senkte den Blick. »Der Bürgermeister hat uns von dieser Frau berichtet.«

»Sara Meddersheim?«

»Ja, ich glaube, das war ihr Name.«

»Was hat er euch gesagt?«

Agnes atmete tief durch. »Ich weiß, daß du mich nicht begehrst, wie ein Mann eine Frau begehren sollte, aber es grämt mich nicht, denn das sündige Verlangen des Leibes stößt mich ab. Trotzdem glaube ich, daß ich dir eine bessere Frau sein könnte als diese Hure, die mit dem Satan im Bunde steht und deine Schwächen als Mann ausnutzt, um deinen Verstand zu verhexen.«

»Sara ist keine Hure, und sie hat auch keinen Pakt mit dem Teufel geschlossen.«

»Sie ist eine Hexe, eine verfluchte Zauberin, in deren Haus heidnische Bücher gefunden wurden, die ketzerische Gedanken verbergen. Sie will diese Stadt dem Bösen preisgeben.«

»Das sind die Worte des Bürgermeisters, Agnes. Auch ich habe mich am Anfang von ihnen blenden lassen, aber mittlerweile weiß ich, daß Peltzer diese Hexenverfolgung gewollt hat. Er selbst hat sie ins Leben gerufen, weil sie seinen eigenen Interessen dient.«

Agnes schaute ihn so verzweifelt an, als sei sie nun endgültig davon überzeugt, daß er den Verstand verloren habe.

»Ich bin bereit dir zu verzeihen, Jakob. Versprich mir nur, daß du dem Bösen abschwörst – daß du mit uns nach Minden zurückkehren und dort demütig Buße ableisten wirst.«

Es machte ihn wütend, daß Agnes überhaupt nicht auf seine Erklärungen einging. Für sie stand anscheinend zweifelsfrei fest, daß Sara sich dem Bösen verschrieben hatte.

»Agnes, diese Frau, über die du urteilst, ohne ihr überhaupt jemals begegnet zu sein, wurde in ein dunkles stinkendes Loch geworfen, obwohl sie in einigen Tagen ein Kind zur Welt bringen wird. Sie wird dieses Kind zwischen Ratten und Flöhen gebären. Und sollte sie die Geburt überstehen, wird man sie foltern und peinigen, bis sie die Lügen, die über sie verbreitet werden, bestätigt, um mit einem gnädigen Tod belohnt zu werden.«

»Sie ist eine Hure«, widersprach Agnes. »Und sie trägt einen Dämon in sich. Ich wünschte mir, man würde ihr diesen Teufel aus dem Leib reißen und sie beide verbrennen, auf daß ihre Seelen in die Hölle fahren.«

Jakob spürte das Verlangen, Agnes zu ohrfeigen, um die Dummheiten, die sie von sich gab, zu unterbinden. Doch er faßte sie nur hart an die Schultern und schüttelte sie.

»Schweig endlich!«

Sie wich abrupt zurück. Doch Jakob ließ nicht von ihr ab, sondern packte ihre Hand und zog sie mit sich nach draußen.

»Was machst du?« Agnes versuchte, sich aus seinem Griff zu winden, was ihr aber nicht gelang.

»Ich werde dir etwas zeigen.« Wütend zerrte er sie weiter die Straße entlang. Einige Menschen drehten sich verwundert nach ihnen um. Agnes wand sich heftig und schleuderte ihm Flüche entgegen, die er aus ihrem Munde niemals erwartet hätte, aber Jakob ließ sich nicht beirren und trat eilig voran bis an die Stadtmauer, wo er sie auf den Wehrgang zum Bucksturm zog. Erst da machte er sich Gedanken darum, ob man sie überhaupt eintreten lassen würde.

Er schlug kräftig gegen die Tür des Kerkers, während er mit der anderen Hand seine sich windende Braut festhielt. Einmal nur sollte Agnes in das Gesicht der Frau sehen, die sie als Hexe bezeichnete. Sie sollte das Elend begreifen, dem Sara ausgesetzt war. Auch wenn Jakob wenig Hoffnung hegte, daß Agnes ihre Meinung dadurch ändern würde, so würde es ihm zumindest eine gewisse Genugtuung bereiten, Agnes mit dem Schmerz und den Qualen der zu Unrecht beschuldigten Frauen zu konfrontieren.

Die Tür wurde geöffnet, und zu seiner Überraschung sah sich

Jakob einem gehetzt dreinschauenden Wachmann gegenüber, der ihn sofort hinein winkte.

»Ist sie das?« fragte der Mann und deutete auf Agnes. »Ist das die Hebamme?«

»Hebamme?« Jakob zögerte.

»Rasch, rasch!« Der Mann drängte sie nach oben. Jakob stürmte die Treppen hinauf und ließ Agnes nicht los. Sie stolperte auf den Stufen, und er zog sie rüde auf die Beine.

»Laß mich los!« keifte sie, doch er kümmerte sich nicht um ihren Protest.

Endlich hatten sie das Stockwerk erreicht, auf dem Sara angekettet worden war. Jakob erschrak, als er sah, daß ihr Kleid unterhalb der Hüfte einen großen dunklen Fleck aufwies und daß sich auch auf dem Stroh eine Wasserlache ausgebreitet hatte.

Sara zitterte am ganzen Körper. Auf ihrer Stirn glitzerten dicke Schweißperlen.

»Es fängt an, Jakob! Es fängt an, das Kind kommt!« brachte Sara zwischen zusammengepreßten Zähnen hervor und stemmte sich mit den Armen auf dem Boden ab.

Jakob gab die Hand seiner Braut frei und kniete sich neben Sara. Er strich über ihr verschwitztes Haar und versuchte sie zu beruhigen.

»Wurde die Hebamme benachrichtigt?« fragte er.

Sara nickte unter Schmerzen. »Einer ... einer der Wachmänner wurde ausgeschickt, sie herbeizuschaffen.«

Agnes taumelte bis an die Wand zurück, hielt sich eine Hand vor die Nase und preßte die andere um ein silbernes Kreuz, das an einer Kette um ihren Hals hing.

»Oh, mein Gott.« Saras Anblick schien Agnes in Angst und Schrecken zu versetzen. »Oh, gütiger Himmel.«

Jakob nahm Saras Hand. »Halte durch, Sara. Du wirst es schaffen.«

»Laß von ihr ab, Jakob«, krächzte Agnes. »Sie ist verflucht.«

Er bedachte Agnes nur mit einem verständnislosen Blick.

»Du mußt dich entscheiden.« Agnes rang nach Luft. »Wenn du sofort diesen Ort mit mir verläßt, werde ich dir vergeben. Falls du bei der Hexe bleibst, wird meine Familie jeglichen Kontakt zu dir lösen und dich ächten. Was ist dir wichtiger, deine Zukunft oder diese sterbende Hure?«

Niemals zuvor in seinem Leben war ihm eine Entscheidung leichter gefallen. Er schaute Agnes einen Moment lang stumm an, dann sagte er ungerührt: »Lebewohl, Agnes.«

Ihre Augen funkelten ihn wütend an, dann drehte sie sich wortlos um und stürmte die Treppe hinab. Jakob kümmerte ihr Zorn nicht. Nur eines war nun noch für ihn von Belang: Sara und das Leben ihres Kindes zu retten.

Kapitel 28

Die Hebamme traf etwa eine halbe Stunde später im Bucksturm ein. Sie war eine korpulente Frau von Mitte Vierzig, die einen so gewaltigen Busen vor sich her trug, daß man annehmen konnte, sie hätte jedem Kind, dem sie auf die Welt geholfen hatte, selbst die Brust gegeben. Sie stellte ihre Ledertasche auf dem Boden ab, hockte sich neben Sara und wies den Wachmann, der sie hereingeführt hatte, barsch an: »Hol eine Schüssel Wasser und mach es über den Kohlen warm. Aber bring es nicht zum Kochen, das arme Kind soll sich schließlich nicht verbrühen.«

Der Wachmann nickte eifrig und war augenscheinlich froh, den Raum verlassen zu dürfen.

»Endlich, Frau Eversmann«, keuchte Sara. »Ich hatte schon befürchtet, Ihr würdet nicht kommen.«

»Weil man Euch in den Kerker gesperrt hat? Gute Frau, das wird mich nicht zurückhalten. Euer Kind trägt ja keinen Anteil an Eurem Unglück.«

Dann faßte die Hebamme Jakob ins Auge. »Und was wollt Ihr noch hier?« fragte sie.

»Vielleicht kann ich von Hilfe sein«, erwiderte er kleinlaut.

»Ihr Männer seid mir bei einer Geburt nicht von Nutzen. Also verschwindet. Das hier ist Frauensache.«

Jakob wollte ihr widersprechen, doch Sara kam ihm zuvor. »Ich will, daß er bleibt«, stieß sie zwischen zwei heftigen Wehen hervor.

»Gut, wenn Ihr meint.« Die Hebamme ließ ihren Blick durch den düsteren Kerker streifen. »Barmherzige Mutter, das hier ist doch kein Platz, um Kinder zu gebären. Nicht einmal einer Sau würde ich es zumuten, in solch einem Dreckloch die Ferkel zu werfen.«

»Sagt das dem Bürgermeister«, schlug Jakob vor.

Die Frau lächelte plötzlich. »Peltzer würde wohl kaum auf mich hören.« Sie öffnete ihre Tasche und packte eine Schale mit Schweinefett, verschiedene Phiolen, einen Tonkrug, saubere Tücher sowie eine Schere, Wachsfaden und Haken aus. Jakob schauderte es beim Anblick dieser Haken. Sie erinnerten ihn an die Folterinstrumente des Scharfrichters, auch wenn sie nur dazu benötigt wurden, um im schlimmsten Fall ein totes Kind aus der Gebärmutter zu ziehen.

»Wann haben die Wehen eingesetzt?«

»Vor mehreren Stunden.«

»Dann wollen wir die Angelegenheit etwas beschleunigen.« Die Hebamme faßte Saras Arm und zog sie auf die Beine.

Jakob half Sara dabei, sich stöhnend aufzurichten. Sie stützten Sara, nahmen sie in ihre Mitte und liefen mit ihr eine Weile im Kreis durch den Raum. Die nächste heftige Wehe setzte ein, und Sara sackte mit einem Schrei auf die Knie. Als die Schmerzwelle vorüber war, wiederholten sie die Prozedur. Tatsächlich setzte die nächste Wehe bereits nach wenigen Augenblicken ein. Noch einmal mußte Sara auf und ab marschieren, dann befand die Hebamme, daß es genug war, und sie setzten Sara auf das Stroh.

»Jetzt wird es nicht mehr lange dauern«, meinte die Eversmann. Sie wandte sich zur Treppe und keifte nach unten: »Wo bleibt das verdammte Wasser?« Mit grimmiger Miene wies sie Jakob an: »Kniet Euch hinter Sara und stützt sie ab. Das wird ihr beim Pressen helfen.«

Jakob tat wie ihm geheißen. Die Hebamme löste den Korken aus dem Tonkrug und reichte ihn Sara. »Trinkt den Branntwein. Er wird Eure Schmerzen lindern, aber nehmt nur einen kleinen Schluck, ich brauche Euch bei klarem Verstand.« Sie hockte sich vor die gespreizten Beine und hob Saras Röcke an. Zunächst befühlte sie die Bauchdecke, unter der sich bereits eine deutliche Verformung abzeichnete.

»Der Kopf liegt unten. Das ist gut ...« Die Hebamme wartete die nächste Wehe ab. »Preßt! Preßt kräftig!«

Saras Atem ging stoßweise. Der Schweiß auf ihrer Stirn glänzte im Fackelschein, als sie ihre ganze Kraft einsetzte, das Kind aus ihrem Schoß zu pressen.

Die Hebamme hatte inzwischen ihre rechte Hande mit dem Schweinefett eingerieben und ließ sie vorsichtig in Saras Vagina gleiten.

»Ich kann den Kopf fühlen.«

Eine heftige Wehe ließ Saras gesamten Körper erzittern. Ihr Wimmern ging in einen Schrei über. Genau in diesem Moment erschien der Wachmann mit dem Wasser und zuckte noch am Treppenabsatz erschrocken zusammen. Er stellte die Schale eilig ab und suchte schleunigst das Weite.

Frau Eversmann tauchte eines der Tücher ins Wasser und wischte die Vulva ab. Jakob bekam eine Gänsehaut, als er das blutdurchtränkte Tuch sah, das die Hebamme zur Seite legte.

»Preßt stärker! Jetzt!« verlangte sie und zerrte an dem zerbrechlichen Körper des Kindes, daß es Jakob ganz übel wurde. Saras Finger umklammerten seine Hände, als sie stöhnend und keuchend ihre letzten Kräfte aufbrachte.

»Es ist schon halb heraus. Noch einmal!«

Die Adern auf Saras Stirn traten so deutlich hervor, als würden sie jeden Moment zerplatzen. Dann, nach drei weiteren, heftigen Wehen war es geschafft. Die Hebamme hielt ein blutverschmiertes Kind in den Händen, das schon im nächsten Augenblick einen kräftigen schrillen Schrei hervorstieß. Sara sank in Jakobs Schoß entkräftet zusammen.

Mit dem Wachsfaden wurde die Nabelschnur abgebunden und von der Hebamme durchschnitten. Sie säuberte das Kind mit den nassen Tüchern, tupfte es trocken und sagte: »Es ist ein Mädchen – ein wunderschönes Mädchen.«

Sie reichte es Jakob, der sich neben Sara kniete und den Säugling vorsichtig in ihre Arme legte. Das Baby protestierte noch immer kräftig, als ahnte es, daß man es aus dem schützenden Mutterleib in eine grelle und feindselige Welt hinaus gestoßen hatte.

Warum konntest du nicht als Junge geboren werden? dachte Jakob. *Du würdest es leichter auf dieser Welt haben.*

Sara betrachtete das kleine Bündel mit stolzen, glänzenden Augen, öffnete ihr Hemd und legte das Kind an die Brust. Augenblicklich verstummte es, umfaßte mit dem kleinen Mund die Brustwarze und begann instinktiv daran zu saugen. Das harmonische Bild rührte Jakob. Es war eine trügerische Idylle, aber er genoß diesen besonderen Moment trotz allen Ungemachs.

»Meine Anna, meine liebe kleine Anna.« Sara strich dem Baby liebevoll mit einer Fingerkuppe über den Hinterkopf und blickte Jakob traurig an. »Ich werde sie nicht aufwachsen sehen, und ich werde nie erleben, wie sie sprechen und laufen lernt. Nicht einmal ein Lachen von ihr werde ich mitbekommen.« Leise begann sie zu weinen.

»Bitte beruhige dich«, versuchte Jakob sie zu besänftigen, aber er wußte nicht, wie er ihr Mut machen sollte. Im Grunde hatte Sara recht. Sie wurde der Hexerei beschuldigt, und dies kam in einer Stadt wie Osnabrück einem Todesurteil gleich.

Nachdem die Hebamme die Nachgeburt abgewartet hatte, reinigte sie Saras Unterleib und tupfte ihre Vulva mit Mandelöl und aufgewärmten Wein ab. Sara war inzwischen vollkommen entkräftet eingeschlafen, doch das Kind störte sich nicht daran, sondern saugte weiterhin kräftig an der Brust.

»Wir haben Glück«, meinte die Hebamme. »Das Gewebe ist nicht gerissen. Wenn ich es hätte nähen müssen, wäre es kompliziert geworden.«

Jakob löste sich vorsichtig von Sara, damit sie nicht aufwachte, und setzte sich neben die Eversmann, so daß er im Flüsterton mit ihr sprechen konnte.

»Sagt mir, wie hat sie die Geburt überstanden?«

Die Frau öffnete ihre Tasche und packte die Utensilien zusammen. »Die Geburt ist im Grunde ohne Probleme verlaufen. Das Kind ist gesund und kräftig …«

»Aber …?«

Sie verzog das Gesicht. »Schaut Euch doch um. Dies hier ist kein Ort für eine Frau, die soeben ein Kind geboren hat. Es ist ein Dreckloch voller Ungeziefer. Außerdem stinkt es hier so erbärmlich, daß selbst ein Schwein kaum atmen könnte. Unter normalen Umständen würde ich mir keine Sorgen machen, in diesem Fall allerdings …« Sie schwieg einen Moment, dann sagte sie: »Sara darf hier nicht bleiben. Die Gefahr, daß sich das Gewebe entzündet und ein Fieber ausbricht, ist zu groß. Wenn das geschieht, wird sie die nächsten Tage kaum überleben.«

Die Abgeklärtheit ihrer Stimme ließ Jakob schaudern. Doch ihre Befürchtung war nicht von der Hand zu weisen.

»Es ist nicht Euer Kind, habe ich recht?«

Jakob nickte.

»Es liegt allein in Gottes Hand, ob sie diese Prüfung überstehen wird. Daß die Meddersheim eine Hexe sein soll, will ich nicht glauben, aber vielleicht stört sich der Herr daran, daß sie einen Bastard auf die Welt gebracht hat.«

Jakob verfolgte stumm, wie die Eversmann ihre Tasche schloß.

Sie nannte ihm die Summe, die sie als Lohn für ihre Dienste erwartete, und Jakob gab ihr, was sie verlangte.

»Ich werde morgen noch einmal nach ihr schauen. Und ich werde für sie beten«, sagte die Hebamme, während sie zur Tür ging.

»Ich danke Euch«, erwiderte Jakob.

Als die Eversmann die Treppe hinabgehen wollte, stieß sie in der Tür fast mit Matthias Klare zusammen. Der Scharfrichter klopfte Jakob auf die Schulter, betrachtete die schlafende Sara und ihr Kind und meinte: »Wie geht es ihr?«

»Sara hat die Geburt gut überstanden, aber die Hebamme nimmt an, daß die Gefahr für sie sehr groß ist, hier im Kerker von einem Fieber geschwächt zu werden. Und dann wäre ihr Leben in großer Gefahr.«

Klare schaute betroffen zu Sara.

»Der Gerichtstag ist vorüber?« fragte Jakob.

Der Scharfrichter nickte. »Das Todesurteil wurde vollstreckt. Ich habe Frau Modemann vor die Tore der Stadt gefahren und ihren Körper verbrannt. Peltzer wollte es so. Er hat nicht einmal dem Ersuchen Alberts Modemanns stattgegeben, seine Mutter in geweihter Erde begraben zu dürfen.«

Der Sieg des Bürgermeister war beinahe vollendet. Zwei einstmals angesehene Frauen waren hingerichtet worden, ihre Angehörigen, die Gegner Peltzers, mundtot, und Sara würde vermutlich die nächsten zweiundsiebzig Stunden nicht überleben. Zumindest blieben ihr durch einen Tod im Kindbett die Qualen der Folter und die Demütigung einer öffentlichen Hinrichtung erspart.

»Da ist noch etwas, was ich Euch sagen muß«, meinte der Scharfrichter. Er leckte sich verlegen über die Lippen. »Peltzer hat mich nach der Hinrichtung angesprochen. Er war bereits darüber unterrichtet worden, daß Sara Meddersheim in den Wehen lag und trug mir auf, den Säugling an mich zu nehmen und ihn im Fluß zu ertränken, weil es ein Hexenkind sei.«

Jakob hielt einen Moment die Luft an. Er selbst wußte nicht, was er sagen sollte, doch dafür erhob sich hinter seinem Rücken eine schneidende Stimme.

»Das werdet Ihr nicht tun! Oder Ihr müßt mich zuvor erschlagen!«

Sie hatten nicht bemerkt, daß Sara aufgewacht war. Wie eine Löwin schlang sie die Arme um ihr Kind und preßte es schützend an sich.

Matthias Klare machte mit entsetztem Gesicht einen Schritt auf sie zu. »Um Himmels willen, wofür haltet Ihr mich, Frau Meddersheim. Ich bin kein Kindsmörder.«

»Dann werdet Ihr Peltzers Anweisung also nicht befolgen?«

»Auf keinen Fall.«

»Doch wenn Ihr es nicht tut«, warf Jakob ein, »wird der Bürgermeister jemand anderen mit diesem Mord beauftragen.«

»Und darum muß ich das Kind fortbringen«, sagte Klare. »Aber sorgt Euch nicht, ich werde ihm kein Leid antun. Ich kenne eine Frau, deren Kind vor wenigen Tagen gestorben ist. Sie wird sich Eurer Tochter als Amme annehmen.«

Sara klammerte ihre Tochter verzweifelt an sich. »Nein, ich werde Anna nicht hergeben.«

»Sara«, meinte Jakob, »wenn Anna leben soll, dann darf sie nicht in die Hände des Bürgermeisters gelangen. Er muß glauben, daß sie tot ist, und wenn wir sie vor ihm verstecken, dann ist sie in Sicherheit.«

Sara strafte ihn mit einem trotzigen Blick, begriff aber, daß dies der einzige Ausweg war. »Gut, Meister Klare, ich werde Euch meine Tochter anvertrauen. Jakob soll sich davon überzeugen, daß Ihr Euer Versprechen haltet.« Sie winkte Jakob kraftlos an ihr Ohr. Er beugte sich hinab, und sie flüsterte: »Ich weiß, ich verlange sehr viel von dir, aber bitte kümmere dich um Anna. Wenn sie älter ist und verstehen kann, was mit ihrer Mutter geschehen ist, dann berichte ihr davon, was sich in dieser Stadt zugetragen hat. Bitte versprich mir das.«

Jakob drückte aufmunternd Saras Hand. Sie war eiskalt. »Ich werde immer für Anna da sein.«

Sara hob das Kind hoch, küßte es auf die Stirn und streckte es dem Scharfrichter entgegen. »Nehmt sie.«

Klare nahm das Kind auf den Arm. Er wirkte verlegen. Jakob stand auf und preßte seinen Rücken an die harte Steinwand. Sara so leiden zu sehen zerriß ihm schier das Herz. Er drehte sich um und hämmerte verzweifelt mit der Faust gegen den Stein. Wieder und wieder, bis seine Hand vor Schmerz zu zerspringen schien. Dabei verfingen sich seine Finger in einem Spinnennetz.

Plötzlich kam ihm ein Gedanke.

Spinnen.

Verdammt, ja – Spinnen!

Es war eine tollkühne Idee und zugleich gefährlich, doch was hatte er noch zu verlieren?

»Sara, vielleicht gibt es noch eine Hoffnung«, sagte er aufgeregt.

Sie runzelte die Stirn. »Was meinst du damit?«

»Wärest du bereit, dein Leben aufs Spiel zu setzen für eine geringe, eine äußerst geringe Möglichkeit, deine Freiheit zurückzuerlangen?«

Sie brauchte nicht zu überlegen. »Natürlich. Im Grunde bin ich doch schon so gut wie tot.«

»Es kann gelingen«, raunte Jakob und wandte sich an den Scharfrichter. »Meister Klare, bringt das Kind zu der Amme und wartet dann an der Marienkirche auf mich.«

»Was habt Ihr vor?«

»Ich werde versuchen, Sara aus dem Kerker zu befreien.«

»Kein Angeklagter kann dieses Gefängnis verlassen. Es sei denn, man trägt ihn als Leiche heraus.«

»Ihr habt recht, Meister Klare. Und genau aus diesem Grund muß Sara sterben.«

Kapitel 29

Georg Meddersheim hockte mit trüber Miene in seiner Werkstatt, wo er lustlos ein Trinkgefäß mit dem Ziselierwerkzeug bearbeitete, als Jakob ihn aufsuchte. Der Schmelzofen war wieder angeheizt worden und sorgte für eine drückende Hitze in der Diele.

Meddersheim betrachtete mürrisch das Gefäß und stellte es zurück auf die Werkbank.

»Es will mir einfach nicht gelingen, die Ornamente so zu gestalten, wie ich es mir vorstelle«, klagte er. »Wenn einem das Herz schwer ist, sind auch die Finger wie gelähmt.«

»Vielleicht erleichtert es Euer Herz, zu hören, daß Eure Tochter ein gesundes Mädchen auf die Welt gebracht hat.«

Meddersheim stand abrupt auf. Von seiner Schürze rieselte ein feiner goldener Regen auf den Boden. »Ein Mädchen? Wann ist es geboren worden? Und wie geht es Sara?«

Jakob hätte Meddersheim gerne alle Fragen ausführlich beantwortet, auch weil er sah, wie viel Kraft der Goldschmied in dieser schweren Zeit daraus schöpfte, aber er war nicht nur gekommen, um Saras Vater diese Nachricht zu überbringen, sondern vor allem, weil er noch immer vorhatte, Saras Schicksal nicht einfach hinzunehmen. Er teilte Georg Meddersheim zunächst die nötigen Einzelheiten mit und kam dann schnell auf seinen Plan zu sprechen.

»Das Mädchen wurde vor wenigen Stunden geboren. Zum Glück konnte die Hebamme noch rechtzeitig verständigt werden. Nach der Geburt habe ich das Kind dem Scharfrichter Matthias Klare anvertraut, der es in die Obhut einer Amme geben will.«

»Dem Scharfrichter?« fragte Meddersheim voller Argwohn. Er schien keine gute Meinung von Matthias Klare zu haben.

»Wir können ihm vertrauen. Er wird dem Rat gegenüber behaupten, das Kind sei tot, so daß es niemandes Interesse mehr erweckt.«

»Ich möchte das Kind sehen.«

»Geduldet Euch bitte, Meister Meddersheim, Eurer Enkelin geht es gut, glaubt mir. Meine Sorge gilt nun viel mehr Sara.«

»Wie hat sie die Geburt überstanden?«

Jakob seufzte. »Im Grunde verlief alles reibungslos, aber die Hebamme befürchtet, daß Sara sich in all dem Dreck eine Infektion einhandeln wird. Das könnte in ihrem geschwächten Zustand schnell ihren Tod bedeuten.«

Meddersheim nickte traurig. »Womöglich ist es Gottes Wille, daß er meine liebe Tochter auf diese Weise vor dem Ungemach der Folter bewahren will.«

Jakob trat entschlossen einen Schritt auf Meddersheim zu. »Vielleicht gibt es aber noch eine Möglichkeit, Sara aus dem Bucksturm zu befreien.«

»Und wie sollte das geschehen?«

»Indem sie stirbt und ihre Leiche dem Scharfrichter anvertraut wird.«

Die Miene des Goldschmieds spiegelte Unverständnis wider. »Aber was gewinnen wir dadurch?«

Jakob war klar, das seine Worte für Saras Vater verwirrend sein mußten, und deshalb bemühte er sich, ihm sein Vorhaben begreiflich zu machen. »Meister Meddersheim, mir ist bekannt, daß sich eine Truhe mit wertvollen Erinnerungen an Eure Reisen auf dem Dachspeicher dieses Hauses befindet.«

»Sara hat Euch davon erzählt?« Meddersheim zog verärgert die Stirn in Falten, als würde er Sara selbst in dieser Situation die Indiskretion noch übel nehmen.

»In dieser Truhe befindet sich eine Phiole, die das Gift einer Spinne enthält. Sara hat mir berichtet, daß sich mit diesem Gift ein Mensch in einen todesähnlichen Schlaf versetzen läßt. Ich könnte Sara das Gift verabreichen und ihren Tod vortäuschen. Wenn es mir und dem Scharfrichter gelingt, ihre Leiche schnell genug aus dem Bucksturm zu entfernen, könnte es möglich sein, sie ins Leben zurückzuholen.«

Meddersheim blieb skeptisch. »Selbst wenn das Gift wirken sollte; Ihr seid kein Arzt oder gar Apotheker. Woher wollt Ihr die Kenntnis nehmen, welche Menge dieser Substanz Ihr Sara verabreichen müßt?«

»Ich habe keine Ahnung von der Medizin und schon gar nicht von Giften. Im Grunde habe ich darauf gehofft, daß Ihr mir weiterhelfen könntet.«

Saras Vater hob abwehrend die Hände. »Ich habe mich nie um solche Angelegenheiten gekümmert. Ich glaube nicht einmal, daß Sara selbst darüber Bescheid weiß.«

Wahrscheinlich hatte Meddersheim recht, doch Jakob war nicht gewillt, seinen Plan aufzugeben. »Ich weiß um die Risiken, die wir in Kauf nehmen müssen«, sagte er. »Die Gefahr, daß ich Sara töte, wenn ich ihr das Gift einflöße, ist nicht von der Hand zu weisen. Aber was haben wir für eine Wahl? Sara würde entweder an einem Fieber zugrunde gehen oder vor das Hexengericht gestellt und hingerichtet werden.«

Der Goldschmied überlegte kurz, dann meinte er: »Wahrscheinlich habt Ihr recht. Sara würde solch ein Risiko eingehen. Sie würde sich nicht einfach ihrem Schicksal ergeben.« Er klopfte Jakob auf die Schulter und fügte tatendurstig an: »Also gut, besorgt Euch die Phiole. Wartet, ich werde eine Leiter herbeischaffen.«

Wie besprochen wartete Matthias Klare auf dem Domvorplatz. Jakob zog ihn schnell mit sich, und Klare berichtete ihm, daß er Saras Tochter einer vertrauenswürdigen Amme übergeben hatte, die sich der Neugeborenen sofort sehr herzlich angenommen hatte. Auf dem Weg zum Bucksturm verriet Jakob dem Scharfrichter dann, wie er Sara aus dem Kerker befreien wollte. Er erwähnte das Gift, das er besorgt hatte, und daß er damit Saras Tod vorzutäuschen gedachte.

Klare hörte sich seine Ausführungen an und reagierte mit ähnlicher Skepsis, wie zuvor auch schon Georg Meddersheim. »Bedenkt auch, daß solch ein Gift deutliche Spuren hinterlassen könnte. Wenn Sara es trinkt, wird sich vielleicht ihre Zunge oder der Gaumen verfärben. Ein solches Merkmal würde einem Arzt sofort auffallen.«

»Aber wir wissen nicht, was geschieht. Wahrscheinlich weiß es nicht einmal Sara selbst«, meinte Jakob.

»Genau das ist die Gefahr.«

»Ich bin bereit, jedes Risiko einzugehen, Meister Klare. Sollte Sara an dem Gift sterben, bin ich ganz allein schuldig. Sollte der Rat unsere Täuschung aufdecken, werde ich dafür gerade stehen. Mir ist gleichgültig, was dann passiert. Aber ich kann Sara nicht ihrem Schicksal überlassen.«

»Glaubt Ihr nicht, daß Ihr Euch vor Gott versündigt, wenn Ihr das Schicksal beeinflußt? Ich selbst habe mich einst zu einer solchen Tat hinreißen lassen und bin arg dafür bestraft worden.«

Jakob lächelte aufmunternd. »Jemand wie Sara hat es nicht verdient, durch die Willkür Peltzers zu leiden. Und vielleicht ist es Gott ganz recht, wenn ich mich auf den Weg mache, Sara von ihren Qualen zu erlösen. Gleichgültig, ob es für sie danach auf dieser Welt noch eine Zukunft gibt oder ob sie in den Himmel fährt.«

Zu Jakobs Erleichterung bereiteten die Wachleute im Buckstürm ihm auch dieses Mal keine Schwierigkeiten, Sara aufzusuchen. Einer der Männer betrachtete ihn zwar mißmutig und schien sich insgeheim daran zu stoßen, daß er schon wieder hier auftauchte, aber da sich der Scharfrichter an Jakobs Seite befand, hielt ihn niemand ernsthaft auf.

Sara schlief, als sie den Kerker betraten. Sie hatte sich auf ihrem harten Lager zusammengekauert und eine Hand zwischen ihre Beine gelegt, dort, wo noch immer ein auffälliger roter Blutfleck auf dem Stoff ihres Kleides ins Auge fiel.

Jakob kniete sich neben sie und strich ihr die Haare aus dem Gesicht, auf dem sich die Spur getrockneter Tränen abzeichnete.

»Sara, wach auf«, sagte er vorsichtig, um sie nicht zu erschrecken. Sie zuckte dennoch zusammen und schlug mit einem Anflug von Panik die Augen auf.

»Ich bin es – und Meister Klare«, beschwichtigte Jakob sie.

»Mein Kind? Wo ist meine Tochter?«

»Sie befindet sich in guten Händen. Sorgt Euch nicht«, meinte der Scharfrichter.

Sara setzte sich auf und rieb sich das Gesicht. »Himmel, mir tut jeder einzelne Knochen weh.«

»Die Schmerzen werden bald vorüber sein«, sagte Jakob.

Sie schaute ihn aus schmalen Augen an. »Werde ich sterben?«

»In gewisser Weise schon.«

Sara zog die Stirn in Falten, und zur Erklärung öffnete Jakob die Hand, in der er die kleine Phiole verborgen hatte.

»Erkennst du es?«

Sara starrte einen Moment lang schweigend auf das Fläschchen. »Das Tarantelgift.«

»Du hast mir einmal gesagt, es könnte einen Menschen in einen todesähnlichen Zustand versetzen. Ich weiß, dieses Vorhaben birgt eine große Gefahr, doch es wäre eine Möglichkeit den Rat zu täuschen und dich aus diesem Gefängnis zu schaffen.«

Sara betrachtete die Phiole mit einer Mischung aus Argwohn und Faszination. »Ich sehne mich nach dem Leben und nach meiner Tochter, aber ich würde es eher vorziehen, zu sterben, damit mein Vater und du mich an einem angemessenen Ort begraben könnt, als daß man mich öffentlich als Hexe richtet.«

»Du bist also der Meinung, daß wir dieses Wagnis eingehen sollten?«

»Aber ja.« Sara versuchte zu lächeln.

Jakob zögerte noch. »Sara, was weißt du über dieses Gift? Kannst du mir etwas über die Dosierung sagen, und wie wir dich ins Leben zurückholen können?«

»Über die Menge habe ich nie etwas gelesen. Aber ich nehme an, es genügen ein paar Tropfen. Danach müßt ihr mich so schnell wie möglich von hier fortschaffen. Flößt mir süße Milch ein, die wird das Gift an sich binden und mich dazu bringen, mich zu erbrechen. Es wird allerdings nicht einfach sein, mich aus dem tiefen Schlaf aufzuwecken.« Sie wandte sich an den Scharfrichter. »Meister Klare, seid Ihr im Besitz eines Tabakklistieres?«

Klare nickte. »Der Rat ließ vor einigen Monaten ein solches Gerät anfertigen, für den Fall, daß ein Beschuldigter während der Folter in eine tiefe Ohnmacht fällt. Aber ich habe die Apparatur bis zum heutigen Tage noch niemals anwenden müssen.«

»Dann könnte es nun an der Zeit sein.«

»Wir werden alles versuchen, was in unserer Macht steht«, sagte der Scharfrichter ernst.

Jakob zog den Korken aus der Phiole. »Willst du, daß ich einen Tropfen auf deine Zunge fallen lasse?«

Sara schüttelte den Kopf. »Nein, wir lassen es direkt ins Blut gelangen. Hast du ein Messer dabei?«

Matthias Klare zog sein gekrümmtes Messer aus dem Gürtel und reichte es Sara. Sie führte das Messer auf ihren Handteller und ritzte dort die Haut, so daß ein dicker Blutstropfen hervorquoll. Ihre Hand zitterte leicht, als Sara sie ausstreckte und Jakob ermunterte, das Gift darauf tropfen zu lassen.

»Jetzt«, sagte sie.

Jakob ließ vorsichtig zwei Tropfen aus der Phiole fallen, die sich sofort mit ihrem Blut verbanden. Sara ballte die Hand zur Faust und atmete schwer. Keiner von ihnen wußte, wie lange es dauern würde, bis das Gift seine Wirkung zeigte.

»Bring mich zurück, Jakob«, hauchte sie, als er mit beiden Händen um ihre Faust griff und sie verzweifelt drückte. Er wollte ihr Mut machen, aber seine Kehle war wie zugeschnürt. Vielleicht war dies sein letzter Augenblick mit Sara.

Ein paar Momente lang geschah nichts. Im Kerker war einzig Saras angespanntes Atmen zu vernehmen. Dann plötzlich bäumte sie sich auf und keuchte verzweifelt.

Er rief ihren Namen, doch Sara reagierte nicht darauf, sondern warf sich auf den Boden und zuckte dort von einer Seite auf die andere. Sie preßte ihre Hände auf den Bauch und würgte so heftig, daß ihre Augen hervortraten.

»Es tut so weh …«, brachte sie hervor. »Mein Gott … diese Schmerzen.«

Die Dosis war zu gering, schoß es Jakob durch den Kopf. *Es war zu wenig, um sie in den Todesschlaf zu versetzen. Das Gift verursacht nur quälende Schmerzen.*

Noch immer wälzte sich Sara auf dem Lager und schnappte nach Luft. Jakob faßte ihre Schultern, doch sie schüttelte ihn vehement ab und trat mit den Füßen aus, so daß er sich ein Stück zurückzog. Dann mußte er voller Verzweiflung beobachten, wie Sara sich auf dem Boden wand. Schließlich jedoch erlahmten ihre Bewegungen, und sie rührte sich nicht mehr.

Jakob war ebenso wie Matthias Klare einen Moment lang unfähig, sich zu bewegen, doch dann kroch er auf Sara zu, drehte sie auf den Rücken und horchte nach ihrem Herzschlag.

»Lebt sie noch?« fragte Klare.

Zunächst hörte er nichts, doch als er sein Ohr stärker auf ihre Brust preßte, konnte Jakob ein kaum merkliches, langsames Pochen ausmachen. Auch ihr Atem war so flach, daß er kaum zu spüren war.

»Sie ist dem Tod sehr nahe, aber es ist noch ein Funken Leben in ihr.«

»Gott gebe, daß wir die Kommissare wirklich täuschen können.« Der Scharfrichter eilte zur Tür. »Wir dürfen keine Zeit verlieren. Ich werde die Wache darüber verständigen, daß wir Sara Meddersheim tot aufgefunden haben.«

Jakob nickte und legte Saras Kopf auf seinen Schoß. Aus ihrem hübschen Gesicht war jegliche Farbe gewichen. Er schob die Lider über ihre erschrockenen Augen, was sie etwas friedvoller ausschauen ließ.

»Halt durch, Sara«, flüsterte er ihr zu.

Die folgende Stunde verging für Jakob in quälender Ungeduld. Es dauerte fast vierzig Minuten, bis zwei Ratsherren, unter ihnen Jobst Voß, und ein Arzt – es handelte sich um den weißhaarigen Medicus, der mit seinen gichtgekrümmten Fingern einst Jakobs Schnittwunde untersucht hatte – im Buckssturm eintrafen, um den unerwarteten Tod der Sara Meddersheim zu untersuchen.

»Was in Gottes Namen habt *Ihr* schon wieder hier verloren?« Wie gewohnt hielt Jobst Voß sich in seiner Abneigung gegen Jakob nicht zurück.

Jakob gab ihm keine Antwort, sondern verfolgte mit bangem Blick, wie Matthias Klare und eine der Wachen Sara entkleideten. Ihr Körper war blaß wie ein echter Leichnam, und als er sie vorhin eine Weile im Arm gehalten hatte, hatte sich ihre Haut kalt und klamm wie die einer Toten angefühlt. Aber würde dies ausreichen, um den Arzt und den mißtrauischen Voß zu täuschen? Denn noch schlug ihr Herz, wenn auch sehr schwach, und wer genau darauf achtete, konnte einen unmerklich flachen Atem spüren.

Der Arzt und die Ratsherren suchten Saras Körper peinlich genau nach Prellungen oder Wunden ab. Sie schauten sich die Pupillen an und öffneten ihren Mund, um einen Blick auf die Zunge zu werfen. Jakob stockte für einen Moment der Atem, als der Arzt eine Hand auf Saras Hals legte, um ihren Puls zu fühlen, doch kurz darauf verkündete er: »Ich kann keine äußeren Einwirkungen feststellen, die zum Tod dieser Frau geführt haben.« Er deutete auf Saras Unterleib. »Sie hat erst kürzlich ein Kind zur Welt gebracht?«

Matthias Klare nickte. »Vor etwa fünf Stunden.«

»Ich nehme an, ihre Lebenskraft ist durch diese Anstrengung dahingeschwunden«, erklärte der Arzt. »Das scheint mir die wahrscheinlichste Erklärung.«

Jobst Voß verzog das Gesicht und schien sich damit nicht zufrieden geben zu wollen. Er stieß Sara mit dem Fuß an, als wäre sie ein träger Hund, den er vom Ofen hochjagen wollte und griff in ihr Haar, um ihren Kopf hochzuziehen. Empört machte Jakob einen Schritt auf Voß zu, doch Matthias Klare packte ihn am Arm und hielt ihn zurück.

Voß starrte Sara einen Moment in die leblosen Augen, dann ließ er den Kopf auf das Stroh fallen und meinte: »Also gut, die Hexe scheint wirklich tot zu sein. Doktor, ich möchte Euch bitten, mir zum Rathaus zu folgen, um Eure Aussage zu protokollieren. Meister Klare, Ihr werdet diese Frau verscharren und Ihr, Herr Theis ...« Voß baute sich vor Jakob auf. »... Ihr solltet dem Herrn danken, daß er Euch von dieser Hexe befreit hat.«

»Sie war keine Hexe«, widersprach Jakob.

»Oh, sicher war sie das, und sie wird nun in der Hölle schmoren, denn sie hatte keine Gelegenheit mehr, Ihre Schuld zu gestehen und Gott um Vergebung für ihre Sünden zu bitten.« Voß lächelte schief und verließ mit dem anderen Ratsherren und dem Arzt den Bucksturm.

Jakob und Klare beeilten sich, Sara das Wollkleid wieder überzustreifen, dann schickte der Scharfrichter ihn fort, die süße Milch und das Pferd heranzuschaffen. Sie vereinbarten einen Treffpunkt am Waldrand, und Jakob machte sich auf den Weg zum Haus der Meddersheims. Dort berichtete er Georg Meddersheim in groben Zügen, was in der vergangenen Stunde geschehen war. Er versuchte, zuversichtlich zu klingen, denn zumindest war es ihnen nun möglich, Sara aus dem Bucksturm herauszuschaffen. Ob sie allerdings wieder ins Leben zurückkehren würde, war eine andere Frage. Das Goldschmied wollte seine Tochter sehen, doch Jakob, der jedes unnötiges Aufsehen zu vermeiden suchte, vertröstete ihn auf einen späteren Zeitpunkt und versicherte, daß er ihm unverzüglich Nachricht geben würde, in welchem Zustand sich Sara befand.

Melchior war bereits gesattelt, darum brauchte Jakob nur noch die Kanne mit Milch, die Meddersheim besorgt hatte, in ein Tuch einzuschlagen und loszureiten. Inzwischen war es dunkel geworden. Zum Glück hatte Matthias Klare an eine Laterne gedacht, die er am Waldrand schwenkte, so daß Jakob ihn rasch ausmachen konnte.

Sara lag leblos auf einer kleinen Holzkarre. Sie war in einen Leinensack eingenäht worden, doch Klare hatte inzwischen das Kopfteil aufgerissen, so daß ihr bleiches Gesicht aus dem Stoff hervorlugte. Mit vereinten Kräften befreiten sie Sara aus dem Sack und hoben sie auf das Pferd. Es schauderte Jakob, ihre Haut zu berühren. Sie war schrecklich kalt – kalt wie der Tod.

Eine halbe Stunde später erreichten sie den Stollen. Eilig schleppten sie Sara in die Höhle und trugen sie auf das Lager, auf dem zuvor die entstellte Nonne viele Wochen ausgeharrt hatte.

Während Jakob die Kanne mit der Milch herbeitrug, entzündete Klare mehrere Öllampen und Fackeln, so daß die Höhle ausreichend beleuchtet wurde.

»Ihr Puls schlägt noch ganz schwach«, sagte Klare und ließ Saras Arm sinken. Er rüttelte an ihren Schultern und rief laut ihren Namen, ohne ihr jedoch ein Lebenszeichen zu entlocken.

»Die Milch!« drängte der Scharfrichter.

Jakob löste den Deckel von der Kanne und hob das Gefäß an, um es an Saras Mund zu führen. Matthias Klare legte ihren Kopf in den Nacken und klappte ihren Mund auf. Vorsichtig goß Jakob einen Schwall Milch in ihren Rachen, doch sie schluckte nicht. Fast die gesamte Milch lief aus ihren Mundwinkeln heraus und tropfte auf den Boden.

»So hat das keinen Sinn«, sagte Klare.

Jakob beobachtete, wie Matthias Klare aus einer Ledertasche eine seltsame Apparatur hervorholte. Es handelte sich um einen etwa faustgroßen Topf aus Holz mit einem abnehmbaren Dekkel. Aus der einen Seite des Topfes ragte ein verzinktes Röhrchen mit einem gebogenen Mundstück, auf der anderen war ebenfalls eine dünne Röhre befestigt, die mit einem Hahn geschlossen und geöffnet werden konnte. Es mußte sich hierbei wohl um das Rauchtabakklisitier handeln, über das Sara und der Scharfrichter gesprochen hatten.

Diese Vermutung bestätigte sich, als Matthias Klare einige Unzen Tabak in das Töpfchen stopfte und diesen mit einem glühenden Kienspan zum Schwelen brachte, indem er an dem seltsamen Gerät wie an einer Pfeife zog. Bald schon stieg würziger Rauch aus dem Topf auf. Klare verschloß den Topf mit dem Deckel und deutete auf Sara.

»Schnell, schiebt ihr das Kleid hoch!«

Jakob streifte Sara das grobe Wollkleid über die Hüfte, drehte sie auf die Seite und winkelte ihre Beine an.

»Der Tabak besitzt eine stark stimulierende Wirkung«, erklärte der Scharfrichter. »Indem der beißende Rauch durch ihre Därme strömt, könnte er den Lebensfunken in Sara wecken und sie aus dem Todesschlaf reißen.« Klare hockte sich vor Saras Gesäß und wies Jakob an: »Zieht ihre Hinterbacken ein wenig auseinander.«

Mit zitternden Fingern berührte Jakob das kalte Fleisch und verfolgte gebannt, wie der Scharfrichter langsam das Röhrchen in den Anus einführte.

»Seid vorsichtig«, bat Jakob.

Matthias Klare setzte seine Lippen an das Mundstück und blies zuerst recht verhalten, dann etwas kräftiger in den Klistier.

»Noch einmal.« Jakob starrte gespannt auf Saras Gesicht, das totenbleich war und noch keine Regung zeigte.

Klare holte Luft und blies wieder in das Röhrchen. Plötzlich durchlief ein Zucken Saras starren Körper.

»Sara!« rief Jakob.

Ein ersticktes Röcheln entrang sich ihrer Kehle. Sara wurde noch einmal wie von einem Blitzschlag geschüttelt, dann schlug sie die Augen auf und blickte Jakob verstört und ängstlich an, ohne wohl recht zu begreifen, was hier vor sich ging.

Jakob hätte sie am liebsten sofort in die Arme geschlossen, doch Matthias Klare hatte bereits nach der Milch gegriffen und sagte: »Richtet sie auf. Das Gift dringt zum Magen und zum

Kopf. Ich hoffe nur, Sara hat recht, und die Milch wird das Gift wirklich an sich binden.«

Jakob brachte Sara in eine sitzende Position und öffnete ihren Mund. Sie stöhnte unwirsch und fuhr erschrocken mit den Armen durch die Luft, doch Jakob hielt sie soweit unter Kontrolle, daß Matthias Klare ihr fast den gesamten Rest der süßen Milch einflößen konnte, die sie widerstrebend schluckte.

»Und was geschieht nun?« fragte Jakob, während er die unaufhörlich würgende und hustende Sara so gut es ging stützte.

»Wir werden ein paar Minuten warten, damit die Milch ihre Wirkung entfalten kann. Dann bringen wir Sara dazu, sich zu erbrechen.«

Jakob strich Sara die schweißnassen Haare aus dem Gesicht und sprach sie immer wieder bei ihrem Namen an, sie reagierte jedoch nicht darauf und hing mit glasigem Blick in seinen Armen. Allein ihren Atem zu spüren und zu fühlen wie ihr Herz nun wieder kräftig schlug, versetzte Jakob regelrecht in Entzücken.

Kurz darauf machte Klare sich daran, Sara zum Erbrechen zu bringen. Mehrere Male schob er ihr einen oder zwei Finger in den Hals, dann endlich stellte sich der gewünschte Effekt ein. Sara verkrampfte sich und erbrach einen gewaltigen Schwall Milch, in dem grünlich geronnene Klumpen schwammen.

Dann, nachdem sie sich übergeben hatte und die Milch einen großen Teil des Giftes aus ihrem Körper gezogen hatte, schien sich auch ihr Geist aufzuklären, denn sie erkannte ihn und krächzte heiser: »Jakob, was ist geschehen?«

»Du bist zurückgekommen, Sara. Du bist tatsächlich aus deinem Todesschlaf aufgewacht.« Er drückte sie an sich und blickte in zwei müde Augen, die noch immer nicht recht zu erfassen schienen, was ihr eigentlich widerfahren war. Noch schien sie dem Tod näher zu sein als dem Leben, doch daß sie überhaupt ins Leben zurückgefunden hatte, war ein Wunder.

Kapitel 30

Majestätisch schob sich die Morgensonne über den Horizont und vertrieb die Reste des Frühnebels, der grau und feucht über den Feldern gelegen hatte. Jakob lenkte Melchior in einem gemächlichen Trab aus dem Wald und ließ sein Gesicht von den ersten Sonnenstrahlen dieses angenehmen Herbsttages wärmen. Endlich war es ihm wieder möglich, diese Momente simpler Schönheit in vollen Zügen zu genießen, denn er war von den schlimmsten Sorgen befreit worden. Saras Zustand hatte sich in der Nacht zufriedenstellend gefestigt. Zwar lastete der Rest des Giftes mit einer melancholischen Schwere auf ihr, so daß sie kaum genug Kraft besaß, um zu sprechen oder aufrecht zu sitzen, doch es war allein von Bedeutung, daß sie überhaupt wieder unter den Lebenden weilte.

Erleichtert ritt Jakob in Richtung des Stadttores von Osnabrück, wo er Georg Meddersheim endlich einmal eine gute Nachricht überbringen konnte. Während er noch überlegte, mit welchen Worten er dem Goldschmied die Rettung seiner Tochter beschreiben sollte, kam ihm auf seinem Weg eine Kutsche entgegen. Als das Gefährt an ihm vorbei preschte, konnte er am Fenster Agnes' Gesicht erkennen. Johann Albrecht Laurentz saß neben ihr, und keiner von ihnen schenkte ihm Beachtung. Jakob zog höflich an der Krempe seines Hutes, doch Agnes zeigte keine Regung und gab vor, ihn nicht zu bemerken. Für sie existierte er nun anscheinend nicht mehr.

Die Tür der Meddersheims wurde Jakob von Mina geöffnet, die einen halbvollen Melkeimer in den Händen hielt und ihn mit großen, fragenden Augen anstarrte. Unter dem Siegel größter Verschwiegenheit berichtete er ihr, daß sie Sara bald wohlbehalten wiedersehen würde, woraufhin Mina begeistert in die Hände klatschte. Dann führte sie ihn in die Kammer des Goldschmieds, wo Meddersheim leise schnarchend auf dem Bett eingedöst war.

Jakob drückte sanft seine Schulter. Meddersheim zuckte zusammen und schlug die Augen auf. Als er Jakob erkannte, richtete er sich schlagartig auf.

»Was bringt Ihr für Nachrichten? Sprecht!«

»Sie lebt, Herr Meddersheim. Eure Tochter ist von den Toten zurückgekehrt.«

Der Goldschmied atmete erleichtert aus. »Sie lebt, bei Gott, sie lebt«, stammelte er. »Ich habe es gewußt. Sara ist stark. Und ich habe davon geträumt, daß ich sie wieder in meine Arme schließen kann. Gott muß zu mir in diesen Träumen gesprochen haben.« Er strich sich aufgeregt die Haare aus dem Gesicht und schaute Jakob an. »Ich möchte sie sehen. Ihr müßt mich zu diesem Stollen führen.«

»Wir sollten nichts überstürzen«, erwiderte Jakob. »Bedenkt, daß man hier in der Stadt annimmt, daß Sara verstorben ist. Wenn Ihr Euch allzu auffällig verhaltet, könnte dies Argwohn erregen, und unser Geheimnis wäre in Gefahr. Ihr wißt, was das bedeuten würde.«

Der Goldschmied nickte. »Man würde Sara sofort wieder in das Gefängnis bringen und ihre Auferstehung erst recht als Hexenwerk bezeichnen.«

»Sara darf niemals wieder nach Osnabrück zurückkehren. Wir müssen sie von hier fortbringen.«

»Fort? Aber wohin?«

Jakob setzte sich neben Meddersheim auf das Bett. »Jemand hat mir einmal gesagt, die Menschen in den Niederlanden sollen ein offenes Herz besitzen und weniger stark dem Aberglauben anhängen. Ich glaube, dort wäre Sara sicher.«

»In die Niederlande? Aber dann würde ich Sara ja schon wieder verlieren.«

»Warum schließt Ihr Euch uns nicht einfach an?« schlug Jakob vor.

Saras Vater dachte kurz über Jakobs Vorschlag nach und meinte schließlich: »Ja, warum eigentlich nicht? Vielleicht ist es wieder an der Zeit, auf Reisen zu gehen und mein Handwerk in einer anderen Stadt fortzuführen.« Er blickte Jakob mit einem müden Lächeln an. »Sagt, ist es noch immer Euer Ziel, ein Advokat zu werden, oder wäret Ihr daran interessiert, Euer Brot mit ehrlicher Hände Arbeit zu verdienen?«

»Jurist werde ich nun bestimmt nicht mehr, aber warum fragt Ihr?«

»Weil ich mich schon seit geraumer Zeit mit dem Gedanken trage, einen Gesellen anzulernen.«

»Ihr wollt mich als Euren Gesellen einstellen?«

»Warum nicht? Es wäre ein ehrbarer Beruf.«

»Aber glaubt Ihr denn, ich wäre dazu in der Lage, als Goldschmied zu arbeiten?« Jakob betrachtete seine Hände und zweifelte daran, daß sie die vortrefflichen Werke vollbringen konnten, die ein Mann wie Georg Meddersheim schuf.

»Mit ein wenig Fleiß kann man alles erreichen. Doch seid gewarnt, ich könnte mich als gestrenger Lehrmeister erweisen, und gut bezahlt werdet Ihr nur, wenn Ihr genügend Fleiß zeigt.«

»Ich werde über Euren Vorschlag nachdenken«, sagte Jakob. Das Vertrauen des erfahrenen Goldschmieds schmeichelte ihm, auch wenn er wußte, daß Georg Meddersheim ihm diese Unterstützung vor allem deshalb zukommen ließ, weil er das Leben seiner Tochter gerettet hatte. Er würde Sara und ihr Kind von nun an mit seiner Hände Arbeit ernähren müssen, und mit einem so hervorragenden Lehrer wie Meddersheim an seiner Seite würde es vielleicht selbst ihm, der in seinem Leben nur mit der Schreibfeder und Papier gearbeitet hatte, gelingen, die Arbeit eines Goldschmieds zu beherrschen.

Es war eine Zukunft.

Und wer weiß, überlegte er, *vielleicht stellt unsere Flucht in die Niederlande nicht das Ziel, sondern den Auftakt unseres Weges dar. Saras Wunsch ist es, mehr von den Wundern dieser Welt zu sehen. Zusammen könnten wir noch viele Länder bereisen und die schillerndsten Städte aufsuchen.*

»Dann ist es beschlossene Sache, daß wir diese unselige Stadt verlassen«, meinte Meddersheim und strich Mina, die die Reiseabsichten ihres Oheims mit einem Gesicht quittierte, als plagten sie Zahnschmerzen, ermutigend über den Kopf. »Und du, Mina, wirst uns natürlich begleiten.«

Der Unmut der Magd wich schlagartig. Sie fiel ihrem Herrn um den Hals und eilte dann in Küche, um ein paar Dinge zusammenzuräumen.

»Ich werde auch damit beginnen, meine Sachen zu packen. Und außerdem gibt es vor der Abreise noch einiges zu regeln. Wollt Ihr mir dabei behilflich sein, Herr Theis?« fragte Meddersheim.

»Das würde ich gern. Aber zuvor habe ich noch etwas Wichtiges zu erledigen. Es gibt noch einen letzten bösen Geist, den ich aus meinem Kopf vertreiben muß.«

Eine Zeitlang überlegte Jakob auf der Straße vor Peltzers Haus, ob er den Bürgermeister tatsächlich aufsuchen sollte. Im Grunde gab es keine Veranlassung dazu. Bereits in zwei Tagen würde er Osnabrück den Rücken kehren. Doch er konnte die Stadt nicht so einfach verlassen, ohne mit Peltzer gesprochen zu haben.

Seit er ihm zum ersten Mal gegenübergestanden hatte, hatte sich Jakob von der Gegenwart des Bürgermeisters erdrückt gefühlt. Dessen strenges Wesen, sein unnachgiebiges Handeln und die Art, wie er mit den Menschen, die ihm im Weg standen, umging, hatten Jakob stets verunsichert. Erst jetzt, nachdem es ihm gelungen war, Saras Leben zu retten und damit einen heimlichen Sieg über Peltzer zu erringen, glaubte er sich von dieser Last befreit. Nun galt es für ihn herauszufinden, ob er dem Bürgermeister wirklich gewachsen und in der Lage war, dessen augenscheinlichem Triumph den Glanz zu nehmen.

Langsam ging er schließlich auf das Haus zu und klopfte an die Tür. Johanna öffnete ihm, blickte ihn mit einem Anflug altgewohnter Schwärmerei an, die rasch einer strengen Reserviertheit wich, und ließ ihn wortlos eintreten. In der Küche traf er auf Frau Peltzer, die wie immer einen bleichen und kränklichen Eindruck machte. Sie hatte sich stets freundlich verhalten, doch nun reagierte sie auf ihn, als trüge er ihr die Pest ins Haus. Ohne jede Begrüßung forderte sie ihn auf, das Haus umgehend zu verlassen. Jakob bat darum, ein Wort mit dem Bürgermeister wechseln zu dürfen. Mißmutig gab sie ihm die Auskunft, daß sich ihr Mann in seinem Studierzimmer aufhielt. Jakob ging die Treppe hinauf und trat den Korridor entlang. An der Tür zum Studierzimmer hielt er einen Moment inne, atmete tief durch und öffnete dann die nur angelehnte Tür.

Das Quietschen der Scharniere ließ Peltzer, der gebückt über seinem Lesepult saß, aufmerksam werden. Er stand auf, und seine Augen musterten Jakob argwöhnisch.

»Ihr?« sagte Peltzer. »Was zum Teufel wollt Ihr noch? Wenn Ihr nach Laurentz oder seiner Tochter sucht, so kommt Ihr vergebens. Sie sind vor kurzem abgereist.«

»Ich weiß«, erwiderte Jakob und machte einen Schritt auf den Bürgermeister zu. Er konnte erkennen, daß noch immer der *Malleus maleficarum* aufgeschlagen dalag.

Peltzer verzog das Gesicht. »Oder kehrt Ihr reumütig zurück, weil der Tod Eurer kleinen Hexe Euch aus ihrem Bann gerissen hat?«

Jakob versuchte möglichst gelassen zu reagieren. »Ihr wißt so gut wie ich, daß Sara keine Hexe war.«

»So, weiß ich das?«

»Sie war ebensowenig eine Hexe wie Anna Ameldung, Frau Modemann oder Maria Bödiker.«

Der Bürgermeister tat diese Bemerkung mit einer lapidaren Handbewegung ab. »Wen kümmert das?«

»Es kümmert die Menschen, die diese Frauen schätzten und liebten. Ihre Angehörigen und Freunde.«

Peltzer schnaufte verächtlich. »Hier geht es um weit mehr als Freundschaft.«

»Ihr habt behauptet, die Religion läge Euch am Herzen«, erklärte Jakob. »Wie denkt Ihr, wird Gott Eure Taten beurteilen? Ihr selbst habt in diesem Raum von der Bestimmung gesprochen, die er Euch aufgetragen hat.«

»Gott? Wo ist dieser Gott?« spottete der Bürgermeister. »Er hat das Land in Krieg und Willkür gestürzt. Nun liegt es in der Hand weniger Menschen, dieses Chaos zu überwinden.« Er machte einen Schritt auf Jakob zu und fixierte ihn mit ernstem Blick. »*Das,* Jakob, ist meine Bestimmung. Diese Stadt kann ihre Freiheit einzig durch mich erlangen, und ich bin bereit, jeden Preis dafür zu bezahlen.«

Jakob begriff in diesem Moment, wie tief sich der Bürgermeister bereits in das Netz seines krankhaften Ehrgeizes verstrickt hatte. Peltzer sah sich als Heilsbringer dieser Stadt. Seine ersten Erfolge ließen ihn anscheinend in einen Wahn verfallen, der nach immer größeren und unerreichbaren Zielen verlangte. Und um diese Ziele zu erreichen hatte er jeder Scham und jedem Skrupel entsagt.

»Ihr irrt«, erwiderte Jakob. »Menschen wie Ihr, machtbesessen und krank vor Ehrgeiz, haben unser Land in Blut getränkt. Gott hat sich von Euch abgewandt, und er wird gewiß interessiert verfolgen, wie Ihr zu Fall gebracht werdet.«

Der Bürgermeister erhob blitzartig seine Hand und umfaßte in einem unangenehmen Griff Jakobs Kinn.

»Glaubt Ihr, Ihr könntet mich verunsichern? Ihr – ein dummer, einfältiger Bursche, dem vor Angst die Knie schlottern, wenn man ihn zu hart anfaßt.«

Jakob stieß Peltzer von sich. Der Bürgermeister taumelte einen Schritt zurück und klammerte sich an sein Lesepult, um nicht zu stürzen. »Ihr habt recht, ich hatte Angst«, sagte Jakob. »Angst vor mir selbst, Angst vor den dunklen Mächten und auch Angst vor Euch, doch nun nicht mehr. Ich habe meinen Frieden gefunden. Ihr seid es, der sich fürchten muß. Ich habe dem Grafen Gustavson gegenübergestanden und in seinen Augen die gleiche

Skrupellosigkeit gesehen wie in den Euren. Ihr habt es darauf angelegt, ihn zu Eurem Feind zu machen, aber er verfügt über weitaus mehr Einfluß und Mittel, als Ihr je besitzen werdet. Betet darum, daß dieser Krieg noch Jahre andauern mag. Wenn er sich zugunsten der Liga entscheidet, wird Euch der Bischof wie einen Hund aus der Stadt jagen. Und sollten die Schweden siegreich bleiben, wird Gustav Gustavson mächtiger denn je zurückkehren und Euch vor Gericht stellen. Euer Amtsvorgänger Albert Modemann wird ihn darin selbstlos unterstützen. Ihr wolltet Modemann mit der Verleumdung seiner Familie brechen, doch Ihr habt damit nur erreicht, daß Modemann sich mit seinen eigenen Gegnern verbünden wird, um Euch zu stürzen.«

Zum ersten Mal bemerkte Jakob eine gewisse Unsicherheit in der Miene des Bürgermeisters. Dessen Mundwinkel zuckten, und er rieb sich die Stirn, als verursachten Jakobs Worte ihm Kopfschmerzen.

»Verlaßt mein Haus! Verschwindet endlich!« knurrte Peltzer.

»Und auch dieses Buch wird Euch dann nicht mehr von Nutzen sein«, sagte Jakob und klappte mit einer schnellen Handbewegung den *Malleus maleficarum* zu. Dann drehte er sich um und ging mit einem bitteren Gefühl des Triumphes aus der Kammer.

Wenige Tage später reiste Jakob mit Georg Meddersheim und Mina aus Osnabrück im Schutz der Dunkelheit ab. Saras Vater hatte zuvor in Windeseile die wichtigsten Angelegenheiten geregelt, einem Neffen den Verkauf des Hauses anvertraut und einen großen, mit grauem Leinentuch überspannten Wagen erstanden, auf dem sie das nötigste Hab und Gut verstauten. Ihre kostbarste Fracht war dabei die Truhe, in der Georg Meddersheim seine wertvollen Edelsteine und eine nicht geringe Anzahl von Goldmünzen aufbewahrte. Dieser kleine Schatz würde ihnen den Beginn eines neuen Lebens in einer fremden Stadt erleichtern.

Jakob legte Mina die kleine Anna in den Arm, die er bei der

Amme abgeholt hatte. Das Kind war wohlgenährt, und seine rosigen Wangen glänzten hübsch. Mina hielt sie ganz vorsichtig fest, sichtlich stolz darauf, daß das Kind ihr anvertraut wurde.

Zu dritt zwängten sie sich nebeneinander auf den Bock. Georg Meddersheim trieb die beiden Stuten an, die Stadt zu verlassen. Als sie das Stadttor passierten, war es für Jakob wie eine Befreiung, und bis sie den Waldrand erreicht hatten, verspürte er nicht den Drang, sich auch nur einmal umzuschauen.

Im Wald hielten sie eine Weile, lauschten nach Geräuschen und vergewisserten sich, daß ihnen niemand gefolgt war. Es war unwahrscheinlich, daß man ihnen nachspionierte, aber der Gedanke, daß er durch eine dumme Unachtsamkeit das Mißtrauen des Bürgermeisters auf sich gezogen haben könnte, machte Jakob nervös.

Doch sie vernahmen kein verdächtiges Geräusch, und im fahlen Mondlicht war auch keine Bewegung am Stadttor auszumachen. Also fuhren sie weiter und erreichten bald darauf die Gertrudenberger Höhle, wo Matthias Klare und Sara bereits auf sie warteten. Der Scharfrichter hielt Sara am Arm fest, da sie zu geschwächt war, um aus eigener Kraft zu stehen. Sie wirkte noch immer bleich und ausgezehrt.

»Sara!« rief Georg Meddersheim und sprang vom Kutschbock, um seine Tochter in die Arme zu schließen. Sara legte ermattet einen Arm um seinen Rücken und drückte ihr Gesicht auf seine Schulter. Dann erblickte sie das Kind in Minas Arm und streckte eine Hand nach Anna aus. Sie führten Sara zum Wagen und reichten ihr das Kind, das selig schlief, während seine Mutter es sanft wiegte.

Sara schaute auf, und nun – zum ersten Mal, seit sie ins Leben zurückgekehrt war – verschwand die Schwermut für einen Moment aus ihren Zügen, und sie lächelte.

Jakob ging auf Matthias Klare zu. »Meister Klare, seid Ihr Euch sicher, daß Ihr weiterhin für Peltzer und den Rat als Scharfrichter arbeiten wollt?«

»Es ist ein ehrbarer Beruf«, erwiderte Klare, »auch wenn viele anders darüber denken.«

Jakob nickte. »Behaltet Peltzer im Auge. Er könnte Euch gefährlich werden.«

»Er wird nicht immer Bürgermeister sein.«

»Nein, wohl nicht.« Jakob zog unter seinem Wams einen versiegelten Brief hervor und reichte ihn dem Scharfrichter.

»Ich habe alles niedergeschrieben, was ich über Peltzers Machenschaften herausgefunden habe, und ich möchte Euch dieses Dokument anvertrauen. Wenn Ihr es für richtig haltet, könnt Ihr das Papier dem Grafen Gustavson zukommen lassen. Was hier geschrieben steht, wird ihn in seiner Meinung bestärken, daß Peltzer so rasch wie möglich aus seinem Amt entfernt werden muß.«

Klare nahm den Brief und betrachtete ihn einen Moment lang abschätzend. Dann sagte er: »Wie können wir sicher sein, daß nicht ein Dämon den Platz des anderen einnimmt?«

»Sicher? Wir werden niemals sicher sein.« Jakob reichte Klare zum Abschied die Hand und machte sich dann daran, Sara auf den Wagen zu heben, wo sie zwischen Kleidertruhen ein Lager aus Decken für sie errichtet hatten. Er legte sich neben Sara und gab Georg Meddersheim das Zeichen zum Aufbruch. Der Wagen setzte sich in Bewegung. Anna quäkte hungrig, woraufhin Sara die Schnüre an ihrem Kleid löste und das Kind an die Brust legte.

»Halt mich fest, Jakob«, bat Sara. Ihre Stimme klang leise und kraftlos. Aber das würde vergehen. Bald würde sie wieder zu Kräften kommen. Daran zweifelte Jakob nicht. Sie brauchten nur ein wenig Zeit.

Behutsam legte Jakob einen Arm um Sara und das Kind, während der neue Tag anbrach und der Wagen schaukelnd die Stadt hinter sich ließ.

Nachwort

Jakob Theis und Sara Meddersheim, die Hauptpersonen dieses Buches, haben nie gelebt. Dennoch beruht die Geschichte um die Osnabrücker Hexenverfolgung des Jahres 1636 auf wahren Begebenheiten. Viele andere Personen wie Anna und Heinrich Ameldung, Wilhelm Peltzer, Matthias Klare, Anna und Albert Modemann sowie Jobst Voß sind in den Chroniken der Stadt historisch verbürgt.

Von März 1636 bis August 1639 wurden in Osnabrück insgesamt 64 Frauen und Männer der Hexerei angeklagt. Nur zwei von ihnen bestanden die als Gottesurteil angesehene Wasserprobe und erlangten ihre Freiheit zurück.

Sämtliche Osnabrücker Hexenprozesse des siebzehnten Jahrhunderts fielen in die Amtszeit des Bürgermeisters Wilhelm Peltzer. Auch wenn Peltzers politische Verdienste um die Stadt Osnabrück in vielen Chroniken lobend hervorgehoben werden, darf er wohl als die treibende Kraft dieser Verfolgung angesehen werden. Die Motive, die ihm in diesem Roman zugedacht wurden, beruhen jedoch auf Spekulationen.

Matthias Klare übte das Amt des Scharfrichters und Abdeckers bis zu seinem Tod im Jahr 1653 aus. Die Mutmaßung, daß er für den Brand des Osnabrücker Klosters auf dem Gertrudenberg verantwortlich sein könnte, entspringt voll und ganz der Phantasie. Es ist niemals geklärt worden, wer das Feuer gelegt hat.

Bürgermeister Wilhelm Peltzer stand dem Rat der Stadt Osnabrück von 1636 bis 1640 vor. Zum Ende seiner vierten Amtszeit wurde seine Stellung in der Stadt sehr viel schwieriger, da inzwischen der Landesherr Gustav Gustavson in sein Osnabrücker Lehen zurückgekehrt war und alles daransetzte, Peltzer zu stürzen und die unumschränkte Macht an sich zu reißen. Zwar wollte Peltzer sich für ein fünftes Jahr zur Wahl stellen, doch auf Grund des immensen Druckes, den Gustavson auf die Wahlmänner der Bürgerschaft ausübte, wurde Peltzer schließlich gezwungen, auf eine erneute Kandidatur um das Bürgermeisteramt zu verzichten.

Nachdem die Herrschaft des Wilhelm Peltzer gebrochen worden war, leiteten Dr. Modemann und weitere Geschädigte aus der oberen Bürgerschicht eine Klage gegen Wilhelm Peltzer bei der landesfürstlichen Kanzlei ein. Ein Erfolg stellte sich für die Kläger allerdings erst ein, als nach Abschluß des Westfälischen Friedens Bischof Franz Wilhelm erneut die Leitung des Bistums Osnabrück übernahm und im November 1651 die Verhaftung des ehemaligen Bürgermeisters veranlaßte.

Wilhelm Peltzer verbrachte 18 Jahre in der Kerkerhaft. Der Prozeß gegen ihn dauerte an, ohne daß jemals ein endgültiges Urteil gefällt wurde. Geistig verwirrt starb er im März 1669 im Gefängnis.

Im Zuge des Abbruchs der Wallanlagen in den siebziger Jahren des neunzehnten Jahrhunderts wurde das oberste Stockwerk des Bucksturms, in dem einst die Verhöre und Folterungen durchgeführt worden waren, abgetragen. Das ehemalige Gefängnis wird heute als Mahnmal zum Gedenken an die Hexenverfolgung in Osnabrück genutzt.

Danksagung

Mein Dank geht an Petra Zorn, Andrea Großmann, Jessica Krienke, meinen Agenten Uwe Heldt und natürlich an meinen Lektor Reinhard Rohn, die mich allesamt mit guten Ratschlägen darin unterstützt haben, diesem Roman den nötigen Feinschliff zu geben.

Eine große Hilfe bei der Recherche der Hexenverfolgung in Osnabrück war mir das Buch *Die Osnabrücker Hexenprozesse* von Heinz Jürgen Stebel, in dem das umfangreiche Quellenmaterial des Niedersächsischen Staatsarchives Osnabrück ausgewertet und zusammengefasst wurde.

Ein besonderer Dank gilt zudem Pascal Rupp, der mich überhaupt erst darauf gebracht hat, in der Osnabrücker Stadtgeschichte auf die Suche nach der Idee zu einem Roman zu gehen, und der mir anschließend fast zwei Jahre seine Ausgabe der *Chronik der Stadt Osnabrück* überlassen mußte.

OSNABRÜCK
IM JAHR 1636

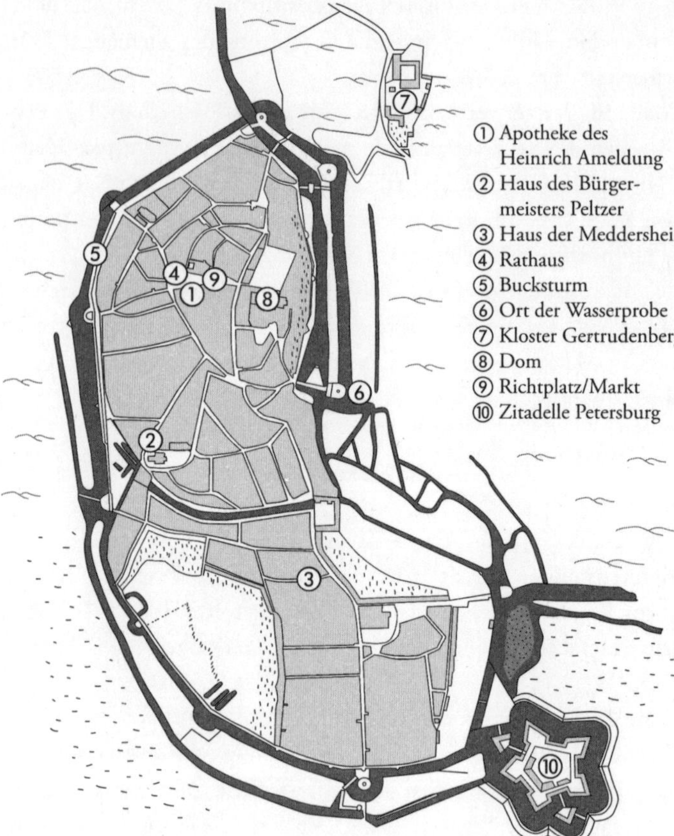